U0534411

山东师范大学中国语言文学山东省高水平学科·优势特色学科建设经费资助

冯中一文选

吕周聚 选编

中国社会科学出版社

图书在版编目(CIP)数据

冯中一文选/吕周聚选编. —北京：中国社会科学出版社，2023.3
ISBN 978-7-5227-1365-6

Ⅰ.①冯… Ⅱ.①吕… Ⅲ.①中国文学—当代文学—作品综合集
Ⅳ.①I217.2

中国国家版本馆CIP数据核字(2023)第023409号

出 版 人	赵剑英
责任编辑	王小溪
责任校对	师敏革
责任印制	戴　宽

出　　版	中国社会科学出版社
社　　址	北京鼓楼西大街甲158号
邮　　编	100720
网　　址	http://www.csspw.cn
发 行 部	010-84083685
门 市 部	010-84029450
经　　销	新华书店及其他书店
印　　刷	北京君升印刷有限公司
装　　订	廊坊市广阳区广增装订厂
版　　次	2023年3月第1版
印　　次	2023年3月第1次印刷
开　　本	710×1000　1/16
印　　张	30.75
插　　页	2
字　　数	459千字
定　　价	168.00元

凡购买中国社会科学出版社图书，如有质量问题请与本社营销中心联系调换
电话：010-84083683
版权所有　侵权必究

选编说明

蒙山东师范大学文学院提供出版机会，本着尊重历史原貌的原则，精选了冯中一先生晚年学术高峰时期的若干代表作，以及先生在生前未曾结集的散佚文稿，汇集编成这本《冯中一文选》，以期展示先生堪称教书育人楷模的学者风采，为20世纪末改革开放年代的山东文化教育事业提供一份历史的见证。具体的编辑思路如下。

第一，冯中一先生是著名的诗歌评论家，新诗研究贯穿他学术生涯的始终。特别是1978年以来，中西文化碰撞的时代背景、新诗纷纭多变的创作思潮，激发先生以激情充沛的诗心进行严谨的学术探求。他带领自己的四届研究生，在喧哗躁动中切磋思辨，在乱花迷眼中教学相长，紧扣新诗创作的时代脉搏，撰写了一系列诗学论文、诗歌评论、诗集序言、诗友答疑、诗会发言等，为中国新诗特别是山东诗坛的繁荣发展做出了卓越的贡献。将这类著述精选40篇，按撰稿先后编入"诗苑耕耘"辑，既能体现先生贴近社会现实、注重艺术感悟、启发生命自觉的学术风格，也大致可见先生在优化知识结构、更新美学观念、实现自我超越方面的研究步履。

第二，冯中一先生还是著名的写作理论家、山东高校写作学科的奠基人和领头人。为推动山东教育界写作教学事业的发展，大力推举中青年师资，他把审阅晚辈后学的写作类著作视为自己义不容辞的职责，常年花费大量时间写序撰评，在字里行间呕心沥血，如同点点雨露，滋润学林青苗茁壮成长，惠泽数代莘莘学子。因此，将这类著述40篇，按照撰稿先后编入"学林雨露"辑，以串联其作为教育家诲人不倦的真实历程，也了却先生意欲使自己的此类序言评论汇集成册的遗愿。

第三，在搜集先生散佚文稿的过程中，还发现一些与新诗研究和写作教学关系不大的文字。多与文化事业有关，也与先生的个人情怀有关，均未收入先生已出版的文集。这些文稿总体呈现了20世纪末期山东文坛的时代背景，是先生推动山东省文艺事业发展的心血结晶。故将这类著述10篇，按撰稿先后编入"文坛拾零"辑，彰显冯中一先生孜孜以求事业精进的精神风貌和忘我奉献的人格风范，以光大先生倡导的建设中国文化的事业心和推动社会进步的使命感。

第四，此外，在追溯先生的学术生涯时，得益于晚清和民国期刊全文数据库，依据先生提供的笔名，寻得了20世纪40年代，即先生18岁初登文坛后发表的一些诗作、诗论。在修正明显的排版错误后选入40篇，按发表先后列入本书附录"佚存诗文"，以呈现动荡时代里一个文弱书生挣扎生存的剪影，为旧时文学青年经历的迷茫和求索留下一笔记录。

第五，为呈现各篇文稿写作的时代背景，我在编辑中尽可能为每一篇加了简明的题注。原文在注释、引文、标点符号、数字用法等方面或有与当下规范的学术出版体例不符之处，均尽力保留当年的历史痕迹，这是我个人对先生应有的尊重，也是晚辈后学对学术渐进传统应有的敬意。

吕周聚
2021年9月

目　　录

第一辑　诗苑耕耘

诗的宝贵艺术传统

　　——赋、比、兴 …………………………………………（3）

飞腾吧，诗歌想象的翅膀 …………………………………（6）

从诗中数词的推敲说开去 …………………………………（9）

诗评随感 ……………………………………………………（11）

致一位爱诗的同学 …………………………………………（14）

夸张奇特、控纵自如的想象力

　　——《逍遥游》赏析 …………………………………（19）

引人喜爱和沉思的春光

　　——读苗得雨短诗集《衔着春光飞来》……………（21）

等闲拈出　情趣盎然

　　——《茶花赋》写作功力赏析 ………………………（27）

生活智慧的火花

　　——略论诗的灵感 ……………………………………（31）

向着大海

　　——诗集《从泉边出发》序言 ………………………（40）

当前新诗意境的创新动向 …………………………………… (44)

试论当代诗歌创作的哲理倾向 ………………………………… (51)

借古以励今,光大新诗坛
　　——《唐诗英华》序言 ………………………………… (65)

艺术形象的营造
　　——关于加强诗的艺术构思 …………………………… (68)

新诗,呼唤着新的理论批评 …………………………………… (78)

置身于最美的事业
　　——关于诗歌性质的断想 ……………………………… (84)

一片鹅黄　点点翠绿
　　——瞻望山东省茁壮成长的青年诗群 ………………… (93)

诗歌意象艺术创新三例 ……………………………………… (100)

对"希望"的希望 ……………………………………………… (103)

字唯期少,意唯期多
　　——给青年诗友的信 …………………………………… (105)

在"希望"的诗野上
　　——为"希望"诗歌大奖赛授奖而作 ………………… (107)

重构规范:新时期诗歌的审美取向 ………………………… (112)

诗,认识你自己
　　——呼唤诗的自主意识 ………………………………… (123)

寻找精神的家园
　　——试论诗的审美心理结构 …………………………… (131)

新诗,应在多元并存中争奇斗艳
　　——在《黄河诗报》端午诗会上的发言 ……………… (140)

陌生而奇异的青春躁动
　　——新诗现代艺术追求的几个特征 …………………… (143)

双重视角下的感悟

　　——试析杨炼《记忆中的女孩》………………………（159）

孔孚山水诗的"空""妙"………………………………………（163）

冬梅绽开万里春

　　——记我省一次重要的诗歌活动……………………（169）

话说八十年代诗坛

　　——答《银河系》诗刊编者问………………………（172）

东方灵秀美的启示

　　——孔孚诗歌研讨会开幕词…………………………（175）

致一位诗友的信………………………………………………（180）

迎接金色的曙光

　　——《当代中国青年诗选》序言……………………（182）

呼唤齐鲁新诗风………………………………………………（186）

开创黄河诗派　弘扬齐鲁诗风

　　——《黄河诗报》1992年第1期阅读札记…………（190）

创造性的研究　规范化的导向

　　——《毛泽东诗词史诗论》出版座谈会上的发言………（194）

预言自己

　　——《我们笑在最后》序言…………………………（197）

好诗的基本品格

　　——致一位诗歌习作者………………………………（199）

保持山野的那一股清纯

　　——致一位青年诗人的信……………………………（202）

呼唤嵌入当代的民族诗魂

　　——1993年《黄河诗报》编辑部"诗歌回眸与展望"

　　　　座谈会上的发言…………………………………（205）

第二辑　学林雨露

红花朵朵照眼明
　　——《少年儿童优秀作文》前言……………………………(211)
《唐宋八大家散文选》序………………………………………(213)
着眼于"学"，落实到"练"
　　——《记叙文的写作与教学》序……………………………(215)
《中学文学常识六百题》序……………………………………(217)
探索写作训练的最优化途径
　　——《初中作文训练》序言…………………………………(219)
《唐文英华》序言………………………………………………(222)
写作，要力求精、新、巧
　　——《写作导报》代发刊词…………………………………(229)
《实用写作基础理论》序言……………………………………(231)
《文体写作概论》序言…………………………………………(234)
《工商行政管理应用文写作教程》序言………………………(236)
润物细无声
　　——《小学课外读物丛书》简评……………………………(238)
一部新颖而实用的文学理论工具书
　　——简评《文学理论简明辞典》……………………………(241)
具有方法论意义的"导读"
　　——《现代文章精品导读》序言……………………………(245)
探索散文奥秘的指南
　　——《散文鉴赏与写作》序…………………………………(249)
精严务实　稳中求新
　　——《写作》序言……………………………………………(251)

提高知人论世的阅读效用
　　——《中学语文作家小传》代序 ………………………………（253）
尽精微，致广大
　　——《微型文学作品选》序 …………………………………（255）
议论文写作规律的新探索
　　——《议论文写作技巧》序言 ………………………………（258）
历史文化的一串珠花
　　——《孔门寓言集》简评 ……………………………………（262）
系统·规范·实用
　　——《文秘工作概论》序言 …………………………………（264）
《文学创作引论》序言 …………………………………………（267）
走进优美奇妙的世界
　　——《小花朵朵》序言 ………………………………………（269）
谛听"校园文学"的嘤嘤新声
　　——《雏声——全国高校校报文学集萃》序言 …………（273）
阅读思维空间的新开拓
　　——《现代阅读学》序言 ……………………………………（278）
《家庭教育心理学》序言 ………………………………………（282）
可贵的开拓与建树
　　——《中国文体比较学》序言 ………………………………（284）
在心灵园地上辛勤耕耘
　　——《历园集》代序言 ………………………………………（287）
《成人高校写作教程》序言 ……………………………………（290）
《写作研究论文集》前言 ………………………………………（292）
《厚德录故事译注》序 …………………………………………（295）
《应用写作新编》序 ……………………………………………（297）

尚质、求实品格的结晶
　　——《中国农村应用文体写作大全》序言 ………… (299)
一项"教育创造工程"的新建构
　　——《大学学习学》漫评 ………… (302)
弘扬求实致用的文风
　　——《文秘与财经写作》序言 ………… (308)
促进写作思维结构的整体性革新
　　——《写作系统教程》序言 ………… (311)
经世致用文风的现代结晶
　　——《秘书写作学》序言 ………… (315)
开拓智慧与理想的心灵世界
　　——写在《初中生作文》创刊的时候 ………… (318)
散文探秘的突破口
　　——《散文抒情探微》序言 ………… (321)
师古融今，遒骨丽韵
　　——李继曾其人其书 ………… (325)
严肃务实的艺术理论探索
　　——《散文艺术论》序 ………… (330)

第三辑　文坛拾零

首届教师节抒怀二首 ………… (335)
怀旧寄哀
　　——悼念至友薛绥之同志 ………… (336)
散作乾坤万里春
　　——《我是黄河的儿子》序言 ………… (340)
爱乡思亲的时代深情
　　——《故乡情》序言 ………… (344)

《难忘那一片绿荫》序言 …………………………………… (349)

稳健开拓,求实创新
　——《文学评论家》1992 年第 1 期审读报告 ………… (351)

应时法书　传世墨宝
　——《王仲武书五体千字文》序言 ……………………… (354)

稳步提高　与时俱进
　——祝《影视文学》创刊五周年 ………………………… (359)

"我们是紫色的一群"
　——关于济南一中的校歌 ………………………………… (362)

关于省作协近期工作的建议 ………………………………… (365)

附录　佚存诗文

青春残叶 …………………………………………………… (371)

大陆 ………………………………………………………… (376)

诗与寂寞 …………………………………………………… (378)

盲人 ………………………………………………………… (381)

星 …………………………………………………………… (382)

纪念太戈尔 ………………………………………………… (384)

湖上 ………………………………………………………… (391)

诗章·暮 …………………………………………………… (392)

病了 ………………………………………………………… (394)

巨人 ………………………………………………………… (395)

忏悔 ………………………………………………………… (397)

诗的本质与评价 …………………………………………… (399)

午夜的枪声 ………………………………………………… (403)

赴耕之牛 …………………………………………………… (405)

新诗的变迁 ………………………………………………… (406)

诗的力 ………………………………………………………………（409）

古潭 …………………………………………………………………（413）

诗与时代 ……………………………………………………………（414）

海的风景 ……………………………………………………………（418）

被系着的小羊 ………………………………………………………（419）

初吻 …………………………………………………………………（421）

明日的诗（上）………………………………………………………（422）

明日的诗（下）………………………………………………………（428）

烟与光 ………………………………………………………………（432）

诗与音乐 ……………………………………………………………（434）

修道院的春 …………………………………………………………（439）

光明之逝 ……………………………………………………………（440）

荒原 …………………………………………………………………（441）

罪之游行 ……………………………………………………………（442）

夜 ……………………………………………………………………（444）

粪车 …………………………………………………………………（445）

晓（外二章）…………………………………………………………（446）

午夜的列车 …………………………………………………………（448）

诗魂摘译 ……………………………………………………………（450）

万里长城之歌 ………………………………………………………（452）

介绍丁尼生的诗 ……………………………………………………（457）

诗的构成与技巧 ……………………………………………………（460）

二重祈祷 ……………………………………………………………（469）

出发之前 ……………………………………………………………（471）

青年歌 ………………………………………………………………（473）

编后记 ………………………………………………………………（475）

第一辑

诗苑耕耘

冯中一先生是著名的诗歌评论家,新诗研究贯穿他学术生涯的始终。特别是1978年以来,中西文化碰撞的时代背景、新诗纷纭多变的创作思潮,激发先生以激情充沛的诗心进行严谨的学术探求。他带领自己的四届研究生,在喧哗躁动中切磋思辨,在乱花迷眼中教学相长,紧扣新诗创作的时代脉搏,撰写了一系列诗学论文、诗歌评论、诗集序言、诗友答疑、诗会发言等,为中国新诗特别是山东诗坛的繁荣发展做出了卓越的贡献。将这类著述精选40篇,按撰稿先后编入"诗苑耕耘"辑,既能体现先生贴近社会现实、注重艺术感悟、启发生命自觉的学术风格,也大致可见先生在优化知识结构、更新美学观念、实现自我超越方面的研究步履。

——编者

诗的宝贵艺术传统[*]

——赋、比、兴

伟大领袖和导师毛主席写给陈毅同志谈诗的一封信,非常重视诗歌的艺术规律和表现方法,再三提到写诗"要用形象思维",并着重阐明赋、比、兴作为传统艺术手法的含义及其重要性。这里试结合民歌与古典诗词的有关例句,具体领会这三种手法的艺术魅力。

赋:陈述铺叙的意思。它与比、兴手法相比较,区别点在于不加任何修饰的"直言"。但赋的手法运用在诗句中也是"不能如散文那样直说的",而要经过提炼压缩,把观察感受到的生活,朴素自然地记录下来,让生活本身的典型情貌自动地"现身说法",就足以真实感人了。如同鲁迅所主张的"有真意,去粉饰,少做作,勿卖弄"的白描写法那样。

例如,杜甫困居长安所写思念妻儿的《月夜》,前四句就是赋的笔法:"今夜鄜州月,闺中只独看。遥怜小儿女,未解忆长安。"作者没说自己怎样怀念家小,而设想她们怎样怀念自己,也没说妻子的怀念之情有多么深切,却以小儿女不懂得怀念远地爸爸的情况作反衬。于是把鄜州与长安两地危难阻隔、互为牵挂的痛苦,真切地表露出来了。可见赋的表现手法,是经过精选叙写角度,细心锤炼字句,达到词约意广,注

---

[*] 原载《济南日报》1978年2月21日。

满深情；不能烦言赘语，抽象拖沓。

　　比：即我们常说的"打比方"（包括拟人拟物的"比拟"）。要通过丰富的联想，从两种不同的事物或现象中，找出某一点近似的特征，拿来作比喻，使原来不鲜明、不易懂的被喻事物，更加具体化、形象化。一个准确新颖的比喻，比直接叙述简练得多、生动得多，让诗意栩栩如生，呼之欲出。

　　在民歌与古典诗词中，由于内容的高度凝练集中，比喻常常不仅是局部的修辞技巧，还要关联着一首诗的整体，为全诗增加感情色彩，寄寓深刻哲理。好像透过语言的结晶体，可以看到一个生动的形象世界和蕴含在内里的丰富主题。

　　"我是喜鹊天上飞，社是山中一枝梅，喜鹊落在梅树上，石磙打来也不飞。"这首民歌，就是一个完整的比喻，将富有民族吉庆感的"喜鹊登梅"的形象稍加扩展，糅进爱社的火热感情、钢铁意志，因而令人感到亲切有味，其内在的思想与力量是格外耀眼动心的。

　　"斑竹一枝千滴泪，红霞万朵百重衣。"毛泽东主席《七律·答友人》中的这一联，上下句运用了不同时代的两个暗比，在气氛、色彩、情态的恰巧对映中，使旧中国的悲伤延展得阴沉无边，使新中国的欢悦跃动得开阔无比。而且以这种潜流不尽的情意，为全诗恢宏壮丽的境界，奠定了深广的思想基础。

　　诗中的比，用法很多，作用很广。好像是特有的一支万能彩笔，信手挥来，景象万千，意趣横生，极尽状物传神、由实入虚之妙。

　　兴：是指兴起、开头而言。用于诗的起首一、二句，为引出歌咏的内容，发挥酝酿过渡的作用。这起兴的诗句，与下面本意诗句，有的没有意义上的直接联系，有的则在情调声韵上具有诱发、衬托、影射等相关的照应。

　　当前，新儿歌用兴的手法开头的，比较常见。"花喜鹊，叫喳喳，喜迎'六一'作新画。""石榴开花开的稠,姐姐给俺绣兜兜。"念着顺口,听着入耳,仿佛唱歌,先来个"过门",容易抓住孩子们的好奇心,使他们聚精会神地听下去。

唐代诗歌,兴起的手法是多彩多姿、美不胜收的:"弯弯月出挂城头,城头月出照凉州。"(岑参《凉州馆中与诸判官夜集》)"车辚辚,马萧萧,行人弓箭各在腰。"(杜甫《兵车行》)"噫吁嚱,危乎高哉!蜀道之难难于上青天。"(李白《蜀道难》)前者以苍凉豪放的景物点出自然背景,并以回环顿挫的句式激起浓郁震荡的情怀。中者以车马奔突的声势揭开序幕,给读者心灵一个悲壮紧迫的突然袭击。后者发挥破空而来的感叹词的作用,惊险之势突兀而现,而且笔未到气已吞,为全篇增添了雄奇浩荡的气象。古人论诗,有一种说法:"对句好可得,结句好难得,起句好尤难得。"(严羽《沧浪诗话》)可见唐代诸诗人,穷工极巧,各创新意,把兴的手法发展到了淋漓尽致、别开生面的高度。

赋、比、兴三种传统艺术手法,是古人对我国第一部诗歌总集《诗经》研究总结出来的可贵经验。在精练、整齐、押韵的诗歌语言中,每种手法有时独立运用,有时两种、三种手法融合交叉。像把颜料的三原色置于语言调色板上,一经匠心调配,就能丰富多彩地绘形绘声。所以,两三千年以来,直到今天的新民歌和今人的旧诗词,都在运用着,既为我们保留下古色古香的历史画卷,又为我们描画出最新最美的跃进彩图,艺术生命力永远那么长青、火红。

宝贵的诗歌三原色,来自劳动人民的生活和斗争、智慧和敏感,又经历代进步诗人的加工创造,更加锦上添花,绚烂夺目,是写诗进行形象思维的有利基础,是发展民族化、群众化新体诗歌的重要因素,我们必须认真学习。

1978 年 1 月 13 日

飞腾吧，诗歌想象的翅膀[*]

想象，对于诗歌的重要，就像飞鸟必须具有翅膀一样。

由于想象力的丰富，我们优秀的新民歌，如"石油工人一声吼，地球也要抖三抖""两只巨手提江河，霎时挂在高山尖"等，令人多么壮怀激越！我们传诵千载的古典诗歌，如"飞流直下三千尺，疑是银河落九天""窗含西岭千秋雪，门泊东吴万里船"等，令人多么意气轩昂！

但这想象，并不是单纯为了奇特惊人而想入非非、凭空编造的。有的诗歌习作者，想把今天劳动大军改天换地的干劲表现得更强烈，于是高喊："我们是时代的英雄，威风凛凛力大无穷，挥起那钢锹铁锨，把地球掏个大窟窿。"有的觉得这力量还不够味，来得再猛烈一些："我们臂膀的力量，有大海的多少倍？举起太平洋饮酒，和太阳碰杯！"这与我们建设社会主义的现实斗争毫无联系，与我们时代的革命英雄主义气概毫无共同之处，只不过是一种空喊，夸大狂而已。

这里，试抄一首新诗，对照体会一下：

大会发了个请帖

邀请你哟，

光辉的公元二〇〇〇年，

---

[*] 原载《广阔天地》丛刊1978年第2期。

请你跨入人民大会堂吧，

来参加我们工业学大庆的会议，

来听每一个代表的发言，

来看会议的每一份简报，

来听每一个小组的座谈……

你一定满心欢喜呵，

因为你提前看见了

自己壮丽的容颜。

(曲有源作，载《诗刊》1977年第4期《写在工业学大庆会议上》)

看标题，平平常常，但开头两行就指明，邀请的是光辉未来的"时间贵宾"，一下子就把实现工业现代化的宏图，振奋人心地展现出来了。读内容，无非是参与大会的一般议程，但结尾两行，设想到这位时间贵宾"提前"的意外收获，也就把党中央抓纲治国战略决策的威力，我国工人阶级抢时间、争速度、保证胜利的加速到来，进行了庞大宏伟的艺术概括。

显然，这首短诗，由于想象的作用，让诗意冲破了时间与空间的局限，在简短诗行间宕开广阔境界，在朴实语言中生发无限风光，使读者随着耳目一新之感，增添了树雄心、立壮志的鼓舞力量。

若问作者为什么把想象运用得这样大胆而又十分贴切呢？是党中央把工业学大庆运动推向历史的新里程，给予了宏伟的理想；是千万工业劳动英雄身上的生产能量，给予了坚实的信心；是全国人民为实现四个现代化奋勇进军的钢铁步伐，给予了诗的激情与灵感……所以作者得以胸怀整个时代，严肃地立足现实，豪迈地畅想未来，思潮汹涌、情不自禁地张开了诗的想象的翅膀，以满足那"鲲鹏展翅九万里"的兴会，取得那出人意料之外又在情理之中的感染启发效果。

可见诗歌想象翅膀的飞腾，必须具备现实生活的深厚基础和巨大的革命动力。是血沸千度所迸发的热力，是惊涛拍岸所溅起的浪花。如果仅仅是说大话，故作惊人之笔，就会像鲁迅先生讽嘲的"天上掉下一颗头，头上站着一头牛，爱呀，海中央的青霹雳呀……"（见《三闲集·扁》）那样，成了虚无荒诞的文字魔术。

当前，全国人民正在为完成新时期的总任务而大干快上，捷报频传。英雄史诗般的事业，正在殷切呼唤：飞腾吧，诗歌想象的翅膀！

1978 年 5 月 18 日

从诗中数词的推敲说开去*

数字里也藏着诗。历代不乏从数词中挖掘诗意的范例。

《唐才子传》曾有记载:齐己携诗卷来袁谒(郑)谷,早梅云:"前村深雪里,昨夜数枝开。"谷曰:"数枝非早也,未若一枝佳。"

还有一则任翻改诗的故事,任翻题台州寺壁诗曰:"前峰月照一江水,僧在翠微开竹房。"既去,有观者,取笔改"一"字为"半"字。翻行数十里,乃得"半"字,亟回欲易之,则见所改字,因叹曰:"台州有人。"

这二则都是唐人改诗的故事。

《王直方诗话》则记述了宋代苏轼评点王祈诗作的一则逸事:宋代王祈,以"叶垂千口剑,干耸万条枪"写竹而自鸣得意,然而赞赏诗画交融的苏轼却讥笑他"好则极好,则是十条竹竿,一个叶儿也"。

从这三则故事中,我们可以看出,诗人不仅应具备创作的艺术性,并且要努力追求艺术上的科学性。齐己《早梅》诗,"数枝"改"一枝",佳在"一枝"更能突现"早梅"之"早",而且用"一枝"雪梅来报春,就使艺术画面分外清新、俊逸,耐人寻味。任翻的"一江"改"半江",不仅写出台州山峰之高峻,显出江水之碧澄,而且使江上画面色彩明暗相间,浓淡相宜,从而传神地刻画出了台州寺月夜所独居的风

---

* 原载《广阔天地报》1980年第94期。

韵。王祈"十竹一叶"的"秃"诗则从反面告诉人们：诗人对生活的认识和发现一定要准确，脱离深厚生活基础和体验的雕辞饰句，绝不可能写出警世之作。

法国著名作家福楼拜曾对莫泊桑说：不论一个作家所要描写的东西是什么，只有一个词可供使用，只有一个名词来称呼，只有一个动词来标志它的行动，只有一个形容词来形容它。因此，就应该努力去寻找迄今还没找到的这个名词、这个动词和这个形容词，而不要满足于"差不多"。郑谷、任翻、苏轼等人对诗中数词的推敲，绝不单纯是数量的扩大或缩小，而是在潜心寻求那唯一可供使用的词儿。

诗中那"唯一的词儿"怎样得来？它是不能够"一挥而成""一蹴而就"的，这需要付出极其严肃的创造性劳动，要求诗人细致地观察事物，敏锐地感受生活中的诗情，准确地把握其性质、程度，把思想巧妙地转化为具体形象。因此，诗人必须根据读者"积极想象"的心理，对活动的事物和气象万千的景象，抓住其最具特征、最传神也最形象化的一个动作、一种形态或一个场面，无比珍惜而严肃地用一个最恰当的动词、副词、数词或形容词把它表达出来。

要使这"唯一的词儿"确实选得准、用得活，除了观察、思考的细致灵敏外，还必须随之以字句的反复推敲，做严格的修改、锤炼。李沂在《秋星阁诗话》中说道："作诗安能落笔便好？能改则瑕可为瑜，瓦砾可为珠玉。子美云'新诗改罢自长吟'，子美诗圣，犹以改而后工，下此可知矣。昔人谓'做诗如食胡桃、宣栗，剥三层皮方有佳味'，作而不改，是食有刺栗与青皮胡桃也。"这话颇有见地。璞琢方可玉成，诗改而可后工。对于所要表现的事物，不透过几层深入探索，怎能获得其中的"珠玉"！

1980 年 10 月 11 日，与侯书良合作

诗评随感[*]

一

谈到诗歌评论，应先回顾它在我国的悠久传统。因为在我们这个久负盛誉的"诗国"里，诗歌评论与诗歌创作是同样源远流长、繁荣昌盛的。

我国最早的文艺评论，首先即从诗歌评论发其端。《尚书·尧典》中记载的"诗言志，歌永言，声依永，律和声"等上古名句，作为历代诗歌评论的"开山的纲领"（朱自清语，见《诗言志辨·序》），一直被我们所记忆和广泛引用。

春秋时代的孔门诗教，尤其那"可以兴，可以观，可以群，可以怨"和"多识于鸟兽草木之名"的结晶之论，相当系统地阐述了诗歌的本质和动能。这比西方最早的美学名著——古希腊亚里士多德的《诗学》，大约还早一个多世纪。

随着诗歌艺术的日趋完美和成熟，诗歌评论的专集也日益增多了。南北朝钟嵘的《诗品》、唐代皎然的《诗式》和司空图的《二十四诗品》等，从诗人修养到诗的技巧、风格，都写得情理兼备，发人深思。宋代以后，诗话、词话大量涌现，仅宋代的诗话专著，据郭绍虞《宋诗话考》一书的辑录，就有一百三十九种之多。若再看看清代《四库全书总目》

---

[*] 此文据冯中一先生手稿整理。

里的"诗文评"专类,其中以诗歌评论为主体的浩繁卷帙,那就更如汪洋大海、目不暇接了。这些论著,从诗的立意、神思、体式、创作之法到风格流派等,都有丰富精湛的分析,蔚成百家争鸣、众说林立的奇观。

今天,我们以具有这么悠久的诗歌评论传统而感到骄傲,当然并不是把历史上的精华与糟粕一律奉为"国粹",而是要从总的诗歌进程上,借古以励今,注意到这样一条明显的规律:诗歌创作的繁荣,必然要随之以诗歌评论的兴盛,两者相辅相成,互为因果,构成了诗歌发展的内在动力。

二

中华人民共和国成立以来,我们的新诗评论工作,是落后于新诗创作的。五十年代,介绍马克思主义的诗歌美学原理,争论现代格律诗的得失,评赞新民歌并研究新诗发展的基础与方向等,曾一度呈现过活跃局面,可惜未能健康地持续发展下来。

1957年对散文诗《草木篇》的批判,对艾青诗作的批判,是一个不祥的信号,开了追随政治运动简单进行"捧"与"打"的坏风气,把诗歌评论变成了"看风使舵"的政治鉴定。长期以来,在这种风气的影响下,造成了新诗评论的两个主要落后方面。

其一是缺乏对新诗发展情况的真实系统的总结。新诗从"五四"诞生已六十多年,积累了不少创作成果与经验教训,但迄今没有正式出版一部新诗发展史予以真实系统的总结;同时对各家诗作、各派诗风、各种诗歌运动等方面的资料整理和评论,也片片段段,为数很少。诗人艾青在其《新诗应该受到检验》(载《文学评论》1979年第5期)一文中提到,他见过一份打印的"五四"以来新诗人的名单,连冯玉祥、陶行知等都计算在内,也不过334人。就是这不算庞大的新诗队伍,我们要读到他们中间的大多数作品,了解其创作的基本情况,也是非常困难的。像活跃于三十年代的我国象征派新诗及其代表人物李金发,中华人民共和国成立以来未见过公开发表的研究资料与论文。

其二是对新诗鉴赏与创作的艺术评析极为薄弱。由于政治上极左路线的影响，再加十年动乱中文化专制主义的严重毒害，诗歌评论多限于抽象空洞的说教，很少涉及艺术分析。有一定成就的诗人，得不到艺术上的交流与提高，诗歌初学者也难以摸到诗美的具体门径，在作为新诗主要对象的广大青年中出现了越来越多的"诗盲"。粉碎"四人帮"以来，"二百"方针得到有力贯彻，情况开始好转，重视探讨新诗艺术规律的文章与书籍陆续出现了。但目前达到的评析水平，我觉得与三四十年代出版的梁宗岱的《诗与真》、李广田的《诗的艺术》、艾青的《诗论》等相比，似乎还有差距。

这对于继承"五四"新诗的传统，繁荣社会主义新诗的创作，都是极为不利的。

三

随着全国人民奔向"四化"的新长征，新诗也跨上了现代化的新里程，诗坛上的新情况、新问题，在促使着新诗评论克服落后状态，努力振作起来。

诗是燃烧着青春的火焰，属于朝气蓬勃的年青一代。而当前这一代崛起的年青诗人们，为共同的历史命运所支配，如从一场噩梦中醒来，迎着血泪中升起的黎明，进行着严峻而深沉的思索。他们要清洗新诗蒙受的虚夸的耻辱，力争在诗的新领域重新发掘人的纯正与尊严，深入鞭笞社会的一切污秽与丑恶。因此，刻意追求和创造崭新的富有潜在容量的艺术手法，使感受与意象的联系比较曲折隐秘，以充分表达哲理内涵的深邃和对于理想美的联想与探求。在这类探索前进的新诗中，可能是出于苦思和独创方面"过犹不及"的缘故吧，也不可避免地带来一些朦胧晦涩的风气。

写作日期不详，推测作于 20 世纪 80 年代初

致一位爱诗的同学[*]

×××同学：

因事情忙乱，大作送来很久了，迟至这几天才挤时间拜读了一遍，请多原谅。

读完这21首抒情诗，总地感到，你在诗的构思、技巧方面有较好的基础，有创新的锐气；存在的主要问题是格调不高，对诗美的追求也有偏颇之嫌。

在读着开头的《新月》《Lady First》《春色三抹》《星吻》等几首诗时，虽然觉得杂有冗赘俚浅的语句，但总有一股清新的生机，从清俏的描绘中泛露出来，使人如面迎晨风、心染春色。

但从《遗忘》《影子》以后，尤其是《丢失》《哭》《重轭》等诗，尽管笔墨更趋凝练，形象的主体感有所加强，而忧伤、颓靡、无可奈何的悲观情调，却污染了纯洁的诗魂。

为什么产生这样的变化呢？我觉得应从当前诗坛上青年一代的新诗风上作些考察。大约从1979年下半年开始，有许多年轻的诗歌志士，相继崭露头角，他们大都经历了迷惘、深思、觉醒的发展阶段，逐步冲破一些思想感情的禁锢，探索富有潜在容量的艺术表现手法。在这一摸索前进的过程中，虽不免笼罩着哀愁的阴影，但总的趋向是追求诚挚和理

---

[*] 源自山东师范大学中文系一位学生提供的影印件，题目为编者所加。

想，向往纯洁和光明，对我们的生活、制度、事业是充满热爱和希望的，因而谱写出许多更适合显示这一代青年复杂隐秘心灵的优美交响曲。不可否认，其中也有一部分青年诗作者，可能由于内伤过重，噩梦迟醒，眼前又过多地接触到动乱时期的血污、封建社会的流毒，便在诗中抒发哀怨的情绪，充满阴冷的诅咒与怪诞隐晦的呓语。对于这一特定历史阶段的精神后遗症，随着党的"拨乱反正"政策的大力贯彻，正在得到抚慰、疏导和逐渐消除。

你爱诗、写诗、努力创新，上述青年们的新诗风和一时难免的弊端，都会给予你一定影响。因为思辨不深，抉择不严，再加主观、客观的各种复杂因素，在你的诗里消极方面的东西就占了较大比重。

完全以爱情为主题的三首诗，都写的过于浮泛、庸俗。如《西子湖畔的姑娘》《姑娘，我该怎样向你开口》，多是表面化的情态和细节描述，有不少浅露猥琐的句子。"你面容娇贵如一颗金黄的杏""胸脯下伏着两个小浪""还有令人酥软的淡淡的发香"，以及"每当我看见你，我的每根神经都要颤抖""我曾在梦中和你一起跳舞……竟拥着你吻了一下"，等等，读起来使人感不到发自崇高心灵的光彩和芬芳，而只感到是对异性的如痴如醉的渴慕，甚至是追求着官能刺激。《浪漫幻想曲》经过锤炼，略有含蓄蕴藉，但也不过是满足个人情欲的内心独白而已。

关于爱情，马克思在其《一八四四年经济学哲学手稿》中有一著名论点，大意是：男女之间的关系是人与人之间的直接的、自然的、必然的关系，根据这种关系可以判断出人的整个文明程度。从这一原则来看，在我们社会主义精神文明日益发展的今天，爱情诗应当是最真挚火热的恋歌，必须通过坦露心底的秘密，深刻反映现代人最本质的情操、意愿，折射出时代精神中感人至深的强光。单纯的"爱情至上论"，轻率的"杯水主义"，虚假拼凑的"爱情与奖章""爱情加图纸"等，都应批判、戒除。《星星》诗刊1981年3月号上，有"爱的琴弦"专栏，登了几首取材、风格、思想深度各不相同的爱情诗，可本着上述原则，予以具体的比较研究。

在你的诗作中，占数量最多的是咏物哲理诗和意象组合式的哲理诗。看来，你正热衷于西方现代主义文艺的某些特点，力求从内心思考出发，向自我心灵世界开掘诗意，作曲折跨越的、富有象征含义的艺术表现。因此，你从原来单线平涂、明写细描的基础上，开始面向大幅度、多侧面、流动联想、对应暗示等艺术开阔地带探索。这有助于开拓诗的新路，是无可非议而且应当受到鼓励的，这里的关键问题，是在美学思想上防止重蹈西方"世纪末"思潮的覆辙，不要脱离二十世纪八十年代中华民族的艰难而宏伟的生活，去徒然追索以丑为美、以怪为善、以颓废为圣洁、以死灭为归宿的畸形心理的麻醉剂。我认为这是一种西式"嗜痂成癖"的顽症，对心灵的危害不可低估。当然，不能说你的一些哲理诗已达到这么严重的地步，但提醒引起足够的警惕，已是十分必要了。在《遗忘》中，把"遗忘"比作"埋葬过去的墓"，尚有一部分弃旧追新的含意，而让"现实"加固这种"墓窟"，落得"我正好在墓中长住"，就把悲观厌世的气氛渲染得太沉重了。《影子》一诗，写红日西沉时追逐我的影子以至失掉影子的心灵幻觉，由"苦苦的凝神"开始，到"恐怖使我狂奔"收束，给自己造成多么凄苦的怅惘？给生活涂上多么阴森的色调？特别是那首《哭》，概括了"只能上演一辈子悲剧"的人生历程，上升为"从产床一直哭进墓地"的结论，已经超越"看破红尘"的思想，跌进沉沦绝望的深渊了。写到这里，我怀疑（不，我简直相信），上述诗句不见得能代表你真实的、成型的思想，但愿是对颓废的、唯美的艺术猎奇所造成的临时性失误。

这里，顺便从青年文学刊物《青春》1981年第4期上，抄一首短诗来欣赏：

回答（薛卫民作）

我的幻想

象一滴夏天的露水

晶莹，透亮

包着一轮清晨的太阳

如果它从叶子上跌落了
就溅起野花的芬芳
如果它给小鸟儿唱落了
就化作森林中的歌声

我幻想
否则我就失去了平衡
日子苍白得贫血
生活象一只单翅的鹰

漆黑的夜里
尽管什么也看不清
我依然大睁着眼睛
我担心闭上了
宇宙会少两颗星星

  首先看题目，写得颇为别致。是对谁的回答呢？情人的恳嘱？师长的教导？祖国的期望？都可能是而又没有确指，观察的角度及其引申含义，任凭你随意驰骋。再看诗句内容，没有豪言壮语，也不雕章绘句，并且不乏"跌落""苍白""漆黑"等消极色彩的词汇。但总体形象极为清丽，清丽中充溢着健旺雄阔的气魄，而气魄是内蕴的，具有交感递进的振幅与冲击力。为什么能够这样？读到末句豁然开朗，原来是为时代献身的忠心和历史责任感，已提到以宇宙为怀的超高度啦！我认为，这还称不上当前多么优秀出众的诗篇，但就其运用现代化活脱思维方式，反映这一代青年富于思索、勇于奋起的内心世界这一点来看，是值得你认真研究的，以求对症下药、取长补短。

拉杂地写了以上看法，其中可能由于自己头脑中"温柔敦厚"的遗风未退，对新生事物看不惯，甚至存在着今天常说的两代人之间的"代沟"。出于这种担心，我大体翻阅了一下当前较有影响的一些青年诗人的言论，觉得大多数的论点，与我的基本看法还不是距离很大的。这里试抄几个片段供参考：

江河："我认为诗人应当具有历史感，使诗走在时代的前面。"（《诗刊》1980.10）

张学梦："……对于那些消极的、假恶丑的东西，我将抛出几行砖头似的诗句，虽然明知道不一定会起什么作用。不过我深信：现实生活中美好的东西决不比丑恶的东西少。生活是绿色的，真善美是强有力的。"（《诗刊》1980.10）

高伐林："海涅说过：'只有伟大的诗人才能认识他当代的诗意。'（《论浪漫派》）我不伟大，但决心回答时代的召唤，而不沉溺在陈旧的意境中，写那种过去年代的遗迹，越来越没有出路的诗。"（《诗探索》1980.1）

"永远走这土地　永远承受阳光　永远都是早晨　永远听着歌声　……这是王小妮在自己一组诗前写的题记。这是一颗充溢着朝气、乐观、明朗和轻盈的灵魂的自语。"（邝涵：《在大山和土地的怀抱里》，《诗探索》1981.1）

要抄，还有很多，就此打住吧。总之，在这些彩色的河流似的语言中，贯穿着的主调，就是：诗，永远召唤着闪光的青春！

冯中一
1981年4月28日

夸张奇特、控纵自如的想象力[*]

——《逍遥游》赏析

庄子的散文，在"百家争鸣""处士横议"的先秦时代，是以丰富的想象力进行形象说理而闪耀异彩的。

《逍遥游》是《庄子》一书的首篇，从思想上和艺术上讲，都堪称庄子散文的代表作。本篇主要表明"无所恃"的适己任性、逍遥自在的思想，并且通过气象万千、波澜纵横的形象画面，予读者以具体生动的感染启发。它最突出的特色，就在于想象力非常丰富，调动了许多夸张奇特的事物，创造出一种引人入胜的"逍遥游"的思想境界。里面首先描写了几千里之大的"鲲鹏"，怎样惊天动地、乘风破浪地遨游；中间刻画出渺小卑微的"蜩与莺鸠"以及"斥鴳"等，如何匍匐于地面和蒿莱之间而自鸣得意。围绕着这一中心构图，还以"野马"的比拟、"尘埃"的升腾，展示浩茫无际的自然背景；列举水浅、风厚的事理，说明沉浮升降的规律。另外，为了加深印象，令人感服，又进一步旁通类比，联系到"朝菌""蟪蛄"生存的短暂、"冥灵""大椿"成活的恒久，以至传说中八百岁的"彭祖"和"众人"有限寿命的悬殊……所有这些大小形象的对比、变化多端的假托设喻，都极尽夸张奇特之能事，令人在视野开阔、神思飞跃中深入领会一个基本道理：从自然到社会，都是无分

---

[*] 原载《散文赏析》，江苏人民出版社1981年版。

大小、不论高低、超越寿夭生死，总之要消灭一切空间、时间和物我之间的限制，才算绝对的自由，才算把握住"逍遥游"的真谛。

更应值得注意的是，文中的许多奇物异事，并不是零散罗列、机械地为概念作图解，而是凭其丰富的想象力，赋予各种事物形象以不同的鲜明神态，组成情景事理的交错呼应关系，使篇章结构发挥出开合起落、控纵自如的推论气势。本篇开头，对于鲲鹏的变幻与活动，先作了大笔淋漓的巨幅描绘；接着引用《齐谐》有关鲲鹏的传说，增强了笼罩全篇的雄奇豪迈的声色。再写下去，更放开思路，随意发挥，有的借物理作为旁证，有的用形象尖锐对比，有的举事例边叙边议，力求从多种角度，深广有力地阐发"逍遥游"的主张。在经过广泛联系比附之后，作者又摘引"汤问"一段有关鲲鹏与斥鷃的叙写，看来似与开头重复，实则造成主体形象的完整性与复沓递进的运动感，加强了论证的逻辑力量。所有这些，都充分显示了《逍遥游》的控纵自如的规律及其所产生的议论风生的效果。正如前人林云铭《庄子引》所评论的那样："篇中忽而叙事，忽而引证，忽而譬喻，忽而议论；以为断而非断，以为续而非续，以为复而非复。只见云气空濛往返纸上，顷刻之间，顿成异观。"

综观这篇《逍遥游》，就其哲学思想来说，乃从事物的相对性中，希求破除一切界限，达到绝对自由的地步，这不过是庄子头脑中的一种幻想，属于虚无主义的主观唯心论，是应当予以批判的。但就其散文艺术在文学发展史上的地位、作用而论，却是一枝奇花异卉。它的丰富多彩的想象，夸张奇特的构思，浑灏奇丽的风格，对后世辞赋和散文的创作，均产生了很大的影响。

1981 年 7 月

引人喜爱和沉思的春光[*]

——读苗得雨短诗集《衔着春光飞来》

祖国进入了"四化"建设的历史的春天,诗人苗得雨像一只迎春的飞燕,"衔着春光飞来",把他的又一本短诗集奉献给广大读者,是格外引人喜爱和沉思的。

掀开诗页,第一个明显的印象,就是一派浓郁芳菲的泥土味扑面而来。看那蒙山沂水的花叶、渤海泉城的风光,以至宇宙万物的情思,处处淳朴自然、恳切感人。——"淅沥沥"的春雨润心肺,"吱唔唔"的柳哨动心弦;"金麦""高粱""槐花""银杏"等习见事物,都蕴蓄着家乡人的刚健性格;"潭水""梨行""瓜园""打谷场"等常到处所,也流溢出新农村的优美情韵。诗人在这里,并不单纯是捕捉形象、挥动彩笔,而是作为生于此、长于此、苦于此、乐于此的乡土的儿子,倾注汗水与心血,以创造生机和幸福的。所以当他"把脸同新土贴在一起"而激起了深情,当他"在麦田垅内打滚""在高山顶上追云""愿永远做一个天真的孩子"而迸发出灵感,便形成了苗得雨诗歌泥土味的深厚素质和富于童心美的儿歌情趣。

---

[*] 此文据冯中一先生手稿整理。

> 不要学花儿，
> 只把春天等待。
> 要学小燕儿，
> 衔着春光飞来。

这四句一首的小诗《燕》，正好是全诗集的缩微造影，闪耀出很鲜明的风格特色。

苗得雨曾经自许："我的长处是'土'，那就有意识地保持这'土'吧。"同时，他的"保持"并不等于故步自封、抱残守缺，而是以丰富的民歌传统艺术为主要营养，另外再"注意胃口不要太窄，要广吸收"，努力克服"一直二实"的弱点，力求使自己的诗能够"飞起来"。因此，我们细读这本诗集，获得的第二个突出印象，是在艺术手法上，经过继承与发展相结合的努力，不断有所开拓与飞跃。

诗人原来的重陈述和表面化的比兴减少了，更多地通过创造性想象，展开暗示、象征性的渲染与点化，以充分发挥诗歌内在的艺术张力。例如《站在旋崮山上》，诗人放眼如画江山，心中涌起了把它改造得更加美好的壮志宏图。于此，没有直抒胸臆或细谈心愿，而是借小燕子"在两山中间的飞旋"作为媒介，想象出了轻巧的山水作业图：

> 小燕子，
> 愿你变支梭，
> 把沂河当经，
> 把汶河当纬，
> 在两山中间，
> 编织美丽绸缎。

美景在眼前跳跃，深意随景象延伸，富有跳动感、立体感地呈现出一目了然而又气象万千的幻美世界。如果说,小燕子如梭的编织,还始终没离开实体形象,诗笔"飞"得还不够超脱,那么后来写的《蔓》,则增加了虚拟成分。诗前小序告诉我们:"汶河,流自蒙山深处,它弯弯曲曲,像一条瓜蔓,两岸村庄就是一片片叶儿……"从这一个亲切的饱含乡情与生趣的比喻出发,先进行总体描述:

> 河流,
> 可爱的河流,
> 美丽的秧蔓,
> 幸福的秧蔓,
> 祖国大地蕴育,
> 人民血汗浇灌。

接着越过"瓜叶儿",直接突出"果实"的意象,让诗意作透视生活本质的纵深转移:

> 在它身边,
> 成熟的果实该是香甜。
> 但山乡亲人的生活,
> 久久咸苦,涩酸。
> 也应是这样,
> 不然不会知道果实的香甜。

这形象化的思辨,使瓜果的生长过程和乡亲生活的甘苦变化互相印证,从而获得了现实性、多义性的深广启示,所有家乡人的泪与笑、憎与爱、回忆与理想……都向这儿汇集、冲涌。唐代诗人刘禹锡有一联佳句:"晴空一鹤排云上,便引诗情到碧霄。"这首瓜蔓诗也似乎神思纵横,要排云凌空地升腾起来,便于最后平添了大开大合的象征性结尾:

于是，我的思绪，
从脑海倾向河水，
旋转着，流淌着，
曲曲弯弯……

由河水化为瓜蔓，再由瓜蔓化为河水，却不是物象的简单复原，而是要把热爱故乡和为之献身的激情，升华到一个巨大的精神空间，使它在那里旋转流动，永不止息。应当注意，这些艺术手法上的开拓、飞跃，并没有背离群众喜闻乐见的前提条件去雕章琢句、矜奇求怪。相反地，力求在平易中化入精思，从朴质里闪露情采，让刻意之笔以无意出之，使读者获得"看似容易最奇崛"的感染启发。仿佛"羚羊挂角，无迹可寻"的传统的审美标准，已经为诗人今天的艺术创新起着积极的引导作用了。

鸟美丽的是翅膀，诗美丽的是思想。如果放弃对于人生和社会的思考和追求，徒然讲究艺术上的展翅飞翔，仍会把诗歌写得玄虚迷离，晦涩难懂。从这个意义上来掂量诗集《衔着春光飞来》，它给我们的第三个重要印象，就是在明快嘹亮的现实歌吟中，日益注重加强生活哲理乃至时代真理的深入开掘。

例如在诗人锐敏的观察、独特的感受下，"顶着老大的穗儿"的紫红高粱，与"我身边的小伙子"神凝气合、浑然一体了，因而他在取得成绩、受到表扬后"羞答答地，不好意思"的难以言喻的憨厚品质，只需寥寥数语，就取得了隐藏愈深、表露愈远的思想深度与活力。还有那"为了人们穿戴美丽，甘愿献出自己心爱的绿衣"的桑树，竟把被人忘记视为当然，毫不计较荣誉，一直耐得寂寞，原因非常简单，就在于它"常常想不到自己"。这生活哲理，平凡细小得不值一提，可是当它青枝绿叶地成活在我们的心田时，也可变成滋润灵魂的"长效警句"。本着这种贴形传神、浅而弥深的理趣，再完整地体会下面一首《榆》：

作材料——
你十分坚牢；
"榆木造"——
可和钢铁比较。

春日，榆钱可吃，
夏日，榆叶可熬，
灾荒时，你连肌肤都献作食粮，
为人类，你甘愿将生命全抛。

有人曾靠你几得温饱，
直至将你的枝干劈碎燃烧，
末后，竟指着你的根部咒骂：
"死疙瘩，这样难刨！"

描绘生动，简劲而灵活。寄托理念，则是先抓住当前，正面叙写坚强的骨干作用；再联想生平，侧面概括无私的献身精神；进而瞻念身后，背面烘托不屈的革命骨气。读后进行历史的、社会的仰观俯察，其崇高品质与斗争经历交互辉映，辗转生发，确实能把艰苦创业的老一辈无产阶级革命家的中流砥柱、垂范千秋的高风亮节，附丽于"榆木疙瘩"的特性，发扬到特别踏实、恳切、厚重的新高度。尤其是经过"十年动乱"的冲击和后来思想解放运动的开导，诗人的思路向着更加深刻、复杂、辩证的领域突进，探询、褒贬、讽喻增多了，尖锐化了，并且加强了赤诚和严峻思考的时代气息。他歌颂春天，不满足于表面的涂红染绿，却从本质上和引申含义上分析"它的美好"，是因为借来了"冬天的一半冷，夏天的一半暖"。他礼赞北斗星，也克服了宗教式的盲目崇拜，而把它作为运转的一个天体，既辨识"春夏秋冬都在奔走"的自然规律，又暗示党领导我们革命大业的功绩"像一座楼上的梁与柱，像一片地上的江与河"，以至归结出"指路的北斗星啊,你本来是一个星座"这样虚实双关的点睛之笔。当我们联系到历史新时期党中央不断整顿改革和加强集体领导的策略原则,不是更能领会出全诗的思想核心及其丰富的政治容量吗?

综上所述,我们可以从苗得雨诗歌创作发展的阶程上,看出他正在以民歌为基调,博采现代的多种艺术手法,向着时代的民族特色的哲理抒情诗的定型与成熟上锐意精进。当然,《衔着春光飞来》中所收的诗篇,水平不一,精芜并存,还时有泥实直陈的懈笔。但作为新诗在民族化、群众化发展道路上的一种卓有成效的创新实践,是应受到重视的。前些时候,为新诗的朦胧晦涩问题,在全国掀起了讨论争鸣的高潮,持论比较开明通脱的周良沛同志,有一篇发言,其中提到:"我相信,郭沫若的《女神》决不可能顶垮刘大白的《卖布谣》;艾青的创作成绩很大,也不可能取代苗得雨。"(《说"朦胧"》,《文艺报》1981年2月)虽属顺便举例,概言诗应兼收并蓄,但也透露了苗得雨诗风在大家心目中已具有较大的影响。

愿苗得雨同志继续做新时代的春燕,为我们衔来更值得喜爱和沉思的诗的春光!

1982年7月8日,与宋乐永合写

等闲拈出　情趣盎然[*]

——《茶花赋》写作功力赏析

《茶花赋》是颇能体现杨朔散文风格特色的佳作，也是当代散文中脍炙人口的名篇。它运用了朴素清俊的叙述笔法，也间有几处浓彩重染的抒情锦句，读来确如品名茶又兼赏奇花，感到有品赏不尽的诗意美。

对这篇散文，如果单从写作功力上来考察，给人总的感觉是：等闲拈出而又情趣盎然。作者仿佛娓娓谈心，从容运笔，实则以千锤百炼的功夫，精心创造出炉火纯青、妙趣天成的艺术境界。具体分析，获致这种效果的原因，主要有三：构思的凝练清新，结构的错落有致，语言的朴而能巧。

首先，看构思方面

作者满怀游子归来的热爱祖国的深情，见到云南的盛春繁花，从而更加感到祖国的无限美好。如何利用散文表达这种眼前胜景与心中激情呢？若把所见景物加以全面描绘，容易一般化，而且挂一漏万，总觉纸短无法容纳；若以触景生情之笔，重点描摹几个场面，每处抒发一些感慨，又可能平直浅露，不足以展示情感的浓度与分量；若通过其他艺术

---

[*] 原载《黑龙江电大》（文科版）1983年第1期。

手段，如结合传说故事，穿插新人新事，也许受某些条件的限制，一时不能得心应手、自由驱遣。而作者目敏心细，从自我与时代的交相感应出发，看到面前的美景如画，想到在国外请人为祖国风貌作画而未能实现的憾事，又洞察到如此美好风光背后祖国人民的精神之美，于是从几个有关的生活片段中，找出了咫尺与天涯、静景与动态、现实与幻想的内在联系，产生了《茶花赋》的构思：在春光烂漫的和平幸福的劳动生活背景中，用足以代表国风民情的茶花来寄托与发挥对于祖国的深情厚爱，并自然地契合上开头的作画未成和结尾的如愿以偿，使兴奋万端的情思得到最精练的结晶与升华。这构思克服了平面泛写，给人以精粹清新的感受，并突破了篇幅简短的局限，赋予丰盈婉转的抒情性，使读者可以得到游目骋怀、浮想联翩的欣赏余地。如果说，散文要以斗方白描的简约画幅来争奇竞秀，作者这种由花到人的神游意会、旁通曲引的创新设计，是起着美的凝缩与深化的决定作用的。

其次，看结构方面

言约意广、控纵自如的构思能力得以充分体现，和善于谋篇布局有密切的关系。《茶花赋》的组织结构，能够大幅度地抑扬变化，显得错落有致，为情节的充分展开提供了巧妙传神的"舞台装置"。如把全文分成四个部分，第一部分（第一自然段），借恳谈一件心事，揭开了浥注全篇的爱国深情的源头。第二部分（包括二—五自然段），由远而近地渲染了云南春天的美景，又由点及面地勾勒出茶花的奇丽，这色彩浓郁的环境，使第一部分暂时遏抑的情感，迅速而有力地激荡起来。第三部分（包括六—九自然段），笔力转入剖精析微，掀起美景的帷幕，突出更美的本质：通过与普之仁的谈话，引进勤恳劳动、创造优美生活的历史意义；又通过"童子面茶花"的迁想妙悟，引出对祖国未来的憧憬，至此，热情融贯着深思，不仅成为第二部分感情激流的顺势承转，而且纡曲深入，显示了遥深的潜在力量。第四部分（最末自然段），照应开头，于篇末点题，既是全篇意义的必然归宿，又形成读者回味的起点，犹如为全篇的情涛造成回澜，溅起了雪浪银花。这四个大部分，呼应承接，移步换形，又都有回互映衬的关系。而其中的零散分节、细部挪移，有的连锁递进，有的曲折反激，有的似断实连，也看出许多穿针引线、明进暗转的工巧。一般文章中的叙述描写，规行矩步，表现力往往超不过句情段意的表面的有限范围，而《茶花赋》却行文疏放错落，善于通过文章结构的气势变化，焕发出笔晕墨染的丰富表情性。

最后，看语言方面

散文语言，贵在淳朴而又优美，能于清浅中别出心裁，格调不凡，才见功夫。《茶花赋》的语言运用，这种特色比较明显，对于凸显散文构思和散文笔调，起着表里相成的积极作用。文中不少地方，虽是轻描淡写，但言近意远，流露深永意味，一经涵咏咀嚼，更增"香远益清"之感。如开头一段中，请人画祖国面貌而不可得，于是这样收笔："我想了想，也是，就搁下这桩心思。"没有故扬声色、弄得表面红火，而出之以舒缓的、自我克制的口吻，却令人感触到作者感情的朴实潜沉。再如描绘了茶花盛开的景致以后，轻捷地带出这样一笔："听朋友说：'这不算稀奇。要是在大理，差不多家家户户都养茶花。花期一到，各样品种的花儿争奇斗艳，那才美呢。'"此处如果不加引申，显得意犹未尽，收得突兀；如果纵笔渲染，求其淋漓尽致，则又感到景物一览无余，笔墨重复无力，且有矫饰取媚之嫌。这种节骨眼儿上，作者运用了似无心似有意的侧面补叙，点到为止，幽径顿出，使人感到真实、顺劲，不禁把美的视线引得更远。另外，语言的朴质，也可插入镂金错彩之笔，不过这必须会控制，有创意，如羚羊挂角，无迹可求。像篇中的"一树一树的，每一树梅花都是一树诗""每朵花都像一团烧得正旺的火焰""翠湖的茶花多，开得也好，红彤彤的一大片，简直就是哪一段彩云落到湖岸上"……这样把比喻融化到平易的叙述中，而且散散落落，好似景德瓷的雪地上稀有的几点胭脂，为全文增添了耀目的神采。我们从《茶花赋》的语言的艺术整体中，可以突出地感到，散文语言的平中有奇、朴而能巧，是经历了深思淘炼，是根深叶茂然后才得花果香的一种自然表现。

综合以上几方面，可知《茶花赋》写作功力的等闲拈出、情趣盎然，来得并不容易。也就是说，这篇散文的"散"，是以深功熟巧为内核、为基础的。

金代诗人兼评论家元好问有一首阐述写作经验的绝句："晕碧裁红点缀匀，一回拈出一回新。鸳鸯绣出从教看，莫把金针度与人。"这意思，从作者角度要求，就要如同绘画调色、刺绣配线一样，做到意匠如神，精新独创，不拘于什么法度、诀窍；从读者角度来领会，就应敏锐观察，把作者纵横驰骋的思想感情的轨迹追回来，加以补充体验，以抓住其构思的契机，即行文的"金针"，打开其言内文外的全视境界。我们对于《茶花赋》写作功力的赏析，也应本着这种精神，从文章构成的内部规律上，去掌握作者不肯"度与人"的"金针"，来启开审美思路，探索其创新的奥秘，而不能作为"模式"生搬硬套、机械运用到其他散文的欣赏或自己的写作中去。

1982 年 10 月

生活智慧的火花*

——略论诗的灵感

我常常忘记世界——
在甜蜜的静谧中，幻想使我酣眠。
这时诗歌开始苏醒：
灵魂洋溢着抒情的激动，
它颤抖、响动、探索，像在梦中，
最终倾泻出自由的表现来——
一群无形的客人朝我涌来，
是往日的相识，是我幻想的果实。
于是思想在脑中奔腾、澎湃，
轻妙的韵律迎面奔来。
于是手指儿忙着抓笔，笔忙着就纸，
刹那间——诗句就源源不断地涌出……

——普希金《秋》

仿佛心灵的窗户一下洞开，跳动的思绪、新鲜的形象、美丽的词句，都纷至沓来。在此，诗人生动描绘出自己创作开始的情景。这就是我们

---

* 原载《聊城师范学院学报》（哲学社会科学版）1984年第4期。

通常所说的"灵感"状态。

什么是灵感呢？灵感状态怎样才能促成呢？

一　灵感的含义

灵感（inspiration）这个词，原来含有"灵气的吸入""神给予凡人的启示"等意思。所以过去有不少人给它涂上过于神秘的色彩。如柏拉图就在《文艺对话集》中把它看作神力依附和神潜入人的灵魂的结果，在他看来："酒神的女信徒们受酒神凭附，可以从河水中汲取乳蜜，这是她们在神志清醒时所不能做的事。抒情诗人的心灵也正像这样。……不得到灵感，不失去平常理智而陷入迷狂，就没有能力创造，就不能做诗或代神说话。"在今天来看，这显然是唯心的、神秘主义的解释，不可能道出灵感的真正含义。

说明灵感为何物，没有什么能比诗人的切身经历更富有权威性的了。让我们看公刘所谈的《星》这首诗的创作经历。

这首诗的创作，可以说是先后爆发了两次催生的机缘。最初的一次是1976年4月5日。诗人从广播里听到《人民日报》上以工农兵记者名义写的"四人帮"的自供状，知道了《扬眉剑出鞘》这首诗和其中引用的战斗檄文时，体验了一种从未有过的激动。接着，诗人又听到了人们对天安门广场事件的传闻和大逮捕的消息，开始理解事态的反常。诗人不禁思考：我们亲爱的祖国，你究竟发生了什么事情？这时，有两句话仿佛一队狂喊的复仇的勇士，一下跳上诗人的心头：

　　　　条条道路通向天安门广场，
　　　　为什么……广场竟通向牢房？

这像一枚受精卵，为诗的发育成胚胎提供了机缘：一是规定了全诗必须围绕着天安门广场展开，二是规定了高亢激越的韵脚。

又经过很长时间,"四人帮"被粉碎,诗人有机会来到北京,终于又有一次灵感的来临,促成了诗的分娩。诗人说:

> 一天夜晚,我又去到广场漫步。天空久阴转晴,黄色的沙尘不知卷落到哪里去了,剩下些条状的黑云顽固地不肯退却;然而,星星却勇敢地探出头来,在这些黑云的隙缝中燃烧着,一粒,两粒,三粒……黑云被烧化了,火种撒向人间。猛然间我憬悟到:苦思冥想达两年之久的诗题,不就摆在眼前吗?星!这些黑云不就是铁的栅栏吗?那燃烧着的星星不就是囚徒们的眼睛吗?毫无疑问,他们就是这个样子的!他们正是这样热烈地凝望着我们大家,凝望着神圣的天安门广场的!(作者注:当时天安门事件尚未正式平反。)
> 啊,多么明亮!多么明亮!
> 不屈服的星光!不屈服的星光!
> 我找到了诗的主旋律了。带着这个主旋律,我回到了黄土高原上那个依旧有如密封罐头般的小县,写下了第一稿。①

通过这个例子,我们可以揭开灵感的雾纱,看清楚:灵感并非自天而降,也不是从诗人天才的头脑里幻化的魔影,而是受某种事件和景物激发后产生的心灵的震动。它既包括突发的创作冲动,也包括随之而来的思维活跃和想象飞驰的创作兴奋过程。这样,客观生活的感情火花,溅落在诗人心灵之火的最强烈的引爆点上,便燃放出璀璨夺目的诗的光焰。这诗的光焰,也即灵感,主要是客观事物与主观感受猝然相遇后的审美能力的显现。

公刘在上述同一篇文章中,也这样说:"灵感,就是由生活积累到艺术构思这一漫长过程中终于导致了从量到质的变化(飞跃)的那一契机。"

---

① 《诗的构思》,载《诗与诚实》,花城出版社1983年版。

二　灵感的特点

仅仅知道了灵感的含义，仍不易把握灵感在诗歌创作开始阶段的活跃状态。因而对它的具体特点，有必要略加分析体会。

（一）偶发性

灵感不能确切预期，不能人为地寻觅，而常常闪电似的突然光临。古人写诗常有"神来之笔"的兴会，现代诗人也常因突如其来的感奋而诗意潮涌。郭沫若关于《地球，我的母亲》一诗创作缘起的自述，就是一个典型。他讲到1919年创作这首诗之前的情况："那天上半天跑到福冈图书馆去看书，突然受了诗兴的袭击，便出了馆，在馆后的石子路上，把'下驮'（日本的木屐）脱了，赤着脚踱来踱去，时而又率性倒在路上睡着，想真切地和'地球母亲'亲昵，去感触她的皮肤，受她的拥抱。——这在现在看起来，觉得是有点像发狂，然而当时却委实是感受着迫切。在那样的状态中受着诗的推荡、鼓舞，终于见到了她的完成，便连忙跑回寓所去把它写在纸上，自己觉得好像真是新生了一样。"[①] 这里指出的"突然受了诗兴的袭击"即灵感的来临，是诗人事先无法预料的。当时诗人在诗的推荡、鼓舞下，连忙回寓所把诗写成，也透露了灵感催化诗意的速效，和诗人必须紧紧抓住这稍纵即逝的"契机"的紧迫心情。苏轼咏叹的"作诗火急追亡逋，情景一失永难摹"，正是这种心情的逼真写照。

（二）亢奋性

灵感的出现，通常都伴随着一种热情的冲动，一种精神活力的迸发，使诗人进入极度亢奋的状态，甚至如狂如痴地沉浸在艺术形象的追求中。"五四"时期诗人刘半农，表述到达亢奋的极点，是"觉也睡不着，饭也不想吃，老婆说他发了疯，孩子说他着了鬼"[②]。臧克家也是在灵感的激励下，"只要一触及或者有心得时，不分冬夏，就立刻翻起身子来燃烛摸

[①] 郭沫若：《我的作诗的经过》。（本篇注释据原文献照录，下同。——编者）
[②] 转引自《说真话抒真情是诗的生命》，《诗刊》1979年12月号。

笔，不要让诗跑了"，因此常把同室的同学惊醒，惹得大家都讥笑："诗人又在发神经了。"① 凡此种种，都证明灵感的到来，不仅快如疾风闪电，而且势若惊涛震雷，充满迅猛的冲击力量，使诗人无法平静，甚至一反常态。

（三）创造性

灵感对于诗，不仅是点燃激情的导火索，还是启开思维的突破口。它常常以奇异的亮光，照射出一个五光十色的境界，催促诗人"顿开茅塞"，使他大脑中的生活积累、形象积累得到新的凝聚和升华，欲罢不能地形成构思，涌出诗句。像歌德所慨叹的："它们却突然侵袭我，要求我立时写成，因此我就觉得被强迫，把它们当即本能地、做梦似的写下来。"② 如写出《现代化和我们自己》的当代青年诗人张学梦，对三中全会以后的形势，"总觉得有一股子强劲的生气在肺腑激荡"，尽管"一点也不懂写诗的理论和技巧"，也能够"只是遵照心灵的驱使，任笔驰骋，好像是自发的"。③ 这种创造性的充分发挥，类似紧急情况下突然出现的"体力超限"一样，诗的灵感似乎是被赋予了"智力超限"。

偶发性、亢奋性、创造性三者紧密结合，构成了灵感的特点，显现出灵感状态的特异功能。它给诗人带来了不可抑制的激动，它使诗人热烈地拥抱着纷涌而来的生活现象和经验，并把它们纳入形象思维的轨道，恰似"众水会涪万，瞿塘争一门"，产生湍急奔突、不可阻挡的气势。此种"内心情景"是短暂的，也许是游离不定的，却给诗人的创造奠定了最有力的基础，让诗的感情、想象和一切审美观点，都异常活跃、专注和敏锐起来。

三 灵感的培养

灵感不是神秘的、天才的产物，但灵感表现的特点却常有一定的奇妙色彩，所以写诗者应该踏踏实实地为培养灵感而努力。最重要的，必

---

① 臧克家：《我的诗生活》，学习生活社 1943 年版。
② 爱克曼：《歌德谈话录》，人民文学出版社 1978 年版。
③ 张学梦：《为现代化歌唱》，载中央广播电台编《诗人谈诗》。

须坚定对于灵感的唯物主义的信念。诗人艾青访问海南岛时，看到一种神秘果，吃这种果后，再吃酸麻苦辣都能变成甜的。这特点触动了他的心灵，使他联想起几十年的颠沛流离、悲欢离合，于是写成了众口交誉的《神秘果——给G、Y》这首诗。[1]

雷抒雁在谈到《小草在歌唱》的创作过程时指出：当他捧读刊登张志新烈士事迹的报刊时，心中义愤燃烧，经过痛苦的思索，他面前一下子跳出了有关烈士惨遭杀害的诗意形象——他看到了一片野草、一摊紫血，于是，诗思像小溪一样从周围奔涌而来。[2]

骆耕野经历了十年动乱长期的坎坷，面对拨乱反正的社会展开了对比、深思，有一天，在听一位叔叔谈论国事时，心中突然出现一个闪电般的警句：

我心中孕育着一个可怕的思想，
对现实，我要大声喊出——我不满！

于是，"刹那间，沉睡在潜意识中的大量素材，雄辩地结合起来，理直气壮地射出了诗的喷火口……"[3]

从以上几个事例可以看出，灵感绝非神秘莫测、高不可攀。

它可以来自一种特征事物的联想，可以来自一种幻景和想象逻辑的生发，也可以来自一个警句或哲理的推导……它的表现方式各不相同，但殊途同归，构成的基本规律都是"诗人的主观世界与客观世界最愉快的邂逅"[4]。就是在主观与客观某一特定机遇的撞冲下，"埋伏着的火药遇到导火线而突然爆发"。[5]

这种"邂逅"与"突然爆发"，是偶然的，但又存其必然性；是不可

---

[1] 转引自阿红《漫谈诗的技巧·用自己的心灵去燃亮生活的烛》。
[2] 雷抒雁：《小草的诗情》。
[3] 骆耕野：《时代与诗——〈不满〉创作杂谈》。
[4] 《艾青诗选》自序。
[5] 《艾青诗选》自序。

预控的，但又能为之创造必要的条件。因此，对于灵感的培养，必须从两方面正确对待。

第一，在生活中，高度重视灵感的捕捉，要勤奋刻苦地观察、体验、感受、积累。做到广采博收，成为生活珍品的丰富储藏家；做到体物入微，成为生活信息的灵敏传输器。诗人徐刚为他的诗《一九八一年一月一日——八十年代畅想曲》所写的"题记"，可以帮助我们剖视诗人这样努力以求的思维过程：

> 一切想象，一切联想，一切灵感，无不来源于生活。
> 用眼睛去看是——这是观察生活——有人看到的是云遮雾绕，有人看到的是云雾后面的真面目。
> 用心灵去想——这是思索生活——此时此刻，需要的是冷静的审视和解剖——连同审视和解剖自己在内。
> 思索得愈多，形象就愈活跃；思索得愈深，风格和特点就愈鲜明。
> 当各种具体的形象，在头脑里跃跃欲动，成为活生生的时候，就是灵感出发的时候。
> ——原载《上海文学》1981年2月号

注意，作为生活与心灵间交互感应、闪耀的灵感，尽管来势突兀，充满"邂逅"的兴奋和"爆发"的热烈，但是缺少不了冷静的、耐心深入的观察与思索。徐刚恳切地阐述了他捕捉灵感的这番"匠心"与"火候"，告诉我们必须克服任何轻松的不劳而获的侥幸心理。

第二，从思想上，轻视对于灵感的刻意追求，更注重审美情操和品格胸怀的根本修养。苏联戏剧理论家史坦尼斯拉夫斯基曾说："决不要为灵感本身去思考灵感，不要直接追求灵感。"对于诗歌创作，这也是有益的铭言。历史上以及现实生活中，有不少"诗囚""诗奴"，刻板地照抄别人的经验，苦苦地追求"灵感"，却经常为她的薄幸而苦恼，为她的枯竭而悲伤，终生也难以写出有生命力的诗篇。这种对待灵感的"小家子气",必须戒惕。当代老诗人苏金伞,既主张积极培养灵感,又直率地提出:"一脑子教条,是产生不出灵感的。"这确是一针见血的经验之谈。下面抄录他的具体解释来看:

> 但也不能专凭灵感作诗。灵感虽非神妙莫测,但也并不像可靠的书报投递员一样,每天到时候就来叩你的门。尤其到了老年,情感不那么旺盛了,感觉不那么灵敏了,对周围的事物,兴趣不那么浓厚了,产生灵感的条件受到了限制。就像到了秋天,呼雷打闪的事究竟少了。所以人到老年还能写出诗来是不容易的。
>
> 那么怎么办呢?这就需要解放思想,跟上时代的要求。大胆思考一些新问题,冲破一切禁区。思想活跃,灵感虽不天天来,但胸中诗趣并不枯竭,仍然可以写出新诗来的。如果思想僵化,脑血管凝固,诗就永远跟你告别了。勉强抓住它,让它跟你同住,勉强凑出几行来,也会索然无味,难成声调了。鹤发童颜,还得有赤子之心,才能长葆创作的青春。
>
> ——《我是怎样写起诗来的》,原载《诗刊》1981年3月号

虽然是从老年诗人的角度所谈的切身体会,但对诗歌创作的心理过程来说,仍有普遍的参考启示意义。尤其中间提到"跟上时代的要求""大胆思考一些新问题""还得有赤子之心"等处,乃"治本为高"的修养,倘能终生为之奋斗,始终不渝,也许"踏破铁鞋无觅处"的灵感,会沿着"功到自然成"的阶梯,升入"蓦然回首,那人却在灯火阑珊处"的美好境地。

以上对于诗的灵感,作了一些具体说明。如综合起来,加以多层次的透视,我们发现:

从创作准备上说,是长期积累,偶尔得之;

从心理功能上说,是鸟道行尽,天宇乍开;

从艺术表现上说，是一石击水，波澜千叠；

从审美感受上说，是瞬息千古，咫尺万里。

同时，这些层次的总根源，可用一句形象的话来标志——灵感就是生活智慧的火花。

1983 年 11 月

向着大海

——诗集《从泉边出发》序言[*]

泉，是大地的乳腺，是生命的激素，是诗神的琴弦。

受过泉水哺育和陶冶的泉城老、中、青几代诗人，沐浴着改革开放的春风，以兴奋并且带有沉思的面容，以欢腾而又不失庄重的队列，"从泉边出发"了——汇成多彩的进行曲，淙淙铮铮地走向光明和未来。

这些诗篇，我们称之为多彩的进行曲，因为她是灿烂纷披的，又是嘹亮激越的——

一串串饱含情思的音符，来自厂房、村舍、店堂、剧院、湖光、山色、雪晨、月夜……被广泛提炼、精粹组合，谱写出了音色优美、音域宽广的旋律。

一组组声发纸上的旋律，有的真挚灼热，有的刚健沉着，有的质朴而充满哲理，有的甜柔又略带稚气……错综和谐地叩响着广大读者的心弦。

这是经历了迷惘、忧思以至觉醒的颗颗诗心，与真理和人民一同站立起来的真诚的礼赞！这是源于生活并且充满时代精神的激情的欢呼！

雨果在他的《秋叶集》"序"中，对于诗歌曾发出由衷的期望："我

---

[*] 《从泉边出发》，济南市文学工作者协会编，1983 年 1 月出版，共选有济南市 35 位诗人 1980—1982 年 72 首诗。

们情愿它是雏鹰而不是燕子。"这"从泉边出发"的多彩的进行曲啊,我们有理由要求她成为当代的"雏鹰",在人民的心窝里筑巢,孕育足够的冲力,向着新世纪的万里云天翱翔!

这些诗篇,是能够走向光明和未来的。因为她各具新颖的抒情个性,焕发着想象的创造活力——

其中,空洞的"豪言壮语"已被唾弃,"为赋新诗强说愁"的效颦之作基本绝迹。诗人们无论在哪一种战斗岗位,在哪一个平凡角隅,都不囿于模式化的狭小感情圈子,而是根据不同的气质、经历、感受,打开心灵的窗口,向读者发出或恳切、或慷慨、或委婉的心理合作的邀请。

于是,多数诗作,就不止于心安理得地反映和模拟生活表象之美了,而是作为掌握世界的一种灵敏的艺术方式,进行事物本质美与心灵变化美的发掘与创造。

别林斯基说得好:"天才永远以其创作开拓新的、未之前闻的或无人逆料到的现实世界。"(《别林斯基论文学》)尽管许多诗篇中仅是初露这种放射的、内向的创新锋芒,也是值得欢迎,并应努力发扬的。

在"四化"建设的宏图中,工业生产起着关键性作用。沸腾的工业战线,正呼唤着与机器和鸣、为操作伴奏的新乐章。因而这选集中占一定比例的工业诗,格外引人注目——

一首首带着钢铁声、机油味、紧迫感的诗歌,并没有陷入枯燥的生产过程及其噪声之中,大多能够变换新鲜角度,赋予浪漫色彩,融贯巧妙形象,把诗意的聚焦点投射到工人内心深层的爱情和理想上。

尚感不足的,是现代化工艺流程的节奏、气浪,掌握了科学文化的技术主力军的情操、意志,以及不同行业的特异风貌、兴味和功能等,都还没能映进诗的图像中来。

矢志于工业抒情诗创作的张学梦,深有感触地表白:"工业,一般说有点枯燥,是块诗意的沙漠。……我深信,里边一定有富矿床,只是埋得很深,难以挖掘罢了。"(《写诗的几点体会》,中国作家协会编《作家通讯》1982年第6期)这是切实的发言,也是敦促同行诗人们切磋砥砺的忠告。

由于诗坛僵滞得太久,诗风污染得严重,这些发自泉边的歌吟,目前还不能说已把泉水的品质充分体现出来,甚至还存在明显的缺点。

比如,泥实的陈述,浮面的雕绘,平直的结构,单薄的意境,开头描写、中间铺垫、结尾升华的套式……仍在一些诗篇中留有程度不同的痕迹。

对此进行现代化艺术技法的探索革新,固然是必要的,但要根本解决问题,还必须从提高政治素养、扩大艺术视野、焕发诗歌灵感上,练出一套"根深叶茂"的基本功。

值得引为借鉴的,近有诗人周良沛所写的一篇《聂鲁达给我们的启示》(1981年10月29日《文学报》)。试摘其中的一段来体会:

> 诗人的胸怀如若不广博、宏大,在他心底就不可能有产生诗史的土壤——在广大人民中认识世界,站在历史的高处看,以哲学的冥想思考世界,调动凡是能为自己所用的艺术手法表现世界。他(指聂鲁达)在回忆录中甚至讲:"一个诗人若不是现实主义者就会毁灭,一个诗人如若仅仅是个现实主义者也会毁灭。"

这对于当今新诗人的成长,对于优秀诗篇的诞生,不失为开窍的钥匙。

中国,是伟大的诗国;泉城,是优美的诗城。诗史上,婉约派的珍品《漱玉集》,豪放派的杰作《稼轩词》,仍在泉水的涟漪中幻化着抛珠溅翠的风韵,仍在泉水的波涛中冲涌着激浊扬清的声势。这美与力的诗魂,是青春永驻、历久常新的。

今天,"从泉边出发",就要珍视我们诗歌的优秀传统,负起继往开

来的重任;

今天,"从泉边出发",更要展望我们诗歌的时代航标,激发开一代新风的壮志。

向着大海前进,进!

1983 年 1 月,与鹿国治合写

当前新诗意境的创新动向[*]

在当前的新诗创作中，意境仍招引着人们的赞赏和探求。它继承了古典意境画面清新、意蕴深远的长处，又追随着新时代艺术革新的步伐，努力开拓着缤纷多彩的新领域。

综观近年来的优秀诗作，我们可以发现以下值得注意的创新动向。

一 逐渐突破情景交融的小画面，发挥"创意"的主观能动性

近来的诗作中，情景交融的"景"在逐渐隐缩，主观感情越来越跃居主位，倾向于用感情去拥抱自然和社会；对于景物，有时不惜部分地适度变形，以增加情思的深度和容量。这样，便突破了情景交融的单一画面，采用叙述、描写的种种手法，抒发更复杂多样的情意。

看一首从写景入手而又加重主观抒情分量的小诗《雪夜》：

> 我在静静的白色的原野上，
> 给白色的夜唱了一支透明的歌儿。
> 蓝宝石的夜空睁开了眼睛，

---

[*] 原载《写作》1986年第2期。

我的歌儿在星星群里轻轻流动。

那星星全都飘下来了，
飘进每一个窗口，
像亮晶晶的露珠，
湿润了窗子里正在抽出绿芽的梦。

（草明作，《星星》诗刊1982年2月号）

洁白的场景，爽峻的情怀，奋发的意志，随雪后的夜色而扩展，乘星群的光辉而飞动，以至于借"星光—露珠—绿芽的梦"的幻想逻辑，把思绪推到"飞雪迎春到"的未来时空，为读者想象的翅膀提供一个自由翱翔的天地，再去感受蓬勃的生机，体验灿烂的远景，思考有关新生活、新宇宙的奥秘。很明显，这主观抒情作用，大大超过了"借景抒情"的对应比例和"托物言志"的有限范围，是能够顺应现代的节奏和复杂隐秘的心理机制的。

这首诗的意境的创造，首先是在"离形"和"创意"上有所突破，更充分地发挥主观抒情的能动性，从而通过人化的自然，深刻揭示出人的本质力量和内在精神。

二　更深广地概括生活细节与理念，增强意境的立体感

当前物质和精神生活的发展，冲破了田园牧歌式的宁静，轰轰烈烈的时代旋律在快速交响、热烈中展开。作为时代先声与历史明镜的诗歌，不囿于自然景物，而自由地概括生活细节以至内心思考，从多种角度增强情理相生、思与境偕的艺术表现力，以构成广阔而又精微的立体境界。

试读一首扣紧特征动作而又情理充溢的抒情短诗《喂》：

把最后一吊矿料

喂进炉口，
一溜风——
走来我们的卷扬机手。

她从摇篮里抱起孩子，
轻轻刮下他小巧的鼻头；
孩子咧嘴甜蜜地笑了，
将奶头咬进贪婪的小口。

她欣赏那鼓动的腮帮
和乌黑发亮的眼球，
谁能说——
这不是一种美的享受？

哦，洁白的奶汁……
哦，火红的钢流……
为了哺育祖国的未来，
喂——
这是时代神圣的要求。

（邹国华作，《诗刊》1981 年 1 月号）

平凡的劳动场面，不起眼的生活小镜头，竟展示了中国青年妇女参加重工业生产的崇高情怀。虽然没有正面描写炼钢的奋战，只需这个一语双关的"喂"字，就把母性爱和使命感拧成一股真挚火热的干劲，倾注进哺育祖国未来的不朽功绩中去。于是，一声"哦"唤起真情、唤起爱，再声"哦"唤起醒悟、鼓起力，引导我们自觉而又自豪地投身到四化建设的宏伟境界当中去。

如果说《喂》是沿着由近及远、情中推理的纵向思路，而上升到宏阔的立体境界，再看一首短诗，则是通过横向的跨越联想，聚合成立体转动的思想新天地。如《阅览室的钟摆声》：

> 阳光下爆着成熟的豆荚，
> 像细雨轻轻把绿叶敲打，
> 阅览室的钟摆声急促地响着，
> 滴嗒、滴嗒、滴嗒、滴嗒……
>
> 钟摆声呼应着远处的汽笛，
> 列车正隆隆地驰出山峡。
> 急促的钟摆声一下又一下，
> 在数着祖国匆匆的步伐……
>
> （林染作，《诗刊》1979 年 7 月号）

截取学校生活的片刻侧影，抓住阅览室内细微而具有特殊含义的"钟摆声"，并衬托以阳光雨露下成熟与滋润的天籁，应和着时代列车隆隆前进的节奏——于是静中寓动，超然远举，一颗颗开创新世纪的赤子之心，无不在默默地激烈跳动。真是别有一番"心事浩茫连广宇，于无声处听惊雷"（鲁迅诗句）的气象与声势。

在这里，传统诗歌意境的画面美，受到新时代生活气浪的冲击，极力开拓着包容社会情态的立体空间，孕育出以少胜多、浮想联翩，既点燃激情又激励沉思的艺术魅力。

三 在视觉形象的基础上，糅合进音乐的流动美与象征色彩

诗本来是用语言合成的心灵乐曲，从来具有"诗乃乐之心，乐乃诗之声"的亲密关系。因此，诗歌除了节奏、韵律等外在的音乐美之外，还必须扣紧内心感情的起伏跌宕，流动着内在的诗情旋律。这内在的旋

律，必然作为意境创造的有机组成部分，对诗人感情的震荡与变化进行生动的显象和录音，并进而深化其含意悠远的象征色彩。我们从一些散散落落、摇曳多姿、不受形式格律约束的散文诗中，可以接触到不少这种扣人心弦的韵味。

为加强诗歌的内在韵律，主张排除一切形式格律，显示情绪的自然消长，这是艺术发展的一种趋势。但长期以来多陷于对西方诗歌散文化的模拟，完全忽视民族语言的特质与视觉形象的基础，就弄得恍惚迷离、难以捉摸了。当前，有些优秀诗篇，在意境的创造上，以视觉形象为基础，又自然地应和着诗句的形式格律，努力加强内心化的顿挫回环的调子，使抒情在流动中连绵发展，并获得象征意义的延伸、升华，这是值得肯定的发展方向。例如台湾诗人余光中的《乡愁》：

> 小时候
> 乡愁是一枚小小的邮票
> 我在这头
> 母亲在那头
>
> 长大后
> 乡愁是一张窄窄的船票
> 我在这头
> 新娘在那头
>
> 后来啊
> 乡愁是一方矮矮的坟墓
> 我在外头
> 母亲在里头
>
> 而现在

乡愁是一湾浅浅的海峡
我在这头
大陆在那头

把"乡愁"化为"邮票""船票""坟墓""海峡",不仅赋予了可视可感的多种情态内涵,而且使人触摸到终生遥望、盼望、绝望以至更加渴望的内心波动。这样,使内心的愁苦动态化,再借助于排比复沓的民歌抒情方式,更强化了意境的流动感,逐步生发开特有的象征含义,为海外赤子怀乡爱国的苦恼与执着心理,谱写了真挚浓郁的心灵交响曲。

有一首青年工人的诗歌习作,也表现了意境的流动象征韵味。如《漱玉泉观感——重谒李清照纪念堂》:

涓涓、潺潺、漫漫……
字字、句句、篇篇……

心境玉洁冰清,
意境深邃长远。

不洒爱国的情思,
哪有灵感的涌泉?

若非流离江南,
准是死水一潭!

(刘运让作,《工人艺苑》1981年第5期)

把全诗的意境,置于泉声潺湲的节奏之中,使我们也伴随着思念的涌泉,想见徜徉于漱玉泉、金线泉之间的那颗清彻明丽的诗心,联想流韵千古仍然淙淙有声的诗词长卷。而且,这泉声渗透了李清照的身世、历史,为她永生的象征性形象，在隐约地造型，在传神地点睛。

　　美在流动中，意境也不能凝固。在今天，它作为想象的情感化的存在方式，要储存时代的和现实人生的更大信息量，开始从单一、凝固的画面，通过心灵的折射，转化为诗歌屏幕上展开式的、连动式的画轴，重表现、重启发、重暗示，一步步地导向充满象征意义的深博的智慧世界。

1983 年 2 月

试论当代诗歌创作的哲理倾向[*]

只要稍微留意一下当今的诗坛，便不难发现：近年来，诗这只在烈火中更生的凤凰，开始负载着沉思，朝着哲理这片为诗家所规避的天空有力地飞翔。铸造了它的刚健羽翼的，是时代熔炉的高温，以及出炉后冷静的淬火。因而，它沉稳、刚劲而气势恢宏，似乎在以自己的存在声言：诗正在向社会和自然的更深层掘进，以哲学的洞见——从历史和现实的明镜中反射出的灼灼逼人的智慧之光，使人高瞻远瞩，或者抉隐发微。这样，如何在理性与感情的矛盾统一中增强富有诗意的论证性，就成为当前新诗创作中努力探索的新课题了。

一 哲理倾向的表现

诗这只凤凰，始终以坚定的目光凝注着现实的大地，以及民族的历史和祖国发展的前景。它的目光透露着更生后的欣慰和清醒，保持着追逐光明的信心。同时，在它的歌唱里，既充溢着思辨的热诚和敏锐，更不乏透过平实、冷静而显示的深邃。这种饱含深思的歌声，从断断续续、零零星星，已逐步达到在广阔的天空中回响、和鸣。

一部分是归来的诗人，包括三十年代、四十年代、五十年代起步的

---

[*] 原载《山东师大学报》（哲学社会科学版）1984年第5期。

诗人，如艾青、绿原、公刘、邵燕祥、流沙河等。他们一度从诗的天空失落，但时代的风雨锻炼了他们那直入生活堂奥的锐目和诗心，使他们习惯透过现实表面的板结层向生活深处找寻诗歌。他们的诗作像经霜的红叶，呈现出秋天的充实与艳丽。另一部分是近年崭露头角的青年诗人，如张学梦、骆耕野、叶延滨、杨牧、舒婷、赵恺等。也是艰难的时代，促使他们学会用冷峻的目光去静观世事的变迁，从初始的青春躁动、幼稚的狂热，过渡到觉醒后的思辨。历史的意识和新时期改革的信息，赋予了他们的诗以思想的纵深感和包容性，理性的苏醒标志着他们诗歌的脚步。

对于哲理在诗中的铺展、繁衍，我们可以循着哲理性命题、哲理性点化、哲理性意象三个层次，体察其越来越兴旺的势头。

（一）哲理性命题

艰难中起飞的新时代，需要解放思想，需要一种足以照亮未来的理想之光。不表现时代革新前进的哲理，也许就称不上当代的诗人。因而，他们以强烈的历史责任感，不断深入地思考人生、民族、创业等重大的哲理性命题，并使诗的构思围绕这一轴心向纵深拓展。于是我们看到了以下两类诗的兴起。

一类是把哲理的思索凝聚进总体的象征形象中，给我们开拓广阔的视野与思路，在诗的氛围中作嫉恶求善、继往开来的生活规律的探求。公刘的《星》、流沙河的《太阳》、雷抒雁的《小草在歌唱》、邵燕祥的《中国的汽车呼唤着高速公路》、梁小斌的《中国，我的钥匙丢了》等，都是这方面的代表作品。

李瑛的《石头》[①] 把"已经存在了亿万年"的石头，作为"人间的精英、宇宙的精英"的庄严象征，最大限度地概括了自然界沧桑巨变的生命力，并进而展示出人类社会本质属性的坚强、刚正和崇高。联系到

[①] 李瑛：《石头》，《诗刊》1980年5月号。（本篇注释据原文献照录，下同。——编者）

今天革命者应有的"威武""英勇""奇幻""深情"……从而启示我们"站在宇宙面前",千百倍地敞开历史胸怀,驰骋革命幻想,沿着地球巡行的"倾斜的轨道",向那浑灏而壮丽的未来旋转、升腾!

艾青的《光的赞歌》①更以炽热的情怀与深广的睿智,铸造起这类哲理诗的辉煌"金字塔",诗人扣紧了"光"这无形有迹、控纵自如的象征总体,对它的过去、现在与未来进行了囊括万有的历史回顾与思维升华。它放射热能,要使我们的生命"在运转中燃烧";它激励斗志,给普通人以伟大的献身信念,"即使我们是一支蜡烛/也要在关键时刻有一次闪耀";它甚至呼唤"我们这个古老的民族""最勇敢的阶级",共同振奋精神,昂首天外,去"接受光的邀请""从地球出发/飞向太阳……"。我们读着诗篇,如同经历一次超越时空的神游,在不断地怦然心动与穆然深思的交互感悟中,不觉登上时代精神的顶峰,将活生生的历史唯物主义与斗争前进的客观真理尽收眼底,以至于为获得最大的信心与希望而惊醒,而深深激动不已。

另一类诗也是从总体的哲理构思入手,凝聚着深广的理念,但它不是通过象征体,而是用机智闪光的语言、热情洋溢的逻辑,进行着一气呵成的形象推理。张学梦的《现代化和我们自己》、杨牧的《我是青年》、白桦的《春潮在望》、赵恺的《我爱》等,都取得了这样以理感人的效果。

这方面更为典型的是骆耕野的《不满》②。作者从"不满"孕育着变革、前进这样一个角度,找准了形象论证的突破口。他简直是在跟谁辩论,义正词严,雄论滔滔,恳切表明"不满"是对创造的渴求,祖国正在"不满"的扬弃中加速前进。这"不满"的总体哲理构思,通过辩论句式,组织系列化、典型化的物象,从而更有力地闪射出真理思辨的强光。

(二)哲理性点化

它不是从总体着眼,而是注意从诗的情景细节中巧于因借,触机而

---

① 艾青:《光的赞歌》,《艾青诗选》,人民文学出版社1979年版。
② 骆耕野:《不满》,《诗刊》1979年5月号。

发，妙笔天成地掌握住虚实交错的契机，使内在哲理的光辉照亮全诗的丰富内涵。这样，读者仿佛从诗人那里借得了观察人生奥秘的眼睛，去随诗人的发现而有所发现。本来模糊的东西因此而变得清晰，看似平凡的事物因此而变得奇警。可以说，它是指引诗情通向理智的方程式，成为许多诗歌情理相生的启动键钮。我们仅仅从《诗刊》1981—1982年获奖的诗作来看，几乎有半数以上的诗篇中，都闪耀着哲理警句的特异光彩。这里举出其中两篇，略加剖视。

赵恺的《第五十七个黎明》①，写的是一个青年女工，在产假五十六天后推着婴儿车顶风冒雪去上班的情景。诗人从这位普通女工的平凡生活和劳动中，透视到中国式的纯真的母爱以及勤奋高尚的精神美。诗篇中结合女工必须承担的家务和必须坚持的英语学习，发出了"温饱而又艰辛，／劳累而又坚定"的由衷赞叹。同时对于"放下婴儿车，／就要推纱锭"的紧张操作，也以议代叙，计算她"一天三十里路程，／几年，就是一次环球旅行"，但这"旅行"并非轻松的游览，而是"只要你目睹三分钟，／就会牢记一辈子的悲壮进军"，以至于又非常精辟地概括出"青春在尘絮中跋涉，／信念在噪音中前行"的点睛之笔，有力地展示了纺织女工坚强乐观的劳动情操。最后，为了使颂扬的主题深刻化和富有感召力，作者把"暴风雪中奋力前行"的母亲和婴儿车，安置在穿过天安门广场的典型环境中，不仅让路口上停下来的"轿车的长龙"摆开国际规模的"仪仗队"，甚至上升到更加庄严宏伟的抒情式结论——

> 历史博物馆肃立致敬，
> 英雄纪念碑肃立致敬，
> 人民大会堂肃立致敬：
> 旋转的婴儿车轮，
> 就是中华民族的魂灵！

---

① 赵恺：《第五十七个黎明》，《诗刊》1981年3月号。

篇终余意磅礴，并且保持在威武行进的势态中。这会带给我们多么巨大的关于奋发图强、振兴中华的感情波涛和思想风云啊！

许德民的《一个修理钟表的青年》①，也没有把视点单纯落在"自食其力的个体户"的坦然、矜持和勤恳的品格上，而是扣紧感情的一道道浪峰，溅起谴责动乱年代、珍惜青春年华、激励献身意志的思想旋涡与浪花。他把"检查一个劳损过度的机芯"和"清理紊乱的油丝"与拨乱反正的背景联系起来，要从"苏醒的嘀嗒声中"找回"遗失的年轮、理想的爱"，并"梳理生活里错乱的思绪"。他甚至把祖国的现状比附于"古老沉重的钟"的形象，发出了这样合情顺理的呼吁：

> 请把我换上吧
> 我是一条新型的不锈钢的国产发条
> 母亲的眼泪和父亲的汗滴
> 淬就我水晶与白银的性格
> 上紧我吧
> 用我心灵紫红色的石英钟
> 校准冶炼太阳的中国时间
> 校准汗气腾腾的中国

结合着特有的劳动实感，运用发人深思的语汇，很自然地点化出爱国主义的思想境界。于是巨大的教育意义、感染作用，变为以小见大的理喻信息，向着平凡岗位上广大青年的心灵频频传输。

（三）哲理性意象

我们是凭借作为第二信号系统的语言来认识事物、反映现实的。语言作为一种思维的符号，当然体现着人的智力水平和哲学素养。在现代诗情的渗透下，语言高度集纳了五官开放的综合表现力，上升为意象。

---

① 许德民：《一个修理钟表的青年》，《诗刊》1982年2月号。

在此基础上，更自觉地使官能感觉的形象、抽象思维的观念，通过炽热的情绪化合熔铸在一起，便构成了密度大、能量高的哲理性意象。

试看大家所熟知的《重量》① 这首短诗：

> 她把带血的头颅，
> 放在生命的天平上，
> 让所有的苟活者，
> 都失去了
> ——重量。

为悼念女共产党员张志新烈士，1979 年涌现了大量申冤泣血的诗文。《重量》却从数不尽的凶残、悲伤、义愤的事理中进行了高度的提纯与深化，仅仅用一组正义与奸邪、圣洁与丑恶、永恒与卑微的意象逻辑的对比，作出庄严而又令人触目惊心的历史裁判，突出了全部悲剧的血的教训及道德的威慑力量。"带血的头颅""生命的天平"等几个单纯的哲理性意象，一经匠心处理，确实一语千钧，增加了震撼心灵的特殊"重量"。

为了适合表现今日复杂深邃的思想感情，在许多青年的诗歌创作中，哲理性意象得到了日益广泛多样的运用。有的用于咏史，这样回顾祖国悠久而艰辛的历程："跌跌撞撞/从古长城的砖缝中/走过一个民族/脚印/烙在康熙字典上/铸下无数繁体字/和根据那些繁体字/写下的书"②；有的用于状物，这样起笔颂赞铁路道钉的崇高品格："生活史诗里/一个有力的标点/漫长征途中/一颗不松动的星星"③；有的用于议事，这样强调城市古老狭巷的必须革除："一切都要改变/标杆/打进几支麻药针/几把砖刀/正开始删除这节盲肠"④。诗中这些语言意象，都包含着一定的理性内

---

① 韩瀚：《贴在刑场上的传单》，《清明》1979 年第 2 期。
② 杨牧：《从十月起步》，《星星》1982 年 10 月号。
③ 安安：《道钉》，《星星》1984 年 3 月号。
④ 黄邦君：《我和我的城市》，《星星》1983 年 12 月号。

容，再经过词句间意脉的网络状联系照应，犹如形象有机体内一根敏感的神经，刺激人们的感觉，向着所要寄托、暗示的哲理迫近。可以说，它是在微观级上体现着哲理倾向的。

总之，从哲理性命题、哲理性点化、哲理性意象中，均可看出，诗歌哲理化的艺术表现正在多层次地呈现在近年诗歌创作中，已成为时代性的共同审美志趣，成为日益普遍化的创作倾向。

二 合目的性、合规律性的诗意造型

如果说诗仅仅由于表现哲理就获得了缪斯的青睐，那么，就表现哲理这点而言，它无论如何也不会企及哲学。其实，近年来这些显示着明显哲理倾向的诗的价值在于：它们是按照合目的性、合规律性的法则而造型的。所谓合目的性，就是符合诗歌抒发激情的目的；所谓合规律性，就是符合诗歌真与美的艺术表现规律。因而，我们看到，真正诗的哲理是伴随着我们心灵的永恒直觉——美感，作为与审美情感和审美感受相结合的审美理智而存在的情感、形象、哲理，这三个元素通过横向的两两相接，组成了深广而有力的思想的磁力场，而诗的沁人心脾的感染启发作用由此而得以发挥。

从大量诗作中，可看到几种常见的组合规律。

（一）以情为经，从抒情的激浪中涌现理性

诗是主情的艺术，情是理的触发点和原动力。因而诗中的哲理，都应经过诗人心灵的滋润，挟着诗人内在强烈而深沉的情绪冲涌而来，达到刘勰所说的"为情而造文"[①] 和"心与理合"[②] 的境界。

近年成功的政治抒情诗，都是沿着这种规律，以抒发真挚浓烈的感情为主体，在情不可遏的气势中自然运用智慧的、思索的语言，把经过

[①] 刘勰：《文心雕龙·情采》。
[②] 刘勰：《文心雕龙·论说》。

诗人深刻体验、独特领悟的真理，有力地闪射出来，惊人地引爆出来，从而增强了诗的生命与力度。战士诗人郭小川的《青纱帐——甘蔗林》《祝酒歌》《团泊洼的秋天》等诗篇，已为我们提供了可资取法的典型经验。

当前的新诗创作中，雷抒雁的《小草在歌唱》① 可谓轨迹鲜明的一例。通篇奔涌着悼念与义愤的滔滔洪流，而标志悲伤、羞愧、敬仰、奋起等多层含义的哲理警句，则因感情气势的调动，而愈加强其思想的感召力、行动的自觉性。试读其结尾的几行：

　　去拥抱她吧，
　　她是大地的女儿，
　　太阳，
　　给了她光芒；
　　山冈，
　　给了她坚强；
　　花草，
　　给了她芳香！
　　跟她在一起，
　　就会看到希望和力量……

诗句似描述又似议论，诗意似恳嘱又似召唤。而所聚集的悼念、敬仰的深情，既翻卷起悲壮轩昂的抒情高潮，同时又饱含着继承烈士遗志、力争民主光明和真理胜利的觉醒意识。可以说，《小草在歌唱》的全部诗句，都这样燃烧着灼热的激情，而随着燃烧的白热化，发出了激励沉思的光和热。

（二）思想领先，串缀起有机联系的感性细节特点

理念的演绎毕竟不是诗，哲理应融化于诗歌形象的肌体中，才能产生诗的魅力，诚如别林斯基所说："诗歌不能容忍无形体的、光秃秃的抽

---

① 雷抒雁：《小草在歌唱》，《诗刊》1979 年 8 月号。

象概念，抽象概念必须体现在生动而美妙的形象中。思想渗透形象，如同亮光渗透多面体的水晶一样。"① 近年来的诗歌创作，由于思索成分的加重，哲理内涵的日趋深邃复杂，便在遵循上述形象思维基本规律的前提下，变换角度与手法，把思理置于主导地位，再机敏地发现思路进展中与若干生活事物的契合点，从而使思想亮光渗透于"多面体的水晶"，收到更富有时代新鲜感的"恣意挥斥而机趣横生"的效果。

试看公刘的《十二月二十六日》②，基于"造神运动"的沉痛历史教训，完全从论证的、批判的目的出发，这样诠释了领袖与人民的关系：

> 无可置疑，他是一面大旗，
> 旗的概念是什么？是飘扬，是进击，
> 旗应该永远是风的战友，
> 风，就是人民的呼吸。

这是从马列主义群众观点的高度而触发的感慨，由于把求实精神与先进信念深深灌注于推论的逻辑之中，恰到好处地精选了"大旗"与"风"的必然联系，使抽象思考化为有生命的动态实体，成为令人铭感难忘的诗歌锦言。

这种思理领先、使思路穿行于感情细节并附丽于动态形象的哲理倾向，在青年诗作者中的使用频率日渐增长。赵伟在其《我还不是共产党员》③的第三曲"羞愧之歌"中，这样尖刻地进行自我谴责："我还发现，这些年来／我只善于指责低产的土地、疲惫的耕牛，／却没化作一滴润绿的雨点；／我只善于埋怨笨重的纤绳、弯曲的脊背，／却没有争当一条耐磨的垫肩；／我只善于怒斥众愤的恶习、陈腐的风气，／却没有胆量拦住那个持刀的罪犯……"对于自己的徒尚空谈、软弱无能和缺乏决心

---

① 《别林斯基选集》第 2 卷，第 470 页。
② 《仙人掌》。
③ 赵伟：《我还不是共产党员》，《星星》1983 年 12 月号。

勇气，糅合在浓缩了的生活实感和世态人情中反复剖白，不但使深刻的忏悔更加情深意切，而且诱发起许多可以类比的感情体验，提供了更深广的自责自励的联想。

（三）情理相生，借浑然天成的形象生发多层象征含义

古人"思与境偕""神与物游"的审美要求，指明了在诗中"情理相生"的深功与熟巧的极致。在近年来的新诗创作中，则形成了诗的形象凝练的更高一级的组合。一方面要理生于深情，一方面要理超越象外，力求在艺术的辩证统一中，达到浑然天成、妙合无垠，启发读者追踪诗外多方面的象征含义，获得精神上的丰富和提高。

如一首咏《核桃》① 的小诗：

　　从秋天里得到的
　　只是满脸的皱纹吗
　　不
　　还有一副成熟的大脑

放在十年动乱后反顾历史与瞻望未来的时代背景下，这一颗核桃如透明思想结晶体，产生了特殊的审美价值和启示意义。它以桃核与人面皱纹、人脑皱褶的形同神似为支点，自然而又含蓄地托举起步步深广的暗喻性境界。由此可以看取事物的量变与质变，也可以推及人生的磨难与收获，又可以影射历史的匍匐与跃进……而这一切，都隐含在一种美与力的坚实生命中，给人以多重性的欣赏回旋的余地。

再看傅天琳的《团圆饭》②：

　　是缺柴？是少炭？

---

① 转引自吴欢章、孙光萱《抒情诗的艺术》。
② 《情思》四首，《海韵》第 1 集。

> 煮一顿团圆饭竟用了二十年！
> 嚼得烂的是鸡肉，嚼不烂的是思念，
> 人世的泪雨，溢出了杯盏……

一顿团圆饭的情景，投影于家庭悲欢离合的历史画幅上，并让思念作扇面型的开展，延伸到拨乱反正的年代，触及团结奋斗的动力之源。其间多种不幸的际会，将引起不同遭遇者的多侧面的深切感受，并使悲喜交集的"泪雨"、感激图报的"泪雨"，汇为"篇终接混茫"的思潮，引导我们艰难沉思后的觉醒、振奋和向往。

以上我们从情感、哲理和形象三者组合的不同方式上探讨了哲理表现的一般规律。这种规律是目的化了的规律，是符合诗的审美理想的。综合起来看，从思想到哲理，再到诗中的哲理，其艺术构思的形成，可以说经过了以下几个阶段。

首先，哲理不是一般的思想，而必须是沉思中产生的生活智慧，具有能启迪读者心智的精辟引导力。

其次，为赋予诗的审美意义，必须摒除抽象说教，而通过形象化的手段使哲理获得生动具体的感性形式，力求通过个性化的热情和想象，开辟富有理性内容的艺术境界。

再次，哲理的最高目的是掀动读者心灵中的一种深永的理趣，所以它通过美感规定着通向真理的方向，即用直观诉诸个体的社会性情感，作用于人的个性和心理，由此而使有限转化为无限，使平凡显示着崇高的象征含义。

正是这种合目的性、合规律性的诗意造型，才使哲理充满了生活血肉，成为诗歌内在的思想光芒，映现出更高意义上的当代新诗。

三 哲理倾向产生的原因及其发展前途

哲理入诗并不是在近年我国诗歌创作中才出现的。打开中国诗史，我们可以发现，固然有许多诗篇以深挚的情感和优美的形象而风靡于世，但也确有不少诗篇，因包含着精深议论而更显得力大气雄、警策动人。陶渊明的《劝农》、李白的《将进酒》、杜甫的《蜀相》、苏轼的《题西林壁》、夏明翰的《就义诗》、陈毅的《梅岭三章》等，都是通篇发议论或以议论为主的名篇，但哲理倾向的诗在我国诗坛上大量集中涌现，却是近年的事。它不再偏居一隅，而已形成了影响一代诗风的重大倾向。究其产生的原因，当然是时代潮流的冲击，这具体表现在以下几个方面。

时代对理性的呼唤。除旧布新是我们社会主义建设新时代的重要特点。一边是废墟，联结着昨天的屈辱和灾难；一边是四个现代化的宏伟工程，预示着明天的灿烂前程。这样的时代自然促成了理性的觉醒，它需要反省，需要摒除惰性和阻障，在解放思想中迈出稳健探索的步履，这是时代对诗的呼唤。

诗人思维结构的新组合。"既然历史在这里沉思，我怎能不沉思这段历史"，公刘的诗句概括了当前诗人们共同的感受。没有任何时代的人经受像当代人这样多的困顿磨难、这样多的人生变幻，"殷忧启圣，多难兴邦"，动乱与颠沛却推动了诗人的锐意探索。随着新的历史转机，诗人们精神振奋、思绪万千，在历史性的对比中，思考并开掘时代兴衰和人生真谛的复杂而亢进的规律，以奔向确有保证的幸福未来。

读者审美心理的变迁。近年来科学技术突飞猛进，强烈地冲击着人们的头脑，宇宙科学、生命科学、横断科学（信息论、控制论、系统论）等的突起，标志着人类认识和改造世界能力的加强，促进了人们思维的空前活跃，这毫无疑问地影响了诗歌审美价值的变迁。人们已不满足于单一静止的诗歌小画面，在开放的思想要求欣赏复杂思维成果的美的同时，改革中前进的现实生活，"两个文明"建设的宏伟规模，要求诗歌更能发挥把人引向真理和光明的威力，满足读者日益增长的情智与理性的需要。

哲学与诗内在的联系。哲学是时代精神的升华，它实践着人的反省，是民族、时代、社会的自我意识，跟随时代而不断更新。我们中华民族是一个重视反省的民族,居安思危的忧患意识,早已作为一种哲学意识沉淀于民族的深层心理结构中。新时代的阳光,使这种意识更生,成为思索探求的内在动因。而共同的改造世界的实践,要求把哲学的理解力和诗的想象力结合起来。哲学给予诗以洞察万物的明镜,诗给予哲学以美的光彩,它们共同产生真、善、美辩证统一的社会意识形态。这种哲学与诗的内在联系,在富有革新创造精神的今天则为诗歌表现哲理提供了更大的可能性。

"诗文随世运,无日不争新",不论当前这些哲理倾向的诗存在怎样的不足,但毕竟是应运而生,以强大的气势冲进了新时期的诗坛。对这一现状,不仅要给予重视,而且要预见其兴旺发展的前途。

关于"以议论为诗"或"哲理入诗",古今中外的诗论家们一直在聚讼纷纷,莫衷一是。如宋代严羽认为"诗有别趣,非关理也。……所谓不涉理路,不落直筌者,上也"[1];而清代的沈德潜则提出了诗不仅"主性情",而且也"主议论"的见解[2];英国浪漫主义诗人华兹华斯认为"诗的目的是真理"[3];而法国象征派大师波特莱尔则说"诗的目的不是真理……艺术越达到哲学的明确性,就越降低了自己"[4]。看法是这样的相异、对峙。

我们认为,只凭捕风捉影和一瞬间的感觉写诗,是靠不住的。固然诗以抒发强烈的诗人激情为特点,但仅陷于追求个人情绪的小天地,就会缺少深度,就会凌虚蹈空。所以,诗人必须用明确的理性防止感情的窄浅和浮泛,并要用历史唯物主义和辩证法作武器去发现生活的本质规律,从而使诗的意蕴更明确、更深沉。别林斯基在回答为什么席勒的诗要比歌德的诗更容易引起人们共鸣这一问题时说:因为"歌德缺乏些历

---

[1] 《沧浪诗话》。
[2] 《说诗晬语》。
[3] 《抒情歌谣集1800年版序言》,转引自《古典文艺理论译丛》第11册。
[4] 《西方文论选》下卷,第225—226页。

史和社会的因素"①，所以，有时思想具有比热情更为可贵的品格。

但诗毕竟是诗，关键还是要按照诗美的法则造型。这里需要强调的是，诗美的法则常常处在变化当中，不能用陈旧的尺子衡量一切。现代科学迅猛发展，正在把过去许多各自独立的学科，不管是社会科学和自然科学，都纳于一个统一的发展过程。它们在互相利用彼此的成果，遵循着共同的基础和变化逻辑，朝着整体化的道路前进。而诗学与哲学，这历来被看作对立的学科，是不是也应当携起手来呢？也许解决这个问题的时日不会太远了吧。

歌德有一段话是比较明智的："当想象一发觉向上还有理性，就牢牢地依贴着这个最高领导者。……它愈和理性结合，就愈高尚。到了极境，就出现了真正的诗，也就是真正的哲学。"② 在新的历史条件下，我们有理由期待着这个境界的逐步完美实现。可以说，近年出现的这种哲理倾向的诗，将能更自由地体现人的意志和本质力量，为诗歌发展到这种境界开拓更宽广的道路。

让诗歌这只更生后的凤凰，为迎接壮丽的未来，在思想的天空矫健飞翔吧！

1984 年 5 月，与王邵军合写

---

① 《别林斯基选》第 2 卷，第 506 页。
② 《古典文艺理论译丛》第 11 册，第 32—33 页。

借古以励今，光大新诗坛

——《唐诗英华》序言[*]

唐诗，是中华民族的骄傲，是我国古典诗歌艺术的顶峰。

"诗至有唐，菁华极盛，体制大备。"（沈德潜《唐诗别裁集·凡例》）可以说，唐诗从内容到形式，开创了繁星丽天、万花攒锦的辉煌局面，不但在我国悠久的诗歌传统中风采卓烁，历久常新，而且在世界文化宝库中，也能与人类最宝贵的文化遗产媲美，得到举世的赞扬和珍重。

因此，学习唐诗，研究唐诗，就成为我国一千多年来世代相沿的风气，从未衰落。有关唐诗的选录、笺注、品评的合集与别集，自唐代的《搜玉小集》《国秀集》《河岳英灵集》为发端，直到晚清和现代，已有数百种。尤其新中国成立以来，在马克思主义的批判继承古典文化遗产的方针指引下，日趋精密完善的唐诗选本和研究论著，更如雨后春笋，蔚为奇观。这对提高广大人民爱国主义思想和审美情操，促进诗歌的发展繁荣，产生着越来越普及深入的影响。

当前以普及为目的，对唐诗进行艺术鉴赏的读物，已出版不少，而这本《唐诗英华》，无论从所选诗人数量之众方面讲，还是从赏析唐诗名篇之多方面讲，都似乎是当前同类著作中规模最大的一部。这部书能兼取同类著作的优长，而又针对目前青年诗歌爱好者开拓创新的审美理想，

---

[*] 于国俊、何鸥：《唐诗英华》，山东文艺出版社 1985 年版。

注意突出了诗歌创作艺术规律的分析。所选唐人一百家的一百六十三首诗作，规模适中，目的明确，既能从纵的发展上体现初唐、盛唐及中晚唐的演变踪迹；又可从横的繁衍上，反映各种风格流派的争奇斗妍。令人依次研读，如同漫步于奇伟瑰丽的唐诗宫苑，在获得神游意会的欣赏满足的同时，也能受到古为今用、推陈出新的创作启示。

古人尝言，明诗义易，辨诗味难。《唐诗英华》更值得重视的特点，还在于运用历史唯物主义观点，深入诗人创造的意境中，去仔细发现高尚的趣味，体会隽永的情味，品尝醇厚的韵味，推想深远的意味。为此，著者力避旁观式地给每首诗歌贴思想标签，或外加许多臆想和说教，而是努力扣紧诗人真挚独特的抒情个性，变换角度，活用材料，从立意、布局、造句、染色、用韵等许多侧面和层次上打开最佳悟入口，以便在诗人与读者的内心感应上机敏地传输审美信息。

例如对于王昌龄《出塞》中的"秦时明月汉时关，万里长征人未还"两句，讲明字面意思后，又用史实作补充阐发，指出："这里的'明月''雄关'都是历史的见证。即'秦时明月'曾见过秦朝'使蒙恬筑长城而守藩篱，却匈奴七百余里，胡人不敢南下而牧马'的虎威；'汉时'的雄关也曾饱览过西汉名将李广镇守卢龙城，匈奴闻之，远避而不敢来犯的壮举。但是，今天的'明月''雄关'所见到的又是什么呢？是穷兵黩武的开边战争，是'万里长征人未还'的惨痛事实！今昔相较，迥然不同，诗人的讽刺、谴责之意溢于言表。"这就引导读者揣摩到诗句深层的愤懑不平的情味、意味，而且通过体会这比兴、拟人又兼对照的复合修辞技巧，看出原诗饱经深思淘炼的匠心，更加感受到这"言近意远"的抒情深度与力量。

再如对李白《宣州谢朓楼饯别校书叔云》一诗，重点分析起首结尾的艺术功力。对于起句"弃我去者，昨日之日不可留；乱我心者，今日之日多烦忧"，不仅从语气上综合指出"破空而来，直趋而下"之势，而且还从字音调配上窥见其内在感情动力的撞击，指出"第一句十一字中诗人竟连用九个仄声字，第二句又用三个平声字来救转，从而造成了势若截铁、一泻千里的磅礴气势，有力地揭示了诗人此时怒不可待、波峰起伏的内心世界"。正当我们怦然心动，循声索意而思潮汹涌的时机，作者又紧跟上来，做出迅雷滚滚、排炮连发式的形象概括："这样的开头……如石破天惊，狂涛裂岸，似渔阳鼙鼓，动地而来，给人以突兀、劲峭、大气包举、笼罩全篇的豪放感……"于是把诗中雄壮的趣味、昂扬的韵味，发挥得酣畅淋漓，使我们感同身受，且保持在愈益奋激的势态中。

另外，还有一些篇章，如对杜甫《茅屋为秋风所破歌》、岑参《白雪歌送武判官归京》等的赏析也都颇见功力。阅读全部《唐诗英华》，这样阐精抉微、加工点染之处，比比皆是。我们倘能设身处地，潜心揣摩，并联系实际，自得创见，以充分把握诗人思想、感情和艺术精深交融生发出来的诗意的芬芳，定会取得熟谙唐诗三昧的"津梁"，和创作上各出机杼的"宝鉴"。

当然，一切事物都包含着相对性。《唐诗英华》中的选篇和论析，并不是完美无瑕的。例如所选各期各家的篇目，在编次、体裁比例、风格搭配诸方面，尚有疏漏欠妥之嫌；对于情思技法的引申评赞，也时有浮泛套语等不足……对这些枝节性问题，希望读者注意鉴别，希望著者从严要求，陆续修改。

最后，结合《唐诗英华》的编写特点，我有一个突出的感觉，须顺便一提。即引导青年鉴赏古诗的精华，并不提倡都来泥古仿作，而是为了激发民族自豪感、历史责任感，使今日的新诗创作得到滋养、丰富和提高。正像鲁迅先生教导的那样："这些采取……恰如吃用牛羊，弃去蹄毛，留其精粹，以滋养及发达新的生体，决不因此就会类乎牛羊的。"（《论"旧形式"的采用》）据此，我们可以强调，"借古以励今，光大新诗坛"，应是这部著作的目的与依归，也是我这篇短文的主旨与期望，期共勉诸！

1984 年 8 月

艺术形象的营造[*]

——关于加强诗的艺术构思

一　构思的要领

　　一切文艺作品，都来源于现实生活。诗的灵感与构思，当然也都是以生活为原料和基础的。但从生活到诗，有一个很艰苦、极精深的审美创造过程。其间艺术构思怎样，是成败得失的关键。这里，在了解构思的要领之前，先看一组诗例。

　　有一首是题名《实现水利化》的诗歌习作。两行为一节，共分四节来写："引银河，金山，／为修水库拼命干。／／笑看东风舞红旗，／男女老少齐奋战。／／开山筑坝修水库，又能养鱼又灌田。／／如画江山亲手创，／十年规划早实现！"简单叙述事实，浮光掠影地描绘一点现象，虽然拼凑"金山""银河""红旗"等几个形象化词语，也都是表面点缀，毫无诗意。这是生活现象的挂一漏万的陈述，没有诗的构思，根本不是诗。

　　还有一首题材类似的诗歌习作，基于一定的生活感受，通过构思，进行了形象化的提炼、概括：

---

[*] 此文据冯中一先生手稿整理。

一双手

十年后,山村何所有?
老农伸出一双手。

手上的老茧是河坝,
掌心的粗纹是河流,
纹间的皱褶是水田,
虎口处还建大高楼
……

老农的手掌是蓝图,
建设远景握在手!

作者根据生活感受,经过一定的构思,突出了"一双手"这个特征事物,并结合粗大勤劳的手的形象,"嵌入"兴修水利、改造自然的典型图景,结尾也较含蓄地显示出变理想为现实的信心和力量。这里构思比较完整鲜明,缺点是仍有泥实和图解生活的痕迹,内蕴的诗味不多。刊物上恰好发表过一首题目也相近的诗歌,试加比较:

手茧

二十多年,蘸溪蘸泉。
二十多年,磨岭磨山——
山峦在手里压缩,
便成了这铁也似的厚茧!

伸出手掌吧,场长,
让我数一数那富有的群山。
握起拳头,你笑了,

"数啥？你看前面多少未开垦的山川？"

——《老场长的笑声》组诗之一，原载《海韵》诗歌丛刊 1981 年第 1 辑

与前面《一双手》相比，构思又进了一步，具有了精深度。首先，从老农垦战士的形象中，突出了现实的奇异聚焦点——"山峦"竟压缩成"手茧"。其次，从"手茧"的来历上拉开了历史的漫长运行线——从"二十多年"的劳绩，预卜征服未来的宏图。还有，磅礴气概多蕴含在富有生活谐趣的笔墨中——如"蘸"与"磨"的轻重交替、山与水的刚柔相济、计算手掌中的假山与遥指地面上的真山所产生的深远联想等，做到了急事故用缓笔来写，把老场长劳动之艰苦卓绝、胸怀之开阔雄伟、意志之坚贞远大，表现得益觉"元气浑成，其浩无涯"。

通过诗例的比较，可见有无构思、构思的精粗深浅，对于诗歌创作确是决定性环节。而且可以体会到，构思不是孤立的修辞技巧，不是外加的装饰手段，它是随着创作冲动而进行的整体思想酝酿和艺术设计的过程。构思既要洞察生活矛盾，又要深挖事物特征，还要精选有利角度，更要致力于艺术形象和表现手法的经营创新。要力求从生活出发，运用诗歌所特有的机制，达到更高的艺术真实。这就犹如绘画的魅力，"竖划三寸，当千仞之高；横墨数尺，体百里之迥"[1]。

关于构思的这种要求和规律，谢冕同志有一个比喻性说法："诗植根于生活，但又要很超脱，它不应当被生活所捆缚，而应当在生活的弹跳板上腾越，挣脱它而向云天万里作自在的'逍遥游'。"[2] 其中，在生活中扎根，从生活上弹跳，向云天外遨游，正可以看作诗歌构思的基本过程。如果抽象出一个公式，就是：（出发点）生活的真实—（转化点）形象的创造—（制高点）深远的境界。

---

[1] （南朝宋）宗炳：《山水画序》。（本篇注释据原文献照录，下同。——编者）
[2] 谢冕：《有趣而富有深意》，载《鸭绿江》1980 年 9 月号。

二 构思的运用

构思要在创作实践中达到运用自如,至少要在三个环节上用力气,下苦功。

(一) 以思想、立意为核心

这里所指的思想、立意,是要求诗人在形象思维的过程中,以清醒的目的和深刻的认识,对生活形象进行选择、提炼和重新组装,使思想和形象能够自由组合,情理相生。由于深感这一方面的重要性,诗人公刘在其《诗的构思》[①] 一文中,反复强调"艺术构思,似乎不妨解释为用艺术的方式表述出来的一种思想结构","艺术构思,实在是思想的一种特殊运动形态"。可见思想、立意对于艺术形象的创造,有如罗盘之于大海航船,钢筋之于水泥构架,在构思实践中起着定向和固本的作用。当然,这必须与"政治挂帅、主题先行"严格区别开来,要始终结合着诗人自己的观察、感受,渗透在形象的组织运转之中,以形成一种"常醒的理解力"(黑格尔语)。

公刘也谈了构思中如何处理形象与思想的关系,他说:"我在构思时,遇到过三种情况:一种是形象和思想一齐到来,这是占绝大多数的情况。另一种是先有一堆混沌不清的形象,然后逐渐清晰起来,而且从这当中长出思想来。不过,这个长出思想的过程又大致可以区别为两类,一类是突然一下子形象清晰了,思想也随之明确了,仿佛经历了电影中的远景—中景—近景—特写镜头一般;一类则搞得非常艰苦。最后一种是先有思想,一时却苦于找不到适当的形象,要很费劲地搜寻,最后有的能找到,就写了出来;有的则始终找不到,那个思想也就暂时入库。"这对于我们掌握以思想、立意为核心,提供了切实灵活的经验。那种向西方现代派效颦的反理性主义以及表现"潜意识冲动""思维搅乱的灵魂"的创作主张,是我们所不取的。

---

① 载公刘《诗与诚实》,花城出版社 1983 年版。

（二）以想象、联想为动力

艺术构思，广义地说，就是想象的定向运动。在全部构思中，想象、联想是艺术形象的催化剂和显像管。只有通过纵横的想象、深广的联想，诗才能取得形象运动的动力，使生活中的点点火星燃烧成熊熊烈焰，爆发出灿烂光彩。

结合一个例子来体会：

北京一瞥

一面努力向天上垒，向天上垒，
一面又拼命向地下挖，向地下挖，
把地下祖先的梦搬到天上，
又把天上的星月摘来挂在地下。
北京呵，你就是这样把自己
一半埋在地下，一半垒上云霞，
你把天堂和地狱都改造，
改造成一个胜似童话的童话……

——《在北京拾到的抒情诗》组诗之一，原载《星星》诗刊1980年10月号

没有什么惊天动地的事件，没有什么错彩镂金的景象，仅仅在匆促的"一瞥"中，把祖国首都的外貌表现得奇崛、辉煌而又充满豪迈气派。主要原因，是诗人张开了想象的翅膀，撒开了艺术推理的联想辐射线。不仅横瞥人们可以看得到的地面，而且纵瞥人们所忽略的天上地下；不仅实瞥建筑轮廓的上"垒"下"挖"，而且虚瞥现实与理想的交叉、过去与未来的巨变。于是一首小诗，几笔点染，竟启开我们"心灵的眼睛"来透视一切，甚至能触摸到"胜似童话的童话"的祖国建设的远景。

诗无生活，就无真情；诗无虚笔，就无灵气。由生活到虚笔的超脱，由真情到灵气的变幻，必须靠想象的腾越力度，靠联想的延伸频率来完

成。只要处理得精粹巧妙,哪怕是短暂的"一瞥",也可能创造出"尽精微"而"致广大"的艺术形象,写成多彩多姿的诗篇。

(三)以形象、境界为结晶

全部构思的过程中,纷繁的思绪,多彩的情景,一般要经历点燃引爆式的兴起、纵横驰骋式的生发、织锦炼金式的定型等不同阶段。而最后的定型阶段,必定要在众多"原料"的回旋冲撞、融会升华中,进行精选、调配与组合,使最新的形象完整清晰起来,使最美的动势突出凝固下来,成为可视可感的、多面闪光的艺术结晶体。这是构思的终结,往往需要诗人呕心沥血、严密营造,既给人以具体精微的现实感,又示人以流动缥缈的境界感,收到言外意、韵外味的感染熏陶效果。

例如杜甫的《绝句》:

> 两个黄鹂鸣翠柳,一行白鹭上青天;
> 窗含西岭千秋雪,门泊东吴万里船。

前两句,色彩、声音、形态恰成点与线、静与动、近与远的鲜明对比。后两句又沿着由近至远的想象推理,互相对应,总揽苍古的历史,拥抱浩壮的山河。前后联又两两相对,严整衬托,构成眼前景与心中事的比附、影射、放大的多层叠合境界。这不仅是四幅连动的画面,而且是四股冲涌的意脉,将诗人困顿蜀中、胸怀天下、伏居静观、壮心不已的品格抱负,保持在层递抒发的势态之中。这显然是经过构思的通盘设计,使短诗竟能这样松动有致地概括万象、集纳千载。

当前有一小诗,也达到了深情远意的高度凝缩:

纪念碑

长城　爬行了两千年
在这里挺立起来
矗起一枚火箭

牵着我的华夏　升腾

——原载《星星》诗刊 1983 年 12 月号

天安门广场上的人民英雄纪念碑，已成为民族尊严、时代豪情的象征体，洋洋洒洒的纪念碑颂诗，发表了很多，拿这四句与之相比，容量和气派也觉毫无逊色。它把"长城"的"爬行"与"挺立"，投影于"火箭"的高耸与牵引之上，自然冲溅起深沉的历史感和激越的使命感。可以想象，这是诗人在构思中付出了巨大的开合、集结、锻炼功夫，才获得了这种具象感、立体感乃至跨越式内在结构动力的。

"笼天地于形内，挫万物于笔端"（陆机语），诗的艺术构思，在经历了漫长的、奇异的、艰难险阻的探索历程之后，归结到艺术形象的美妙竣工上，诗篇才获得恒定的魅力，诗人才算提供了一件天才的精神珍品。

三　构思的创新

诗贵创新。

"诗无新意休轻作"，已成为诗家诫勉的共同信条。在诗的艺术构思中，能否高度灵敏地发挥独创力，是构成好诗的主要条件。

在艺术创造上，不能把车辙当道路。指望承受前人的几条创新的经验或规律，几乎是不可能的。唯一的办法就是新颖独创，要求构思时时更新，篇篇不同，不但与别人的佳作迥然有别，而且和自己的旧作绝无重复。尤其是平中出奇，同中求异，见人之所易见，发人之所难发，更须精微以求，各尽其妙。

创新虽无轨迹可循，但对于起码的要求也得心中有数。

首先，构思的创新，须以"杰思""精思"为灵魂，努力寻求杜甫所说的"诗清立意新"。随之而来的，围绕新的立意，要创造新的艺术形象。也就是要从新角度、新"镜头"、新手法、新结构、新语言的综合运用上，力避陈规，别开生面，熔铸成为崭新的艺术有机体，确能"使人家有一新耳目之感"（郭小川语）。

例如 1980 年前后，诗坛上出现过悼念张志新烈士的创作高潮，一时间好诗琳琅满目，异彩纷呈。雷抒雁的长篇抒情诗《小草在歌唱》①，在一片哀思中，让"小草"展现了一代人的良知和觉醒。韩瀚的哲理小诗《重量》②，借触目惊心的意象"生命的天平"，三五句就概括出献身与苟活的深刻褒贬。公刘的《刑场》③，描绘杀害烈士的秘密刑场，希望读者从阴森可怕的气氛中思考新中国出现这黑暗时期的惨痛教训。贺羡泉的《声带》④，针对烈士被割断喉管的酷刑，发出了对于正义与真理的更急切的呼唤。青勃的《没有骨灰的骨灰盒》⑤把烈士追悼会上空着的骨灰盒作为悲愤与敬慕交汇的闪光点，通过具有反击力量的排比句式，层层推进到崇高人格的天宇，指明骨灰盒里"装着整个太阳系"和"黑暗里灿烂照耀的一个星座"。李松涛的《手铐泣诉》⑥，则假设扣锁过烈士双手的"手铐"的忏悔与恳求，沉痛地警醒世人，必须坚持民主与法制……仅看这诗林片叶的举例，可知构思的创新拥有广阔的天地，无穷的奥秘等待着诗人们独具慧眼的深微发现、独具一格的锐意开拓、独出心裁的精彩表达。

其次，单就艺术技巧来说，尽管需要突破任何樊篱，大胆标新立异，但也不能完全"放野马"，任意狂怪。于此，掌握住"反常合道"的艺术辩证法，是非常重要的。"反常"，就是打破常规，不落窠臼，要有"越轨的笔致"（鲁迅语）；"合道"，则要求不违背艺术的真实，通过诗人的独特感受和非凡的笔墨，更有助于体现感情的逻辑、生活的本质特征。"反常"与"合道"互为条件，相反相成。只"反常"而不"合道"，会陷于离奇隐晦，玩弄文字魔术的境地；只"合道"而不"反常"，则平板

---

① 雷抒雁：《小草在歌唱》，载《诗刊》1979 年 8 月号。
② 韩瀚：《重量》，载《清明》1979 年第 2 期。
③ 公刘：《刑场》，载《上海文学》1979 年 9 月号。
④ 贺羡泉：《声带》，载《诗刊》1979 年 9 月号。
⑤ 青勃：《没有骨灰的骨灰盒》，载 1979 年 8 月 29 日《文汇报》。
⑥ 李松涛：《手铐泣诉》，载《星星》诗刊 1979 年 11 月号。

似道德经,一眼看到底,直浅乏味。掌握住两者辩证统一的艺术分寸,可达"无理而妙"的境界,能给人以"出乎意料之外,又在情理之中"的欣赏的满足。

请看一首题名为《春雨即景》的小诗:

> 一块巨大的手帕
> 拧下那么多颜色
> 总之,怎么走
> 也走不出画册
> ——《季节拾趣》三首之一,原载《星星》诗刊 1983 年 8 月号

"巨大的手帕"怎么能"拧下那么多颜色"?乍看有些蹊跷,细想则呈现美感荡起的心理波纹。手帕可以随便使用,春雨竟也来得这么轻易、随心,一拧就使甘霖沛然而降。于是,土地上禾苗返青、春花绽蕾,一片万紫千红的美景复苏了,而且越来越鲜艳夺目。自然,我们的心田也油然展舒,萌动着多彩的生机,焕发出无限的青春活力。接着"镜头"提拉推摇,闪跳出很大的图像空白,又"滑入"一本寥廓无垠的立体画册。你看,人怎么走进去,又怎么走不出呢?透过一点象征意味,噢,原来那人在锦绣万里的江河大地上,正好作幸福的"画中游",既流连忘返而又意气风发永向前呵!——这景物小品的构思,是有创意和巧思的,且因其符合"反常合道"的艺术辩证法,更增加了幽中有隽的诗味。再看傅天琳的一首短诗:

太阳河

> 在田野里追逐,在水渠中歌唱,
> 在绿叶间跳动,在枝头上闪光。
>
> 呵,红了荔枝,黄了菠萝,绿了槟榔,

呵，熟了爱情，甜了生活，美了愿望！

可爱的海南岛为啥这般明亮，
天上有一个太阳，河里有一万个太阳！

——原载诗集《大海行》

热爱太阳河的深情，赞美太阳河的远意，没有正面直写，没有表面描述，而是深入把握河水的生命力与崇高美，使之真力弥漫，光彩四溢。在艺术构思上的"反常"，是"反"了外在风光的模拟、波涛声势的录制；"合道"，是"合"了美化祖国江河的风韵、哺育时代生气的潜力。特别最末一行，扣住"太阳河"的名称及其波光粼粼的特征，巧用虚实交错的奇警夸饰，最充分地、唯一恰当地放射出了无限的光源与热能。"一万个太阳"的奇纵语势、幽径顿开、假中更真，给人以意想不到的惊喜和振奋。

1984 年 11 月

新诗，呼唤着新的理论批评*

一

时代使生活丰富多彩，也使诗丰富多彩。这既表现在它涉及了纷纭万状的事物现象，也表现在它透射进了高卓新异的观念意识。人们在惊奇地瞻视着新诗的前景，不少有识之士也在预言，在暂时的平抑下，新诗正孕育着一次大的浪潮。

对象的这种繁复与丰富，必然呼求着理论批评的协调配合。并且，这种理论批评不应再是过去常规意义上的框套，而应是一个经过科学铸造组合的范式。如果不是从这种意义上确定批评的含义，就很难理解，在前一个阶段的理论批评中，为什么有的诗人对之抱有漠然或者敌意的态度，为什么有的诗人现在几乎很少写诗或者干脆放下了诗笔。这里无意贬低批评工作的成效，也不是为某些诗人的缺点遮讳，而是希望大家去思考、去审视我们的批评工作自身。既然批评是通过读者和作者而发生作用，那么，如果这基本对象漠视我们的批评，其作用又何以达到呢？只要认真地注意一下，就会发现，我们的评论与读者与创作正产生越来越大的隔阂。

---

* 原载《当代文艺思潮》1985年第4期。

统辖评坛的，可以说仍是艺术社会学的方法，并且又是狭窄化了的艺术社会学。动辄诗是生活的反映、诗是时代的呼声等，这固然是不能否认的大方向，但本质论的思考毕竟不能完全代替对诗歌创作内部规律的科学探讨。这种方法扩而大之，致使浮泛的表面赞扬或武断的片面贬斥得以风行。而长期以来人们对这种批评已司空见惯，没有多少新鲜之感；甚至有人以曾受其挫折的痛楚而保持一种近似条件反射的排拒心理。这两种情况，可能就是人们所以漠视诗歌理论批评的重要原因吧。

　　所以，新诗批评缺少的，首先是那种审美心理学的批评。事实上，它比一般的艺术社会学更能接触到诗歌创作的内部现实。例如我们曾对朦胧诗的问题争论不休，但细读那些文章，会发现争论基本打的是外围战。朦胧诗既是特殊历史的产物，为什么不能从心理积淀的角度探求它凝成的历史原因？既然它是作者一种特殊的心理状态的物态化，为什么不可以从感知、想象、理解、情感诸种心理因素的组合上，去探讨这种朦胧美构成的内在依据？既然它在我国新的历史条件下涌现，为什么不着重从其产生的内因和外因的相似点与差别线上予以更明智的扬弃与因势利导？以致人为的套式，窒息着批评方法的活力，弄得论题和观点趋向老化。由于对作者不能引起深层的审美理解，所以轻微的批评往往搔不着痒处，重力的批评则容易引起作者的不满，弄不好反倒成为创作进一步发展的阻力。

　　正是从这种意义上，我们认为，为了促进新的诗歌浪潮的来临，颇需要借助于审美心理学的方法，探讨诗歌创作的奥妙。并且还要加强"立体型"思维结构，尽可能向其他学术和艺术领域中寻找新的批评方法。

二

　　在新的信息革命面前，方法论的竞争比一般的知识和技能的竞争更列于首位。在各个领域，人们变革方法论的呼声甚高。诗歌评论的对象是时代精神最敏感的感受器，当然也不能封闭自己。跃上这时代的峰峦，去拥有一种雄视万有、博采旁收的开放眼光,才能使自己不落伍于时代潮流和适应现代人多样选择的艺术需求。

许多科技革命的成果被积极应用于社会科学的各个领域,诗歌评论也应敞开胸怀。譬如引进系统科学的方法,便能帮助我们开拓一种新的理论批评境界。

目前在我们的诗歌批评中常见的方法仍有许多是那种评点式的感兴,一般的直观经验的描述,或切割式的解析作品。人们希望着新的批评,希望批评能突破一般的经验描述,向科学化的方向前进,希望着能从整体上把握生气灌注的诗美,而不是欣赏肢解作品造成的零星美感。正是在这里,系统科学给我们以有力的启示。

系统科学是横断科学的一种,它涉及各个领域。如果具体到诗歌理论批评上,那么,它要求把有关诗的活动作为一个多层次的、系统的、完整的整体,而不是当成若干要素简单凑成的"拼盘",因而它既应强调对组成诗的活动的各个要素的精细研究,又应强调对各要素间的相互联系的有效性和目的性的研究。这便能从整体上把握整个批评对象。已经有人从这种角度开始初步的探讨,《当代文艺思潮》1984年第4期上的《诗歌的信息系统概论》一文就是把诗纳入信息源(诗人)、信息储存器(诗作)、信息接收者(读者)这样一个完整的信息系统来研究的。这使我们对诗的过程的理解趋向科学化,同时也避免了批评仅限于诗、诗人两方面而忽视读者的偏颇。虽然不能说文章中的新概念已与诗学的方法论体系达到了融汇,但作者大胆的努力,不啻是一次倡导性的尝试。

如具体来说,仍能从系统科学的几个特点上寻出批评方法的要领。

一是其整体性,它注意的不是每个组成系统的孤立因素,而是每个构成系统的因素对于保证整个系统最有效的运转的功能。我们的诗歌批评,常常习惯于把某一方面从批评的整体中孤立出来,分出思想的、艺术的、风格的诸方面进行切割分析,如同把玫瑰花放在实验烧杯里进行定性分析一样。这样不但容易造成片面、肤浅的理解,而且也容易扼杀作品的整体魅力。如有人评价杨炼的《诺日朗》、舒婷的《会唱歌的鸢尾花》等诗时，就不注重从整体上把握诗意，而拘泥于某些字眼，进行牵强的诠释。这里并不是说这些诗就没有问题，而在于说明，片面的批评对于正确引导有不利性。因为偏于一隅、昧于总体，即使基本的前提是正确的，读者也很难心悦诚服地接受。也有的文章，显示出从整体上把握诗意的优长，如楼肇明评析艾青的《蛇》的文章（《诗探索》1981年第2期）就是从真善美和假恶丑的排列组合上，挖掘出《蛇》本身拥有的社会学和美学的双重含义，给人以深入的理解和丰富完整的美感。

二是其动态性，即把事物看作一个流动的活的机体。我们现今的诗歌批评还基本上倾向于静止的经验描述，而不能把批评纳于一个流动的过程中去考察。如长期以来，人们对诗歌民族化问题吵来吵去、各持一端，而忽略了从审美意识的嬗变上，考察民族化怎样由民族的深层心理结构外化而来的历史，忽略了它本身积淀着感性和理性、个性和社会性的内在构成。因而从动态的角度，研究对象辩证形成的过程，是可以打开一个新的天地的。

三是其综合性，即指综合运用各类科学成果。这要求诗歌批评应充分运用各种科学成果，使批评方法更加丰富、精密和不断更新。不仅要用审美心理学的、系统科学的，还要用其他的。不管是传统的还是新兴的，都要吸收消化，从而使之化为己用，体现出集大成的时代特点。

总之，论题决定着批评所旁及的范围，我们旨在寻找现今诗歌理论批评方法的不足，并不奢望评价整个评坛，因而忽略了近年评论工作的全面功绩，也在所难免。事实上，成绩还是很大的。但从我们所涉及的批评方法这点而言，改革之势已迫在眼前。不能只限于单一思维和切断评析，不能只限于经验的描述或者本质的思辨。诗歌，呼唤着科学、系统的理论的疏导。既然有人讲到了诗人思维结构的重新组合，那么，评论者的思维结构也面临着重新组合。为此，评论工作者便颇需用时代最新鲜的客观存在来影响自己，用人类最先进的精神成果来营养自己，从而去寻找诗歌理论批评的新位置。

三

我们正处在一个新的综合时代的前沿。在所有的领域,人们都面临着广博的思考和积极的探求,都面临着需要重新评价、重新估量的一切。因而,我们诗歌理论批评的位置,在当代的坐标系中,应首先到各类先进学科的交接点上去寻找。

需要一种符合现代科学的思维方式,需要一种与现代科学有相通点的评论体系,更需要一种各门学科互相渗透、交叉融合而形成的评论方法。这里需要说明的是,所谓新的方法,并不应简单地理解为仅仅在批评中运用了诸如系统、智能、反馈、机体等新鲜字眼,而是应该科学地把诸种方法糅化到诗学的体系本身中来,并使之化为有机的构成。当然,这需要一个由引进,到并合,然后到融会的较艰难的过程。

事实上,新的方法的建构,不但需要从邻近的学科中进行移植和借鉴,同时,也需要对传统的方法进行继承与革新。我们传统的批评方法并不是一无是处,例如诗话、词话的形象精警和耐人寻味,就与西方某些理论的枯燥艰涩迥异其趣。而更多的,还是应该吸收西方诗歌批评的一些新的成果,无论是克罗齐的直觉理论,还是苏珊的符号理论,以及新批评派的理论、结构主义的理论,都可以在历史唯物主义的指导下,进行吸收、消化,从而转化为我们自己的方法论理论体系的一部分。

既然面临的是一个综合的时代,那么偏执的、单打一的批评理应结束;既然批评的对象应看作一个完整的立体,那么离析、肢解、挂一漏万的批评理应抛弃。所以,应综合地运用各种方法,对批评对象进行多角度、多层次的系统批评。无论是方法上伦理的、社会的、美学的、心理的,还是方式上评析的、判断的、比较的、综合的,层层角度,各有洞天。既能俯瞰全貌批评宏观的"整体",又能纵深开掘考究其微观的"个别",并能通过对个别的分析,反转过来增强对于整体的认识。即使是对于诸如语言、意象、风格的分类研究,也不能片面孤立,而应以一定的审美纽带，串联起丰姿卓彩的诗美整体。而正是在这综合的研究和评论中，逐渐整体化，去创构一种更得心应手的评论范式，应该是一代评论工作者努力以求的目标。

1985 年 3 月，与王邵军合写

置身于最美的事业*

——关于诗歌性质的断想

一　诗美，是诗歌第一位的要素

诗美是凝缩化了的自然美和艺术美，作为一种诗的属性，我们经常感受到多种多样的美的品格与光彩。

"云中的神呵，雾中的仙，／神姿仙态桂林的山！／情一样深呵，梦一样美，／如情似梦漓江的水。"贺敬之的《桂林山水歌》，妩媚妖娆，情思悠悠，引导我们进入一个奇异的艺术画廊，获得余味无尽的诗情美、画意美。这是美化了的诗的风景。

"像云一样柔软，／像风一样轻，／比月光更明亮，／比夜更宁静——／人体在天空里游行；／／不是天上的仙女，／却是人间的女神，／比梦更美，／比幻想更动人——是劳动创造的结晶。"艾青的《给乌兰诺娃》，用清丽的语言，展现出妙曼轻柔的人体美、飘逸美。这是升华了的诗的舞蹈。

"'我给叔叔买票吧，阿姨。'／接着，／缓缓地，／缓缓地，／人丛中举起一只柔嫩的手臂——／中华民族那银色的希望，／正高擎在孩子的掌心里……"赵恺的《镍币》（全诗见《上海文学》1981年第12期），从一

---

* 原载《文朋诗友》1986年第6期。

个七岁儿童替乘公共汽车不买车票的成人买票这样一个小小细节中，捕捉到生活中的纯洁美、情操美。这是净化了的诗的速写。

诗与美是不可分离的，美是诗的灵魂和神采。比起认识作用、教育作用来，诗的审美作用总是占第一位的。诗人的事业就是在社会生活中让"诗揭开帷幕，露出世界所隐藏的美"①。正是从这种意义上，我们确定了"诗是最美的事业"这一命题。

"最美的事业"并非溢美之词。因为，诗是把宇宙间最美的生命力——人及其感情，直接作为表现对象的；而人这个最美的生命又是诗歌创造的主体，他按照美的规律揭示出人生真谛和崇高信仰。所以诗人既能把生活中的精华提炼为诗的内容，又能为诗歌创造美的形象、美的意境、美的结构、美的语言、美的旋律等。

内容美制约着形式美。诗不仅仅是分行押韵的美丽词句，而要首先基于对民族、时代的神圣而美好的感知和领悟，提炼出生活中真、善、美的精魂。艾青在《诗论》中，对诗的本质特征作过这样的描述："我们的诗神，是驾着纯金的三轮马车，在生活的旷野上驰骋的。那三个轮子，闪射着同等的光芒，以同样庄严的隆隆声震响着的，就是真、善、美。"（《诗论·出发三》，人民文学出版社1982年版，第171页）可以说，诗神是多么尊贵而又平凡，她自由地驰骋在我们"生活的旷野"上，靠艺术的魅力，即运转起饱含着真情和至理的有声有色的精美形象——那"纯金的三轮马车"来感染、引导我们，乃至进入我们每个人的心灵深处，使我们不能不深深感到：诗美，是诗歌第一位的要素！

诗人李瑛经过长期的创作实践和深入思考，对于诗与美的关系，获得了极深刻的认识。他有这样一段论述："可不可以说诗是精神美的一种表现形式，因此，诗人所从事的工作，就是创造人的精神美的一种崇高的劳动。那么，让我们深刻认识美的教育作用、力量和价值，让我们在

---

① 雪莱：《诗辩》，《西方文论选》下卷，上海译文出版社1979年版，第54页。（本篇注释据原文献照录，下同。——编者）

所生活的活跃的社会中，积极地发现那些美好的事物，并把它们以生动的美的形象表现出来吧——因为从某种意义来说，人们需要诗就是需要美。"(《〈李瑛诗选〉自序》) 诗人不但阐明了诗美的地位与效用，而且满怀一个真正艺术家的美的信仰，积极地投入创作实践。这对于作为第一位要素的诗美的含义，恰好是有说服力的总结。

二 诗美，是渗透心灵的普遍艺术

诗美，是渗透心灵的普遍艺术。从整个艺术领域来看，诗是无所不在的，诗美在处处流芳溢彩。对此，我们可以从历史的、现实的和艺术的各种角度加以思考。

(一) 从历史发展看，诗是民族文化的精髓

"自有人类以来就有诗的存在"[1]，诗作为最古老的语言歌唱艺术，一直和人类生活中美的追求联系在一起。

我国是一个诗歌大国。诗在我们民族文化生活中历来占据主导的重要地位。祭神，要唱诗；恋爱，要赠诗；诸侯会盟，要赋诗；唐代甚至实行"诗赋取士"。至于民间歌谣，早已成为表情达意和求乐慰苦的重要工具，一唱百和，广泛流传。我们能从《诗经》的多数篇什中，感受到我们古老民族坚强勤劳的性格和当时社会文明所及的高度；我们能从屈原《离骚》那奔腾无羁的想象里，窥见染着浓烈巫术色彩的楚汉文化的特征；我们能从大量的唐诗中，体察到积极进取的高蹈胸怀和那丰富多彩的文明盛况。

让我们把目光投向西方。荷马史诗，以赞美人的美丽和智慧、颂扬人与自然冲突时以人为本的思想，体现了希腊人的崇高向往，放射出希腊文化的不朽光辉。之后，但丁的《神曲》，弥尔顿的《失乐园》，歌德的《浮士德》，以至雪莱、拜伦的诗歌，都像灿烂的明星，辉映在他们各

---

[1] 雪莱：《诗辩》，《西方文论选》下卷，上海译文出版社1979年版，第51页。

自民族的上空。

当我们把诗放在东西方文化史中来考察的时候,不能不想起美国诗人惠特曼的一段话:"看来好像奇怪,每一个民族的最高凭证,是它自己产生的诗歌……对于任何国家的伟大性的最后估计……必须严格等到它能够相称地在它特有的、第一流的诗歌之花中表现出来的时候。"① 这是诗人的真切体验,是对诗美作为民族文化精髓的深刻概括。

(二) 从现实世界看,诗是时代精神的强光

一个优秀的诗人,一方面要非常真诚地坦露自己的内心世界,同时又使"个人的痛苦与欢乐,必须融合在时代的痛苦与欢乐里"②。这样,他的诗才能显得更激越、更壮阔,才能以思想的深度与活力凝聚起时代精神的强光。时代精神是指一定历史阶段代表人民向上的情操、意志和理想的精神状态与主要思想倾向,即符合时代发展、前进、要求的精神。表现这种精神,是诗人自觉的责任感与时代呼唤的高度契合。这便决定了诗人的时代骄子的身份、新生活先驱的地位,形成时代呼唤诗歌、诗歌推动时代的辩证发展关系。

迅速唱出"五四"时代进击强音的,是郭沫若的诗集《女神》。它以乐观、热情和豪迈的气派,以对创造的欢呼和对精神解放的讴歌,充分体现了"五四"运动狂飙突进的时代精神。接着,许多诗人都以时代最迫切的呼号或沉思,催人奋起,成为黎明来临前破晓的军号和晨曲。

新中国如日东升,万方乐奏,我们的诗人又以其壮丽欢快的歌唱,奏起了新中国诞生以来所特有的英雄交响乐和生活圆舞曲。他们的诗充分显示了"在精神和形式上带有它那时代的烙印,并且满足它那时代的要求"(别林斯基语)的意义。

作为对于"十年动乱"的反叛,天安门广场的诗歌运动汹涌而起,不几天时间,铺天盖地的无名诗人们,发动了世界史上罕见的诗歌的人

---

① 引自聂鲁达《诗与晦涩》,《译文》1953 年第 10 期。
② 艾青:《诗论·服役十》,人民文学出版社 1982 年版,第 209 页。

民战争，伸张了中国人的正气，敲响了"四害"消亡的丧钟。终于，新的历史时期开始了，祖国在艰难中起飞，新诗又以冷峻的反思和开放的艺术风格，从复杂的生活体验和内心感悟中，探索历史的教训和确有幸福保证的未来，出现了公刘的《仙人掌》、邵燕祥的《在远方》、傅天琳的《绿色的音符》、舒婷的《双桅船》等以沉思和奋发为主旋律的时代乐章，展现出"四化"建设新时期诗人"主体意识"的觉醒与沉稳而睿智的前进气势。

我们这样强调诗是时代精神的强光，并非要诗成为单纯的时代精神的传声筒，也并非摒弃对题材、风格多样化的追求。诗，既可以是斗争的号角和旗帜，也可以是滋润心灵的醴泉和美酒。但是，任何一个真正的诗人，必须和时代同步，和人民同心，以自己独特的声音参加时代进行曲的大合唱。雪莱《诗辩》中有段话说得好："一个伟大民族觉醒起来，要对思想和制度进行一番有益的改革，而诗便是最可靠的先驱、伙伴和追随者。"[①] 至今，这种要求仍然是一个正直诗人对于他的时代所应尽的神圣义务。

（三）从艺术表现看，诗是各类艺术审美判断的核心

在整个文学艺术领域，诗的强烈的抒情和飞腾的想象，像两束激光，给其他艺术作品以耀目的辉映。

属于空间的建筑艺术，号称"立体的诗"，对比例、色彩、和谐等方面的要求，它巧于"借景"而创造更深的艺术境界的设计，不是能唤起人们诗情画意的丰富联想吗？属于时间的音乐艺术，不必说那些为诗谱写的歌，即使乐曲本身，也往往是优美的抒情诗，它的流动的音乐语汇，便与诗歌意象的"视觉和弦"取得声情并茂、因声会意的许多方面的一致，有些作曲家自己就把作品命名为"音诗"或"交响诗"。其他如绘画、雕塑、摄影、舞蹈、体操等，莫不与诗情、诗韵密致交融，而发挥其隽永的艺术魅力。

在文学领域，诗更强有力地向其他文学样式渗透。

[①] 雪莱：《诗辩》，《西方文论选》下卷，上海译文出版社1979年版，第56页。

散文，往往是不分行的诗，它把诗的情趣和意境作为自己的审美追求。《史记》曾被鲁迅称为"无韵之《离骚》"。唐宋八大家的散文，大都富于浓郁的诗意。当代作家杨朔更是有意以诗为文，他的许多散文都可以当作诗来寻味。还有一种体裁——散文诗，使诗的精神，在散文的疏落有致的风韵中，焕发出更自然精妙的感染启发魅力。

　　小说原本是以塑造人物为己任的，但它又包含诗的哲理味、象征美。古今中外一些优秀的长篇小说，莫不以题材的壮阔、哲理的精辟、诗情的深厚，获得了史诗般的价值。普希金还直接称他的长诗《欧根·奥涅金》为"诗体小说"。当前小说技法的革新，也有一种情节淡化、意识流动、富于诗意、象征暗示的追求。

　　戏剧更是与诗亲密无间。古代西方的学者们，如亚里士多德、贺拉斯等就在自己的著作中把悲剧与喜剧列入诗的研究范围，现代西方的学者也大都喜欢把剧作家称为戏剧诗人。戏剧的构思规律、典型人物性格和心理活动，及其简洁、含蓄的台词等，大都包含诗的情味。我国的杂剧、传奇等戏曲文学，实际上也是以诗的道白和唱词作为构成的主体部分。"诗剧"这一现代文学体裁的出现，更证实了以诗为内核的戏剧艺术的特殊功能。

　　通过以上对历史渊源、现实意义和艺术审美作用等三个方面的思考，可知诗歌作为表现人民生活的、智慧的美，的确是具有渗透心灵的普遍艺术的性质。今天，当我们把诗歌提高到建设精神文明、塑造美好心灵的高度来认识它的地位和作用时，重温黑格尔"诗在一切艺术中都流注着""诗歌艺术是心灵的普遍艺术"[①] 这样的警句，可以大大增强繁荣诗歌创作的历史责任感，为献身人类这一最美的事业而心情振奋、无比自豪！

三　诗美，可提高我们的美学修养

　　我国素有重视"诗教"的悠久传统。孔子当年恳切地劝导青年们：

[①] 黑格尔：《美学》第一卷，商务印书馆1979年版，第113页。

"小子何莫学夫《诗》?《诗》,可以兴,可以观,可以群,可以怨。"① 我们除却他借《诗经》来维护封建礼教的消极说教因素,还应看到他对诗的社会作用的积极评价。那就是通过学习诗歌,可以激励志气,认识生活,互相感化,用批评讽谏促进背恶向善。在科学文化高度发展、精神文明之花迎春绽放的今天,我们要能真正地感受诗美、创造诗美,则更需要站在时代精神的高处和社会潮流的前端,培养最崇高的审美情操。

为此,以下几个环节,是提高诗的美学修养的基本要求。

第一,在诗中应注意学习诗人的品德,把学诗和做人结合起来。诗人应该是品德高尚的人,沈德潜所说"有第一等襟抱,第一等学识,斯有第一等真诗"②,揭示了"诗品出于人品"的基本规律。被世人敬重的大诗人,无不以其博大、深沉、神异、浪漫的情怀,通过历史的、民族的、哲学的思考,深入揭示客观生活的底蕴及其溶解在主体心灵中的种种奥秘。可见我们要自觉地置身于诗歌这一最美的事业中,不能仅仅醉心于章句的华美,更要接受诗人品德、智慧、胆略、风趣等的熏陶与启迪。严阵同志的一段自述,具有实际的启示意义:"大凡一个年轻人开始学着写诗时,总喜欢去堆砌一些生活现象和搬弄一些美丽的辞藻,认为那就是诗。我自己也经历了这样一个阶段,其实这是对诗的误解。在这几年短短的创作实践中,使我感到:'诗要写多,并不困难,但要写好,却不是容易的事。一个写诗的人政治情绪饱满,立脚点高,把人民和整个世界都放在自己心里,才能从最朴素的生活深处剖视到最崇高宏大的东西。'"(引自《诗的时代呼唤着我们》,《诗刊》1959年10月号)这明白告诉我们,追求诗的美不能舍本求末,而应注重诗人品格的培养,努力追求那博大而幽深、善良而崇高、丰富而美好的知识、道德和审美境界。缺乏完善圣洁的心灵建构,绝不能写出好诗并成为真正的诗人。

第二,在诗的创作实践中,要不断磨炼敏锐的艺术直觉,提高开掘

---

① 孔子:《论语·阳货》。
② 沈德潜:《说诗晬语》。

生活与心灵奥秘的审美创造力。诗歌掌握世界的方式，主要是靠以感情为主的想象活动来进行的。诗人常常是通过敏锐的艺术直觉，达到艾青所描述的那种奇妙境界，在那里"自然与生命有了契合，旷野与山脉日夜喧谈，岩石能沉思，河流能絮语……"[①] 不仅如此，诗的艺术触角还得深入生活和人们心灵世界的底层，开掘出真、善、美的精神稀有元素。莎士比亚《仲夏夜之梦》的五幕一场中有一段话："诗人转动着眼睛，眼睛里带着精妙的疯狂，从天上看到地下，地下看到天上。他的想象为从来没人知道的东西构成形体，他笔下可描写它们的状貌，使虚无杳渺的东西有了确切的寄寓和名目。"这种感受美、发现美的艺术想象活动，生动描述了诗人审美创造力的特异功能。我们要进入诗的自由王国而有所创新和突破，就必须加强这种洞幽烛微的美学素养，善于见人之所未见，发人之所未发。特别是在信息革命、技术革命的新形势下，更要提高诗人的"灵视"和"职业敏感"，拓展思维空间，上下求索时间跨度大、变幻速度快的现代诗美。

第三，从真正的诗与诗人那里，充分吸取青春的活力，永葆诗情焕发的闪光的青春。不愿意被人尊称为"臧老"的诗人臧克家，有这样一段切身体会："青春和诗是连在一起的。青年胸怀大志，勇往直前，富于幻想，热情澎湃，这就是使他们接近诗的条件。"[②] 因此，他把新诗当作"以生命的全力去倾注的唯一事业"，始终不懈地学诗、追诗，或着魔似的为现实而苦吟，或站在时代的"烽火台"上为革命而放歌。但人生易老，当明镜映现诗人的老态时，他竟这样述怀："自沐朝晖意蓊茏，休凭白发便呼翁，狂来欲碎玻璃镜，还我青春火样红。"（《乙丑之春，时年八十》）老一代诗人，因诗心不老而青春永驻。今天中青年诗人们，虽然经历了严重的政治磨难，但仍然为诗的美与力维系着，从苦涩的回忆与远大希冀中，涌起觉醒奋进的信念、智慧和理想，比较典型的例子是杨牧

[①] 艾青：《诗论·诗人论》，人民文学出版社 1982 年版，第 229 页。
[②] 臧克家：《学诗断想·青年与诗》，四川人民出版社 1979 年版，第 114 页。

和他的《我是青年》。他战胜了"超过他的年纪所能承担"的生活苦难与政治迫害，把"受惩罚"的岁月当作诗歌创作的准备阶段，所以在新时期的阳光照临之后，高吟壮歌，一字千钧地披露"世界上最为珍贵的东西，莫过于青春的自主权"！并且他不怨天、不尤人，面对祖国的召唤，指早谢的"秃额"，"正是一片初春的原野"，指多生的"皱纹"，"正是一条大江的开端"，进而发出了西北大沙漠锻炼培育出来的特别坚毅、豪放而深宏的誓言："祖国呵！／既然你因残缺太多／把我们划入了青年的梯队／我们就有青年和中年——双重的肩！"由此可见，诗与青春是具有血缘关系的。我们必须从真正的诗和诗人那里，吸取点燃青春火焰的热力，爆出诗美的火花，培养起我们时代最崇高的、富有生命力的审美理想和志趣。

我们所处的是改革创新的新时代，也应是产生巨人、产生史诗的辉煌时代。让我们集合到诗歌这一最美的事业当中，把振兴中华的历史使命和振兴诗的光荣职责结合起来，怀着希望、带着友情、踏着节奏，奋然前进吧！

1985 年 5 月

一片鹅黄　点点翠绿[*]

——瞻望山东省茁壮成长的青年诗群

我们山东省近年来的青年诗歌创作，起点高、跨步大、气象新，给诗坛带来了蓬勃的朝气，葱茏的生机。尽管这些青年诗作还有这样那样的缺点，但他们毕竟是经历了七十年代末真歌哭、大悲欢的诗潮的冲击，沐浴着八十年代初文艺之春的阳光雨露，在创作思路、审美理想、艺术手法各方面都充满创造性、开拓性的更新活力。若要瞻望一下他们的成长和创作趋势，会看到"齐鲁青未了"的诗歌风景线上，正涌现一片鹅黄，簇发点点翠绿，诗苗是多么茂密，而其间一些挺拔的枝叶，又是多么清新和令人惊喜！

这种印象，可从《山东文学》1984年连发10期的"齐鲁青年诗选"中得到证明。

一

这些诗歌，采撷角度和抒情基调，都是比较新颖、踏实而且机敏的，既克服了狂热的呼告，也不带什么痛苦的擦痕，都在反思生活和创建未来的独特感奋点上，通过一些崭新的景物，折射出时代精神的光芒。

---

[*] 原载《黄河诗报》1985年7月16日。

于鹏的组诗《站在海洋钻井船上》(《山东文学》1984年1月号,以下免刊名,只注刊期),没有海天苍茫的照相复写,没有"苦中有乐"的矫情说教,而是把远离陆地的现代化钻探作业的"水城",写得富有传奇色彩,并经过思索与想象的蒸发,借幻景寄寓了新时代的特异理想:"眼下,比起威尼斯/这里还缺少点土壤和绿荫/可明天,土壤会有的/绿荫也会有的/我们还要在这片蓝色的土地上/盖一幢一百层的白色公寓/请太阳、鲜花和欢乐来扎根落户/请和煦的春风常来常往。"到此,是理想的终端吗?目标就仅限于这新式安乐窝的经营定格吗?不,请接着读下一小节:"不过,那时/我们的钻井船/又在另一个纬度上唱歌了。"于是一种继续奋进的信念和力量,控制在谦抑质朴的诗句中,愈益回旋激荡着潜沉而持久的精神律动。

胡学武以拟人化象征形象展现的一组《青岛抒情诗》(1984年5月号),把观赏镜头由全景摇向各个侧面,又切入人物心灵深处,一步步吸引我们从鲜明的历史对比度与开阔的现代意识上,亲切体验青岛"这一块生长神话的梦土"中的生活美、诗意美。最后还高吟肺腑:"青岛的性格是诗人的性格/正以饮矿泉水的矜持擎着威士忌/愿与整个世界碰杯。"作为新的对外开放城市,这样敞开联结世界人民友谊的胸怀,不正是祖国彬彬有礼、豪情满怀的振兴风度吗?

类似这样为时代生活精彩剪影式的青年诗作,正在逐渐增长数量,提高质量。他们用力的着重点,是让当代的先进思想、道德观念和远大理想,渗透于自己的感性体验和性格特征之中,并从具体的劳动场景、生活细节中自然闪射出来,毫无说教味、训示感,而能诱发读者的内心共鸣。

二

这些诗歌,抒发真挚火热的诗情时,避免直陈式的宣泄,而努力谋求抒情个性的加强和抒情主人公内心世界动态的刻画,促使情绪结构尽量向多层次和立体化拓展，以适应新时代日益丰富的精神文化与审美品格的需要。

庄永春的组诗《水兵的海》（1984年7月号），在大海的壮阔气象中，不断转换视角，发现和拥抱那云谲波诡的风光；同时以"我加入海洋籍"的水兵的赤诚，抒发情随境迁、动静交错的浑灏情怀。当情绪昂扬时，他这样层层荡开远举的心涛："海疆／耸起我长城般的背脊／一双金锚／下在南北两极／泊定动荡的世纪／派出我的五角星／加入世界和平理事会／也许，中国水兵的宣言／该由我和邓世昌一道起草。"当情绪平静时，他又这样轻轻绷紧了坚定而警觉的心弦："我合上《中国近代史》／海岸在沉思／阳光在沉思／风与军旗的交谈正热烈／我／轻揉一团雪白的思绪／一下又一下地擦亮／炮瞄镜里远方的海。"建立在民族自豪与历史沉思基础上的海阔天空的想象力，摧动起洪波与细浪交融的声情，组成了大海一样基调深沉、变奏起伏的心灵交响曲。

张敦孟以《经线与纬线织成的歌》（1984年2月号）为总题目，吟唱了绚烂多姿的织绸女工的劳动、爱情和向往。在织机的喧噪声中，女工们像最有韧性和耐力的梭子，在下班后的宁静中，她们却又舒展开富有音乐灵感的心，连惯常的生活韵律也变得那么奇巧多情，"当守候在路边的小鸟，啄去／粘在她们耳膜上的最后一粒噪音／一支谧静的抒情曲／便流出了黄昏的嘴唇"。再透视她们的心底，还储存着足够丰美的"神秘而又普通"的爱情，一件"多情的梭子飞向粗犷的锤声"的"玫瑰色新闻"，就揭露了多种心理因素黏合的相爱基础，在于"梭子与铁锤，从此／便交谈起丝绸与炉火／万米无疵绸和钢的音韵／交谈起产值、奖金与经济效益／李白、艾青、旱冰鞋与连衣裙"。这些当前切实的生活逻辑，逐层濡染上爱情的彩色，上升到诗的维纳斯的崇高仪态，从而瞻仰她"从幻想里抽出七彩丝线／织着开花的青春"的人生意义和创造美与幸福的价值，是令人多么肃然起敬而又欣然神往呵！

不少类似的抒情短诗，大都注意摒弃生活现象的外在摹写，而专注于感情世界的深入挖掘与心灵历程的敏捷追捕，使独抒的真情，能够显露其丰富内涵与流转轨迹，成为生活新貌在一颗诗心中的立体投影。

三

这些诗歌，在表现手法上尽可能地摆脱了平实再现的套式，追求浓缩诗情而使表现力更加开放灵活的方法技巧，致力于意象的密植、综合型通感的组合、结构内在的跨度、事物的变形夸张等，以造成内容多义多解的演化和情绪氛围的浮动、含蓄，给读者开拓了可以想象联想的无限丰富深广的心理时空。

试以于振海《脚步，在这片泥土上响起》（1984年4月号）中的《界石》一首为例，以见一斑。"界石"这一代表旧社会剥削压迫的罪证，在获得了社会主义农业自主权的今天，再由一代新人埋到责任田边，情节本身蕴含了历史感和使命感交织的深刻命题。

> 孩子，会微笑着
> 追赶衰老的父亲
> 将苦菜根全部挖完
> 然后将汗水全部洒在泥土里
> 让界石变成一只小船
> 使许多人的帆都能撑开
> 让界石变成一盏灯
> 照亮每一条乡间小路
> 最后开满蚕豆花
> 让蝈蝈的歌
> 留住金色的秋天

这里，微笑的"孩子""衰老的父亲"和全部挖完的"苦菜根"、变幻着的"一只小船""一盏灯"，以至于"蚕豆花""蝈蝈的歌""金色的秋天"等意象,不能看作连贯写实的"意思",而是作为距离大、含量深的象征依托,调动我们更多的感受和思考,沿着农村改革前进的扇形辐射暗示线,进行丰富多彩的补充、联系,甚至淋漓尽致的再创造。特别是结尾的奇异变形与衬托虚写:

> 孩子弯下腰
> 弯成了一块界石
> 妈妈在这儿迷路了
> 鸟儿在这里落下了

为更新换代的必胜前景,增加了非常坚定乐观的气势。

其他如张中海的《泥土的歌》(1984年3月号),朴实中见俏丽;刘延林的《齐鲁纪行》(1984年6月号),清新中寓深湛;梁青生的《在行吟者的琴弦上》(1984年11月号),鲜明中出委婉……大都在艺术表现手法上锐意创新,不同程度地吸取重意象、求曲折凝练、尽可能超脱升华等新诗风,体现出辩证发展、各尽其妙的艺术特色。歌德所说"每一种艺术的最高任务,即在于通过幻想,达到产生一种更高真实的假象"(《西方文论选》上册第446页),正可以看作他们在诗艺探索上一致追求的审美准则。

四

这些诗歌,都注意锤炼语言,排除抽象概念、陈腐辞藻、一般化描述等,而以锐利的语感、时代感,讲求纯朴而非单纯的语言,如虚实嵌合的修辞概括力、富于形象化思辨的句法、断续跳脱和抛词的诗行等,尽可能地发挥出抽象语言的雕塑美和音乐流动美,以适应日益繁盛的思想意识和生活节奏。

马丽华的《大草原》(1984年8月号),多以简劲具象的词汇、跳荡自由的句式,表现大草原的豪爽情景。试看该组诗之一的《听牛角琴演奏》，开头就以明亮的语言掀动了浩渺的声势：

> 原野是可以聆听的
> 空间充满了乐感
> 徐徐地，自沉落的远方
> 升起，并且蔓延

"原野"来直接"聆听"的这一起句，不仅是"当如爆竹"一般的"骤响易彻"，而且扩散着笼罩四野的韵律。在这广阔的音域中，再赋予无形的琴声以"沉落""升起""蔓延"的顿挫变化的深远层次，我们的激越情怀自然会随之起伏震荡。

阎建中的《钢铁奏鸣曲》（1984年9月号），用炼钢的感情烈焰，熔铸他那激动而又沉思的语言合金钢。他对一位很有胆魄的青年炉长，写了父爱的温存、生产的勇猛等几个侧面后，又进行心灵的活的雕塑：

> 祖国的希望
> 抱定了你钢铁的信念
> 你把这力量与智慧的结合
> 掷进了感情的炉火中冶炼
> 常常看见你
> 吸着劣等的香烟
> 像钢水沸腾后的冷却
> 在思考中走向成熟的沉淀

许多推理性词语，通过"抱定了""掷进了"的动态转化，"冷却""沉淀"的意向升华，使锻炼成长中的可贵性格与品质，带着钢铁的硬度与铮响，升起在四化建设的高高基座上。

另外在许多诗作中，更精深地运用意象脱节，更多地运用现代语汇，在顺应人民群众求新的审美选择下，能够增强语言的精练、复义和内控的丰富表情性，充分有力地传输时代气息，为促进诗歌成为精益求精、与时俱进的心灵之歌，作了积极有益的探索。

五

统观这些青年诗作，我们还应注意到，那一片鹅黄，毕竟还是幼嫩的；那点点翠绿，还有待于发展不同类属的生态特征。为此，还需要进行克服缺点、发扬优势的自觉培养。

当前最主要的缺点，是青年诗作者们的历史胸襟、哲学气质和艺术视野都比较窄浅，与我们这个集大成的、实现腾飞的改革潮流，缺乏息息相通、同步共振的强烈感应。不少诗篇，只限于行业分工的具体环境、有限情趣，而历史的纵深感和民族振兴的宏大气魄，尚未得到博大精深的表现。今后，在构思诗篇、切磋诗艺时，希望首先谛听时代对于诗歌巨人的召唤，加深对于现实生活中社会心理与人民爱憎的及时开掘，向着思想浩瀚、艺术辉煌的高峰攀登，争取像聂鲁达那样，能使"他的诗歌具有自然力般的作用，复苏了一个大陆的命运与梦想"（周良沛《〈聂鲁达诗选〉后记》）。其次还有一个重大缺点，是这些诗的形式、风格仍有些近似和单一。虽然仔细辨别其表现特点，也略有差异，但艺术素质、个性体现不足，远远达不到多种风格流派各擅其胜的地步。诗歌创作，在新颖独创的多样化氛围里，才能促成互相吸引、排斥、分化、融合的矛盾运动，加快实现争奇斗艳的繁荣局面。这需要在思想解放、诗风大振的前提下，不断取得突破性的艺术创建。

"绿叶恋爱时便成了花。花崇拜时便成了果实。"（泰戈尔《飞鸟集·133》）相信我们的青年诗歌创作，经过勤奋努力，肯定会以苍翠的生命力，绽放万紫千红的诗花，结成珠圆玉润的诗果！

1985年8月

诗歌意象艺术创新三例[*]

近几年来，无论从诗歌研究上或诗歌创作上，我们都在向世界打开窗口，而且在吸取意象艺术上，取得了创新活用的明显成绩。以下仅举三例。

其一，青年诗人顾城的诗，争议颇多，但对他下列一首小诗则一致称赞：

一代人
黑夜给了我黑色的眼睛，
我却用它寻找光明。

——载《星星》诗刊 1980 年 3 月号

在"一代人"的标题统摄之下，只嵌入了一个承上启下的意象"黑色的眼睛"，就使幽径顿开，诗意弥漫。我们的眼球都是黑色的，乍看这不过是平平常常的写实，但一牵涉十年动乱中这"一代人"的迷误的青春、负伤的灵魂，就陡增了特指的时代思绪，于是诗句含蓄而又坚定地向今天青年一代告诫劝勉：我们一定要认清那可诅咒的黑暗时代所给予的摧残迫害，但更要以痛定思痛的觉醒、百倍振奋的精神，创造祖国光

---

[*] 此文源于冯中一先生手稿。

辉的未来。

其二，让我们再看一首小诗：

图书馆内

永远缺水的水瓶
终于找到了一处水源，是为了
留在身后，是为了继续前进
大漠，孤烟，无垠。

——裘小龙作，载《星星》诗刊 1981 年 6 月号

这是一首近似锤炼纯意象而又穿插以"脱节"式排列的短诗。完全省却地点、时间、人物的有关描写，只靠一个题目，就足以表明总体活动的心理环境了。而中心内容，"水瓶"与"水源"的意象衔接，则以较为"陌生"和富有质感的暗示力，折射出包括"我"在内的渴求知识、勤奋攻读的精神。中间两句"是为了……"，设置下关于学习目标的迂回跳跃的思想阶梯，以坚定团结互勉的意志，奔向那奋发与献身的崇高境界。最后一行三个孤立的意象，距离拉得很大，但实际是被大家熟知的诗句"大漠孤烟直，长河落日圆"（王维《使至塞上》）烘托的幻境所指引，像"珠花"闪烁，会使我们思漫漫去情浩浩地扑向急待开发的壮阔天地，决定战胜一切荒凉与孤寂，实现那大有作为、鹏程万里的宏伟理想。也许我们这种抽象的说教式的语言，远未达到"无垠"所展示的思想上、意气上的高层思维空间。

其三，让我们再举出一例运用意象"滚轴"，推开立体传动美感的写景诗。我国的写景诗、咏物诗，具有悠久的传统与广泛的基础，在创作上已积累了"诗中有画""画中有诗"的丰富的创作经验。但构图设色限于平面静止者居多，真正形驰笔端、声发纸上的诗意造型和音波传输，尚不多见。近年来的不少写景咏物诗，发扬了意象艺术的虚实变幻的灵敏性，给绘形绘声的单一手法，安装上自由联想以至创造性想象的"滚

轴",加快了意境中多样化和高层化的运转功率。勤于传递山水清音的诗人孔孚,有下列一首为崂山名胜即景抒情的小诗:

一线天

昊昊苍天,
在这里变成一丝蓝线。
它告诉我天是一件丝织物,
有把梭子还在天河一边。

——载《星星》诗刊 1980 年 5 月号

以真景物"一线天"为起航点,从可见的"蓝线"突然飞升到"天是一件丝织物"的幻觉,幻觉再作纵深推进,立即探巡到悠悠万古、渺渺苍溟中牛郎织女的神话传说那里去了。这促成意象派生的"滚轴",既顺理合情,又出奇制胜,而且富有民族传奇色彩,引导我们展开关于人生和历史的深思遥想,给予我们关于劳动和爱情的优美熏陶。

以上所举几种对于意象艺术的创造性运用的诗例,能开拓诗的艺术思维空间,又容易给我们以较丰富生动的审美感受,代表了健康发展着的新诗潮。目前,全国诗坛上一代青年诗人的各具特色的创新探索,正在方兴未艾,一个与现代改革潮流同步发展的诗歌新局面,一定会在濡染着青年血汗的笔墨下开创出来。不过它始终要反对哲学上的虚无主义和艺术上的主观任意性,对于新诗意象的创新,一定要坚持在民族化、群众化基础上的现代化,真正做到更深广而精微地表现新时期广大人民的内心世界。

1985 年 11 月

对"希望"的希望[*]

××同志：

近好！《山东青年报》经你们的辛勤经营，办得生动活泼，富有朝气，受到青年人的欢迎。我虽已衰老，但为了获得一点青春活力，也不断注意浏览。

当然，我更注意中缝的"希望"诗歌专栏，这对于青年读者来说，如同打开了审美理想的窗口；对于青年诗作者来说，也无异于开辟了培育嘉树的苗圃。

总之，她孕育着新时代的"希望"，揭示着新诗潮的"希望"，可谓篇幅虽小作用大，咫尺千里而万象峥嵘。其中，给我印象突出者，如于振海的《黄金时代》《潮流》，善于集纳富有时代光泽的意象，将深层的、探索奋进的激情，化为对社会主义现代化的倾心向往。再如刘泉的《走向永恒》《球·梦想……》，一股郁勃奋发的建设之力、腾飞之气，在想象的变幻多彩的激光闪耀下，变得更具有流动感和撞击心灵的力度。

出于一种诗心的感应和激动，仓促简略地写了这几句话，意思是希望您和有关的编辑同志们，更加树立信心，增强使命感，把"希望"这

---

[*] 原载《山东青年报》1986年2月26日。

一方精美的诗苑，编得精益求精，为祖国精神文明建设，发挥出特有的艺术感召力。

临颖神驰，不尽欲言。

谨祝：新春康乐！

冯中一上
1986年1月31日

字唯期少，意唯期多*

——给青年诗友的信

××同志：

近好！

来信及诗作均已收阅。

你这首《永驻的春天》，围绕"圆明园"展开历史与现实图景的抒情描绘，其中不乏屈辱的反思、昂奋的希求，特别是一股爱国激情，在时空的交错转换中，像曲折冲涌的潜流，贯串始终，产生一种忧患与深挚的悲剧性魅力。这些都值得肯定，证明你写诗有较好的素质和一定的基础。

但从诗的审美特征严格要求，全诗一百六十余行，外在景象较多，情理表达略显浮泛，内容尚缺乏浓缩、提纯和锤炼。当前新诗的审美追求，注意开拓综合性、交叉性、动态性的心理时空，促成象征意蕴的融会与升华。像你这样拘束的笔墨、泛散的篇章，就显得差距很大了。此外，语言意象有些失之浅露，韵字、韵式流于板滞，也使情调气势的表露不那么充沛、自然。关于诗意的锤炼，古人高度重视所谓"万取一收""不着一字，尽得风流"，并且一直信守而孜孜以求。当代诗人更是注重象征、暗示、多义复合，开发信息含量最大的境象。为此许多青年诗人努力把自己的审美体验与哲理思考渗透交融，并经时代精神的深化，形成以有限见无限的精辟点拨与深层感悟。

---

* 原载《黄河诗报》1986年7月16日。

试看下面一首短诗：

圆明园

断柱上——
一个倾斜的中国
一块燃烧的天空
残阳　比血还红……

（杨运宏作，《北京短章》组诗之一，载《当代诗歌》1986年第2期）

为求形式的精严与内容的深广，作者是费了一番概括提炼功夫的。你看首尾两行，推上对峙应接的突出位置，仿佛使兀立的"断柱"，日日浸染在"残阳"的血红背景之中，从而为"火烧圆明园"的劫难，建立起凄凉而混茫的历史性象征构架。中间留出巨大的"意喻空白"，只消用浓重色块，简劲地涂抹两笔，便把"倾斜"的危亡趋势，"燃烧"的潜在骚动，聚合在祖国命运的思考中。以静驱动，乘实入虚，隐隐震响出时代的喟叹、民族的愤懑，以至对未来的警示……

当然这并不是说，凡好诗都必须压到三五行。这要根据题材、构思、气韵的不同和诗人风格、技巧的适应性来灵活掌握，不能仅从形式上孤立地贬长褒短。但是，作为诗意美的精魂，则必须贯彻"字唯期少，意唯期多"的准则，无论是在意象的组合上、在诗行的建构上，都要最大限度地发挥出能动的、放射性的美感效应。

以上，不过是提出一种内核剖视，供你更有针对性地进行补偏救弊的审度。

出于至诚，急不择言，偏颇之处，望予指正。

顺祝身安笔健！

冯中一
1986年3月24日

在"希望"的诗野上[*]

——为"希望"诗歌大奖赛授奖而作

多么辽阔丰盛的诗歌原野！

多么葱茏美妙的青春旋律！

有幸拜读《山东青年报》"希望"诗歌专栏作品，仿佛置身于《在希望的田野上》那支曲谱之中，不禁胸怀激荡、思绪纷飞、气韵悠扬……

基于这珍贵的美感享受，瞻视"希望"的诗野，不能不略抒几点浅见，借以表达衷心的祝贺与殷切的期待。

深厚的情思，跃动民族振兴的生机

诗歌作为我们的民族之魂，是最古老而又永葆青春的。她历经磨难，终于跨进当今阳光灿烂的盛世，必然要"挥斥幽愤"，重振其凌云壮志。为此，这里的许多青年诗作，与我们的民族之魂取得最深广的感应默契，莫不以浓厚的情思，跃动着中华民族开放与改革的生机。赵伟的《骄傲，在长安街上思忖》，借首都"长安"的典型意义，从历史感中激发出超迈的创造力，向着祖国"处处都可以修出最骄傲的长安街"的辉煌未来，再接再厉地迈进，多方位地促使"我的骄傲在这儿隆隆地突破"。曲庆玮

---

[*] 原载《山东青年报》1986年4月30日。

的《创造风暴》，由"不满那片惰性的滞缓与安然"的痛悔之感，爆发出"能冲破沉重堤岸的民族的龙风"，不但要它"洗礼天空/洗礼土地""洗礼岁月和观念"，甚至要以超前创构的未来感，去"洗礼那刚刚开始的满足""洗礼那刚刚修正的美感"。直接以改革为题的诗篇，如黄咏的《改革，就这样诞生》，也没把视线局限于眼下某项孤立的业绩，而是和"古长城"的"脉管里流淌"的深情之源血肉相连，又对"沉思爬上华夏的额头"和"用太阳点燃思想"的庄严现实，进行深刻反思与广角度的观照，以至达到憧憬和创业心的高层聚合、光辉升华，信心百倍地欢呼"民族智慧的结晶/又点燃了一万颗太阳/于是，太阳铺开金色的翅膀/做九百六十万神奇的产床"。显而易见，那种流行的迷惘、忧伤、心灵的擦痕、荒诞的梦魇，都一扫而光了，代之以浩阔、深厚、酣畅的郁勃之气和阳刚之美。而且诗句绝不徒托空言、虚夸张扬，确实植根于深邃悠长的民族精神和执着锐敏的当代意识，经由诗人"自我"的沉思和激越的感悟，而与民族腾飞的健旺生机同步共振，具有内在包孕量与冲击力。

开阔的想象，拓展心理时空的极限

诗是以想象为主要特征的创造性艺术，她继承了"思接千载""视通万里"的传统经验，大步走向现代心灵与世界的"内宇宙""外宇宙"，创造出极度幽微又极度浩荡的全息彩色影像。沿着这一轨迹，在评选的诗作中，可以看到开阔的想象翅膀，大都通过意象的象征生发力，拓展开纵横驰骋、斑斓多彩的特异境界。于振海的《潮流》，超越了外在物象的平缓扫描，把青春活力同化于"一群红得耀眼的热带鱼"，快速穿越多层递进的生活理想的波涛，强化了今日青年复杂汇合的奋进气质；最后还通过绚烂之极复归平实的巨大落差——"我们烧焦一切的幻想/风烟过后就是平凡人的盛典"，为博大奇伟的功业找到了富有哲理警示的精神支撑点，给我们在时代"潮流"中的顿挫搏击以强烈而又坚实的鼓励。同样，写劳动的具体场景，也力求突破时空程序和视觉移动的局限，处处牵动奇想妙悟的神经。张继建的《我和钻机》，展示了当代石油工人的历史襟怀和世界视野，赋予钻机以粗犷性格和叱咤风云的气魄，诗中摒弃了工地、工序的陈述，也没有空疏的叫喊或缥缈的悬念，而是通过与"风雪、砂砾""荒凉、泥泞"的苦斗，坚持用"霹雳闪电般的钻头/拨正迟缓的时间"，坚持夜以继日地超产势头，能够"让光束穿透原野的呼喊/让汽笛撞响太阳的金钟"，同时也不断克制住"淡淡的悲壮"，以保证"回忆的荒凉便下沉"，以迎来"共和国的星座年轻而坚固上升"。即使是写司空见惯的日常活动，如刘泉的《球·梦想……》，也脱离开赛球本身的实况和意义，以"握在手中的太阳"为弹跳的中介，沟通了球与梦想之间的多向思路，从而球的升落和人生喜悦与痛苦的升落相比并，使那场"空前的可见的较量"消失了实际的边界线，把"输要输得明白，赢要赢得亮堂"的点题警句，推进无数倍放大的显影镜头，演示出无边弗届的总体象征投影。目前的诗歌创新，多致力于意象化的浓缩与跨度，开发心理时空的最大象征暗示力，我们许多思想触角灵敏、想象力丰富的青年诗作也不示弱，发挥出了这种审美创造的旺盛活力与潜能。

多样的技巧，预示百花齐放的前景

诗贵创新。每首诗，只要抓好构思的亮点，在写法上允许而且必须玲珑活络，独出心裁，自创新机。无论是选材、立意、视角，还是手法和风格，都应呼唤开创营建的自由。统观"希望"的诗野，虽不能说呈现了百花齐放的景观，但可以肯定正在萌发着多彩多姿的苗头。扈志吉的《创业者的塑像》，由豪放的写实笔墨突然凝结为幻景式的特写镜头，使象征意蕴获得了动静互补的巧妙延伸，读来顿感增强威武奇崛之感。王玉民的《父亲的脸》，以父辈苍劲的面型为依托，叠印上人世沧桑的忧患与变革，构成了寓言式的浓缩启示，语言也与内容相适应，流畅而又声沉力重。姜言博的《二十二岁，英雄和男子汉宣言》，情节淡化却断续，意象密集又跳脱，把强劲的英雄气概深嵌在民歌式的复沓构架中，以真挚亲切的情调气氛，令人肃然起敬、穆然深思。张来信的《二憨进城》像一则诗的新闻、一幅诗的素描画，新型农民的朴质勤奋，在明快坚定的时代节奏中表现得栩栩传神，突出了崭新风貌。薛炳章的《大平原的孩子》，用疏落的彩笔，淡淡地勾勒生活风俗画，使童心美与散文诗的韵味互为表里，相得益彰，富有新写实笔法的纯净美和流动感。何敬君的《母亲树》，以总体的虚拟性象征，带动中心意象与派生意象的多层次对应叠加，并借超现实的联想、幻觉，扩大多义性、暗示性的思维空间，给读者的审美直觉与理念以更多的余地和自由。吴兵的《乡情》，则以竹笛单响的情味、清而不浅的语言，奏出了清丽委婉的儿歌基调，最适合把闲适幽静的乡情，不绝如缕地萦绕心间……佳作如林，不胜例举，总之都依据不同的个性、气质和各自擅长的方法技巧，发现和揭示新生活积淀于内心的奥秘，适应和满足社会上不同层次的审美需求。

综合以上三个方面的鉴赏与思考，总揽"希望"诗野上整体美的协同趋势，进一步唤起了我对于繁荣诗歌创作酝酿已久的设想，即民族化、现代化、群众化的"三化一体"的发展道路。当前诗坛的新生代，推开封闭式的传统负担，着重借鉴西方现代派的诗歌创新成就，是完全必要、值得提倡的。但作为全民族的最高精神营养品，总不能割断文化背景及其哲学教养的母体脐带。为此，我们在诗歌现代化的探索主潮中，务必把握宏观的战略要求，也同时掀起诗歌的寻"根"热和普及风，努力在"三化一体"的诗美创造中，取得创新飞跃的向上力和审美习惯的牵引力之间的螺旋推进式动态平衡，以真正恢复诗歌的荣誉及领地，推动社会主义诗礼之邦的新诗潮。如果这一设想尚不过于荒唐，那么，这"希望"诗野上的多种品类，就恰好提供了值得培育的胚芽，值得重视的创新动力。

诗是属于青年的，诗的希望当然也在于青年。切盼大家发扬齐鲁贤哲的睿智，踏着时代前进的节奏，精心培植繁茂的诗歌"生长点"，培植更符合人民需要的诗歌"神秘果"。

最后，请允许我采撷"希望"诗野上茁壮成长出来的珍言警句，借其活鲜鲜的艺术生命力，进一步寄托和表达难以言喻的祝愿：

让我们以"雪花"的名义，"呼唤早春，那第一缕绿色的阳光"；

让我们以"小草"的身份，"撼动天地间永久的娇娆"；

让我们同心协力，去把"一篇童话/一支舞曲一首诗/一个誓言/种进神奇的土地/种进多情的天空"；

让我们永远年轻，共同"沐浴着金色的太阳雨/和小城一起拔节/收获青春瑰丽的志愿"！

1986 年 4 月

重构规范：新时期诗歌的审美取向[*]

历史的发展充满着悖论，单一往往孕育着丰富的降临，个性的丧失也常常是主体意识重新勃起的契机。中国的当代诗歌在经历了太久的单一和凝固之后，终于迎来了其自身发展的自我否定。这是旧规范统治的结束，也是新规范的寻求——在新时期的阳光中，新诗潮奏响了它有力的声音，呼唤着新的规范的降生。

当这种新的诗美降生时，一切几乎都变了个样，不再是清一色的线条、色块，而是混合着难言的搅动、充满了新鲜而强烈的刺激——它那么鲜亮地把自己与既往区划开来。理解这种现象，首先应回到这种现象本身的构成。当我们在茫茫中辨识着它与既往的相异，无疑就内在地标举出了其新构的规范。对此，我们略作如下描述。

一 伴随着神的幻灭与人的解放，作为以人为核心的感性哲学，新时期诗歌体现了沉思的基调和思辨的特色

诗是时代的感应器，敏锐地传递着时代的信息，并使自身成为这信息的造就物。新时期以改革为核心的时代命题，促使着思考之神的降生。诗作为它的重要载体，理所当然地显示了其思辨性的强化。向社会和自

---

[*] 原载《聊城师范学院学报》（哲学社会科学版）1987年第1期。

然的深层掘进，使一代新的诗，呈露了思想的光芒。

那归来的诗人们——艾青、绿原、公刘、流沙河等，虽一度从诗的天空中失落，但正是时代的风风雨雨锻炼了他们那直入生活堂奥的锐目和诗心。他们庆幸着失而复得的青春，追忆着一去难再的岁月。生活使他们思考，因而他们的诗往往具有思想的穿透力，正像他们自况的："真理往往像珍珠那样，／是精神和血肉之躯在长期痛苦中的结晶。／三十年凝结了一颗巨大的珍珠，／它的名字叫做：'觉醒'。"（白桦《珍珠》）他们的诗作像经霜的红叶，呈现出秋的辉煌和壮丽。更重要的是一部分青年诗人——舒婷、顾城、杨炼、江河等，他们在艰难的时代里学会了用冷峻的目光去洞察世事的变迁，从初始的青春躁动、幼稚和狂热，过渡到思辨，使他们的诗具有更多的纵深感和包容性。他们的诗作正如狂热之后的火山湖，显示出哲理思考的坚韧和执着。

思辨，笼罩着诗的天空。神性的光圈的消散，滋长的是人的"尊严"的回归。于是在旧传统的将除还留、新价值观念的已建尚缺中，诗人们面对双重的怀疑——对传统规范的怀疑和对追寻新规范能力的怀疑，陷入了更深沉的思索。但这种思索并不同于政治家们的社会思索，也有异于哲学家们倾注理性的反思，而是把思索与美紧紧联结在一起。思索就是美的本身，美就是思索的外化。因而作为一种诗美的结晶，我们感受到了其合目的性、合规律性的诗的造型，这是一种沉思中的美的思索。

有的以深沉的思索为基点，建构起富有矛盾性的哲理命题。诗的思辨在沉雄的智慧节奏中延伸，由于它捕捉了灵感的爆发点，因而它不再属于观念，而属于通往观念的节奏。它极大地激发了人的心智源泉，那纵横恣肆而又机趣横生的思索，恰恰是复杂心灵本身的包孕。赵恺的《我爱》，如果摒弃了其"爱"所显示的那种复杂和巧妙——它与恨相连，是失望与希望构成的立体，也许就失去了其诗意的能量。当诗人喟叹"我把平反的通知，／和亡妻的遗书夹在一起；／我把第一根白发，／和孩子的入团申请夹在一起，／绝望和希望夹在一起，／昨天和明天夹在一起"时，我们获得的是一种智慧的满足，是智慧对更高感受——矛盾和谐的追逐。在这里，哭与笑、悲与乐、丑与美，统统凝聚着立体的交响，统统进入了五光十色的人生之海底。我们只需去捕获其沉思中的智慧的闪光，便搭起了哲学与诗、理性与感性的桥梁。在这些诗人那里，诗的美似乎只是与智慧的捕捉、与更高的矛盾感受联系在一起，不论从骆耕野的《不满》，还是从刘祖慈的《为高举的和不举的手臂歌唱》，我们都能感受到这种矛盾性的命题。这属于新时期诗歌美学的新开拓。

有的以炽热的情感为动力，穿插进对生活的思索。它的构思往往是先从感性上得到某种信息开始，然后把这种信息经由情感的浸泡而升华为富有哲理的思辨。于是情理相生，思论滔滔，既发人深省，又气息鲜活。杨牧的《我是青年》，发端于诗人已近中年却被划入青年的感叹。这种颇有自嘲意味的感叹，终于和对时代的思考联结起来：是时代耽误了诗人的青春，使之丧失了青春的自主权，但除旧布新的时代又需要诗人承担起青年的重担。于是那自嘲、那追悔、那昂奋，终于在激情洋溢的情感冲溢下，爆发出了惊心动魄的思辨："我是鹰——云中有志！/我是马——背上有鞍！/我有骨——骨中有钙！/我有汗——汗中有盐！/祖国啊！既然你因残缺太多，/把我们划入了青年的梯队，/我们就有青年和中年——双重的肩！"谁能将其中的情与理区分开来呢？其他还如雷抒雁的《小草在歌唱》，把对烈士的怀念和对自己的愧疚交织在一起，充满了光明与黑暗、伟大与平凡的思辨，由于这思辨被汹涌的激情推动，因而充满着浪击堤岸般的冲力。

有的用富有笼罩感的总体象征形象，更有力地揭示深广的思辨。在这里，历史与现实、失望与希望、文明与野蛮等许多永恒性的哲理命题，往往得到新的发微和升华。因而这类诗作，往往具有某种形而上的意蕴。如梁小斌的《中国，我的钥匙丢了》，就用感性的生活画面，暗示了良知的失却与觅寻。那情，紧紧依附着对既往的思索；那理，处处通过痛苦的追寻而显示单纯中孕育着丰富、有限中托举起无限。从而化为了一种普泛的旨趣——这不是人类对自身失落感的反思与逐求么？再如骆耕野的《车过秦岭》，通过列车穿越"隧道和空谷"的过程，象征性地揭示了

"黑暗与光明""痛苦与欢乐""现实与理想""死灭与新生"等交替循环的思辨。诗人极富感性地把握了充满悲观的偶然命运与总体乐观的人生之途的对立统一:"既然没有一条重复的隧道/就绝没有一次重复的黑暗。"这是诗的明哲,哲学的升华。

新时期的诗歌,是在痛苦地思考着。它的整体形象,充满了理性努力挣脱感性而导致的痛苦,以及内容超越形式的崇高。它也在宣告,中国的当代诗歌不再是空泛的说教,或者小花小草的品味,而是灌注着一种独立思索的精神,这显示了对"自我"掌握世界的重新确认。我们不能不想起戴维·韦思在《罗丹的故事》中描绘的那个思想者形象——"他着重表现了那种苦思冥想而坚定不屈的力,相信那是一个基本上是悲剧的生命所具有的特点。他突出地塑造了那个大脑袋和那承受这巨大重量的健壮的大手。"这种充满了痛苦的思考的崇高感,也可以说是新时期诗歌品质的传神写照。

二 由分离走向整一,由外在转向内在,形象和意念寻求融汇,新时期诗歌呈现了一个意象的世界

当新时期诗歌发轫之后,越来越多地出现了这样的诗:它没有直白的说教,没有线性过程描述,也没有一说即明的清晰,而处处显示着一种独异的追求——

> 小巷
> 又弯又长
> 我用一把钥匙
> 敲着厚厚的墙
>
> ——顾城《小巷》

感性和理性,都在这种简约的意象中凝聚,乍看似乎平常,细究却触摸

到了浓重的历史，以及潜藏其中的秘密。可以说，在意象的融汇里，容纳了诗人深远的思考和探寻。

> 巨大的屋顶后面
> 那七颗星星升起来
> 不再像一串成熟的新葡萄
> 这是又一个秋天
> 当然，路灯就要亮了
> 我多想看看你的微笑
> 宽恕而冷漠
> 还有那平静的目光
>
> ——北岛《枫叶和七颗星星》

"七颗星星""一串成熟的葡萄""又一个秋天"之间没有什么联结，似乎随意间撒下的几个点，却隐隐暗示着什么，需要你用想象把它们联结起来。

> 一幅色彩缤纷但缺乏线条的挂图，
> 一题清纯然而无解的代数，
> 一具独弦琴，拨动檐雨的念珠，
> 一双达不到彼岸的桨橹。
>
> ——舒婷《思念》

似乎说明了什么，又似乎什么也没有说，但你不能否认，能感到一种复杂交织、难以言喻的思念深情。

这是意象诗的崛起，它显示了伴随着思想解放而来的想象力的解放。它的前提是对传统时空观念的重新理解。在新的诗人们看来，时空已不仅仅属于物理世界，而属于心灵的广阔区域，属于个人的自由的潜层空间。因而想象的逻辑胜过情感的逻辑，主体的把握大于客体的真实。可以说，这是新诗在新的背景下对自身审美价值的重新确认，它使新时期的诗歌冲破了长时间束缚人们的时空秩序，而以主体心理建立了超越表象世界的时空关系。尤其是，由于时空界限的打破，新诗也不再是单纯的情感或单纯的思想，而使其美的光芒同时照射在人类的情感和理智的立体屏幕上。具体讲来，它给新时期诗歌带来了以下几个特征。

一是诗的直观性。意象不同于比喻或象征，它不是想象的结果，而是想象本身。因而运用意象的诗，往往能使人的精神既超越现象世界的物理界限，又超越概念思考的心理水准，在想象的完成里直接把两者统一起来，使现象就是意念，使意念就是现象。这种统现象与意念于一体的方法，显示了更内在、更富有创造力的有机性。如上面所举的顾城的《小巷》，就把诗人思索与物象本身有机地结合起来，从而使诗散发着既富感性又寓理性、既具体又抽象的光芒。历史的岁月，遥远的往事，本来就是"小巷"的记忆；神秘的谜底，可追究的一切，本就像小巷一样弯弯曲曲好漫长；而开启这一切的钥匙也正是思考本身。读这首诗，完全不必去追究这句的意思、那句的喻意，其诗意就是这物象本身，我们在对它的同一直观中，得到的是情与理俱来的感受。再如诗人的另一首诗《一代人》："黑夜给了我黑色的眼睛，/我却用它寻找光明。""黑色的眼睛"本身就不单纯是一个感性表象，也不单是一个觉醒的象征，而是一个感性表象和觉醒的共同体。因而你读这首诗时，也就能通过想象直接获得其启示：是黑暗创造了它的对立物。对此，很难用比喻或象征将其简单分为哪是喻体哪是主体，它的意义就是想象本身，它显示的是审美把握由分离走向整一。

二是诗的流动性。新时期的诗人，凭借着一种时代的提供，对人类意识运动的随意性有了更深入的把握。他们的诗，往往就是多种意象构合的结果，诗的意义即通过不断流动的意象群体现出来。每一个意象都不是独立的存在，而大都在一个特定的意识框架中展示着自己。因而整体的意义灌注了每个意象，似乎使它们在想象的导引下，唤起我们某种类似音乐感的情绪波动。如果把握了这种意象运动的规律，我们便可以理解北岛的《枫叶和七颗星星》。在这首诗里，诗人没有平面地描述，而只是用一系列的意象，如"红头巾""七颗星星""又一个秋天"等，暗示了两人的过去和现在。他们曾为知己，但又相离，现在重遇，只是"点点头"，他们不再是把"七颗星星"幻想为"成熟的葡萄"的年龄了。一切都已过去，但又毕竟没有过去。即便激动化为沉静，即便隔膜变为宽恕，过去仍是一个难以省略的印记。于是过去和现在、意识和下意识，无不在想象中流动为一体。因而诗意并不限于客体的诗作或主体的读者，实乃流动所散发的信息。至此思维终于从凝固中挣脱，进入无边无沿而又有内在规定的心灵体验中。可以说，用想象把各个分散的意象串起来，立体地流动起来，使新时期诗歌获得了更丰富复杂的心灵信息。

三是诗的朦胧性。这是伴随流动性而来的必然心理状态。在新时期诗歌中，我们可以大量看到那种意义含混、轮廓不清的诗篇，它固然使不少人觉得难懂，但恰恰是诗的某些朦胧性帮助诗创造出更多的内涵。让我们以上面提到的《思念》做一分析：在这首诗里诗人只是在"思念"意识框架下，安排了一组意象群：那"挂图"、那"代数"、那"独弦琴"和"桨橹"，让我们凭借想象，感受它们相互引发、相互撞击的旋律。但这旋律的构成，却是一大堆含混不清的印象，它明晰而又模糊、亲切而又陌生、可望而又不可即、焦灼而又无尽期，它只是一种情绪、一种氛围。但正是这种情绪和氛围诱使我们更富想象力地体验了"思念"的深沉：这是一个永远期待但又永远难以如愿的痛苦旋涡。诗不在于告诉你什么，而是让你感受到某种情绪和氛围。事实上，想象正是在这样的追求中实现着自己：对理解的需要和全部理解的不可能，以及全部理解的不可能而招致的越来越深远的探求。

这是一个意象的世界。新时期诗歌在努力摒弃着平面的、直接的、外部的反映手段，而追逐着立体的、间接的、内部的把握方式，从而更广泛地概括着以自然和社会为主要内容的人的情感，显示着对人本质的更纵深的占有。

三 语言是时代的密码，感知世界的方式转变为现代感，新时期诗歌显示了语言的全面革新

诗歌的陈旧，首先体现在语言的陈旧；诗歌的创新，首先体现在语言的创新。因为无论是诗的抒情方式还是结构方式，都通过语言才得以表现。语言，是诗的思维方式的外化。

语言是时代的密码，一定的语感，往往是一定时代情感的代表。新时期的诗歌语言，伴随着时代整体观念的转变，伴随着感知世界方式的转变而呈现出一种新的审美特征——现代感。一个主体觉醒的时代，一个开放的时代，必然拥有最富有创造性和开放性的语言。

创造，自然导致了语言的个性化色彩的增强，导致了主体对语言的高度驱动力。既然诗为了表达人的精神世界而存在，那么诗歌的语言就不应是说明，也不仅仅是交流。表现深层的自我，浅白的语言有时反而无能为力。于是，新时期诗的语言越来越失掉其传统称谓和指示价值，越来越采取了开放创造的态度。这可以从以下几点来把握。

主体驱动力语言：这种语言往往冲破惯性的语言模式，而加强主体自身的观察和寻求，所以能打破用语常规，显示出首创性的新异。例如：

野火在远方，远方
在你琥珀色的眼睛里

——舒婷《惠安女子》

你也许正忙于捕捉
那飞来飞去的
但最后还是落在床上的嘴唇

——芒克《昨天与今天》

不是眼睛发现了"野火",而是"野火"闯入了眼睛;"嘴唇"不是依附物,而自己能"飞来飞去"。诗人用主体的驱动,让物体自身去行动。于是通常的那种合规律性的表达陌生了,诗人好像不是用传统的固定说法,如前者可为"你琥珀色的眼睛发现了远方的野火",而是赋予了对象以新的观察,这就是主与客的对逆,主体把能动性交给大自然,大自然以自己的意志向你扑来。这对逆,打破了日常平板的说法,增强了语言的创造价值。

张力语言:诗人们显然在追求着语言运用中的感性与理性、实与虚、大与小等的对立统一。感性中渗透理性,感性便有了沉着;实中加之以虚,实变得丰盈;大中对应以小,大更添其威力。这种矛盾效果造成的诗意自由伸缩与顿然扩大,叫作诗的张力。这在新时期诗歌中处处可见:

走吧,
眼睛望着同一块天空,
心敲击着暮色的鼓。

——北岛《走吧》

土地说:我要接近天空
于是山脉耸起
人说:我要生活
于是洪水退去
河水优美地流着

——江河《让我们一块儿走吧》

前者用内与外、实与虚的对应,揭示了心灵与自然融和而又拉开的纵深度;后者从富于感性的抒情中,加入了理性的思考。它们共同的效应是使语言获得了超常的负荷。

通感语言:人的本质体现于越来越用全感官把握对象。新时期诗歌不再满足于用单一的感官去感受事物，而善于把视、听、味、触等多种感官综合运用，克服单一感官的不足。这是人的感官的开放，也是语言潜能的显现。例如：

> 你呼唤的轻风吹动我
> 在一片叮当响的月光下
>
> ——舒婷《会唱歌的鸢尾花》

> 细雨刚停，细雨刚停，
> 雨水打湿了墓地的钟声——
>
> ——李瑛《谒托马斯·曼墓》

这是视听融汇的通感，"月月光"与"叮铛响"的联结，"雨水"与"钟声"的沟通，拉大了诗的感知过程，注入了更复杂、精微的感受。

人在语言方面是有惯性的，愿意走踏熟的路，这只能导致语言的钝化。新时期诗歌的主体驱动力语言、张力语言、通感语言等方面的创新，以其"陌生化"的姿态，增添了时鲜的激发力，这是对平庸因袭的反叛。自不待言，随着诗歌语言越来越从交流走向释义或符号，我们将会看到一个越来越阔大的美的空间。

这是一个重铸的缪斯，是一次寻求新规范的全面的诗歌革新。当当代诗歌备受外界的浸淫，从而丧失掉以主体为核心的规范的时候，新时期诗歌以其思辨性的加强、对意象的热烈关注以及语言的创造性运用，为中国新诗重建了一种新的规范：它那么注重整体，注重内部，注重一种人的矢志不移的独创精神。如果说，中国现代诗歌曾以人的情感为核心，建立了不同于旧诗的观照世界的方式的话，那么新时期诗歌则以人的思考为核心，重构了新诗掌握世界的准则。有人把它上升到新感性的美学原则，诗的视角就在这原则的指导下向世界洞开。

它既是继承，也是新创；既是对当代诗歌失掉自身的反拨，也是源于新的时代氛围的诗美探寻。诗歌发展的机制在于不断寻求规范而又打破规范。新时期诗歌的诗美规范，帮助新诗肯定了自身的价值，折射了人们此时的思考和情感的历史。但毫无疑问，它的缺陷也将催化着新的诗美规范的孕生。

1986 年 5 月，与王邵军合写

诗，认识你自己[*]

——呼唤诗的自主意识

在新时期异彩纷呈的艺术世界里，新诗还是一个不受重视的孩子。人们可以啧啧不绝地去赞叹那些日益翻新的小说，去列举它的那些深得重誉的作者，但对诗却不愿给予更多的关注。这导致了不少诗人的感叹。《诗刊》1985年第3期上曾发表了18位诗人签名的《为诗一呼》，他们要求社会注意诗——领导要重视、评论界要重视、出版界要重视。

诗人们真诚的呼吁，堪令我们心动。事实上，他们是从社会风气的角度，指出了新诗不景气的原因。但是，另一个问题也不能不随之提出：新诗的不繁荣固然源于社会审美心理的淡漠，但这淡漠归根到底还是由于诗自身——它还没有通过自身的努力吸引社会。这是双向度的循环，而不可能是单一方面的作用。因而我们认为寻求目前新诗窘困的原因，不能不首先思考诗的自身。

"我"是谁？——走出困惑

对于思索来讲，也许危机更能织就良好的氛围，它能置你于沉痛的反省和艰难的探求。于此，对象才能在更高的意义上获得对自身的确认，

---

[*] 原载《文学评论家》1986年第4期。

才能强化其自我意识，才能在迷津中把握其前行的方向。而我们对新诗现状的分析，正是由这种对本体的痛彻审省，也就是说由对新诗自身特质的痛彻审省开始的。

"我"是谁？这一古老而又年轻的本体论问题，正导引我们去重新认识新诗。作为一个不断变化着和广延着的诗美内涵，新诗可以说是自由而又自觉、朦胧而又明晰的。它在向现实和别种艺术的嵌入渗透中保持着自身的特质：前者——嵌入和渗透，使其具有了发展的潜能；后者——特质的保持又使它具备了竞争存在的可能性。这恐怕不独是一个深刻的思辨命题，更是一个具有实际价值的实践性要求。因为事实上，新诗目前窘困的症结正在于这两者关系的失调。是这失调，使其在现实的困惑和其他门类艺术的包围中丧失了自身竞争发展的内部机制。

首先是困惑于现实中的新诗，失去了其独立性，压抑了内在生命力的焕发、跃动。应该说，诗是脱离不了现实的，任何优秀的诗，都应是现实的回音。但问题不在于要不要关涉现实，而在于这现实是怎样渗入诗的创造中去的。诗，或许是一种最富有个性的体裁样式，它的内质中蕴含着更高的审美要求。它显示着想象的富有，但这种想象不是一般的联想，而是一种分化事物、纵横无羁的想象；它体现着情感的丰富，但这种情感不是一般的热情，而是一种经过沉淀处理后的诗的情思；它呈露着形象的风采，但这种形象不是一般的物象，而是一种渗透着诗的理解、情感和想象的意象。可以说，它们都是通过诗人心灵的融合、升华，而展示其自觉情绪和哲理意蕴的。

这种主体的思维方式、心理素质的提高与丰富是重要的，然而却为目前的新诗所忽略了。许多诗作者不明此理，而力图直接干预现实，这便导致了诗缺少能动的主体体验，而陷于外部的形象演绎，或者只成为生活现象的尾随、模仿。你读那些奔涌而来的改革题材的诗，这种印象会更突出。我们是处在一个改革的时代，当然应写改革，但仅作形式化的强调，同样会造成不良效果。因为在有些诗里，改革的现实多是通过"理应如此"的使命感表现出来的，而尚未达到深层的体验和能动的创造，以致失去了对主体的审美把握，缺少当代意识的深层观照与感悟。而失去了主体独到的审美把握，还谈得上什么能动的创造呢？在现实的困惑面前，新诗应反思：在审美与现实之间，它的位置何在呢？

诗的生产，实际上是一种带解放性质的创造性精神生产。因而任何外在的现实或者规范，在诗里都应通过心灵的能动创造显示出来。可以说诗的创造的潜能，包含在主体解放了的心灵和其自主性的意识中。摒弃任何自主性的感知现象或者演绎观念，都会使诗丧失其独立不羁的内在活力，而上升不到主体的心灵空间的高度。

其次是新诗在别种文艺样式的包围中，失去了对自身特质的自信。毫无疑问，近年的各种文艺样式大都获得了突飞猛进的发展。小说多么生机勃勃，它笑着面向生活；电视剧、报告文学，也自信地放射异彩。在这种挑战面前，新诗是惶惑的、迷离的。有人讲："在解答人生的困惑方面，诗显然比不上马克思主义哲学和现代科学；在表现人的情绪和意趣方面，它也不见得强似音乐和绘画；即使在文学的范围内，它的叙事能力显然不及小说或戏剧，而在叙事方面，搞不好甚至会见笑于散文。"（绿原《〈人之诗〉序》，人民文学出版社1983年版）确实道出了新诗面临的实际困难。

在此情况下，新诗是屈服于别类艺术做它们的奴仆，还是通过竞争更好地强化自身，将是它能否繁荣的又一关键。我们不无遗憾地看到，近年的诗歌创作有降低自己而向别的样式看齐的倾向。有的向叙事文学和绘画看齐，在这里，诗人不去抒发由客观世界所引发的独特感受和心灵波动，而去追求精细地描述客观世界。这种诗可以说是比比皆是的，它导致了同种题材的重复和诗的自身特征的丧失。你看1985年的《诗刊》，诸如《经营副厂长》《带玻璃光的年轻厂长》《厂长在舞会上》之类的同题诗触目可见，其中许多只是实况的勾勒，甚至只是事迹的平叙，很难让读者从中感受到改革带来的内心深处的震颤和律动。有的诗则向说理和议论看齐，这种诗往往拘谨于某种生活概念，而缺少灵感的升华。就举一首还不错的诗吧："不跟音乐家争强／不模仿任何音响／不跟画家比胜/不抄袭任何风景/音响太抽象/与我的心弦不相当/风景太有形/与我的脑海不相称……"（《我的选择》，《诗刊》1984年1月号）观点是深刻的，有意思的是作者重视诗自身的观点在自己的创作中却得到了反证。诗理气十足，缺少独立的审美意识。无论是向叙事文学和绘画看齐，还是把诗作为论述观点而存在，似乎都忽视了：诗的声音，应是情感的声音。

新诗，正处在困窘中，对现实的被动接受和向别种样式的盲目效法，使它失去了创造的潜能和竞争的自信。而从进化论的角度看，一个事物如果失去了其创造性，也便再无所谓存在和发展。新诗的窘困不能不归咎于此。要想摆脱这种状况，首先应通过反省而建立自身的个体价值和追求。其实，新诗何必么悲观呢？固然它丰富不及现实，但现实没有它主体的光芒；固然它逼真不及绘画，但绘画没有它生动的抽象；固然它说理不及哲学，但哲学没有它感性的色泽。有了这样的信念，新诗才能自觉地而不是被动地接受挑战。自不待言，当新诗真正发挥了其主动和优长，即以个性的感官开拓出现实的疆域，以想象的方式容纳进情感的内容，难道不会获得一种新的诗么？

抉择：建立诗的"新感性"

面对诗的困惑，单只是反省它的原因还是不够的。一种富有积极意义的探索，不仅揭示其症结所在，还应指出摆脱这困惑的途径。我们似乎是处在各种观念的包围中，如果不寻求一定的途径，势必会为新的危机所包围。既然诗的困惑导源于自主意识的丧失，那么它更生的前提当然就是这种自主意识的重新恢复和加强。

当诗的自主性遭受着外部使命的侵袭，当诗的特质经历着别种样式的挑战，它的自主性便被推到了一个极为有限的小角落，在这小角落里，显示着诗歌创作上的缩手缩脚。在此情况下，呼唤一下诗的"新感性"如何呢？

为了更清楚地理解这种"新感性"的含义，还是让我们先从一位青年诗人的追求谈起。在一篇叫作《让历史通过我们而歌唱》（《未名诗人》1986 年第 1 期）的小文里，王家新同志讲述了自己创作所经历的由自我意识的获得到超越自我的过程。他讲道，是思想解放唤醒了他个人精神的存在，但进一步的思考使他觉得"仅仅表现孤立的自我是不够的，还有更强大的存在期待着我们加入"。当他从校园走到长江边上，当滚滚的波涛所带来的金黄色的光芒几乎将他融化，他发现"自己已不只是具有单一的现实情绪的自我，而且还是承受了几千年历史文化冲击的自我。我意识到我们是处在一种割不断的历史进程之中，或者说，历史文化的传统和民族的'集团潜意识'仍在暗中作用着我们，我们是带着过去的一切而面向明天的"。这种从自我走向现实，再从现实回归到自我的超越过程，其实就显示了诗的"新感性"的建构。在这里，那种社会的、理性的、历史的东西，统统累积沉淀在个体的、感性的、直观的存在里，从而显示了诗人内在生命的更高需求。

它的结果是使诗在现实与自我、外部与内部的矛盾中寻找到了有效的契合点。这是扬弃后的单纯现实，也是扬弃后的单纯自我。于是在外部自然向内部自然的人化里，在群体意识向个体意识的凝聚里，新诗显示了发展的潜能。即使是在目前不太景气的诗坛上，我们也能看到不少诗人在这方面坚韧的探求。这可以从以下两方面体现出来。

其一是以美储善，就是把现实的功利要求化为内在的自觉欲求。在这里，现实的使命不是"理应如此"的外部完成，而是"非如此不可"的内在自我实现。因而它没有任何不经自我消化的东西存在，而是在个体的自律里承担着现实和历史的责任，在"无意识"的自由里显示着其内化自然的真诚。也许只有这样的创造才能显示诗人自主意识的崇高。你从昌耀的《划呀，划呀，父亲们》、潞潞的《肩的雕塑》、王家新的《门》、梁南的《我们给历史雕刻金黄的形象》这些诗中，可以感受到这种以美储善的雏形。可以说，它们是面向现实的，又体现了诗人内在自由，是充满了普泛化概括的，又是显示了个体能动体验的。也许正是他们诗作中的这种凝聚现实的使命与美的自由创造的归趋，造成了其内在魅力相对的生发与飞扬。

其二是以美启真，就是把对真理的追寻纳入感性的直观中并在对美的把握里获得内在的思辨。我们在上文中曾认为目前新诗窘困的原因之一是向说理和议论看齐，但这并不是说思理的东西就绝不容渗入诗之中。诗的力度有时往往凝聚在思理中，就此而言，新诗的困惑又不在于思理的多，而在于它的匮乏。因为小花小草的感兴，或者情感的单纯流露，事实上是难以契合富有理性内容的现代人心灵的。问题的关键在于：这种思理不应是一种一般化观念的演绎，而应是内心独特思考的结晶；不应是一种形象对思理的诠释，而应是化在美的直觉中的沉思。显然有一伙诗人正朝此努力，他们试图追求一种融汇理性于感性的美的把握，尽可能地使诗超出一般格局的感知或者思索，从而获得一次性的直觉穿透力。如杨炼的《北方的太阳》，就在感性的捕捉中获得了理性的高层凝聚，其"外一首"《告诉孩子》，就通过"大钟寺"对孩子们轻柔的劝阻，沉浸进了历史的思索："别让这些记忆再次斑斑驳驳／你们对太阳嚷出的天真／不会改写沧桑留在沙上的字迹／而一只手就是一千只手／一块石头就是一片荒原／不是没有这样残忍的热情／盲目泛滥，一刹那毁灭一个历史。"（《星星》1985年第1期）历史、现在与未来都积淀进这亲切而生动的絮语里，鲜活可感，而又有一言难尽的哲理意蕴，以及含混难辨的复杂意绪。再如江河的《太阳和他的反光》（《黄河》1985年第1期），也在单纯神话故事的再造里，容纳进了新的历史内容与宇宙意识，人与自然的思辨、古老民族的精髓，都在宁静轻柔的景物里显示了其不可抗拒。可以说，在理性中有感性，在感性中有理性，一次性的理性直观预示着他们发展的潜能。

以美储善、以美启真，其实是在一个美的层次上容纳进了现实与思理。在这里，所有的现实都被主体所融化，而又都积淀在主体能动的创造里；所有的思理都被感性所渗透，而又都被包孕进感性的直观里。其建构的归趋能体现诗人内宇宙与外宇宙的融合，能够体现出新诗的自主意识。而基于这种规律的凝聚和生发，我们才能从柴可夫斯基的乐曲中听到俄罗斯民族的叹息，才能从聂鲁达的诗声里感到复苏一个大陆的命运和梦想。也基于此，我们才能在自主性的充分发挥上，确立新诗走出困惑并走向未来的美的抉择。

勇敢地面对历史的必然

"认识自己吧"——这是古希腊哲人向人类发出的深刻启谕。"认识自己"从来就是进一步发展自己的前提；而发展自己，也就在对自身的认识中延伸其路途。我们认为：由现实的困惑以及别种样式的包围中挣脱出来，而追求一种内在的自主建构——新感性，将显示着新诗再生的前景。

诗是窘困的，但不是悲观的。有人把新诗的窘困归于诗自身的悲剧，认为工业化时代的快节奏、求实精神和多音响的存在，将迫使以徐缓、浪漫情趣和音乐美为特征的诗美丧失权威性。这似乎是有道理的，然而又是不能说明问题的。诗既为人的歌唱，就必然会随着人的存在繁衍下去。确实，在现代社会的挑战面前，新诗表现出一些无所适从的惶惑。就此意义讲，这种说法对提醒我们注意表现新的世界的困难是有意义的。但其不足在于：一是低估了新诗自我更新的活力，以片段妄推全体。其实，"危机"也往往是乐观的包孕，美国科学史家库恩就认为危机是科学获得发展的前奏，这对新诗有一定的有效性。新诗在过去的多次危机中，都以其自我更新的再生力，呈现出螺旋式的前进。因而我们没有理由认为目前的危机不是新诗新繁荣的预兆。二是以一种凝固的观念界定新诗，而忽视了其自身处在发展、变化的过程中。其实，新诗的演化过程不正是一个与生活不断调整、建构的过程么？正如生活在孕育着重大变革，诗的观念也亟待更新。历史正推给我们这样一个时代，它不相信任何权威和一切既定的规范，而力求在现代的准绳上做出或扬或弃的选择。

诗与生活不相适应，就需要对诗的观念重新审省，使之做出能动的调节。生活发展了,诗的方式怎能在旧址停步呢?世界阔大了,诗的概念怎能泥于原本呢?何必用那么多的规范——大我与小我、传统与非传统等来作茧自缚!所谓现代的含义不正是还主体以主动性的开放性么?用主动的方式看世界,"大我"永远积淀在"小我"之中;以开放的结构容纳事物,传统借不断发展而鲜活自己。"穷则变,变则通,通则久",只有摒除了静止的、封闭的诗的观念系统,而建立其开放的意识结构,并以此去理解新诗、建构新诗,新诗才能在容纳和竞争中适应环境、生存发展。就更阔大的意义讲,这不能不说是一种历史的必然,不能不说是一种对诗的自主意识的呼唤!

1986 年 7 月,与王邵军合写

寻找精神的家园[*]

——试论诗的审美心理结构

一首诗展示在我们面前，无非是一些文字符号的排列。它们是直板的，看不出有什么鲜活的生命。然而，有人却从中听到了风在叹息、山在沉吟、泉水在歌唱；看到了浩渺星空的神秘、秋暮叶落的悲凄……这是怎么回事，是什么样的神灵在召唤呢？

不少人认为，这是诗作本身散发出来的信息。其实，这是一种偏狭的理解。对于一次真正的诗的审美来说，诗作只能算是一种客观的条件，它必须凭借审美者的审美感官去激活、去唤起，并在激活与唤起中将自己那些沉睡的心理潜能也倾注进去，这样才会诗情萌动、天地洞开，才会获得情感的激荡和心灵的启示。我们把这种神奇的审美感官，称之为诗的审美心理结构。它是这样的一种结构——具有召唤诗作的美和吐露自身的美的双重功能。

我们在茫茫的人生之途上跋涉，需要诗之美的光照。它能帮我们超越求生的本能，摆脱迷惘的奴隶状态，向更高的人——自我实现的人飞升。然而，在现存的条件下，并非每个人都能领略诗之美的光照，只有那些生命丰盈、感思飞扬、强烈渴慕着精神价值的人，才能有幸承受这种恩泽，才能在对诗之美的寻求中获得共鸣、慰藉和精神的归依。记得德国浪漫派诗人诺瓦利斯曾讲，哲学原就是怀着一种乡愁的冲动到处去

---

[*] 原载《文学评论家》1987 年第 5 期。

寻找家园。诗,又何尝不是这样呢?情思悠悠,怎能离开心灵之乡的顾恋;感怀纷纷,怎能不追逐那缠绵难绝的精神故园!

你具有这种寻求精神家园的乡愁和冲动么?这同时便是对你是否具有诗的审美心理结构的质询。当然,这还只是一种总体上的理解。诗的审美心理结构,作为一种诗美的接受方式,其构成自然离不开审美主体的各种心理功能,如感知的、想象的、情感的、理解的等。具体地说,应包括以下几方面的构成要素。

一 孤独的心境

都道是,诗是艺术中的艺术,是最高的艺术。这是就它最属于心灵和精神方面而言的。可以说,诗超然物外,生来就面对天空,生来就伴随孤独。为此,雪莱把诗人或具有诗人气质的哲学家称为能造出"悲愁中的快感"的人[1];雨果称拜伦为"忧郁的天才",认为"他的话语反映了深沉的灵魂""他的天才往往太像一个漫无目的的散步者……完全陷在一种深沉的直觉里"[2];波德莱尔对诗之美的定义是"忧郁才可以说是美的最光辉的伴侣"[3]。

我国"五四"时期的著名诗人宗白华对此也有过颇深的体验。为了说明的方便,让我们先来看他的一首诗:

> 黑夜,闭上了生命的窗。
> 窗里的红灯,
> 掩映着绰约的心影:
> 雅典的庙宇,莱茵的残堡,

---

[1] 雪莱:《诗辨》,转引伍蠡甫主编《西方文论选》下卷,第55页。(本篇注释据原文献照录,下同。——编者)

[2] 雨果:《论拜伦》,湖南人民出版社《外国文学评论选》上卷。

[3] 《西方文论选》下卷,第225页。

山中的冷月，海上的孤棹。
是诗意、是梦境、是凄凉、是回想？
缕缕的情思，织就生命的憧憬。
大地在窗外睡眠！
窗内的人心，
遥领世界深秘的回音。

——《生命之窗的内外》

生命的悲壮令人惊心动魄，渺渺的微躯只是沧海中的一粟。然而内心的孤独，却希望透过微茫，获得那神秘而又遥远的和声。这是一颗真正的诗魂，因为它凭借孤独的神明，将人拉入一种深绵的乡愁和寻求精神家园的冲动，拉入一种渴望与宇宙自然对话的心境。诗人讲过写这类诗时的心境："往往是夜里躺在床上熄了灯，在大都会千万人声归于休息的时候，一颗战栗不寐的心兴奋着，静寂中感觉到窗外横躺着的大城的喘息，在一种停匀的节奏中喘息，仿佛一座平波微动的大海，一轮冷月俯临这动极而静的世界，不禁有许多遥远的思想来袭我的心，似惆怅，又似喜悦，似觉悟，又似恍惚。无限凄凉之感里，夹着无限热爱之感。似乎这微茫的心和那遥远的自然，和那茫茫的人类，打通了一道地下的深沉的暗道……"[①] 诗人的诗正显示了这种心灵的叹息和战栗，这是一种诗人不可缺少的孤独。

可见，成就一个真正的诗人，是难以离开孤独的。而审美者，作为对诗人之作品感应和再创造的人，又何尝不需要这种心灵的孤独呢？！当然，我们这里说的孤独，不是外在的离群索居或者遗世独立，而是指一种由外向内的主体精神的开拓。这种孤独只能属于那种具有强烈的乡愁意识和渴望精神家园的人。人是精神的实体，而精神则是无定所的和抽象的，因而精神的强者就不能不处在客居在外的游子情思之中，不能不

[①] 宗白华：《美学散步》，上海人民出版社1981年版，第242页。

处在寻找精神家园而无所得的忧郁、恍惚和孤寂中，这是一种永在寻求又永无结果的痛苦的心灵过程。这种孤独也同时属于对大自然保持着惊讶与敬畏的人。因为大自然的存在为精神的存在提供了归依的处所，但大自然的浩博与深邃，又不能不使精神的探求者处在只可遥寄而终难接近的孤独中。总之，孤独导源于精神寻乡无所归依但仍又寻求的深沉追索。

正是这种精神寻乡而无所得的孤独，才使心灵处在深沉的意识和直觉中。使你时时感到自我满足，又时时感到空旷孤寂，时时追逐某种模糊的思想和观念，时时又感到追逐之物的难以名状。它们在我们的感受中就像森林中的灯光那样变幻不定、互相交叉和重叠。于是感思悠悠飘荡，情感沉浸流贯，心灵具有高度的易感性，从而洞彻冥冥，穿越大千。具有了这样的心境，再去进行诗的审美，便有了沉浸其中的体验，有了内在深沉的感应。

二 生命的体验

感受一首诗，实际上就是去感受一个鲜活的生命。其感受的过程，实际上就是一个生命复活的过程：它的呻吟、它的哭泣、它的骚动涌流不息，或派生出欲望，或爆发出难以表白的激情。可以说，为强化诗的审美聚焦点，创造在这里萌动，生命在这里体验。

我们知道，感受是诗的审美实现的桥梁。而感受是指什么呢？它难道不是指内心世界与现象世界的信息交流？！它既包括了对现象世界的感性捕捉，更包括了对其内在生命形式的探究和追寻。流动的生命体验，标志其真正进入诗的王国。

于此，诗中的意象和词句，才流动了起来，你内心中的感性积累才倾注了进去。因而抽象的能显示出感性的光辉，死板的能显示出生命的痕迹；有冷暖热的流动，有红黄蓝的跳跃；甚至清冽中能看出火热，岩石里能感到人的呼吸；甚至能略过外观的杂乱和纷繁，看出内在的生命形式，看出心态与物态的同形同构，从而领略到某种大自然的秩序、结构、奥秘……这种体验生命的冲动与焦灼,是诗的审美者必需的禀赋。只有这样,我们才有可能接近诗美。让我们来看一段具体的诗作:

> 四月是最残酷的一月,
> 从死的土地孕育出丁香,
> 掺糅着回忆与欲望,
> 用春雨激唤着迟钝的根须,
> 冬天为我们保暖,用
> 遗忘的雪铺盖大地,用
> 枯干了的细管喂养微细的生命。
>
> ——摘自艾略特《荒原》

如果没有对生命的体验能力,对此诗句只能是隔膜的,甚至讥笑诗人在胡言乱语。但这里显示着生命的骚动和痛苦,生命在春天复活,带着对已逝之春的记忆,这记忆中带着死的痛苦,既顽强又残酷,然而冬却能给人以温暖,它不像春那样方生又死,而是始终以雪的铺盖,使万物保持着微细的生命状态。沉潜的体验,涌动着生命的活力和渴望,发泄着由于生与死互相冲突而成的张力。这来源于生命本身的感应是神秘的,让人在不自觉中就获得了内在的呼喊与脉搏。

可见,保持生命的体验——那种对大自然和人生的常醒的惊奇,那种渴望了解自身并渴望洞彻万物的冲动,那种心理潜层流动着的难以名状而又时时占据心头的欲望……我们便获得了最属于诗的感官。正如西方哲学家洛克在其《论人类悟性》中指出的:这是一种"自然之光"。的确,这种自然之光能照亮诗国的表层和深层的一切,使所有沉睡的潜能都被点燃起熊熊的心灵之火。

三 创造性想象的富有

上面所述生命的体验,其实并不单是属于感知的,那超越对象世界的神奇穿透力，本质上更属于想象。想象，是诗的创造之母；想象，是生命腾飞的翅膀。它既是对现象世界的超越，也是对诗作本身的超越，更是对审美者自身生命的超越。正是在它这里，跃动着诗的审美的生命之源。

具体来讲，作为审美的想象，既是对诗的破译——它以一种心理的综合能力，把诗中种种的意象经验融汇起来、联结起来，从而使凝固平板的诗行化为流动立体的音乐，这是对诗作本身生命的感知；也是审美者自身创造力的显示——它努力以主体的自由和能动，挣脱诗作本身的羁绊，向着更广阔、更壮丽的美的境界飞升，从而意识到一种人的创造的欢乐。

还是用具体的诗例加以说明。请看青年诗人马丽华《我的太阳》组诗中的一节：

> 摇动十二万只风铃哗然而来——
> 宇宙间饱和了恢宏和谐的回声
> 漫过草原一览无余的滩涂
> 太阳涨起大潮
> 阳光梳理我汹涌的思绪
> 思绪为我伸张为纷披的触须
> 沿着太阳的轨道平行运转
> 在尽是矮个儿草墩的旷野
> 做一株挺拔的向日葵最适宜

对于这首诗的审美来说，想象的功能首先体现在把诗中的个别意象如"摇动十二万只风铃""一览无余的滩涂""太阳涨起大潮"，以及阳光的"梳理"、思绪的"触须"，等等，在"日既出"的统辖下重新组合，转化成为一幅生动的画面。同时也体现在想象力驱动五官开放的创造时所获得的惊奇：分明是无声的太阳升起，但焦灼却化为了"十二万只风铃"

般的摇曳心旌；分明只是阳光静静的照射，却让人们感受到了"大潮"的起伏涌动；阳光如梳，思绪如触须，多么温柔、多么安谧呀，多么神奇、多么轻松呀。更进一步，想象力还体现在超越这表象世界而获得的那种生命的渴望与冲动，期待的焦灼与到来的神圣。生命难道不就是这样顽强、这样壮阔，然而又这样灿烂于瞬间、焦灼于悠久么?!

由组合、转化，到体验、升华，想象终于使我们沉浸在生命的海洋、创造的海洋，还有什么能比自由的生命和创造更美呢？只有在想象里，诗美才能获得更丰富的内涵、更光辉的容貌、更美妙的青春！正如一位青年诗人说过的——

> 那冷酷而又伟大的想象
> 是你，改造着
> 人类生活之外的荒凉

四 诗的形式理解力

形式理解力，同样应看作诗的审美心理结构的重要构成。与总的审美心理结构相同的是，审美都要求对对象保持一定的距离，把对象当作一种"虚"的东西，从现实的具体的生活中超脱出来，使人能在热情淋漓中保持着审美的宁静，在痛不欲生中保持着深永的体验和回味。但既为诗的审美心理结构，它的理解的内涵，又有些具体要求。

第一，要求诗的理解应同别的艺术的理解有所区别，我们必须对诗的特质有明确的把握。作为一种心灵的艺术，诗既有着空间艺术如绘画的可观性，又有着时间艺术如音乐的流动性。因而我们不应单用绘画的眼光看诗，那会丧失掉富有感染力的内心活动的轨迹；也不可只用音乐的眼光看诗，这同样容易导致诗的许多感性因素的丧失。我们也不可以说"瞧！这首诗的故事多么曲折"，从而用小说的审美要素去鉴赏诗。也不可以说"这首诗的思辨多么深透"，从而用哲学取代诗性的把握。我们必须充分地意识到诗的特质与使命,它是生命能量最集中的扩散,它的目的在于挖掘和表现心灵的经验和体悟。因而,诗的审美应努力追求这种底蕴,以做到生命与生命的同态对位感应。

第二,我们也必须理解诗的象征、意象,以及题材等因素的构成。不懂得暗示、隐喻、通感、跳跃、省略等诗的技法,是不会把符号文字化为心灵的画面的;同样,对题材的把握也是诗的理解的重要方面。近年有不少诗人努力把感受的触须延伸到远古洪荒、神话图腾,力图追寻再造生命的源泉。如杨炼的组诗《半坡》,就以古城西安一座六千多年前母系氏族村落遗址作为诗题,展开了联想:

> 早已不是少女,在这里一跪千载——
> 而把太阳追赶得无处藏身的勇士
> 被风暴般的欲望折断了雄浑的色彩
> 震颤着寂寞大海的鸟儿
> 注定填不满自己浅浅的灵魂
> 第九颗烈士挣扎死去
> 弓弦和痛苦,却徒然鸣响
> 一个女人只能清冷地奔向月亮
> 在另一种光中活着
> 回过头,沉思已成往日的世界

短短的一段,包含了"夸父追日""精卫填海""羿射九日""嫦娥奔月"等许多悲壮的神话故事,它们赐予诗人以思考:人类是怎样迈开求生存的沉重脚步的。很难想象,如我们不对这些神话有所了解,将如何负载起诗人那沉重的凝思和奔腾的想象。

第三,最重要的一点,是对诗的形式中融汇着的诗意进行直观性把握。既然诗的审美是生命的体验,那么这体验就不是离析的,而是一次性的。因而其审美理应仅依于人类的最新直觉,往往能在顿悟中洞彻生命的底蕴，在无意识中把握那种气息鲜活动人的力量。让我们来看一首具体的诗作：

> 狂热之后是深沉。
> 深沉，不是死灰。
> 深沉下淀积着大地的隐痛！
> 深沉是说不清楚的滋味。
>
> 深沉，不是绝望。
> 就算是绝望、绝望、绝望，
> 只要不死，又慢慢升积起
> 脉脉春水，在阳光下低徊。
>
> ——刘祖慈《龙湾湖》

若不能在瞬间的直观中体味到那种狂热之后的宁静，那种绝望中永远不死的希望，那种烈火般的激情与岩石般的冷静的交汇，我们怎样感受到其死一般的执着坚强的生命呢？道不清的"内在感官"，才能感应出"说不清的滋味"。这种理解——直觉的穿透力，才是抵达诗美最动人的辐射区。

上述几方面，共同构成了诗的审美心理结构。它们互相联系，互为动力，从而创构起了感应诗美的心理框架。审美者正是从这里，接纳着千姿百态的美，从而使我们真正进入诗境，去寻找精神的家园。

1986 年 7 月，与王邵军合写

新诗，应在多元并存中争奇斗艳[*]

——在《黄河诗报》端午诗会上的发言

《黄河诗报》趁此端阳佳节，召开以屈原为表率的诗人雅会，我有幸参加，感到真是心潮澎湃，兴会无前！

环顾当前的新诗坛，正在迎来一派繁荣更新的气象。作为这种气象的前兆，开始呈现出多元、躁动、无序的失控状态。虽然诗流滚滚，但还看不出巨浪、主潮。对此，我们无须惊诧，更不必担忧，因为经过"大浪淘沙"的历史抉择，总会有更健美的诗歌生机得到新的升华。

那么，当前新诗创作的趋向如何呢？我限于认识水平，不敢妄评预测，但有一种从回顾与期待中升起的愿望，也许能追踪诗歌当代发展的驱动力。

这就是在中西文化大交汇的改革开放的时代背景下，新诗要努力寻求东西方艺术的交融点。在这个交融点上，让民歌的朴素率真，古典诗歌的凝练、境界感，现代诗的变形、象征性，得到更富有时代特色的"转化生成"，成为更能流泄现代生活韵味、更能传输现代汉语审美信息的中国新诗，同时也具备走向世界的心灵之歌的高雅品格。

以上的愿望，如果用简明的惯常用语来归纳，我认为"新诗要四化"的提法也是允当的，即新诗要民族化、现代化、艺术化、多样化。以这

---

[*] 原载《黄河诗报》1987年第15期。

样的艺术标准指引诗人们的创新探索,鼓励各种风格、流派、技法的互相竞争与渗透,以形成在多元并存中争奇斗艳的新格局。然后,经过相当长期的酝酿,随着诗歌审美意识系统的积淀,必会逐渐出现使"四化"达到浑然天成的佳作,取得人民群众广泛的感应共鸣,从而涌起开一代新诗风的主导倾向。

当然,要在目前的新诗创作中找出"四化"程度很高的典型作品,是很困难的。这里,我想另选一首可以略见"四化"交融迹象的诗作,以印证这种多样统一的审美追求确有实现的可能性与辉煌前景。将短诗抄录于下:

长城饭店

(北京新建的长城饭店,顶端的两层六十分钟旋转一圈)

云端/一扇厚厚的磨盘//太阳端着金勺/月亮端着银碗/就是找不到磨眼//想那设计师也许/有个磨道上的童年/或许从卖豆腐的吆喝声里/拾到闪光的灵感//中国/又一个崭新的构思/站立在春天的风景线/硕大的钻头/开拓空旷的蓝天(曹宇翔作,载《星星》1984年9月号)

这首咏物抒情诗,脱弃了线性描述的平面感,代之以意象的切割与连动的蒙太奇手法,把多视角的艺术时空,呈示于我们的观赏视野乃至内心的"灵视"。全诗情思的起伏深化,是沿着纵横交替、表里互见的心理流程,作了以简驭繁的巧妙组接的。纵向地看,旧时代"磨盘""磨眼"的笨重劳动和"金勺""银碗"的虚幻奢望,凝聚了沉重忧伤的历史感;横向地看,现代"春天的风景线"上"硕大的钻头"的开拓力,正在遍布神州大地,开创着规模宏大的工业前景和无限壮丽的未来。表面上体察,建筑物的入云摩天、迎日纳月,的确巍峨奇伟,令人感到气势磅礴;本质上思考,祖国大厦营造者的苦难经历、卓越才识以至中国人民的智慧和力量,才更是值得崇敬弘扬,令人淬砺奋发的呵!

另外，就意象语言的潜在抒情功能来看，从"磨盘"的转动，到"钻头"的开拓，既步步形似神飞，又处处筋脉相连，读来没有"断线珠子"的困惑感，会在心目中自然构成错落有致的立体化几何团块。即便那"磨盘"变"钻头"的跨世纪突进，读来也不觉突兀迷离。这是因为作者把诗意的大跨度，悄悄地融合到由"灵感"进入"崭新的构思"的中国诗篇整体之中，从而以虚实叠映的意象的有机魅力，给诗的多重意蕴以巧妙的烛照、点拨、升华。结果全诗没有豪言壮语，但觉有内在的浩气冲涌。而且也不费玄秘猜测之劳，能在民歌的浪漫、明快氛围中获得情理默契的感悟。在这里，显示着中国古典诗歌炼字炼意功夫，与西方意象组合范式缜密糅合后产生的艺术风采。

以上关于《长城饭店》的分析，旨在略示中西合璧的轨迹，为追求新诗"四化"发现更多端倪，树立坚定信心。并非奉之为创新的典范，这样会把新诗的"四化"推向封闭单一的绝路。当前，虽然"化"得不够娴熟美妙，但不能使我们望而却步，只要具备健全的基因，诗的"丑小鸭"终会成长为美丽的"白天鹅"的。

收回话题，自省我们山东的诗歌创作队伍，是庞大、健旺而英气勃勃的。老中青几代诗人，都在青春焕发，才思横溢，奋笔疾书。为迎接繁荣更新的诗的黄金时代，我们定会走在前列，勇攀高峰，唱出无愧于民族与时代的咏叹调和进行曲。

所以，今天让我们以屈原的名义，衷心祝愿：

齐鲁诗风像泰山般耸立起来！

齐鲁诗情像黄河般奔腾起来！

齐鲁诗花像繁星般闪耀起来！

1987 年 6 月

陌生而奇异的青春躁动[*]

——新诗现代艺术追求的几个特征

随着改革开放的时代大潮,在诗歌领域里出现了"乱石穿空,惊涛拍岸,卷起千堆雪"的景象。这种景象,来势突兀,在八十年代的很短时间内经历了西方现代主义诗歌艺术半个世纪的发展历程,掀起了诗歌向本体复归的趋势,焕发出多元多向的艺术生长点。对此,诗坛上褒贬不一,喜忧参半,有的赞叹为新诗诞生七十年来从未有过的繁荣,有的指责为虚妄狂怪、乱云飞渡,是诗的"走火入魔",是"诗无赖"的胡折腾。但无论怎么说,作为一种"新诗潮"和"后新诗潮",给新诗坛带来了陌生而奇异的青春躁动。这股冲击力的产生是有其社会历史根源的。我们不能无视这一客观存在,既不能"固执的守旧",也要防止"盲目的创新"[①],而应对其现代化的艺术追求作清醒的分析估价,然后予以批判的取舍和健康的导引。概括起来看,当前新诗的艺术追求,大致有以下几个方面的特征。

一 形而上视角——现代诗的内涵

什么是形而上视角?它与西方的"形上诗"有某些联系。"形上诗"

---

[*] 原载《黄河诗报》1988年第3、4、7、8、9期,分五次连载,题为《现代诗琐谈》。

① 摘引李瑛《几点随感》中的提法。(本篇注释据原文献照录,下同。——编者)

一词出自十七世纪后期英国批评家爵文登，正式变为诗的术语却始于十八世纪批评家强森，后来又在许多现代诗人如叶芝、艾略特那里得到了进一步强化。[1] 在他们那里，"形上诗"大致成为一种注重玄学思辨和不协调的新奇比喻的特指。这里所提的形而上视角，取其"形上"的基本意思，但又有新的延伸：它注重对人生重大命题的思考，注重追寻万物之上的普遍本质及形式结构。在它这里，万事万物纷纷脱出了实用的具体的表象或外观，而获得了一种涵盖万有的内在凝聚力，从而成为一种能够自为本质的存在。

我们视此为现代诗的内涵，为确立这一观点，不妨把现代诗与古典诗比较一下。

古典诗情况较复杂，但基本的倾向还是可以把握的。与古代中国自然经济背景和"天人合一"的文化观念相联系，古典诗对世界的视角是"以物观物"，即主张忘掉自身，化入万物之中，达到与自然的平等与和谐。因此古典诗在构思方式上，讲求"念虑内忘"，自然升华，以抛弃一般认识事物的逻辑程序，通过感性的直观去捕获万象的生动；在美感运用上，往往醉心于对所谓得意忘言、得鱼忘筌的具体体验，醉心于对所谓"性灵"与"滋味"的追求。于是，重具体、重直接经验、重形而下的瞬间美感体验，就构成了古典诗的内涵特征。

现代诗随着现代社会个性意识的日益张扬，也随着宇宙空间的日益阔大，自然事象再也难以成为与人平等相处的友邻，而成了诗人超越与征服的对象——"以我观物"成为现代诗的基本方式。对一个现代诗人来说，无论是茫茫浩宇，还是粒粒微尘，都不会因其单纯的美激发他的感叹。因为浮光掠影的感叹，或简单即物生情的兴发，都是与现代人的主体超越意识不相吻合的。他必须以巨大的想象力和思考力，去洞彻古往今来的时空；以复杂多样的手段去暗示万事万物的生存方式。因而形而上的视角，打开了现代诗神秘的窗口。

---

[1] ［美］傅孝先：《西洋文学散论》，中国友谊出版公司1986年版，第153页。

由这窗口去看世界，往往看到的不是局部和片面，而是整体的象征意蕴，不是具体的现象，而是某种普泛化的本质。形而上的视角，使现代诗更多地以凝聚某种高层次的结构作为指向和追求。这种高层次的结构又分几种不同的类型。

（一）意识结构

二十世纪的人类，也许已抵达历尽沧桑后的回归期，感物起兴，或者具体微小的悲欢，已难以契合其饱含理性的心境。诗人们寻求着将万事万物做一些历史与人生化的处理，略去其表面的意思，以努力从内在意蕴上进行提纯和抽象，从而使其形而上的光照透射更广大、更普泛的意识领域。如短诗《华南虎》[①]，就是将人们围观虎和虎的愤怒这一具体景观，进行了形而上的提升。诗人通过对超越性氛围的渲染，把"虎"的境况与自身的遭遇应和起来，从而暗含了这样一种结构：生命在经受着外力的扭曲，并且唯其扭曲才更迸发出内在的孤寂、愤怒和顽强。诗作由于把个体的生命与宇宙的生命结合起来并互相映衬，因而获得了自然与历史、心理与社会的多重内涵。

（二）情绪结构

现代诗并非不表现情感，但这种情感大都不是那种具体、细琐的情感，不是对某种悲欢流出的眼泪，或者对某种不幸而产生的激动。现代诗所追寻的，往往是一种典型性的情感，一种整体的情绪性体验。试看这首题为《和的诗》："树林和我/紧紧围住了小湖/手伸进水里/搅乱鸟儿深沉的睡/风孤零零的/海很遥远"。诗共四节，后三节与这节的句式相同。它看起来令人费解，实际上它旨在向我们提供一个特定的情绪框架。由孤寂的境界到隐隐的暗示，再到目标的微茫，向我们提示了这种整体的情绪旋律：它因目标的遥遥而孤寂，也由目标的闪烁而期待，从而孤寂中涌动着隐隐的期盼之情。诗由于把个体的情感上升到普遍的结构，因而获得了更深沉、宽泛的感人力量。

[①] 《华南虎》，原载《诗刊》1982年2月号，诗末注明写作日期是1973年6月。

（三）形式结构

生活在现代的人，经常会被一些莫名其妙的东西激荡着，它往往无言辞可表达，像森林中的灯光那样捉摸不定。现代诗人们往往是这种感觉的真正体现者，因而在他们的诗创造中，就善于发掘某种形式化结构。它的目的不在于告诉你什么，而在于展示一个饱含多种可能性的空间。青年诗人真子的《一只鸟又一只鸟》，通篇讲了一个玄秘的故事：我们很早以前，就谈论"那只鸟"，在冬天我们沉睡时，它来了；偶尔一天外出归来，却发现"院子里那盏灯忽明忽暗／一串青青的葡萄落在台阶上……／它来过了／可我们不敢说"。很难讲这首诗的确切内涵，它只是将生活中的某种体验典型化了，可以指一种人生偶然、奇特的际遇，也可以指某种超越命运的不可捉摸的力量……总之，它只是呈现某种形式，为读者提供一个结构的空间，让他根据想象填补这个空间。

形而上视角，为现代诗构建出一个宏大而深刻的意蕴世界，寻找到了既涵盖心灵主体又宽纳自然大千的途径。在这里，一个现代人所能有的思考力、想象力，以及抽象万有的凝聚力，得到了充分的体现。于是，诗从具体世相中得以腾越，展开了向未知领域开拓的姿态。为此，诗的更高理解，不能不呼求着大批具有充分训练的现代诗读者的参与，在那里，显示着别一种创造本质的实现。

二 反讽——现代诗的思维方式

反讽，英文称作 irony。它最初源于希腊喜剧，指剧中两个对立角色的互相映衬，反讽角色往往佯作无知，在自认为高明的对手面前说傻话，最后这些傻话被证明是真理。后来反讽成为剧中旁观者与主人公关系的特指，表现一种至上的优越地位以及看到表象之间矛盾的辨析能力[1]。本

---

[1] L. T. 普西莱：《世界文学范畴》。

世纪以来，反讽才被美国新批评派理论家纳于诗学研究，并将其作用极力扩大，如其重要人物瑞恰慈就把"反讽观照"视作诗歌创作的主要条件。在他的推动下，反讽已成为现代诗的基本哲学态度与思维方式。

把反讽引入我国诗论，目前已有人尝试，如新近兴起的"第三代人"中的"非非主义"，就开始将反讽纳入其创作与理论。[①] 虽然"反讽"的概念并未达到普及，但它作为一种诗的思想方法，却是早已存在的。掌握其要领，是理解现代诗的必需。

究竟何为反讽？新批评派的普鲁克斯曾讲，反讽"是表示诗歌内不协调品质的最一般化的术语"，是"承受语境的压力"，[②] 这可看作众多定义中较为中肯的。对此，我们不妨这样理解：反讽是对固定因果关系和时空秩序的悖逆与打破，是指诗中诸种因素的对立与不协调。具体体现在期望与现实之间、伪装与真相之间、意图与行动之间、所想与所做之间，存在着尽可能多的差距。在这里，反讽已失去了希腊喜剧中人物全知全能的优越感，而陷于一种真正难以摆脱的困境，充满着自身知与不知的双向矛盾。

依据反讽构成的层次，我们可把它分成以下几种类型，并结合新诗创作试加以说明。

（一）语调反讽

这是最基本的方式，往往通过重话轻说、正话反说、夸大陈述等手段，拉开实际说出的与可能说出的之间的差距，使诗在嘲讽中获得某些真味。流沙河的《故园六咏》，写了动乱年代的生活之苦，却尽是轻松的笔触，有"失学娇女牧鹅归"的俏语，有"爸爸变了棚中牛，／今日又变家中马，／笑跪床上四蹄爬，／乖乖儿，快来骑马马"的戏谑，在实际的苦难与强颜为欢之间拉开差距，所谓的深悲大恸，虽未作声泪俱下的控诉，却从相反的方向得到了更深刻的暗示。诗人在自我怀疑、讥讽与省察中，达到了真正的冷峻。当然，这种方式，在某些青年诗人那里，更

[①] 见油印刊物《非非》。
[②] 《新批评》，中国社会科学出版社1986年版，第56、182页。

涂染上些许的荒诞。王小龙的《纪念》本为悼父之作，外观却是"冷"与"嘲"的基调，诗看起来似乎是夸张性的表达对父亲的不满："一群酒杯站上饭桌/准有一只是你的""你一关灯天就黑了/天黑以后/你让我一丝不挂在人群中奔跑/从屋顶摔到海上"，充满了对父亲的责备。但这种责备在极远处是与更深的理解相沟通的，因为诗人最后终于在自我审视中意识到"我就是你"，并产生了与父亲"和好"的愿望。诗把这种不满与理解尽量拉大，造成了这样的效果：在表面的嘲讽中，展示了更内在、更复杂的情感。

（二）语义反讽

就是把两种或几种相反的意思放置诗中，便产生一种类似悖论的效果，以增强情感的对比度。德国剧作家兼诗人布莱希特的这样的诗句最能说明问题："在夜里/对对夫妻/上床就寝。少妇们/将要出生孤儿。"前一事实的温馨与后一事实的残酷，截然不同，两者在完全的悖逆中，产生了难以遏制的张力。可举的还有青年诗人李小雨的《红纱巾》，诗中的"我"，已二十九岁了，却偏爱戴那条"红纱巾"，这一事实本身就造成了要做的与习惯上不应做的之间的对立。诗人更继续将这对立拉大，上升到对已逝之青春的追念与毕竟青春难再的痛苦矛盾，诗人眼中的"红纱巾"竟变成了复杂的存在：

> 那悲哀和希望糅和的颜色呵，
> 那苦涩与甜蜜调成的颜色呵，
> ……

诗在这种语义的错综中，把苦涩、渴望与痛苦的寻觅完全包容于诗中，获得了诗所特有的自审意识，这种效果是难以靠单向的情感线索来达到的。

（三）意蕴反讽

它重视思维的偶然性与间断性，追求诗的终局的含糊不定与可此可彼的多样选择，从而在读者期待的落空中，使习惯的思维方式遭到嘲讽。作为一种宏观级的陌生化，它是现代诗的突出成果。较早的例子，可举卞之琳的《断章》："你站在桥上看风景，／看风景的人在楼上看你，／明月装饰了你的窗子，／你装饰了别人的梦。"貌似戏谑的图像，却打破了终篇结局的常规，竟使朱自清、李广田等诗坛大家的解释落空。从反讽的角度讲，它实则包含了多种的可能性，或者是美女一朝投入心海的久久难以忘怀，或者是某种人生邂逅的美妙而神奇，也或者只是显示了某种相对精神……谁要想追根求底，只能使自己陷于无尽的尴尬。至于近年诗坛的创新，更使这种可能性染上了某些神秘色彩。试看顾城的《泡影》："两个自由的水泡，／从梦海深处升起。／／朦朦胧胧的银雾，／在微风中散去。／／我像孩子一样，／紧拉住渐渐模糊的你。／／徒劳地要把泡影，／带回现实的陆地。"你难以确切说它讲了什么意思，据作者自己的解释，全诗既是一个睡眠苏醒的过程，又是一个逐渐长大、告别童年梦幻的过程。这个过程，是一个梦幻和现实相矛盾的过程①，但底蕴的不确定性，是可令人作各种推想的。

诗的反讽，越来越从一般的语言方法上升到思想方法，上升到诗的本体论层次。它的产生既来源于现代人经验的多重性与复杂性，以及对知识的寻求与全知的不可能而导致的矛盾情境；也来源于语言之包孕性，它必须永远依靠言外之意和旁敲侧击。我们从反讽中获得的，不是浪漫的冲动，不是机智的笑声，而是用智慧难以简单征服对象而引起的艰涩与含蓄。当然，这同时也使读者审美过程中的心智活动复杂化了。

三 陌生化——现代诗的叙述方式

对于一般语言来说，它既使人对世界的理解成为可能，同时又使这种理解大大受阻。因为在我们观照世界的"先见"中，语言作为真正的操持者，是以那些既存的概括作为基础的。而这种语言常常是短视的、

---

① 顾城：《关于〈小诗六首〉的通信》，《星星》诗刊1981年第10期。

僵死的，它对事物井然有序的表述，有时反而会远离事物。譬如，当你观照"树"时，是你自己在观照，还是既存的关于"树"的概念在观照？单纯的随从，扼杀了人感受对象的丰富性。

诗则力图从这种语言的困境中挣脱，它选择了与此不同的道路。瓦雷里曾讲，诗歌是建立在往昔废墟上的一个新的语言范畴。既有的语言范畴由于与一些常规的机械概念相联系，便把我们关闭在已知的圈子里，难以揭示生命存在的真实状态。因而诗选择了对此的否定作为自身的追求，力图通过对概念的反叛和重新组合，凝聚起非真实的虚幻空间，从而实现诗对现实的艺术把握。

于是，在通常的表述感到不可思议或悖理离情的地方，诗开始启航。"陌生化"——即以对日常语言的悖逆和虚拟性的超常语言组合构成叙述方式，并且跃居为诗之为诗的本体论基础。

这种"陌生化"，是大致通过以下几条途径实现的。

（一）虚幻氛围

诗的陌生化的第一步，必须承受现实向虚幻的腾跃。具体体现在，它往往通过切断与现实的联系或者借助于语言的超常组合，构造起某种虚幻氛围，以让人感到吃惊，感到不可思议：

> 我想起了那个晚上
> 那个晚上银杏树骤然凋零
> 每一片叶子后面都藏着一只眼睛
> 对着天空　对着许多观众
> 我们目瞪口呆
> ……
>
> ——鱼儿《那个遥远的晚上》

"银杏树"何以"骤然凋零"？"每一片叶子"怎会"藏着一只眼睛"？语言，通过超常的组合远离了真实状态，于是读者面临的只是一种经验的虚幻秩序。

这其实正是诗的叙述所特有的效果：它使语言从事实的判断或说明转向非推理性的情感符号，使诗从平面的现实进入了立体转动的创造中。

（二）记忆范型

华兹华斯说过，诗人"比别人更容易被不在眼前的事物所感动，仿佛它们都在他的面前似的"[1]。确实，诗是离不开现实的，但这种现实实际上是记忆的产物而不是直接接触的东西。因而，诗的陌生化在这里又体现为：诗人必须用纯粹的经验性因素，代替过去的一切非经验行为。随着这种替代，诗变成了真正主观的创造，现实因此戴上了某种梦幻的、含混不清的经验外观面具，形成令人熟悉而又陌生的基调。艾略特的《荒原》就具备这种特征：

> 四月是最残忍的一个月，荒地上
> 长着丁香，把回忆和欲望
> 掺合在一起，又让春雨
> 催促那些迟钝的根芽。
> 冬天使我们温暖，大地
> 给助人遗忘的雪覆盖着，又叫
> 枯干的球根提供少许生命

在这里，叙述把过去和现代纳于一个记忆的框架中，各种意象难解难分地粘连在一起，作为描述现状的特征隐去了，纯粹的梦幻性代替了过去的一切实在性行为。于是，"四月"只是毛茸茸的记忆，"丁香花"和"回忆""欲望"交融在一起，"冬天"和"温暖"相提并论。事物间严格的界限打破了，而汇成了积淀着记忆、体验的心理潜流。诗的素质，在对记忆发现的同时，被凸显了出来。它不在于告诉人们发生了什么，抑或什么时候发生的，而是制造过去事情的幻象。在这种幻象中，日常掩盖了的真实被挖

---

[1] 《十九世纪英国诗人论诗》，人民文学出版社1984年版，第13、14页。

掘了出来，诗于是获得了潜意识的发挥，进入了更深沉的层次。

（三）凝缩原则

"陌生化"还体现在如何凝缩语言。弗洛伊德在其《梦的解析》中发现，形式自身能借助穿插的简约、省略、掩盖等多种手法达到更凝缩的融合。一般讲，通常的叙述井然有序，呈现着完整如一的规则。诗为了打破这种语言的平板与僵硬，往往通过大量的省略、节缩，构成一种悖理离情、片片段段的编码序列。从这方面入手，便可以理解，为什么诗人总爱说些让人费解的话：

>　　鸽子如雨点落到广场
>　　雕塑和笋
>　　她说，这不是一张裱墙纸
>　　不是一声呼唤，
>　　真的，相信少女的感觉
>　　这是大地的信息……
>
>　　　　　　——孙武军《在杭运河码头》

一首诗的意义，有显意，有隐意，凝缩的程度决定着诗的空间的巨微。上面这段诗，正由于省略了细节和连贯，才造成了印象派绘画一般的轮廓。在此，定量的求索失去了意义，作为诗的"情感品格"却在疯长。

可以说，虚幻的氛围、记忆的范型、凝缩的言辞，这几方面互相交织，共同构成了诗的叙述的独特方式。在这里，"诗唤出了与可见的喧嚷的现实相对立的非现实的梦境的世界"，并以这种"颠倒的方式"，获得了诗的真正的真实。[①] 于是，语言与对象间的约定关系被打破了，读者思

---

①　[德]海德格尔：《荷尔德林与诗的本质》，见《西方文艺理论名著选读》下册，北京大学出版社 1985 年版。

维的定式被打破了，诗作为对世俗世界的超越、作为对惯性和怠倦的抗争而存在，而生生不息。

四 生长性语言——现代诗的肌质

肌质，是指诗中无法用散文转述的部分，是诗的本质。在现代诗中，这种本质只能到诗的语言中去寻找。正如贝罗尔所讲："诗的效果，是一种作用于语言的效果，一种对语言的特殊审视，是从各方面拨弄语言，是语言的一种翻滚，是语言的培养基。"[①]

这里用诗歌语言的"生长性"去代替通常的"弹性"概念，并非标新立异，实乃出于这样的考虑："弹性"多基于语言技法或遣词造句的需要，探讨语言如何表达内容的问题；而"生长性"处理的是语言的本体论层面，认为诗就是语言本身，是通过生长性语言的发现，塑造一个能够不断膨胀的语言形式。因而，所谓生长性语言，实际上指诗的蕴涵，尤其是形式意味能够不因时空的限制而止息，而不断在第三空间（诗作与读者之外的再创造空间）生长。

语词、语境，依次体现着语言构成的几个层面，在诗的创造中，它们也分别呈现着其生长性素质的被发现、被丰富与发展。

（一）语词的错位

我们往往有这种体验，互不相干的事物拼合在一起，会产生一种突然壮大的感觉。这种效应，在诗歌语言中比比皆是。俄国形式主义理论家雅各布森曾讲："诗歌功能就在于指出符号和它所指对象的不一致。"的确如此，善于打破物与物、人与人以及物与人在语言中的固定秩序，正是造成一种崭新的秩序，造成一种最利于生长的品格的重要途径。例如物与物之间的：

[①] ［法］贝罗尔：《法国当代诗歌面貌》，《外国文学动态》1983年第9期。

> 晚钟
> 是游客下山的小路

也许原意是指"晚钟响了,是游客们下山的时刻了",因而"晚钟"与"小路"的错位,让人惊诧,有利于形成新的美感程序。再如物与人之间的:

> 寒冷的松林以及高原上青稞的芒刺
> 是我的射上太阳的阳光

观察者与被观察者的关系在诗中易位:不是太阳照射在"松林"和"芒刺"上,而是"松林"和"芒刺"是我的"射上太阳的阳光"。这种错位,实际上是一种语感的逆反,它能使语言从感觉惯性中挣脱出来,表现效果剧增,从而在更阔大的空间中焕发多向联想的功能。

(二)语境的对抗

我们发现,许多诗语言太浅露,诗质单薄,像"一切爱情故事,/只是一个故事,/一切爱情都是死结。/生,不能解决;/死,不能解脱",语言格调统一,朝一个方向倾斜,因而失去了相对稳固的支撑。语境(语言的上下环境)的单调,使诗意得不到坚实浑厚的生长。艾略特讲过,诗应把两种相互对立的冲动组织起来并加以提炼,从而使读者避免朝两个方向中的任何一个采取简单的行动。确实,语言的一色化,会使诗肌质单薄,难以长成华严丰伟的躯体;唯有凭借语言上下多色质的相互对峙,才能构成内在的错合、冲突,从而使诗的生长获得充实饱满的效果。正如一条小河,平直的河底只能使水流失之浅滑,凹凸不平的河床却往往使其具有内在的声势和力度。要达到这种目的,有两条途径可循。

其一是在共时性的框架上,通过色调各异的语言对立,达到某种对比效果。青年诗人白夜《画廊》中的"像爱情的号角那样/无情而嘹亮/像黄昏的大地那样/辉煌而凄凉"即是一例,"无情"和"嘹亮","辉煌"和"凄凉",奇峭的对峙,突生出相当的后劲,相当激越。既避免了体验的浮浅，也避免了情感的疯长，从而获得了一种能够健旺生长、不断壮大的审美品格。还如：

> 我给你以我的凝望
> 无言的大海
> 我的凝望里有盛夏灼热的骄阳
> 有时又冰冷，冰冷
> 像冬夜哭泣的月亮

——陈敬容《海》

"盛夏灼热的骄阳"与"冬夜哭泣的月亮"之间，显示了多么复杂的错合，多么有力的支撑！从中生长出的，恐怕不再是某种单质的情感，而酷似于一个"大海"般开阔、"冬夜"般幽深的世界。

其二是在历时性框架上，把语言的新旧词汇并置，以达到其生长空间的绵延。英国批评家瑞恰慈曾讲，语境即我们诠释某词语时有关的一切事情，是该词语全部使用历史留下的痕迹。诗的刹那见千古的效果，往往得益于这种组合。我国西部诗人昌耀，就善于把旧词与新词在同一语言环境中并用，以时空的错杂加强其生长的纵深感。在他的诗中，有"碣石""玉关""夜光杯""铜锣""犀甲"，亦有"铝盔""铁塔林""超短裙""24部灯"。像《赞美：在新的风景线》中的"图腾消亡了/死水复活。一代/清澈的眼波和矗立的/现代的铁塔林/呼叫着/……仰韶文化的炼火/给博物馆留赠了一只/无双的彩陶盆，时间/把镖客的道路弥漫在/荒古的/尘埃"，不同质的语言，统统被压缩在同一语境中，使诗意空间陡然拉大，既坚实，又恢宏，于是一种历史的延伸感和空间的阔大感在我们心中生成。

（三）象征性本体的语义转化

谈论现代诗的生长性语言，当然离不开另一点，即如何通过语言的组合，铸造一个象征性的本体。但它显然应放在另一个概念"隐喻"下加以讨论。这里，我们更多地着眼在语言本身的范围内如何增强其生长性，所以关于这个不同范畴的审美概念于此不展开讨论。

从某种意义上讲，对生长性语言的发现，导致了对于诗的重新发现。因为有了它，现代诗摆脱了僵化的模式，朝向了绵绵无限的可能世界；有了它，现代诗开始了大幅度地衍生、腾越，进行诗的更本质的创造。由此，我们会为这样一个命题而沉醉：诗是什么？诗是在我们前方频频招手，终让我们难以企及的东西。

五　朝向开放的宇宙

变动的时代，在诗身上打上了深深的印记。诗，正经历着一种变革，这种变革将创造与模仿、珍珠与泥沙，同时提供了出来。有浩瀚的情感空间，也有狭隘的心灵一隅；有时代的洪钟大吕，也有不和谐的杂音。中国新诗，在经受着比以往更严峻的考验。作为一门崇高的艺术，它将在以下几方面做出选择。

其一，中国新诗应将对当代生活的体验和对传统民族文化的发掘结合起来。我们生活在悠久的历史和传统中，我们也生活在除旧布新的开放时代，一个有使命感的诗人，应在历史与现实的交叉点上思考问题。中国当代诗人，应以个人的民族的声音对世界发言，以历史的目光透射现实的一切，这样，才会获得深邃的情思和广阔的审美空间。洪三泰的《中国高第街》就是一首这样的诗作。广州的"高第街"有着"锈蚀的历史"、有着封闭的岁月，然而，一旦开放的大门开启，"高第街"便成为中国现代文明的重要象征：

　　当中国的太阳猛然爆炸
　　当南方在金色的放射中洞开
　　当阳光的碎片铺满街巷
　　高第街开始诠释中国

>   以它敞开的十四条横巷之门
>
>   世界商品经济的风云
>   触动中国这条最敏感的神经
>   它蜕变成一条彩色巨龙
>
>   历史悠然地徜徉街头
>   试穿着牛仔裤和蝙蝠衫
>   笑谈一千年天地嬗变
>   一千年起死回生
>   它默念在世界竖起的一则广告

深邃的历史感与鲜明的当代意识，赋予诗作无限深广的穿透力。这样的诗，才能真正叩击当代人的心扉，成为回顾、开拓、创新的活力源泉。

其二，中国新诗应将深邃的历史、现实的思考，纳于诗的审美理解与把握中，让一切都经过诗美学的过滤，显示其诗意的充弥，显示其美化人的心灵、提高人的境界的作用。面对改革开放的时代，诗应以独特的情感方式和美感经验，通往时代和人民。当然，这并非要求所有的诗都必须反映当代生活，而是说，不论写什么题材，都要灌注进时代的审美情思与个人的审美发现。江河的《太阳和它的反光》，并不是直接反映当代生活的，却充满了新时代的意识与新的审美理想，如其中的《追日》，绝不是远古神话故事的摹写，而是中国民族文化心理的一个原型，是诗人主体力量的外化：

>   上路的那天，他已经老了
>   否则他不去追太阳
>   青春本身就是太阳
>   ……
>   传说他渴得喝干了渭水黄河

其实他把自己斟满了递给太阳
其实他和太阳彼此早有醉意
他把自己在阳光中洗过又晒干
他把自己坎坎坷坷地铺在地上
有道路有皱纹有干枯的湖

太阳安顿在他心里的时候
他发觉太阳很软，软得发疼
……

时代感与历史意识，在审美的观照中，达到了恢宏、动人的境界，使我们获得了升华的力量。

其三，中国新诗应处理好中国与世界的关系。中国诗坛是世界诗坛的一部分，因而它理应向外国诗歌的艺术经验开放，在开放中建立自己的民族性。我们应在马克思主义的世界观、方法论的指导下，掌握艺术创新的发展规律，把西方现代诗歌中符合今日生活节奏与审美心态的东西，根植在民族传统美学的土壤里培育滋荣，和我国审美经验相辅相成，以形成富有中国现代特色的多元融合的诗美体系。

在中华腾飞的新时代，各方面的创造与建设，都具有集大成的气魄。我们的新诗，也必须以集大成的雄心，集纳古今中外的艺术精华，既要新于"中国故有的诗"，又要新于"西方故有的诗"①，从而开创无愧于"四化"大业的诗歌新世纪！

1988年1月，与王邵军合写

---

① 闻一多：《〈女神〉之地方色彩》，《闻一多全集》下集，开明书店1948年版，第200页。

双重视角下的感悟*

——试析杨炼《记忆中的女孩》

一

夏日，墓地的草是青绿的，如那永远青绿的不解死亡的纯真和稚气。阳光仍旧洒向这里，这里仍旧是可以"躺在上面晒太阳的青草地"，仍旧是九岁时的毯子。但是冷冷而立的墓碑，却在昭示着死亡和枯朽，一如那洞晓一切的冷峻的眼睛。

盈盈墓草之中，一双女孩子的脚。脚欢快地跑着，ANNA出现了。她顽皮地在墓碑间穿行，寻找着和自己一模一样的名字。墓园中竟有那么多的ANNA！她高兴地对着同名的朋友微笑低语。然而在她背后，却闪出了一双成年人的忧郁的眼睛。他注视着顽皮的ANNA，也注视着墓碑上的ANNA。仿佛，她们都从墓碑上跑下，变成和ANNA一模一样的女孩子。她们在这片记忆的青草地上追逐、嬉闹着，他听到了那串在记忆中才会重现的笑声。

笑声在墓园中回荡，ANNA仿佛到了儿时的乐园，她只看到青青的绿草、暖暖的阳光、同名的朋友。而她背后的那双眼睛，却在注视着冷冷的墓碑，只有他知道，那些ANNA早已变成墓碑了。他想提醒ANNA，他怕

---

* 此文据冯中一先生手稿收录。

她也会沾上死的气息,然而知晓了墓园的真相,ANNA 还会是 ANNA 吗?

只看到青草的女孩是如青草般地不解死亡,如青草般地新鲜、单纯;而看到墓碑的成年人却是如墓碑般冷峻,如墓碑般地洞晓一切。他也曾如 ANNA 般的纯真过,每个人都曾如 ANNA 般的纯真过。然而那么多的 ANNA 却已变成墓碑,冷冷地立在绿草旁边,眼中储满别样的冰冷气息。正如这个 ANNA 也会变成墓碑上的名字,我们每个人的纯真终会被埋葬;但也正如墓碑上的名字会被 ANNA 纯真的微笑所唤醒,我们每个人的纯真也都在记忆中永存——记忆中的女孩 ANNA,记忆中的稚气纯真!

他——成年人,沉思着,喟然轻叹:那虽在墓园中却不解死亡的长青绿草,那令人欣羡又令人叹息的稚气的 ANNA,那注定消失又永不消失的人类的纯真……

在这里,我们看到了两双眼睛。在女孩清澈透明的目光背后,是一个成年人的忧郁的注视。你感受到了女孩纯真幼稚的芬芳气息,但几乎同时,那双成年人的眼睛便把他的忧郁传给了你,于是女孩的纯真便被赋予了一种幽深的人生象征意味。

二

诗所写的是"记忆",ANNA 的一切自始至终都处于诗中之"我"的注视之下——这是诗中的双重视角。首尾两节以蒙太奇式的时空变换,突出了记忆的特征:由"我"的房间到 ANNA 的墓园,由此时到彼时;又由墓园到房间,由彼时到此时。而在中间两节则用逐级强化的否定句式,使双重视角在墓园之中同时叠现而出,形成意象反差极大的参比值,给人以生与死、短暂与永恒的人类生命的复杂情绪体验。

美学家苏珊·朗格曾说:"在文学里,词语'无''不''从不'等等,使用频繁,但它们所否定的内容,也因此被创造出来了。在诗歌里,只有对照,没有否定。"(见朗格《情感与形式》第 280 页)这首诗正是恰到好处地运用了否定句式,同时表现否定者和被否定者的双重功用,凸显了"我"和 ANNA 双重视角的迭现和对照。ANNA 的稚气在出现的同时，就与"我"的忧郁形成对照并为后者所否定，从而获得了一种更为深刻的力度。三、四两节，都是以一个长句否定 ANNA 之后，冷冷掷出一个短促的"我"的判断。长句中隐在 ANNA 背后的眼睛在这个短句中猛然闪现，使"ANNA"与墓碑的对立显得更加严峻，也使 ANNA 与成年人的比照显得更加鲜明。

ANNA 在看墓园，他也在看，当读者随着他的视角去看墓园中的 ANNA 时，ANNA 便幻化为一缕永不消失的记忆了。在这首诗中，居于主导地位的，不是女孩 ANNA，而是那个成年人怜惜而又无奈的忧郁的注视；而他对那久已消逝的情感的追忆，则是蕴蓄很深的人生体验与觉醒的高远境界。

三

要是我们再看那双忧郁的眼睛，那么墓园该笼罩着三重目光了。站在生命哲学的高度，对"ANNA""墓园"和诗中的"我"等隐喻形象作广深探寻，你会看到，在他的注视中，ANNA 终于化身于那许许多多的 ANNA 之中，只剩下了一个名字。ANNA 原本就只是一个名字，是我们每个人的名字。对诗人来说，正是如此，才把墓碑内外的故事连成一体，才和我们关于生命的体验隐隐约约地联系在一起，使我们思絮纷飞，不禁联想到：ANNA 会死去的，墓碑上有那么多 ANNA 名字；但 ANNA 非生非死，它会在呼吸之外做着梦，它会走进一个诗人的房间，衍生出许多 ANNA 的故事。

你看到了吗？静悄悄的墓地，草是青绿的。当一双透明的眼睛凝神而望的时候，一个个小精灵便飘然而出，又飘然散去，对人们讲述着墓园的故事。每当一个小精灵飘入诗人的梦乡，第二天，《记忆中的女孩》便翩然而至，所以，世界上将永远流传 ANNA 的名字……

1988 年 3 月，与张晓琴合写

〔附原诗〕

记忆中的女孩
——给 ANNA

深深地吸气　再闭上眼
你就来到我的房间
在夏日　荒草有歌曲的手指
和你的脚　一个静静墓园中的回忆

不　你别弯腰去看那墓碑
顽皮的我　和你一模一样的名字
别对她们低语　或者笑
那也曾被人记住的笑声

不不　那不是你
躺在上面晒太阳的青草地
一块九岁时织满了光的绿毯子
石头并不懂你热爱的一切

名字四散各处　像小小的风
来自你　又在你的呼吸之外做着梦
在不远的地下被忘却
或很远　走进这想你而你从未
来过的房间……

——原载《诗刊》1987 年第 6 期

孔孚山水诗的"空""妙"

一

从近几年新诗报刊、诗社、诗会及评奖活动的增长率来看，诗坛确实呈现着繁荣气象。但也有不少有识之士认为，新诗现状是繁而不荣。其疑虑之点主要在于：诗人们忙于扯旗称派，竞奇炫异，充斥着浮躁情绪，难以出现真正的警世、传世之作。

显然，孔孚不是那种时时想着轰动一时的人，也不是时尚的遑遑追逐者。自从他复归操觚以来，一直独自默默地探索着山水诗的奥秘。这十来年，诗人的形影是这样在我的心目中不断映现的：他双眉紧蹙，口角微哂，或悄悄登临云山极顶，或踽踽独行烟霞小径，既悠然承受天启，又穆然追索生机，一旦诗笔抖动而收停不住的时候，那正是哲思与美感相撞击而频频闪现无中生有、静以出动的感悟火花的最佳兴会机遇。

也许诗人作为自然之子，在大自然中陶冶得久了。也许诗人又作为时代之子，在中西文化的交汇中思考得久了。以至近几年他从山水的"清"韵中进一步探寻出山水的"灵"韵，在努力创辟另一自然、另一价值，让山水诗向"空""妙"的高度超升：

---

* 原载《黄河诗报》1989 年第 4 期。

> 站在分天岭上，
> 听白日太息。
> 草丛中一只纺织娘，
> 在纺线儿……
>
> ——《过分天岭》

被一种"游心太玄"的"俯仰自得"精神所驱动，诗人体悟到弥漫宇宙的忧愁，同时也觉察出生生不息的万物与人的内在生命力的异质同构关系。以至轻轻几笔点触，拓展了一种"其细无内，其大无外"（《管子·内业篇》）的自由寥廓的心理时空。

这里就包含着现代感与东方道学与禅思的融会，又通过语言的求隐求淡，升华到了不为物象所拘的虚静空灵、超然绝俗的"空""妙"境界。

二

我们窥视孔孚诗境拓展的心灵轨迹，关键在于把握住他对世界体认的方式与深度。如果说，开初留恋于山光水色的审美表象，诗人注重从现实向自然的透射，着力表现人与自然的感应契合中情性的衍化、感知的深化，甚至带点苦涩的人生反思与憧憬；那么，现在诗人多运用更加明慧的内视角，通过虚、静、空、无的"灵视"，去创造与宇宙、人生本原参会的意象，以激发心灵驰骛中涌起的深层活力。这样，就将幻化的自然与人类本体内涵的未知领域构成了诗人新的对象世界，并据以创造一种含蓄幽远、思致微妙的超然之美。

这其实是东方神秘主义的道家玄思的途径，是解脱了主客体束缚的"万物静观皆自得"的艺术飞跃。因为这里没有先验的思维模式，只有对宇宙、人生原初的沉思冥想所取得的神奇体验。正是基于此，诗人眼中的大海，不是人们通常看到的万顷波涛，而是在"风的手指"上或"月亮的情网"里掀动与筛落的生命之流和飘忽的灵韵（《海声》）；正是基于此,诗人印象中的泰山,不仅是高耸入云的五岳之尊,还深一层发现悬崖上看不见的"受伤的""鸟龙"在"吟啸"(《百丈崖听瀑》);并且预感到石笋"拔节的声音"延续到三千万年以后的巍峨奇观(《笋城》);尤其是当诗人登至黄山的"天都峰",凌驾于"大宇宙被雨占领"的狂放暴戾氛围之上,于冥冥中"俯视雷电",竟然发现"有婴儿啼哭……"(《登天都峰,值大雷雨》)

这里,冲开了时空界限,调动了通感兑换的最大自由,从宇宙生命的诞生、律动与各种情态,参悟人与天地谐和的浩瀚境界,从而取得一种亲近永恒的生命本体的心理补偿,并且笼罩着一些恍惚、杳渺乃至惊愕的色彩。

三

其实难以捉摸的恍惚、杳渺、惊愕,骨子里是会于心而讷于言的渊默。这又得益于禅宗的"知者不知"的思想修养。为此,诗人摒除了以窄狭的概念法则对宇宙万物的机械观照,淡化了物象和语义的审美中介作用,尽可能将人生的理想、志趣、欲望、冲动净化为"无迹可求"的淡泊与宁定。

由此可以推知,诗人何以对大海高山的声貌有这般独具慧眼的洞见,何以在"天都峰"上能够领略大自然阵痛中分娩的悲壮与崇高,何以那么敏感地触及大千世界澄明玄远的一切机密——

  闭着眼,
  他在笑。
  掌上放一片红叶,
  秋蹑手蹑脚。
        ——《秋日佛峪某佛前小立》

这诗表现了什么？是本心与现实世界的对应？还是禅宗"拈花微笑"的从容自适？抑或暗示无欲无求而又普照众生的肃穆与慈悲？一切显得扑朔迷离，任何诠释都是浅薄多余的，我们仿佛只能"蹑手蹑脚"地进入"自己消融在一切高尚优美事物之中的福慧境界"（黑格尔语）。

"知者不知"的丰富意蕴，更是通过"言者不言"的缄默方式得到酝酿生发的。诗人极其严格地运用"隐形""留白"和"不着一字"的手段，来锤炼他诗家语的矿金、蚌珠。试看他对《峨嵋月》的推敲提炼，就恪守他"一下笔就要节约二十行去"的规定，最后好不容易保留下这样三行——

蘸着冷雾，
为大峨写生。
从有到无……

让高天朗月施展其濡染"冷雾"的写生大手笔，既笼罩一切又孕育一切，终于焦思苦虑地得来"从有到无"的绝技，留一大片空白，一笔一笔地抹去了。"斜一飞檐，于空蒙中。／一老猿看画，／不知毛人……"（孔孚《谈提炼》，载《黄河诗报》1988年第2期）这确是"独特的覆盖法"，那万有之"无"，任凭你上下求索就是了。

"知者不知""言者不言"，导致了诗境的空灵玄妙。这更有助于发挥诗歌特有的魅力，从而增强宇宙意识的开拓、生命本体的感悟、人生真谛的透视和艺术直觉的把握。

四

如果孔孚诗境的"空妙"，仅仅承袭魏晋唐宋以来道释合流的文化余脉，紧步诗仙、诗佛们的后尘，在今日新诗潮的奔突中，是很难发生竞争力的。这里值得珍视的，是孔孚并不遁入无物无我的"空门"，而是以很宽广的现代视野,关注我们这个生机蓬勃的时代。如诗人所说:"既然打定主意写山水诗,我必得考虑和我们这个时代合拍。"诺言付诸实践,就体现为他诗作中现代意识的深切灌注和艺术技巧上多元化的中西交融。

诗人笔下的名胜古迹、风光物态,有不少是用现代人的感知与情怀,追回并激活了遥远的生命情趣的。如通过诗人的潜心观赏,从"轻轻的几声线条"调动起耳视目听的直觉联想,使霍去病墓前的石蛙跃然复活,它不但"鼓着眼,/看西汉的太阳",并且还颇具雅兴,"从八大山人的墨荷上,/跳到我的诗里来了!"(《蛙》)诗人对于仙境佛像,兴味甚浓,但灵感的触须,并不耽溺于世外的玄机妙语,而是大量串联着现实生活中的喜怒哀乐。像灵岩寺诸罗汉的塑像,有的"关着心底风云",有的"仿佛要说什么",有的"眼神也是苦的",有的似乎想"偷偷拨开山门"……禅机为诗笔点破,演示出栩栩如生的世态人情,"云何六根清净?"不无激动地指出真乃"反叛的一群"。诗人作为构思的契机或立意的制高点,还特别注意突出景物的悲剧氛围,以强化诗的深邃美与现实启迪性。例如太阳的冷漠,大海的寂苦,崂山的"斩云峰"使"云在哭泣"充满"一脸的愁容",相传岱庙内汉武帝手植的"汉柏"呈现一派"秋雨滴沥,/老泪纵横"的悲凉气象。本来是辉煌壮观的"泰山日出",却是很艰难地"冲出云围",烘托它的海水也"殷红"得"像血",以至于产生出"它受了伤么?/还是金矢的凯旋?"这样颇费思量的两难疑虑。

可见形形色色的"灵象",在孔孚的诗境中涌动着生命意志和内在冲突,饱含着现代人的凄怆和忧思。不难看出,当代文艺创作中的主体意识、忧患意识、文化生命意识、开拓超越意识等,已形成孔孚诗歌探索革新的思维合力,制约着他审美品格的本质特征与发展方向。

专就诗歌艺术技巧来看,孔孚立足于发展和创造,广泛摄取古今中外诗艺精华,以古典诗词的冲淡凝练为根基,融会进西方象征派、意象派的现代手法,自成泰戈尔式东方小诗的独特风格。这是诗人掌握住自然中和之美的"度",努力向纯净、简远、朴秀、清灵提高的结果。

总之,孔孚诗境的"空"实际是溶解了人间烟火气的蕴藉深远的

"第三自然";孔孚诗境的"妙",则是熔铸了古今中外的诗艺精华而显示出富于东方神秘特色的隐喻、象征。它的审美效应,不在于"阐释",也无须"体验",而主要是诉诸胸怀洒脱、心灵敏锐的颖悟。

五

把孔孚山水诗的"空""妙",放在当前诗歌创新的大潮中来考察,可在以下两方面注意其建树的开拓意义。

1. "空""妙"诗境,标志着东方美学精髓与现代诗的强力渗透互补,它沉浸于中国诗歌传统的海洋,然后跃出水面,攒足时代的活力,向更高的层面延伸升腾。这是不是预示着新诗创新的另一条可观的途径?

2. 当前"各领风骚三五年"的新诗坛上,继朦胧诗之后,又出现了第三代诗人的"后崛起",充满对生命体验的焦灼与躁动。孔孚的诗,不同于朦胧诗的委婉、沉郁和理性思索的参与,也有别于第三代诗的灵魂裸露、反讽戏谑和宣叙日常生活的琐碎心绪,而是着重通过情与景合、意与象通的艺术直觉,追求生命的净化高超和心灵的自由驰骋。这是不是增添了新诗创新的多向度与内在张力?

当然,孔孚山水诗的"空""妙",不能说已进入了完美无缺的"臻境""化境",还需要诗人攀附在更高的、更广博的文化艺术参照系上,继续作层楼更上、蹊径独辟的不懈努力。我相信诗人的自誓:"能活一天,总是要往前奔。"我虔诚地为之鼓掌加油!

1988 年 8 月

冬梅绽开万里春*

——记我省一次重要的诗歌活动

虽然正当冬寒季节，但精神的暖流隐隐震荡；虽然仍有寥落迹象，但希望的胚芽四处萌动……

那是"大跃进"过后、自然灾害的阴影尚未消退的1961年，中国作家协会山东省分会于11月至12月间组织了一次开拓视野、推动创新的诗歌活动。

这次诗歌活动，是以"喜看诗坛花更美"为主题的诗歌座谈会奏起开场序曲的。座谈会于11月8日举行，由苗得雨同志主持，在济南的部分诗人和评论工作者燕遇明、包干夫、阎一强、任远、邱勋、冯中一、韩贻源、高兰、张岐、冰夫等同志先后发了言。大家都以迎接时代春晖的喜悦心情开怀畅谈，就如何提高山东省诗歌创作质量，探讨了题材内容的拓宽、艺术技巧的提高、形式风格的多样以及加强诗人修养与诗歌评论等问题，并结合评析当时影响较大的燕遇明的叙事长诗、包干夫的抒情短诗、苗得雨的政治讽刺诗、阎一强和邱勋的农村风物诗，中间也提出了中肯的批评与建议。座谈内容，于当年12月号的《山东文学》上摘要发表。当时，举国上下正在贯彻"调整、巩固、充实、提高"的八字方针，在这大背景与总趋势下，对于保守徘徊的山东诗歌创作，无疑

---

* 原载山东省文联编《山东文坛纪事》，山东文艺出版社1989年版。

是深情的抚慰、有力的召唤。

　　座谈会激发了开一代新诗风的沉思与热情。于是，经过作协山东分会的筹划，在全省范围组织了诗人、诗评工作者近30人，于11月下旬齐赴泰安，用旅游参观的方式，进一步促进诗艺的切磋琢磨。由老诗人燕遇明带队，成员有高兰、孔林、苗得雨、安林、张岐、邱勋、符加雷、刘饶民、陈作诗、冯中一、马怀忠、章凯、乔立华等同志。吕书谦同志以泰安当地宣传部门负责人的身份，也热情参加、殷切照料（记忆不清，恕不能将全体成员一一列名）。

　　到泰安的第一项活动，是在岱庙招待所（东御座宾馆）继续举行诗歌创作问题讨论会。话题围绕着上次在济南涉及的重点，再作纵深探讨：关于扩大诗歌题材，批评了题材决定论的狭隘观点，提倡为满足人民精神生活多方面的需要，真正做到百花齐放、万紫千红。关于形式风格的多样化，强调样式不分高低，都能各施所长，纷呈异彩，必须充分发挥创作的个性特点，既重视雄伟壮丽，也欢迎小巧玲珑。关于提高艺术技巧，应当兼学古今中外、刻苦认真钻研，努力创新意、铸新词、求新韵，把诗写得有意味、有韵味、有趣味，产生内在的艺术魅力。讨论的一致倾向和主要收获，就是力求在更广阔的道路上发展提高诗的艺术水平。

　　接下来，大家为诗的自觉意识与历史责任感所驱动，把一系列读诗、访诗、写诗的活动安排在自然与社会的大课堂里，浸润在纯真的诗情与轻松的审美愉悦之中。各种诗歌朗诵会，结合着各自新作的品评会，知己三五的促膝谈心，也贯穿着构思体验的无私交流，驱车到徂徕山听大队支书讲革命起义的故事，步行到西埠前大队观察农副产品的辛勤经营……总之，随时随处都把纷至沓来的灵感捕捉住，凝结为清新的诗篇。

　　最后，作为这次活动的结束，进入登泰山即兴赋诗的高潮，让诗心在苍山与白云之间徜徉，使诗魂于嵯峨与飘逸之中升华。如燕遇明的《美松》、苗得雨的《追云》、孔林的《夜里，我漫步在山涧》，都在各自深厚功力的基础上，增加了一些灵秀之气，扩展了一些启发再创造的艺术境界。

现在回想这次诗歌活动，对于扭转标语口号的非诗倾向，焕发创作主体的青春活力，是及时的、卓有成效的，在山东省诗歌创作的发展进程中，留下了一笔闪光的重彩。

1989 年 2 月

话说八十年代诗坛*

——答《银河系》诗刊编者问

问：当八十年代即将成为历史之时，你宁愿怎样描述中国新诗在八十年代的发展轨迹？

答：八十年代的中国新诗坛，充满了浮躁和喧哗。就整个创作成绩来看，还没有孕育出公认的大诗人与不朽的杰作，但掀动了诗向本体复归的大趋势，焕发出多元多向、生机勃勃的新诗生长点。在全部新诗发展史上，是一次青春躁动期的冲击。

问：你对八十年代的中国诗坛有哪些最难忘的印象？

答：最难忘的印象，一次是关于朦胧诗的"雾中看花"的大争论，一次是1986年现代诗群体大展。在一片兴奋与困惑声中，前者对于开拓理论视野，后者对于体验创作的竞争机制，都是极富于刺激性和新鲜感的。

问：八十年代的中国诗坛究竟形成多元格局没有？你心目中的合理格局是怎样的？

答：尚不能说形成了多元格局。"各领风骚三五年"的躁进情绪，只能使人感到眼花缭乱，无法形成共存并荣的局面。合理的多元格局，首先应有个开放的文化背景和民主的舆论环境。在这一前提下，古典诗词、传统新诗、现代实验诗、新时期民歌唱词等，都拥有各自的阵地和群众，

---

* 原载《银河系》诗刊1989年4月号。

平等地开展自由竞争，以经受时间和群众的选择。随着建设社会主义物质文明与精神文明的需要，作为心灵的普遍艺术的诗歌，应普遍地繁盛起来，应自然地而不是人为地保持诗歌创作的生态平衡，特别要克服诗歌与群众疏离的状况。这里有一个重要条件，就是"二百"方针与"二为"方向的全面彻底贯彻。

问：你怎样看待诗歌的共振效应？

答：诗歌的全面共振效应，实际上是不存在的。天安门诗歌、悼念周总理诗歌、打倒"四人帮"后抚摸伤痕反思失误的名篇力作，能够取得全民性的强烈共鸣，那是以特定的政治背景为基础，以命运相关的事件为共同燃爆点的。在正常情况下，不同的文化教养、人生阅历、感应心态，总是呈现出多层次、多类型的审美品格。按照接受美学的观点，诗歌欣赏的完成，很大程度上有待于读者参与再创造，那就更需尊重仁者见仁、智者见智的弹性规律了。

问：你怎样评价"第三代"诗歌？

答：第三代人及其诗歌的产生，是有其历史的、文化的必然性的，从新诗发展史的角度来说，它带来新陈代谢的生机与活力。它对于新诗的贡献，主要是超越了朦胧诗，向前迈了两步：（一）对生命力的生长流动，作本真的深层的裸露，寻求一种内在的人格价值；（二）尽可能消除语言的文化积淀，追求"语感"还原，充分发挥语气、语象、语流的原始能动效用，把语言从"载体"地位，提到与感情、观念同等的"主体"地位上来。但是在创作实践中，属于第三代的正宗真品不多，轻佻的仿作、满不在乎的伪作却屡见不鲜。而且第三代也只是一个笼统的称呼，他们的诗学观和艺术倾向，也是流派纷呈、各有所宗的。我觉得目前这些青年诗人们，正处于喧嚣后的疲惫与反省的阶段，必会有更多的有志之士，进行深沉而又坚韧的总结和探索，由多向度的"分化"走向趋同性的"深化"。

问：你怎样估计八十年代后期的中国诗坛？近年诗坛总体而言是繁荣的，还是萧条的？在繁荣或萧条的背后有些什么值得思索的话题？

答：对于八十年代后期的中国诗坛，我同意"繁而不荣"的评估。繁，指形式上的花团锦簇；不荣，指实质上收获不大。但这提法不应降低这一时期对新诗发展所起的作用，可以说为九十年代诗歌的光辉景观，奠定了比较清醒和比较充分的思想艺术基础。

问：你怎样看待诗人的人格建设？

答："写诗的人比看诗的人多"，这是近年来流行的一句讽刺话。不管其是否符合实际，但在一定程度上反映了诗人过多、诗人贬值的现状。无论从正常意义上说，还是从纠正时弊上说，都应特别强调诗人人格建设的重要性。必须把诗人视为集智仁勇于一身的平凡的超人，确认"有第一等襟抱，第一等学识，斯有第一等真诗"（沈德潜语）的创作规律。为此，每一个献身于诗歌事业的人，要成为真诗人、大诗人，不能只讨一招一式之巧，只靠一朝一夕之功，而要下决心经历长期的、自觉的修养磨炼，直到化育出民族的智慧之魂，充沛着时代的灵秀之气。惠特曼不是冲涌着资本主义新生期的昂奋？泰戈尔不是凝聚着东方的睿智与渊默？

问：你怎样把握中国新诗在九十年代的走向？

答：参照本世纪西方诗歌的发展历程，借鉴台湾诗歌近几十年来的嬗变轨迹，我认为中国新诗九十年代的走向，将沿着螺旋上进的大循环圈，掀起新古典主义或现代现实主义的主潮。我想，它植根于丰厚的传统文化的土壤，又吸收包括现代派在内的世界诗歌的八面来风，既区别于西方新古典主义的重理性、重形式，又超越了东方传统诗美的单一和封闭，而自成富有现代中国特色的多元开放的诗美大体系。片言只语的表述，还是迷茫的。是否可从余光中、洛夫等人的探索踪迹中，选择起跑点，校正偏斜度，向缪斯圣殿的更深（文化哲学的）、更广（现实生活的）、更高（艺术技巧的）方面刻苦试验，锐意进取？

1989年4月1日

东方灵秀美的启示[*]

——孔孚诗歌研讨会开幕词

今天，在这九十年代第一春的美好时节，我们聚会于历史文化名城曲阜，隆重举行"孔孚诗歌研讨会"，感到意义是非同凡响，心情是格外振奋的！

这次会议共有 100 余人参加，气氛之热烈，场面之庄重，真是出人意料。贺敬之同志公务繁忙，也以诗友身份拨冗光临。许多全国著名的诗人、诗评家，克服了重重困难，不远千里前来以诗会友。这都给我们的研讨带来了生气，增添了光彩，真正形成了"群贤毕至"的盛会，形成了"畅叙友情"的雅聚。我谨代表各筹办单位，向到会诸位表示最真挚的感谢，最热诚的欢迎！

这次研讨会，是由孔孚同志工作过或有密切联系的 7 个单位（大众日报社、山东大学、山东师大、曲阜师大、曲阜市政府、济南市文联、黄河诗报社）联合举办的学术性研讨活动。会议的宗旨规定为：在党中央十三届四中、五中、六中全会精神指引下，掌握"二为"方向，贯彻"二百"方针，为弘扬民族文化，振兴诗歌艺术，围绕孔孚及其山水诗的审美创造，进行经验交流与学术探讨，借以促进新时期诗歌创作的健康

---

[*] "孔孚诗歌研讨会"于 1990 年 4 月 6 日举行开幕式，本文据当时开幕词修整而成，原载《山东师大学报》（社会科学版）1990 年第 4 期。

发展与繁荣。希望与会同志，都能扣紧这个中心，各抒己见，互相切磋，集思广益，共同提高。

　　孔孚同志在大众日报社工作30多年，业余长期从事诗歌创作。1979年后，调山东师大现代文学研究中心，致力于新诗发展史与创作理论的研究，现在已经离休。他从五十年代就蒙受政治上的不白之冤，大半生坎坷困顿，但是毫无怨尤，一心向党，热爱祖国，始终怀抱一颗赤子之心，坚持对诗歌真、善、美的追求。特别在山水诗的探索方面，从理论到实践，都有新的突破和独到造诣。他先后出版的诗集有《山水清音》和《山水灵音》，还有很快就要看到的第三本诗集《孔孚山水》，《孔孚山水诗选》也将于年内印出。同时他还发表了多篇卓有见地的诗歌评论，其评论结集《远龙之打》也将于近期出版。

　　对于孔孚新山水诗的评论研究，也成了诗坛上持续纵深开展的热门话题之一。较早的评论（1981年至1984年间）侧重对孔孚山水诗自然美的渊源、特征进行赏析，通过深入体察其短小精悍、玲珑剔透、清新自然、含蓄隽永的艺术特色，由情入理地感受其潜在的社会意义（如袁忠岳《孔孚山水诗的艺术特点和社会意义》，见《新文学论丛》1982年第3期；侯书良《漫谈孔孚的山水诗歌艺术》，见《山东文学》1984年第4期）。中期评论（1985年至1989年），无论从审美视野上或理论深度上，对孔孚山水诗的研究，都有了质的突破和量的增多：有的从孔孚把握自然与人生的艺术观上，序列化地探讨其自然美、艺术美、社会美的个性特征与内在联系（如袁忠岳《〈山水清音〉艺术谈》，见《黄河诗报》1985年第5—7期）；有的从文学史传统与现代诗美的宏观背景上，审视孔孚新山水诗所做的特殊贡献（如徐北文《孔孚山水诗及其在文学史中的地位》，见《东岳论丛》1989年第2期；朱德发《山魂、水魂、人魂——论孔孚诗歌的主体意识》，见《齐鲁学刊》1989年第5期）；有的则从文化哲学的积淀与东方空灵美学境界的高度，体验孔孚山水诗内蕴的生命、灵魂，探索其"求隐""无象""布虚"的诗美追求奥秘（如章亚昕《话说孔孚现象》，见《山东师大学报》1989年第2期；刘强

《抟虚宇宙：中国诗的文化走向》，见《当代文坛报》1989年第8、9期；伊洛《孔孚的诗——读〈山水灵音〉》，见《诗刊》1989年第4期）。近期的评论（1990年以后以及这次研讨会提交的一批论文），多提高到东方文化哲学层次，对孔孚山水诗进行多元、多向的精辟思考，甚至作出了对现代东方神秘主义流派的评估与预期（如王邵军《孔孚：领受天启的诗人》，刘强《大为——论孔孚峨嵋诗之"通""化"及其先觉意识》，袁忠岳《谁识孔孚诗中"趣"》等）。

总之，关于孔孚山水诗的卓越成就和深远影响，有两件事实是最有说服力的：其一是山东省首届泰山文艺奖（1989年），把诗歌一等奖的殊荣授予他。其二是1985年9月26日的纽约《美洲华侨日报》，几乎用了一个整版的篇幅，刊登长篇评介，称孔孚为"当今中国诗坛新山水诗派的祭酒"。

众所周知，我国八十年代的新诗，既有抒情主体的复归和艺术的自觉探求，也有多元无序、乱旗飞舞的现代化狂热躁动。恰如郑敏同志所概括的："这是一个令人焦急、兴奋、不解、恼怒的诗歌季节。"（见《自欺的"光明"与自溺的黑暗》，《诗刊》1988年第2期）就是在这种特殊的诗歌季节里，孔孚同志不骄不躁，默默地催化、成熟并奉献出了别具一格的新山水诗。现在大家都已经注意到，孔孚的这种山水诗，并不是轻描淡写的文字图画，而是从他的生命和灵魂中生长出来的智慧之花，放射出来的感悟之光。别看是轻轻拈来的片言只语，往往作为人与宇宙万物灵犀相通的深层感应和依托，创造了一个恬静和谐、俯仰自如的心灵境界，给人以无限深渺的兴会和启迪。对于孔孚山水诗这么精纯奥妙的魅力，前述各家的评论，都赋予了不同的审美概念。我想为了指向固定、理解统一、称谓便利，关于这种魅力，是否统称为"东方灵秀美"？我们这次研讨会，从广义上说，就是共同创造、共同接受孔孚山水诗的"东方灵秀美的启示"。

这种东方灵秀美的启示，是一个异常丰富而且变幻多姿的审美体系，怎样理出端绪，才能更容易地自觉悟入而又清醒把握呢？看来，至少应从以下三个方面,分立为审美观照的基本视角:(一)从诗学观上,识辨孔孚是怎样融会儒、道、释的文化精魂,给天人合一的传统理念以现代意识的渗透,来实现东方古典诗学和西方现代派诗潮的双重超越的?(二)从创作论上,体察孔孚是怎样使用"减法",沿着从有到无的参悟路径,创造"虚""空""无极"的艺术化境,以吸引读者取得象征意蕴的神遇与默契的?(三)从风格特色上,把握孔孚是怎样取"清"就"灵",力求在隐现和幻化中创造一种东方神韵的内在张力和精粹范型的?除这三种视角以外,当然也不排斥逆向思维,本着百家争鸣精神,对孔孚山水诗提出一些批评建议,以便孔孚扬长避短,共同总结成败得失、经验教训。

  我们研讨孔孚的山水诗,接受其东方灵秀美的启示,还必须更突出地抓住贯穿其中的活的灵魂,那就是孔孚虚心继承传统又精心创造传统的不断开拓创新精神。这些年来,孔孚山水诗之所以充满锐气与活力,能够常写常新,主要原因在于,把中国传统诗学中的静观、中和、旷达等美学准则,逐渐化为自己新诗肌体的原生质,同时又坚实地立足现实,放眼未来,不拘一格地批判吸收西方各种诗派诗风的丰富营养。试读他的登泰山组诗之四《天贶殿"启跸回銮图"下小立》:

    我挤进神群中去,
    均木然。

    蹭了两袖子色彩回来,
    一路蜂追蝶逐……

语言浅显又深奥,句式简易又多变,意象、韵味、境界感都是东方的、中国的,而突兀、跳脱、通感、隐喻等,不是多处闪烁舶来的意趣,它从总体境象到修辞末梢的立体感和流动性,都不露痕迹地呈示着中西合璧的一派灵动和清朗。但须注意,这并不是孔孚诗的多次重复的终结模式，如以后所写的《飞雪中远眺华不注》及有关峨嵋山的诗，都经历着各自不同的意象—灵象—大化的全息共振的升华。这里面是通过道孕其胎、儒生其心、禅助其趣的不同元素的调配和多种现代诗歌手法的嵌入，而发现、达成随宇宙万物变化的无穷奥妙的。孔孚的这种多思善变的艺术经验告诉我们，诗歌传统并不是历史大道旁的一座座肃穆的坟茔，而是永不凝固的滚滚向前的文化流程，它的生命就在于不断地吸取、创造，卷波扬涛，奔向浩瀚的艺术海洋。我们改革开放的新时代，也并不仅仅限于艺术的引进、追踪，在诗歌上为什么不能像惠特曼的豪放昂奋、泰戈尔的柔静渊默那样，向世界、向人类精神文化贡献一种东方灵秀美的诗魂诗艺？很希望在这次诗歌研讨中，就这些关系新诗命脉前途的根本性问题，取得正本清源的共识，产生多元催发的动力。

以上所谈，粗疏简陋，目的不在于说明什么问题，而在于表示我们的殷切希望。希望诗林高手、诗评大家，以及诗界的新军、新秀们，充分利用这次难得的机会，以诚相见，开怀畅谈，取得缪斯圣殿里一次历史性的圆满功果，达到会议预期的目标。

最后，预祝研讨会胜利成功！

祝诗友们精神愉快、身体健康、诗兴如潮！

祝孔孚同志诗意葱茏，在诗的"十八盘"上攀登，再攀登！

1990 年 5 月

致一位诗友的信[*]

××同志：

久未联系，不断想念。今读来信及诗稿，非常高兴。为诗集作序，一时还感到有压力。我手头上还有张维方、陈作诗等诗友的托嘱。我看你找宋遂良教授为好，他来得快，且在文学评论方面颇有影响。

经过多年编辑工作的锻炼，无论在思想上或文笔上，你都有了明显提高，已能独当一面，负起重任，可喜可贺。

我读了其中《汶河，我家乡的河》一首，写得感情深挚，景象清新，气韵流畅，如一气呵成的田园交响曲，从波光涛语中流溢出炽热的乡情，给人以深柔的美感与潜行的振奋力量。看出你写民歌的功底较宽厚，而且日臻凝练娴熟。从构思内容看，你的设想都得到了较好的体现。

近几年来，诗的审美尺度产生了较大的变化，要求多层次、多角度地开掘生活，题材要有新异性和更大的哲理内涵，结构讲求曲折和跨度，语言意象的生动性、暗示力也在锐意革新。当然，朴素清新的民歌风味，也是值得重视、发扬的风格流派，但也须充满新的时代气息和当前生活的睿智与节奏感。

---

* 原题《冯中一教授的信》，载周晓芳《早春集》，明天出版社1990年版。

顺便谈及这些，供你今后创作构思时参考。

我现在日趋衰老，许多事都力不从心，尚望多予谅解。

专此　顺祝

编安！

冯中一上

1990 年 5 月 30 日

迎接金色的曙光

——《当代中国青年诗选》序言[*]

诗，是最富有青春活力的艺术；诗人，是永葆青春的美的使者！我国八十年代接连涌起的新诗潮，就是青年诗人们热情、智慧和魄力的蓬勃显示。稍微具体一点说，兴盛于八十年代初期的朦胧诗，是经历十年动乱的青年诗人们，带着灵魂的擦伤，以内省精神与忧患意识吟唱出来的心灵之歌。它通过意象组合的多层次结构，展示了一种广阔奇妙的象征世界。勃发于八十年代中期的实验诗（或称第三代诗、先锋诗），则是改革开放时期涌现的青年诗群，怀着强烈的超越意识呐喊出来的生命之歌。他们主张写诗就是对人类原生状态的真切体验，必须大大咧咧地嵌入现实生活，不避美丑地裸露七情六欲，甚至潜意识层面的梦幻与荒诞。

对两大诗潮的频频冲击，不管如何评价其功过得失，都要承认它们已经导致了传统诗学观、创作规范与欣赏习惯的困惑与裂变，使冷漠板滞的诗坛激发起对"人"的关注，强化了艺术开放的势头，掀起了新诗发展史上罕见的青春躁动期的冲撞和跃进。

如同大海有潮有汐，巨浪有峰有谷，进入八十年代末期，喧嚣一时的诗潮逐渐平静下来，在进行阵痛后的反思和多向度的选择。这一时期被视为低谷、沉默或徘徊，很容易为一般人叹惋而且忽视。实不然，大

---

[*] 夏雨主编：《当代中国青年诗选》，山东文艺出版社 1991 年版。

量历经磨难的青年诗人们，仍然对诗满怀宗教般的虔诚，背起缪斯的十字架，踏上了冒险犯难的旅程——有的坚持着"诗到语言为止"的探索，有的执着于"麦地"系列的悲悯与超悟，有的精细梳理新古典主义的古今血脉，有的潜沉于东方神秘主义的无极兴会，也有的为中西诗美的双重超越而奉献出"脚趾已在古老的土中绵延出根须，翅膀仍向现代的天空扑打"的无限愚忠（陕西蓝星现代诗创作研究会的自白，见《诗歌报》月刊1990年第1、2期合刊）。总之，公认的诗歌低潮阶段，矢志不移的青年诗歌大军，在沉默中汇聚为地下岩浆的奔突，也许将创化更为惊人的辉煌景观。

对新诗命运颇具敏感的青年诗人夏雨，煞费苦心地征集编选了这本《当代中国青年诗选》。他的录像镜头，没有投向新诗潮峥嵘崛起的闪光部位，却定格在1989年以来退潮的时间段上。而且入选作品的诗人，除少数知名且比较成熟者以外（如马丽华、唐亚平、车前子、曲近、翟永明等），其余多为初露锋芒的新手。这种不趋炎附势、不攀高媚世的态度，看来未免迂拘呆钝，实际结合前述诗史内质的逆向增值来考虑，这编选确实别具慧眼，另有独到的开拓和积极的启示意义。

正如这本选集几个分辑的标题所揭示，"深情的热土""盗火者之歌""青春风景线"等，表明编选者相当注重民族的现实的真诚思念与向往、心灵创造自由度的张扬与开拓，以及富有青年锐气的艺术创新等诸多方面。所以我们一接触这些纯情、智慧、潇洒、玲珑的诗歌珠玑，立刻感到与以前高潮期的某些"精神梦游综合征""诗无赖的胡折腾"有着鲜明的反差，诗感是醇正的，诗风是谨严的。其中有的尽管是心灵深处的震颤或窃窃私语，也与新时代的脉搏、传统文化的积淀保持着紧密而微妙的联系；有的尽管受灵感的驱遣，运用了背离语言常规的陌生化笔法，也能在语言流动的情绪"场"内划出模糊体验的一些线索。于此，我们高兴地看到，"诗是个体精神世界的独立显现，同时又是时代风采的折光"这一美学准则，已成为一种无形的制约因素，贯彻浸润在当代青年求真、求新、求深的诗歌创作实践中。

这本选集由于是一个普通诗歌爱好者对全国诗友新作的广采博收，再加以平等的不拘一格的诚实集纳，便自然促成了艺术上多元交融的优势。从朦胧诗的意象密集和大跨度跃动，到实验诗的反讽、荒诞和"口语化"的本色还原，从传统新诗的精练、和谐、流动美，到古今中外各种诗体的象、趣、味，都经过民族化、现代化的认真检验和处理，熔炼成诗歌合金新元素。试读路也《怀念一条街》的第一节：

那条街容纳我一生的憧憬/那条街已成为秋天/我远远地想着它/想着临街的窗口/走过马车铃稀少而晴朗的温柔/梧桐树在阳光里站成一种习惯/李商隐的青鸟啄食街墙上思念的青苔/咖啡屋永远不会煮沸/天空寂远如古城的飞檐

这样"一条街"，并非叙写某一场所实体，而是作为一种开放性象征隐喻，用以聚拢并激活一段美好而凄苦的热恋情结的怀念。"秋天"的静美，"马车铃""梧桐树"的幽雅与萧瑟韵味，"青鸟""青苔"与"咖啡屋"等暗示的时空距离与不协调的深远感，构成了散点透视的复杂心理流程。虽然表层意象毫无逻辑联系，但那横贯终生的珍惜、沉哀，足够你恒久体验和展开二度创造。下面再看一首南峰的爱情短诗《怨》：

你是一只小狐狸/是小狐狸/为什么不到月光下玩/偏偏选在我的瞳仁里/做窝/做窝了/为什么不静静地安眠/又偏偏要进进出出/害得我/整夜整夜/合不拢眼

儿歌的清新活脱，镶嵌住拟喻的新奇幽俏；轻松飘来的天真氛围，隐约烘托出委婉的嘲讽意味。将一股少女的纯挚尤怨，在嗔怪与爱的矛盾中、苦后寓甜的张力下，表达得淋漓而未尽致，简易而更传神。然而，它原本就是这么有限的平白如话的一串语符，似乎无意间触动了爱情信息元的心理键钮呵！

　　读罢《诗选》，掩卷以思，除感到了一种美化心灵、彻悟人生的亲和效用外，还不能不联想到诗坛的现状和青年诗人的职责，更加清醒地认识到了作为跨世纪的诗歌新生代的特殊使命。为了他们能"把一代精神，赋以活的呼吸，吹向来世"（公木先生语），恳切希望克服急功近利，防止浮躁轻狂，努力培养百川汇海集大成的谦虚敬畏胸怀，做到继承优秀的诗歌传统，吸取一切诗艺创新的有益经验，使自己尽快地走向大诗人、大手笔的渊博和成熟。特别要有"十年磨一剑"的苦练精神，既勇于献身，又耐得寂寞，越在挫折、困难中越要激励斗志，焕发诗才。

　　《星星》诗刊编辑在"卷首语"中提出的一段忠告，更有针对性，顺便抄来共勉：

　　　　一位伟大人物说过：青年最肯学习，最少保守思想。这无疑是正确的。回顾近年来某些青年诗人的创作道路，我们也希望青年诗人明白：自视"先锋"，热衷"新潮"，不善于向传统学习，听不进不同意见，特别是爱用"流派"和"一家之言"来拒绝向不同艺术观点的人学习，也许是不少青年诗人难成大器的原因。——摘自《星星》诗刊1990年9月号

　　夜的雷阵雨已滚滚远去，留下的是一片寂静、苍凉……但不会太久，就从深深的静谧中迎来特别清新爽朗的黎明！置身于新诗潮激荡嬗变的历史气象里，审视《当代中国青年诗选》的地位和审美取向，借以鼓励青年诗人们自重自强，积极谱写21世纪的社会主义迎春曲，是必要的、有益的。让我们以缪斯的名义，沉思过去，翘望未来，激情沸扬地迎接中国当代新诗的金色曙光！

1991年3月

呼唤齐鲁新诗风[*]

山东，拥有悠久而灿烂的历史文化，也拥有悠久而灿烂的诗歌传统。我们全民族的诗仙、诗圣、诗杰，在这块浩渺的土地上留下的高歌与低吟，散发着激活我们的国魂和诗魂的永恒魅力。在这里孕育的辛稼轩的"豪放"、李清照的"婉约"、王渔洋的"神韵"，至今还是影响诗歌艺术思维的不朽风范。

我们为受到这东方特有的诗艺传统的熏陶而倍感自豪，同时也为继承、弘扬这一诗艺传统而深感任重道远。

环顾当今我们的齐鲁诗坛，值得庆幸的是，经过八十年代的喧哗躁动，经过八九十年代之交的反思徘徊，没有受玄奥、怪诞、晦涩的现代诗潮的侵扰，保持着稳健创新的势头。所以，一种质朴、纯真、清朗的新诗风，在逐渐显现出来。这种齐鲁新诗风，仍是变幻多姿、因人而异的，并非审美意识的单调划一和艺术风格的趋同守旧。

这一印象，从1991年第3期《黄河诗报》纪念中共诞生七十周年征文专栏所载的几十首诗就可豹窥一斑，让我们了解正在酝酿成型中的齐鲁新诗风的特质和神采。这些诗篇，古体诗与新体诗互相辉映，发挥了表现现实革命题材的艺术感染力：有庄重复沓的长行赋体，有整散自如

---

[*] 此文据手稿录入，系冯中一先生在山东省作家协会举办的诗歌创作座谈会上的发言。

的现代格律体和自由体，也有民歌韵味和新式小令的诗歌短调。在思维结构、表现方法、语言风格等方面，更是丰姿繁彩，各有千秋：直抒胸臆的、淋漓渲染的、托物兴怀的、象征暗示的、悄声细语的。千种笔墨万般情，通过或昂扬、或深沉、或幽远、或恬静的情趣，开启了我们关于革命风云的历史情怀，鼓舞了我们在党的旗帜下再展宏图的理想信念。

当然，以上仅是个人约略的（甚至是模糊的）感觉印象，至于有无齐鲁新诗风，这种新诗风应该怎样概括评估，需要有更多的评论家深入研究、更多的诗人自觉张扬。但是对近来诗歌创作中值得重视的共同经验，或者说都在注意用力的环节，在此不揣浅陋地提出几点，请予思考、教正。

一 嵌入生活，拥抱时代

前些年的朦胧诗，强调诗的自我复归，是带着灵魂的擦伤，吟唱出来的心灵之歌；稍后几年的实验诗（或称第三代诗），突出诗的生命体验，是怀着强烈的超越意识，呐喊出来的生命之歌。经受这现代诗潮的频频冲击，激发起对"人"的关注，增强了艺术上极度开放的探索。但也导致了传统诗学观与创作规范的破坏，造成诗与社会、与群众的严重疏离（对其全部得失，在此恕不详析）。

这期间山东省发表与出版的大多数诗作，基本上坚持了传统的现实主义诗学观，多是通过诗人真诚火热的诗心，开掘生活中亲切而珍贵的感受，闪射出时代精神的光芒。《黄河诗报》1991年第3期征文专栏的作品，写历史事件，颂英雄品格，抒革命情怀，自不必说。即使是点染景物、吟味爱情和独抒性灵之作，也没有虚无缥缈的假象和离奇荒诞的梦呓，而是与新时代的脉搏、传统文化的积淀保持着紧密而微妙的联系，能在大家熟悉的生活事物中，发现奥秘，找到感悟的共振点。

山东省的几位诗歌大手笔和才华横溢的许多中青年诗人的成功之作，包括山东文艺出版社陆续出版的"袖珍诗丛"和"东方诗卷丛书"等，都是以嵌入生活、拥抱时代为主导倾向。使我们高兴地看到,"诗是个体精神世界的独立显现,同时又是时代风采的折光"这一美学准则,正普遍贯彻在我们求真、求新、求深的诗歌创作实践中。

二 扎根传统,多元交融

随着物质文明的迅速发展,人们的思维结构和审美标准,总是倾向于立体、流动、多元化的选择。作为最灵敏的"心语"的诗歌,必然要在艺术技巧上寻求日新月异、出奇制胜的效果。就山东省诗歌创新的倾向来看,是妥善地掌握了艺术上继承与革新的辩证关系,既稳重严肃,又积极开放,可用立意上"扎根传统"和手法上"多元交融"来简括表述。

如果把《黄河诗报》1991年第3期上的征文专栏作个窗口,我们可以看到:每首诗都贯穿比较严整的构思意图;结构与意象组接虽有跳跃、撞击,但注意保持一定的心理转换过程;对于推进诗思的景物契机、意念契机,则尽量糅合民族文化和群众智慧的点拨因素。因而那"无畏、坚定和忠贞立起"的陕甘宁边区、那"留下敬礼,走进阳光"的延安意象、那"在太阳执勤的岗位上,日日夜夜走过的"陈毅将军的《梅岭三章》,都在鲜明易懂的思路中,穿插以假想性、幻想性的象征意蕴,体现为一种单纯中多变幻的意境,展示出深邃的体味不尽的情思张力。××同志过去吟咏过许多精美的田野牧歌,现在也发挥较深的思辨性,调动感觉的蒙太奇的跨越结构,开拓一种咫尺千里的诗意空间。他那歌颂杨靖宇将军的《信念》,三小节六句诗:"枪膛里已没有子弹/敌人还不敢靠前//剖开你的肠胃/尽是树皮、草根、棉团//刽子手也颤抖了/面对一个信念!"斩钉截铁的力度,气吞山河的豪气,是多么令人肃然起敬而又思绪滔滔啊!

总之,传统诗的精练、和谐、流动美,新潮诗的隐喻、暗示、立体化,乃至古今中外多种诗体的象、趣、味,都广采博收,给予民族化、现代化的融合创作,在语言流动的变幻无穷的情绪"场"内,使读者感到鲜明可读而又新意盎然，正是山东省诗歌创新所努力以求的。同时警惕陷入纯主观、非理性的小天地，绝不可玩"诗"丧志，写那些连自己也不知所云的天书咒符。

三　强化形式意味和音乐美

韵律之于诗，是其血脉与生命，绝不能丢弃。古今中外的不朽诗篇，大都是在吟咏中诞生，又通过吟咏而获得深入人心、穿越时空的永恒生命力的。所以有人说，诗歌是最讲究形式意味的艺术，具有绘形绘声的特殊微妙的表现力。时至今日，由于生活速度加快和人们思想感情的复杂化，新诗要改革僵化的形式格律，寻求更富有抒情流动感的内在旋律，也是必然趋势。

山东省的诗歌创作，是注重形式的活泼整齐和语言的精练和谐的。诗中语汇大都新而不怪，清浅有味；不刻意寻求节奏韵律，而体现着"诗情流"的内在激荡回环；民歌的纯朴悠扬、现代格律诗的结构造型，也不时给人以难忘的触动。如"征文专栏"中的诗歌《毛泽东》《吟》等作品。

慷慨的任气，磊落的使才，一种气势，推动着才情，从而把诗写成心灵化旋律，呈现其他艺术难以呈现的内心世界，使人在"心弦的交感共鸣"中获得千言万语难以说透的精微感悟。我们的诗歌创作都是自觉遵循这一规律，所以才能取得这样令人感动的艺术效果。

以上三点经验，或称审美追求，我认为是齐鲁新诗风的灵魂和神采，是值得共同重视，有待于深化和提高的。或许，我受素养水平的限制，所述浮浅偏颇，在这里仅作为一种不够成熟的期求和呼唤提出来，请专家、诗人们批评指正，促使山东省的诗歌创作在"双百"方针和"二为"方向指引下，从诗歌的民族传统基座上展翅腾飞！

1991 年 6 月 16 日

开创黄河诗派　弘扬齐鲁诗风[*]

——《黄河诗报》1992年第1期阅读札记

我是《黄河诗报》的老读者，自创刊以来，几乎每期必读。拿到今年第1期，和过去相联系，做前后比较，有些问题可能感受得更突出、更深刻一些。把诸多感受梳理起来，我认为可集中为最本质的一点，就是它始终不渝地致力于：开创黄河诗派，弘扬齐鲁诗风。

当然，一个诗歌刊物称"派"树"风"，不能单调划一，机械趋向，仍然要在"二为"方向、"二百"方针指引下，形成多样统一的交响乐、五彩缤纷的大花园。我认为《黄河诗报》是这样努力了，它经历诗坛上八十年代的喧哗骚动、九十年代初的反思徘徊，没受玄奥、怪诞、晦涩的某些新诗潮的侵扰，而以传统诗歌的民族特色、地方风情为根基，多方面吸取现代派诗歌中的立体化、快节奏的思维方式和表现手法，逐渐形成一种质朴、纯真、清朗的审美趋势。

质朴、纯真、清朗的趋势，不是一种凝固的终结形态，而是日就月将、不断成熟的过程。这一期的《黄河诗报》，作为过程中的一步、一台阶，可以窥视到几个特点。

---

[*] 原载《黄河诗报》1992年第3期。

一 嵌入生活，拥抱时代

好诗是心灵之鸟，应飞进千万人的心灵中"筑巢"。要写出好诗，诗人必须以自己真诚火热的诗心，开掘生活中亲切而珍贵的感受，闪射出时代精神的光芒。以此审视这期刊物，多数诗篇都是贯彻了"嵌入生活，拥抱时代"这一准则的。

怀乡感物之作，如《季节的印痕》《这是一个不冷的冬天》《旧地故我》《乡情》《乡土的春恋》《鸟声落满的村庄》等，以浓郁的乡野气息，牵动我们忧与喜的记忆，激发我们爱与恨的思潮。记游记事的小品，如《五月五日怀念屈原》《听雨》《深夜闻笛声》《斗羊》《济南行》《龙洞三绝》等，因景生情，触机兴怀，仿佛旋转起人生的万花筒，那么多熟悉而又奇异的事物，撩拨起绵绵的忧患意识、悠悠的深思遐想。即便是比较空灵的偶感诗、拟物诗，如《独白》《鹰、莺、鹦》《另一种情感》《春江花月夜》《追随太阳的月亮》《红帆》等，也没有白日的梦呓和理性的荒诞，大多如灵魂的洗涤剂、情操的营养液，在一种心理的熨帖感中，获得"润物细无声"的陶冶、启示。

所有上述诗篇，由于是产生于改革开放的时代背景下，孕育于祥和睿智的文学哲学氛围中，所以如新花朵朵映朝日，都能从不同的生活侧面和心灵层次，表露时代的风采、神韵与勃勃生机。"诗是个体精神世界的独立显现，同时又是时代风采的折光"这一美学原则，得到了比较完美的体现。

二 扎根传统，多元交融

从这一期刊出的诗篇看，诗学观、创作方法、艺术风格，绝大多数是遵从古典诗歌和民歌的现实主义传统，在民族文化与群众智慧的深厚基础上，吸收多种多样的现代手法，较好地掌握了继承与革新的辩证发展规律，从而写得新而不怪、奇而不诡，在易读耐吟中不时有一些触目惊心的闪光语境和深奥意蕴吸引你饶有兴味地去探寻、去体验。

这期诗刊中，无论是朦胧曲折的《相爱的季节》《圣原》，或清浅朴素的《看戏杂记》《鼓子秧歌》等，每首都贯穿着完整的构思意图，绝非一团意念的乱麻。结构与意象有跳跃和撞击，但都保持着心理转换的轨迹。对那些拓展诗思的景物契机、想象突破口，则尽量贴近民族文化和欣赏习惯，以通向心理时空的无限超越。

对于当前的新诗，不是都说难懂吗？不是都认为无味吗？希望《黄河诗报》进一步强化这种扎根传统、多元交融的审美意识，通过精筛细选，巧编妙排，使传统诗的精练、和谐、流动美，新潮诗的幻觉、隐喻、抽象化，乃至古今中外各种诗体的象、趣、味，都在这块诗歌园地上，得到推陈出新的创造性实验。那种狂妄孤傲、连自己也不知所云的天书、咒符，则应坚决排斥，不容鱼目混珠。

三　注重形式意味和音乐美

诗是最讲究形式意味的，具有绘形绘声的独特的音乐美。它只有在看得见、摸得着的感情流韵中，才能借助于吟咏，产生源源不竭、悠悠无尽的魅力。当然时至今日，由于生活节奏的加快，人们思想感情的复杂化，新诗也须改革僵化的形式格律，寻求更繁复多变、更有力度的内在律，也是必然趋势。

这一期的多数诗篇，语调清浅，形式活泼，也时有民歌的纯朴悠扬和现代诗的错落造型，给人以清爽的、回环的、沉郁的种种不同节奏的愉悦感。《看戏杂记》中的四首诗，看出是把提炼深化内容与推敲经营形式紧密结合起来，在恬吟密咏中来骋情展意的，所以可读性强，耐人寻味。还有那首《鹰》："风/只是你的半个同盟/风停了你依然遨游飞行//云/只是你的半个见证/云散了你仍是展翅纵横//虹/只是你的半个憧憬/飞过虹你潇洒在九重天庭//鹰呀鹰/有你的身影耕耘/蓝天才结出果实——日月星"，疏朗跳动的行款，庄重抑扬的和声，递进变幻的语象，有机构成了诗的境界，确能令人在"心弦"的交感共鸣中，获得千言万语也难说透的淋漓兴会与深远感悟呵！

如果每期刊物都能这样推出几首精深多变的诗歌"时装"，将是富有实际的建树意义的。

另外，近几期刊物的封二、封三，以照片、简历的醒目方式介绍齐鲁诗坛上的佼佼者，是有积极影响的，盼望坚持下去。这期评论文章，分量不够，不是配合内容有计划地组稿，亟待改进。

1992 年 3 月 20 日

创造性的研究　规范化的导向[*]

——《毛泽东诗词史诗论》出版座谈会上的发言

在我们这个泱泱诗歌大国里，彪炳史册的诗章很多很多，像繁星一样灿烂恒久地辉映在华夏的高空。而毛泽东诗词，从她辉煌的思想内容和艺术特色来看，可称为编列其中的显要珍宝，也就是说，她是当之无愧的不朽的史诗！

马连礼同志主编的《毛泽东诗词史诗论》，正是从我国革命历史的宏观高度，对毛主席诗词进行了深广的研究，向我们提供了一部学习毛主席诗词思想艺术精华的集大成式的著作。

今天能参加这样的盛会，我是感到非常荣幸的，也是难得的学习机会，可以聆听专家学者们的高见。由于自己学疏才浅，再加对这部著作还未能仔细研读，若让我发言，只能对这部史诗论的编写特点和今天出版这部著作的现实意义，谈点极浮面的体会。

首先，从这部史诗论的编写构思来看，是经过深思熟虑的，具有创造性。编写的着眼点高，力求从革命风云与诗歌神韵的有机结合上展开对诗词历史全景式的透视与概括，比较充分地显示了毛主席诗词作为毛泽东思想的伟大实践与艺术结晶的崇高品位。

---

[*] 此文据冯中一先生手稿录入。

著作开端,有连礼同志所写的长篇"序论"。这篇"序论",从中共的创建到实施社会主义革命和建设的宏伟蓝图,以这半个多世纪的战斗历程为主线,再把有关诗词的背景、事件和情思作连贯生动的穿插描述,从而通过红线串珠的逻辑网络,完成了"以史明诗"和"以诗证史"的形象化论证任务。这篇"序论"气势通畅、条理谨严、史料翔实、文采丰美,为全书的"史论品格"铺设了思路框架,奠定了基础主调。

著作的中心内容分四个历史时期(中国共产党创立和大革命时期、土地革命和抗日战争时期、解放战争时期、社会主义革命和建设时期)排列组合,每一时期先由简括的"概论"开路,然后在总揽各阶段历史风云变幻的全局下,按有关诗词的特色分列出写貌传神的赏析性标题,从而诗化地连缀起了中国革命的光辉历程。中间有每一首诗词的原文和简要注释及赏析文字,分层次有节奏地指引读者身临其境,进入一个个意境恢宏、浮想联翩、韵味无穷的艺术境界。

这样纲举目张又一气呵成的编排格局,有别于过去毛主席诗词注释讲解本的分散罗列,也不同于理论研讨本的抽象空疏,而能扣紧历史的脉络走向,凸显诗意的特写镜头,做到了点面结合、情理相生,让读者在令人神往的欣赏中受到了革命现代史的教育,受到了毛泽东思想的熏陶。尽管书中个别章节或某些提法还有不够平衡、协调的弱点,但在众多研究毛主席诗词的著作中,确有自己的独特面貌和建树,为这方面的研究再上一个台阶做出了突破性的贡献。

其次,就这部著作在今天出版发行的意义来看,将会在新诗发展道路上发挥规范化的导向作用。特别对目前处于浮躁、迷惑和反思中的新诗创作,具有如何弘扬社会主义主旋律的积极启示。

众所周知,八十年代的新诗坛上曾涌起喧哗躁动的探索风气和换代热潮,许多以先锋自居的诗人匆忙地仿效西方各种现代流派的手法,追求非英雄、内宇宙、潜意识、荒诞感,实行了对中国诗歌传统的大冲撞。当然,我们不能无视这种诗风所以兴起的客观必然因素,也不能武断贬斥为是诗人无聊的胡折腾，但这样的诗坛现状，使诗歌脱离现实、背离人民。出现了大量生硬晦涩的文字游戏，不但广大读者看不懂，连诗人自己也莫名其妙，只能故作高深地以"一种情绪""一种氛围""一种原始生命的呼吸与冲动"来搪塞读者。无论怎么说，诗坛的这种"孤独症""自我纵欲症"，不是正常的健康发展的气象。

事实上，八十年代末直到现在，新诗创作已进入了狂热过后的疲惫和反思的状态，在创作上和评论上正在酝酿着新的历史条件下现实主义的复归。而且古典诗词日趋兴旺，新乡土诗也在蓬勃发展，这说明诗的自律自强精神总是生生不息、不可逆转的。

在这新诗徘徊转折的历史关头，《毛泽东诗词史诗论》的出版，对于重温被冷落过的毛泽东文艺思想，运用这种文艺思想在诗词中所展示的规律、准则，来克服当前新诗创作中的混乱现象，正是补偏救弊的及时雨。例如：紧紧围绕时代中心，表现人民群众的创造精神、英雄气概；贯彻革命现实主义与革命浪漫主义相结合的原则，在刻画典型的现实情景中抒发革命乐观主义的高昂情怀；注重吸取古典诗歌和民歌的营养，在坚持中国作风、中国气派的基础上加强艺术的多元交融；强调诗的形象思维，充分遵循诗歌的艺术规律；以严谨的艺术态度和高度的责任感，在诗的形式、语言、技巧上精益求精力求创新，等等。当然，这只是举例，远不能包括毛主席诗词中的丰富价值和这部史诗论作者所作出的精辟分析。总之，《毛泽东诗词史诗论》的出版，对于激励诗人投身于社会主义现代化建设的现实，加强新诗中黄钟大吕的时代强音，以诗歌艺术振奋民族精神，正是对症下药。

基于上述认识，我衷心祝愿史诗论的研究成果发挥出深广的社会效益；祝愿主席诗词的风范进一步发扬光大、耀古腾今，成为开一代社会主义新诗风的艺术典范。从而让诗歌这种高层次的抒情艺术既提高又普及，在改革开放的兴隆大业中担负起重建民族精神的艺术使命。

1992 年 5 月 23 日

预言自己

——《我们笑在最后》序言*

这些人，在这里相逢。他们中有诗人，也有写诗的人。他们都是今天的布衣平民。他们出版这本诗集在于自己预言自己：我们将笑在最后。

这些人，各自经历自我人生，但，凡这样的人都有一个共同点，那就是都能时时敏感到自己"被迷失"。为了寻找自己，他们各自借助于自己的诗。他们是因诗相逢。"是故无贵无贱，无长无少"，诗之所存，人之所存也。"身无彩凤双飞翼，心有灵犀一点通"——是诗的"灵犀"把他们连在了一起。

然而，一旦进入诗的疆域，他们便立刻又有这样两个发现：一是自己正经历今天中国的一种平民文学创作大潮，而今天的平民文学创作已区别于过去"业余作者"的写作，自己笔下所写出的有时已可以是文学本身。二是就诗来讲，中国的新诗正经历着它的现代运动，在这些年里，新诗的现代运动在经历了"朦胧诗""第三代诗"之后，正以一种前后"中和"的合成形式推向一个新阶段。中国的现代派诗将选择它的和谐和成熟，这要经历沉默和混乱的过程，在这个过程中，中国的现代诗运动主要还是为新诗的发展积累属于现代意识的审美经验。今天，作为一个平民，自己的"诗经历"正好切中在这样一个坐标上——中国平民文学

---

* 朱多锦主编：《我们笑在最后——中国平民文学创作大潮诗卷》，金陵书社出版公司1992年版。

的创作追求和中国现代诗运动的相交点。这为平民诗的成长提供的是一个广阔的活背景。这样，或许会成长起一批真正的平民诗人。

这些人，有的已有了"朦胧诗""第三代诗"的经历；有的只有"第三代诗"的经历；有的原属传统诗派，后来才使自己有了关于现代诗派的诗意识。同时，还应当说，这些人各自的"诗经历"，有的是自觉的，有的是盲目的。不管怎么说，他们一旦成为"诗的人"，就一方面各自写着自己的诗，一方面让自己经历自己的"诗经历"。他们各自的幸运，不在于自己的诗成就有多大（对于他们中的大多数人来说，甚至始终谈不上什么诗的成就），只在于能在社会大变革的今天选择了"诗经历的方式"而生活。

作为一个平民，自己的诗虽然很难发表，但这已是自己在写诗和写自己，在世上，没有比这更可以"自我实现"了，而人世间唯有"自我实现"才能使人感到自己具有价值。

任何一种经历都是一种收获。他们珍惜的是自己的"诗经历"本身。自己的"诗经历"越长，那收获便越辉煌。不管各自是怎样踏上诗路的，每个人在让诗经历着自己和自己经历着诗的诗路上，必将笑在最后！人生的幸运就看谁笑在最后！

"路漫漫其修远兮，吾将上下而求索"……

他们脚下的路都是艰苦、自寻的。他们都靠自己走自己的路。"凡事有兴废，诗名无古今"。他们相信自己会笑在最后。各自的"诗经历"便是他们各自的一切。他们情感最富有，命运最幸运，因为他们都已可以自己写诗、写自己的诗和写自己。他们在经历自己的"诗经历"，别人没有的，他们这些人都会有……

为了表现自己的"诗经历"，在这本诗集里，在每个人的诗后面都附有自己的一篇小传，这便是"诗经历"。不读诗的，可以读"诗经历"。

他们在这里相逢。同是天下为诗人，"相逢何必曾相识"。让他们的诗预言自己吧，让他们的预言去迎朝日、纳长虹吧！

1992 年 10 月 23 日

好诗的基本品格*

——致一位诗歌习作者

为写诗,你百折不挠,孜孜探索。这种对美的奉献精神,是难能可贵,值得尊敬的。

但你近来的诗作,因求新而流于怪异,力求深而陷入晦涩。如写《塔》,在有关景象中,增添了许多"抽烟""吐云""嘶吼""嚎哭"的情态,显得矫揉造作,缺乏诗的真诚。再如写《运河》,开头两句是"逆一切河流/剖开中原",颇有气势,但接下来穿凿以"雕龙的木质毒菌""一注酸泪""几个王朝的剑冷血涩"等密集意象,打算用以扩大诗意空间,实则荆棘丛生,令人的阅读举步维艰。

其实,一首好诗,是诗人主体人格智慧的艺术体现,它必须来自诗人亲切的生活感受、心灵体验,从而吐露出关煞不住的真情和深意。在表达上,唯恐失真、不足,力求通过最直接、最本色的语言方式,做出朴质无华的诗意概括。并且为了尽可能强化诗的魅力,诗人往往熔炼多种艺术特长而自创新格,化富丽为纯净,纳须弥于芥子,看来十分平易,却能释放出巨大深邃的思想能量和品德光辉。统观古今中外的好诗,差不多都具备这种真挚情怀、朴素形式、深湛意味有机统一的基本品格,所以才脍炙人口、传世不朽。

---

* 原载《齐鲁晚报》1992年12月20日。

我们初学写诗，为了求新而不怪、求深而不涩，首先应重视好诗的真挚、朴素、深湛的基本品格，为日后的出奇制胜，能"随心所欲而不逾矩"，打下深厚坚实的基础。

试读泰戈尔的一首小诗：

我今晨坐在窗前，
世界如一个过路人似地，
停留了一会，
向我点点头又走过去了。

——泰戈尔《飞鸟集·16》

在一片静穆的氛围里，引起了对宇宙本体的直觉体验，诗人似乎在"与天地精神相往来"的悠然冥会中，发觉"我与世界"不期而遇的一瞬间，竟获得这么安详和谐的心灵慰藉和"一切皆流，无物常住"的人生启示。诗句是再清浅不过了，而荡漾其中的，是这位东方诗哲的静远襟怀和超逸智慧。

也许你以为，这是古印度文化哲学背景下的产物，离我们太远，不足奉为当今诗美的殷鉴。那么再看一首我们当前身边的一首小诗：

中秋月

自从母亲别我而去，
我便不再看它一眼，
深怕那一大滴泪水，
落
下
来
湿了人间。

——《桑恒昌抒情诗选》

古来中秋望月是怀乡的依托，这里则成为思亲的契机。一种悼念母亲的深悲大恸，不但久久难忘，而且每年的"中秋月"，更使乡情与亲情推荡共振，深化了无限哀思。对这样的月色，越是表白"我便不再看它一眼"，越是联想起母亲的清苦、故乡的凄凉以及无法解脱的揪心之痛。尤其是"那一大滴泪水"，既作为中秋月的幻化变形，又作为情义升华的象征载体，迅速拓展了一个充满忧患与憧憬的哲理境界；而且还借着"落——下——来"这种断行撞击的动势和力度，进一步搅动起"湿了人间"的深思远虑。这几行小诗明白如话，却又曲折深奥，把沉重的崇敬向往之情，置于多向度的情思张力回旋中，你要探明其终极意义是很难的，只有听凭不同的心境，揣摩各有心得的意味了。

写到这里，想起我国古代"平中见奇""淡然无极"的诗评画论，说明相反相成的象征、暗示机制早已成为我国诗歌神韵的构成要素。例如唐代皎然《诗式》中提出的"诗有六至"："至险而不僻，至奇而不差，至丽而自然，至苦而无迹，至近而意远，至放而不迂。"就从多侧面的比照中，较充分地阐发了这种艺术辩证规律的增值效应。

由此可见，写诗由真挚而朴素，由朴素而深湛，是由诗人的成熟与才华结晶而成的基本品格，能够从诗内放射出心灵创造之光。我们诗歌习作者，倘能沿着这个途径精思苦练，犹如演员练好基本功、拳师掌握看家本领，就可以在一个更高的艺术起点上，做继往开来、富于个性特色的创新探索了。如果毫无根底，仅在形式上竞奇争异，就很容易误入轻浮、猎奇、怪诞的创作歧路。

所以愿与你在诗的本质与审美观上，取得共识与共勉，希望特别重视好诗的真挚、朴素、深湛的基本品格。

1992 年 12 月

保持山野的那一股清纯*

——致一位青年诗人的信

近来读了你的诗集，和某些青年的新潮探索诗相比，我感到如同走出荆丛，面迎和风，一种清爽、率直、俊逸的情韵，给了我渗透肺腑的审美享受。

诗，这种精神世界的奇花异卉，最需要丰姿繁彩。因此，要求每一位诗人都必须充分发展其生活与生命孕育出来的个性和艺术特色，以奉献出与众不同的精美之作。你的抒情短诗，正是以你特有的山乡风情为底蕴和亮色，所以才这样一枝独秀、感人至深。在此，作为由衷的期待，特向你提出：要注意保持山野的那一股清纯。

你在勤奋地寻诗写诗中，不知是否察觉到，灵感的火花、意象的契机是怎样得来的？我看这并不来自某位大师或穷搜某部美学辞典，而主要是来自你那山民自身的朴素直觉和憨厚悟性。你笔下的那位《播种老人》，"把种子、农药埋进土地／便想听听／他们都在说些什么"，多么直截了当，又多么深刻传神！你在艰苦的庄稼活中《塑造自己》，自觉到"我不再诅咒命运的安排"，而要"在寒冷的冬日／在炎热的夏季／用汗水塑造麦子／用麦子塑造自己"。要说哲思的深刻和人格的淳朴，也

---

* 原载《山东工人报》1993年3月13日。

通过麦子运作的奥秘，揭示出领悟人生的多种方程式来。希望你据此联系整个诗歌生涯中的甘苦、得失，更加珍重山村生活体验与强烈生命意识交合的闪光，让那土生土长的直觉与悟性的潜力，得到更进一步的发挥。

当然，强调山野风情，并不是在题材上只限定写山村的风土人情，也不能要求写法上总是固守民谣式的竹笛单响。实际上，你的不少诗作，多从形而上视角开拓着诗意的立体空间，不断增强象征意蕴的广延性、深邃感。你借《一种声音》和《一种情绪》，就为了在甜美的山村回忆和睿智的生活感叹中展开思想的遨游。你通过《荒原》的衰败反射出百折不挠的生存意志。不管诗意是怎样流动空幻，关键在于古朴山村和时代新风给予的朴实性格、刚健素质，使自然美、人情美能够化解现实的烦恼和人世的矛盾，进而建立起开阔而生机勃勃的象征境界。例如你忠于缪斯的《不敢忘却》中的誓语："咬着城市的面包／肠胃里翻腾着泥土的气息／我细细地反刍着父亲的慈爱／吟故乡成一组／不敢忘却的梦"——语感、语境是质朴透明的，饱含乡土意识的意象群，扩展着浓郁深沉的心理张力场，从而把自然景观、社会风貌与时代精神熔炼于个体生命的张扬升华之中，释放出激励深沉、鞭策上进的深远的渗透力。你高度重视这种诗的"风骨"，坚持强化这种诗的精神向度，也正是保持山野的那一股清纯的内在基本功呵！

我还想提醒一点，即诗歌的形式技巧、语言锤炼，是要付出毕生心血，孜孜以求的。但它必须服从于情思表达的深化、心灵创造的智慧，达到不露雕琢痕迹，自然天成而又耐人寻味。像你的这些诗句："一批金色的佳作，排版于老农的梦里""从镰刀上撸下一串音符／碌碡便拾起一曲乐歌""太阳在西边打秋千时／坡上便会有一曲情歌，将夕阳的脸唱红"……这是唯恐诗意直白，企图借助于表面的声色来炫人耳目，效果会适得其反。这是凭一点生活灵气再加一点语言匠气而形成的伪劣诗风，对于清醒地自觉地保持那山野清纯的品格，是有损无益的。

"但是，我们离成功还是咫尺天涯/我们还必须在痛苦中挣扎"，你的这两行诗，似钢筋铁骨，铮铮有声，是人生拼搏的箴铭，也是在诗歌创作中保持那清纯风范的永恒动力。祝愿你立足于"尚质"，放眼于"出新"，从严从难地写出更多的好诗来！

1993 年 3 月

呼唤嵌入当代的民族诗魂*

——1993年《黄河诗报》编辑部"诗歌回眸与展望"座谈会上的发言

商品大潮正汹涌袭来，在我们物资丰盛、市场繁荣的另一面，却出现了精神文化、道德情操的滑坡塌方。

面对这一严峻现实，作为典雅艺术之冠的诗歌该怎么办？根据泱泱诗国的崇高传统，仰承中华民族源远流长的正气和智慧，必须为历史负责，为生命负责，呼唤足以美化灵魂、点燃爱心的嵌入当代的民族诗魂！

值得庆幸的是，经过喧哗躁动、迷惘徘徊的新诗坛，仍有不少诗歌志士，不断发出与时代同步、与人民同心的正气歌和血泪吟。

这类嵌入当代心灵的歌吟，代表着逐渐苏醒、奋起的民族诗魂，在九十年代国内诗歌报刊上，呈现强大进驻声势。1993年以来，《诗刊》上的"93青春方队"、《诗歌报月刊》上的"大屏幕投影"、《黄河诗报》上的"山东汉子"、《绿风》上的"西路军"等栏目，不时推出灼痛人心的大悲欢、真歌哭，更突出了新型政治抒情诗的品格与魅力。

仅从我所接触的部分诗歌报刊举例来说，这些诗歌的思想艺术特征，可大体概括为三种类型。

---

* 原载《黄河诗报》1994年第1期。

一 扣紧时代脉搏，展开对时事"热点"的独抒胸臆的沉思

如《诗歌报月刊》1993年第11期赵家利的《为了东方的太阳——献给丹佛·巴尔和所有支持"希望工程"的人们》、《诗刊》1993年第2期徐国强的《大地震十六年——献给为明天而认真生活的人们》，都是以当前重大政治性话题为构思核心，抒写来自诗人内心体验的深刻爱憎、独特见识。这些诗作很少表面的大声疾呼，却以意象流动中释放的悲壮氛围，令人感奋深思。

二 以历史文化形象为依托，凝聚深层的忧患情结

如《人民文学》1993年第7期林染的《西藏的雪》、《诗刊》1993年第10期赵恺的《梅兰芳》、《星星》1993年第2期雪兵的《李清照故居抒情》等，或供地域背景特色，或靠人物生涯气质，或通过历史特征事物的联想透视，在增强文化原型和民族属性的凝重感中，延伸悲悯的情思，浓缩讽喻古今的力度。

三 借助于意象的形而上组合，创构意蕴深远的诗化哲理

如《诗刊》1993年第7期梁南的《礼物》、《黄河诗报》1993年第3期晨声的《海潮》及桑恒昌的《爱之痛》等，从标题到内容，都经过诗人的心血熬炼，结晶为隐喻性指涉，诗中对生命的感悟、现实的愤激，往往升华为不落言荃的兴会，给人以庄重警策而又多义多解的现代理性启示。

以上不过是自己的管窥蠡测，但从一点一斑也可推知，这些当代题材的重量级诗篇，是无比丰富、深湛而气象万千的。这既不是假大空诗风的回潮，也迥异于颓废、荒诞、晦涩、阴冷的天书偈语，而是凭诗人

的一腔赤诚，拥抱复杂的社会人生，最终爆发出来的灵魂绝唱。

这类诗歌，尽管目前还显得底气不足，锋芒钝弱，缺乏轰动效应，但是只要掌握好面向现实、深入当代题材的审美取向，处理好心灵化探微与社会化爱抚的交感共鸣机制，开发民族艺术传统与多样化借鉴创新相结合的潜力，是可以发挥出时代主旋律的激励功能的。

所以着眼于当前诗坛的困扰与希望，瞻望跨世纪之交的跃进与辉煌，有必要殷切郑重地呼唤"嵌入当代的民族诗魂！"

1993 年 12 月 18 日

第 二 辑

学林雨露

  冯中一先生还是著名的写作理论家、山东高校写作学科的奠基人和领头人。为推动山东教育界写作教学事业的发展，大力推举中青年师资，他把审阅晚辈后学的写作类著作视为自己义不容辞的职责，常年花费大量时间写序撰评，在字里行间呕心沥血，如同点点雨露滋润学林青苗茁壮成长，惠泽数代莘莘学子。因此，将这类著述40篇，按照撰稿先后编入"学林雨露"辑，以串联其作为教育家诲人不倦的真实历程，也了却先生意欲使自己的此类序言评论汇集成册的遗愿。

——编者

红花朵朵照眼明

——《少年儿童优秀作文》前言*

小红花,是稚嫩、鲜艳而生机蓬勃的。

我们济南市的"小红花"征文,由全市少年儿童们踊跃写稿,正以这样的特色,举行过三届评奖活动了。可以说,一届比一届色更秀、香更浓、气象更清新繁茂!

请看这本第三届征文佳作选集,篇幅虽然有限,内容却竞芳斗艳,恰似红花朵朵照眼明,把我们吸引到四化建设新时期的光彩缤纷的童话般的世界中来——天天向上的思想在闪闪发光;丰富多彩的生活在脉脉传情;天真活泼的意趣,像欢腾出涧的山泉,千回百转而又叮咚作响;求知与好奇的幻想,如魔法师的银杖,点化出波诡云谲、宝气珠光的大千世界……

从前,鲁迅先生说过:"孩子是可以敬服的,他常常想到星月以上的境界,想到地面下的情形,想到花卉的用处,想到昆虫的语言;他想飞到天空,他想潜入蚁穴……所以给儿童看的图书就必须十分慎重,做起来也十分烦难。"(《且介亭杂文·看图识字》,1934 年)现在,我们的少年儿童读物,与全国三亿八千万少年儿童的多种需要相比,仍然是质量

---

* 济南市"小红花"征文办公室编:《少年儿童优秀作文》,山东人民出版社 1981年版。

差、数量少，严重供不应求的。拿鲁迅先生的赞叹与恳嘱来看，这个小小的选集，由孩子们直接倾诉肺腑，献给声息相通的小伙伴，不是倍觉亲切可贵吗？不是更值得成年的教育、文艺工作者参考借鉴吗？

当然，还应看到，阳光雨露育新苗，这些越开越旺的红花佳作，是在党的三中全会精神的指引下，在社会主义精神文明的大力恢复与建设中，经过教师、家长的辛勤教导，经过语文教学的周密训练，才得以日就月将，发育滋荣，终至迎春绽苞吐蕊的。因此，当我们手捧这个清新的小册子，不仅充满了时代的自豪与感激，而且还应从祖国和民族的未来着想，加强人人当园丁、个个栽新花的历史责任感，尽力向孩子们推荐介绍，细心辅导他们阅读体会，以求在一代少年儿童的心灵中深深播下真、善、美的种子。

红花朵朵照眼明，放眼未来意纵横：

祝"小红花"征文年年举办、越办越兴盛！

愿红花少年健康成长，迅速成才，肩负起振兴中华的重任！

1981 年 6 月 1 日

《唐宋八大家散文选》序[*]

唐宋八大家散文，是我国古典文学宝库中的珍品。流传至今，一直闪耀着灿烂的思想和艺术光彩。

"八大家"的提法，最早见于明初朱右编选的《八先生文集》（已失传）。后经明嘉靖时茅坤编选的《八大家文钞》，这个名称才正式确立，一直沿用下来。八大家，唐代有韩愈、柳宗元，宋代有欧阳修、苏洵、曾巩、王安石、苏轼、苏辙，他们都是唐宋古文运动的积极倡导者和参加者，为我国散文的发展作出了卓越的贡献。

韩愈、柳宗元先后写下了八百来篇散文，熔叙事、说理、抒情于一炉，创立了有为而发、不平则鸣、言之有物、文从字顺的充实流畅的散体新文风。韩文雄健浑厚、气势磅礴；柳文精辟深刻、含蓄凝练。宋代中叶，欧阳修远承秦汉散文风范，近师韩柳的创作经验，补缀校订韩愈的文集以作标榜，确立了新古文运动的方向。在欧阳修的影响下，苏洵、曾巩、王安石、苏轼、苏辙等古文家应时而起，新古文运动蓬勃展开，使散文创作进入了一个空前繁荣的时期。欧阳修、苏轼等六家散文，继承和发扬韩、柳的传统，而又别开生面、各呈异彩。欧阳修的文章纡余委备，往复百折，条达流畅，疏朗自然。苏洵的文章长于议论，雄奇坚劲，有战国纵横家的色彩。曾巩的文名在当时仅次于欧阳修，风格也与

---

[*] 冯中一主编：《唐宋八大家散文选》，山东人民出版社1983年版。

欧阳修相近，委曲周详，善于自道，以"古雅""平正"见称。王安石的文章则识见高超，锋利劲峭，简洁明净，在诸家中独具风貌。苏轼的文章才气横溢，挥洒自如，波澜层叠，变化无穷，俨然大家风度。苏辙的文章虽不及苏轼，但也词清句雅，气盛理惬，不失为散文圣手。

唐宋八大家在我国文学史上，开创了散文的一个朝气蓬勃、法度完备的鼎盛局面，不仅"文起八代之衰"，而且对后世散文的发展产生了深远的影响。

唐宋八大家散文，像唐诗、宋词一样，以脍炙人口、历久常新的巨大魅力，吸引着我们。今天，对于这一宗文学遗产，理应站在建设物质文明与精神文明的历史新高度予以批判继承。为此我们编了这个通俗的选本，所选的七十九篇文章，大都是作者有代表性的名篇，同时也照顾到策论、书序、传记、杂说、记游、感赋等不同体裁，尽量反映出各家的不同风格。

每一家的选文前面，先对作者作简单介绍，以便了解其文章的时代背景与思想基础。注释，力求准确、详明；有些词语，为便于索解，不避重复，分别做了相应的解释；对难句，则尽可能联贯串述。简折，注意抓住内容重点和写作方法上的特色，因篇制宜，而不作面面俱到的说明。

1983 年 1 月

着眼于"学",落实到"练"

——《记叙文的写作与教学》序[*]

盖房子要先打基础,做文章要先练基本功。写记叙文,则是练好写作基本功的首要的、关键性的一步功夫。

这本《记叙文的写作与教学》,就是从打好写作基础、探讨基本规律的角度,向中学语文教师提供的作文教学参考书,向广大青少年学生提供的写作入门自学读物。初步披阅,书中章节写法,似觉平平常常,朴质无华;但细加体会,可以看出多是教学实践的经验总结,贯串着实事求是地提出问题、解决问题的通盘设计与恳切要求。我认为其中的主要特点就在于以下几点。

第一,在提高认识、开阔思路的前提下,阐明记叙文的写作规律与基本方法,一般能达到提纲挈领、简要清晰,既符合当前有关写作知识的一些约定俗成的提法,又能联系实际、启发深思,打通由观察分析到自觉练笔的正确途径。

第二,注意运用典型文例,研究应该怎样写和不应该怎样写的得失利弊,使抽象的写作原理,借助于"构思还原"式的亲切体验与综合比较,化为可以具体掌握的写作技能。

第三,结合每项写作知识的正面讲述,均适当指出习作者易犯的毛

---

[*] 徐惠元:《记叙文的写作与教学》,山东教育出版社 1984 年版。

病，并分别提出多种多样的思考练习题，以促进教学的有的放矢和学以致用。

早年从事语文写作教育的老前辈叶圣陶先生，在一九七九年《教育研究》上发表的《语文教育书简》，针对重"教"轻"学"的偏向，曾强调教师"自始即不必多讲"，而"致力于导"，"使学生逐渐自求得之，卒底于不待教师教授"。叶老一九八二年秋，又在中国写作研究会山东分会举行的烟台年会上，重申这一主张，语重心长地恳嘱与会教师，要把主要精力用在启发引导上，一般不要陷于精批细改中，而应主动培养学生自己改文章的本领。这是符合客观规律而又积极负责的卓识与良策。当今知识量急剧增长、更新速度空前加快，尤应引起重视，抓紧研究贯彻。近年来许多探讨作文教学的论文与专著，注重写作智能的开发，加强独立动脑运笔的系列化训练规程，也已形成一股潮流。我们若从这种指导思想和发展趋势来衡量《记叙文的写作与教学》的编写，则感到对于引导"学"和"练"方面有些疏忽，致使全书面向实际、讲求实效的基本优点，没能更充分、更生动活泼地发挥出来。为此，在这里特以《着眼于"学"，落实到"练"》为题，提到教与学的原则和方向的高度上加以注意，以便读者参阅这本书的时候、作者修订这本书的时候，更好地扬其长、补其短，最大限度地增强这一基础读物的实际效益。

我与本书作者徐惠元同志多年共事，相知已深，不揣冒昧，直陈以上浅见，借以互勉，并期获得读者同志们的坦诚匡助。

1983 年 5 月 8 日

《中学文学常识六百题》序[*]

我国是文明古国,也是诗文大国,拥有丰富辉煌的文学遗产。今天,我们站在振兴中华的历史潮头上,瞻顾遐迩,倍感自豪。这样,作为中华民族的一个光荣的公民,全面了解古今中外的文学常识,应是必不可缺的文化教养。

我们建设有中国特色的社会主义强国,就要"两个文明"一齐抓,大力培养各方面的专门人才。目前中等以上的各级各类学校,招生名额日益扩大,在入学语文考试中大都包括文学常识方面的试题。这样,为提高应试水平,基本掌握古今中外的文学常识,应是当务之急的自学准备。

"为中华之崛起而读书"的活动,已在全国普遍展开,要用"人类创造的全部知识财富来丰富自己的头脑"的发展势头,恰如风起云涌。而巨大的知识宝库里,文学知识独呈异彩,最大限度地保存了世界各民族的卓越智慧与优美情操。这样,我们随着逐步提高的文娱活动和审美理想,不断学习古今中外的文学常识,应是进德修业的精神动力。

所以,《中学文学常识六百题》的编辑出版,是"雪里送炭",非常必要而且及时的。

编著者郭向群同志,多年来从事中学语文教学,对于中学阶段教好学会文学知识,积累既广,体验亦深。因而内容编排体系完备,纲目清

---

[*] 郭向群编著:《中学文学常识六百题》,山东文艺出版社1986年版。

晰，便于居高临下，总揽文学发展概貌；同时又有助于面中求点，分别解析一些具体问题。尤其在编辑体例上，注意运用命题测试的多种方式，并把试题与参考答案分隔排列，对临场答卷或自我检验，均有直接启发辅导作用。

当然，古今中外文学知识，卷帙浩繁，气象万千，在此予以压缩简化，又以通俗活泼的形式表现出来，是非常艰巨的工作，必须识见赅博、考索精湛。其间个别提法上的偏忽以及校勘上的失误，在所难免。殷盼大家从严指正，以免贻害读者。

临窗落笔，适逢全国人民欢欣鼓舞地以优异成绩迎接国庆三十五周年庆典，谨以感奋万端的心情，祝愿这本通俗读物，为人民多增些精神的霞彩，多添些智慧的星花！

1984 年 9 月

探索写作训练的最优化途径

——《初中作文训练》序言[*]

祖国的"四化"建设迅速发展，新技术革命的高潮汹涌而起。在这社会主义现代化的信息社会里，不但是学者专家，而且每一个普通劳动者，都必须为了提高思想素质、积累知识财富、交流生产经验、处理日常工作，而熟练掌握文章写作这一运载信息的常规工具。

胡乔木同志曾经提出，"国家和人民对作文的要求很高"，"要从小学起，直到高中、大学，提出一套科学的设计"。今天，我们立足于"三个面向"的高度，对写作训练进行更加先进的科学设计，以探索出现代写作训练的最优化途径，当然是富有开创性的一项极其重要的研究工作。

在这项重要的研究工作中，中学阶段的写作训练，具有打好基础、准备提高的关键意义，因而近来为中学作文试编的教材、探讨的文章、评讲和研究的专著，大量涌现，空前繁盛。统观这些成果，我感到有些原则性认识，值得特别重视和认真试验。

---

* 《初中作文训练》，由济南市教育局教研室组织编写，最后由杜世皓、韩兆福、吕清、尚登宝审定，参加编写的有：于邦霖、马步瀛、王世达、吕清、吴宗兴、杨文汝、尚登宝、徐臻、韩兆福。明天出版社出版，第一册 1985 年版，第二册 1985 年版，第三册 1985 年版。

一　培养思维品质，加强写作智能的开发

在知识结构日趋复杂、生活节奏显著加快的今天，单靠"读书作文章"的静止模仿和缓慢练笔，已感极不适应了。必须在马克思主义认识论的指引下，努力培养学生良好的思维品质，诱导他们从生活出发，通过观察、感受和思维加工，敏捷而准确地写成反映客观现实的文章。在这样的思维过程中，要着重开发写作的基本智能（如观察能力、感受能力、联想能力、分析能力、推理能力等）。同时为了更有效地开发这些写作智能，除了采取单项技法训练外，还应注意培养创造性思维品质和心理状态，启发学生自觉锻炼感觉的敏锐性、思路的条理性、感情的崇高性、志趣的坚韧性和开放性。这是写作的智慧之本、动力之源，必须切实抓紧，贯彻始终。

二　读写并重，力求反复训练的实效

中学语文教学中的讲读课，重在知识的传授、情操和智能的启发；而作文课，重在知识的消化、情操和智能的表达。两者必须形成相互促进的关系，不能有所偏忽。目前重讲读、轻写作的倾向比较普遍，讲读与写作脱节的现象尤为突出。依照矫枉必须过正的规律，有些语文教师不仅突破讲读与作文的通行课时比例，使讲练交插并进，融为一体，并且系统摸索以提高写作能力为中心的语文教学体系。这在一定的教学阶段，是不无必要的。如东北师大附中一位特级教师，有这样一则教学实例：

初二进行随笔单元教学时，教师不先讲有关这种文体的知识，而是印发一组随笔，让学生自己阅读体会，教师答疑。之后印发给学生一篇文情并茂的散文《生命——灵魂》，要求读后写一篇随笔，讲评后，再让学生自选题目写第二篇随笔。到期中考试，又要求就高尔基给儿子的信中说的"给永远比拿愉快"写一篇随笔。这样，

学生经过自己创造性思维去获得的知识、练就的能力会是牢固的。（引自 1983 年 4 月 22 日《光明日报》）

沿着创造性思维，通过讲练的反复结合，克服了被动走过场的弊病，才能取得写作训练的实效，为进行最优化系统改革奠定可靠基础。

三 启发自学的积极性，引导自求活法

为讲求写作训练的实效，有关写作的知识、方法、技巧，作为前人经验的精华，应适当讲授一些，以克服写作练习的盲目性、曲折性。但这种讲授，必须符合当前写作发展的规律，力求少而精，落脚于引导学生解放思想、破除迷信，充分发挥其独立自学的积极性以及潜在的聪明才智，善于在一定写作基本功的基础上，进一步自求活法，锐意开拓创新。"大匠只能授人以规矩，不能授人以巧"，是契合实际的箴铭。叶圣陶先生在其《语文教育书简》中，主张教师"自始即不必多讲"，而要"致力于导"，"使学生逐渐自求得之，卒底于不待教师教授"，也是多年实践经验的深刻总结。由此可见，那种唯恐知识不详尽、指导不具体，或视学生灵活创新为好高骛远的观点与教风，是非常有害的。

济南市教育局教研室组织有经验的语文教师和教学研究人员编写的《初中作文训练》，紧密配合现行统编初中语文教材，为探索写作训练最优化途径，作了系统的设计安排，内容简要切实，编法明晰而富有启发作用。语文教师用作参考材料，初中同学用作自学指南，倘能掌握以上几项原则性认识，自觉地把知识化为能力，使能力化为"熟能生巧"的活力，定会得心应手，受益无穷。

基于时代的急需和对改革写作训练的殷切期望，谈了这些粗浅的、甚至偏颇的意见，权当序言，请教师们指正，与同学们共勉。

1984 年 11 月

《唐文英华》序言[*]

一

　　唐代散文，与我国诗歌黄金时代的唐诗交相辉映，承前启后，照古腾今，为我国古代散文的振兴，建立了不朽功绩。

　　散文在我国具有悠久的历史。先秦经书与诸子散文，简捷活脱，议论风生，形成了古朴自然的优秀传统。两汉的《史记》《汉书》等作品，又在叙事写人、绘景状物等方面，取得了显著进展，为史传体散文树立了楷模。到了六朝，骈文大盛，居于文坛统治地位。骈文是在汉代赋体文学基础上发展而成的，讲求字句对偶，注重声色谐美，其中有不少优秀作品，不仅丰富和提高了文章的艺术表现力，而且也具有一定的思想内容，不能一律斥为形式主义。但是演变到后来，骈文逐渐脱离实际，专务雕章绘句，其末流，再加受梁、陈宫体文学影响，便陷入堆砌辞藻、数弄典故，声律限制也越来越严，造成文风的浮艳萎靡和形式的虚饰僵化。

　　如果把散文的发展，比作源远流长的大河，唐代散文则在其逆流回荡的转折处，既沿袭了骈文的余脉，又力排其弊端，掀动了开拓前进的轩然大波。如清代方苞在他编纂的《古文约选·序例》中所说："自魏晋以后藻

---

[*] 马先义、尧唐、徐惠元编著：《唐文英华》，山东文艺出版社1986年版。

饰之文兴，至唐韩愈起八代之衰，然后学者以先秦盛汉辩理论事质而不芜者为古文。"这便指出以韩愈、柳宗元为代表的古文运动的蓬勃兴起。

当时把散文称为"古文"，是作为与"骈文"相对的概念而提出的。所谓"古文运动"，就是反对骈文及其末流，要求革新文体、文风和语言，恢复先秦两汉的文章传统，以无拘无束的散行文句来阐述儒道。它是适应儒道复古运动的需要产生的，也是散文本身长期变革发展的必然结果。

本来早在西魏文帝和隋文帝时期，就出现过崇实尚用、冲破骈文束缚的动向。初唐贞观时期，魏徵更指摘骈文"意浅而繁，文匿而彩"，是"亡国之音"（《隋书·文学传序》）。初唐四杰（王勃、杨炯、卢照邻、骆宾王）也都反对六朝文风而"思革其弊"。武则天时，陈子昂在诗歌领域内倡导汉魏风骨，反对齐梁靡靡之音。同时，他的论事书疏，运用古体散文来写，朴实明达，力促骈文的改革。到了开元、天宝之际，肖颖士、李华、独孤及、元洁、柳冕等人继起，提出了"尊经""载道"的主张。复古思潮进一步高涨，并以古文的写作实践，为后来的古文运动尽了先驱之功。但当时由于骈文的使用年深日久，政治经济上提供的条件尚未成熟，加之反对者本人所写的文章，如名作《滕王阁序》（王勃）、《代李敬业传檄天下文》（骆宾王）、《吊古战场文》（李华）等，都没有脱弃骈文的窠臼，所以这一漫长的过程，只能看作过渡和准备阶段，为古文运动的开展奠定了有利基础。

安史之乱以后的中唐，国势由盛而衰，社会危机深重。于是一些中下层地主阶级知识分子，积极要求革新政治，复兴儒道的正统地位，以维护封建秩序和唐王朝的统一。政治上的要求革新，必然引起文学的革新。于是韩愈、柳宗元顺应了发展形势，提出了一整套古文理论，把古文运动推向了汹涌澎湃的发展高潮。韩愈以儒学道统的继承人自居，排斥佛老，投入了以复古道为目的、复古文为手段的激烈斗争。柳宗元起而响应，全力支援，从事古文的宣传与写作。韩、柳齐名于世，同为古文运动的组织领导者。同代许多诗人作家，如张籍、孟郊、刘禹锡、白居易、元稹等，皆围绕周围，拥护其主张，宣扬其文章。韩愈还广收门徒，在他的培养和奖掖下，李翱、皇甫湜、樊宗师等一代青年古文家迅速成长，不断扩大了古文的创作队伍。《新唐书·文苑传序》记述这种情况时说："韩愈倡之，柳宗元、李翱、皇甫湜等和之……唐之文完然为一王法，此其极也。"至此，古文运动便成为声势浩大的社会运动，获得了全面的胜利，并给后世以深远影响。

到了晚唐，经济衰弱，政治腐败。豪门贵族过着荒淫奢侈的生活，不少知识分子深感前途渺茫，也产生了征歌逐舞、追求享乐的倾向。于是，随着唯美主义诗风的兴起，骈文又复活泛滥起来，古文运动暂时趋向冷落。这期间，倒是植根于现实社会之中的小品文，发扬了柳宗元寓言杂感的特点，在动乱与黑暗的年代里，发挥了反映生活、批判现实的独特作用，取得了丰硕成果，著名作家有皮日休、陆龟蒙、罗隐等。鲁迅先生在《小品文的危机》一文中，评价罗隐的代表作《谗书》"几乎全部是抗争和愤激之谈"，盛赞皮日休和陆龟蒙在《皮子文薮》和《笠泽丛书》中的小品文"并没有忘记天下，正是一塌胡涂的泥塘里的光彩和锋芒"。

以上，对唐代散文、主要是古文运动的粗略回顾，并不能表明什么历史经验或创作规律，但大体掌握唐代散文发生发展的基本轮廓，再来赏析每个作家的具体作品时，就可以放在整个时代的写作潮流中，居高临下地洞察其主要倾向和地位、作用了。

二

韩愈、柳宗元倡导的古文运动，从文学本身来看，也并非单纯地模拟古文。实际上复古中有变革，继承中有创新，既打破了骈文形式主义的桎梏，又吸取其有益的表现技巧，形成了宜于说理、叙事、抒情的新文体，焕发着知人论世、踔厉风发的生命力，以至在我国文体演变中做出了划时代的贡献。其致胜原因，大致可以从以下几个方面来考察。

(一) 以"志道""明道"为中心，谋求内容与形式的统一

韩愈从复兴儒学的目的出发倡导古文，并不单纯着眼于文体形式的变革，而首先是为了宣传古道。他自己明确提出："愈之为古文，岂独取其句读不类于今者耶？思古人而不得见，学古道则欲兼通其辞，通其辞者，本志乎古道者也。"（《题欧阳生哀辞后》）柳宗元也宣扬"道"在文章中的重要作用，且这样现身说法："始吾幼且少，为文章以辞为工，及长，乃知文者以明道，是固不苟为炳炳烺烺，务采色、夸声音而以为能也。"（《答韦中立论师道书》）这里所说的"道"，从内容看是指孔孟之道，从写法看又是与"辞"表里相应，构成内容与形式的主从关系，用来反对六朝绮靡骈俪、金玉其外的文风。但他们在突出"志道""明道"的同时，也不忽视文辞的作用。韩愈曾明确表示："愈之志在古道，又甚好其言辞。"（《答陈生书》）"文字暧昧，虽有美实，其谁观之"（《进撰平淮西碑文表》），这就说明了以思想为主导而又谋求内容与形式统一的创作主张。在那骈文势力的严重禁锢下，能够提出这样求实辩证的见解，建立了古文运动的理论基石，的确是难能可贵的。

(二) 坚持"不平则鸣"的原则，加强古文现实批判的针对性、战斗力

韩愈根据"大凡物不得其平则鸣"（《送孟东野序》）的原理，把古今许多思想家、文学家都称作"善鸣者"，深刻揭示文章是从时代和社会生活的矛盾斗争中产生出来的基本规律，要求作家写作必先抓住"不平则鸣"的"物"，即客观存在的重大问题（而不是一般生活琐事），来加强现实批判的针对性、战斗力。柳宗元也斥责"藻缋文字""无益于世"（《与杨诲之第二书》）的不良倾向，提出了"文之用，辞令褒贬，导扬讽谕而已"（《杨评事文集后序》）的进步主张，要求通过古文的褒贬作用，与社会紧密结合，推动文学投入现实斗争的激流中去。例如韩愈的《进学解》《师说》《原毁》《论佛骨表》等，柳宗元的《天论》《封建论》《六逆论》《非国语》《捕蛇者说》等，都是以犀利笔锋，对准社会重要弊病，有的放矢，切中肯綮，以自己的作品参与了"善鸣其不平"的先进行列。尽管他们的"不平"，多囿于个人忧愤，还不能与时代和人

民息息相通，但总算为古文树立了鲜明的旗帜，加强舆论威力，也启发后世文学作品自觉地走上反映现实、推动历史前进的轨道。

（三）力求推陈出新，创造适时通用的文学语言

唐代以前，几次摆脱骈俪习气的复古行动，没有取得很大成就，单就文体写法来看，主要是由于食古不化，脱离现实太远。而韩、柳等人的古文，从两汉文章入手，广泛学习古今名篇，对骈文也有所借鉴融会，在适当吸取前代文学语言精华的基础上，发展创造了适合当时需要的新体古文。韩愈对于学习古圣贤的文章，主张"师其意，不师其辞"（《答刘正夫书》），极力反对机械模仿，强调"唯陈言之务去"（《答李翊书》），而且要做到"词必己出"和"文从字顺各识职"（《南阳樊绍述墓志铭》），以便创作出语言新鲜明顺，更善于记事说理的作品。柳宗元也曾斥责"可以言古，不可言今"的复古主义者（《与杨京兆凭书》），说他自己的写作是"引笔行墨，快意累累，意尽便止，亦何所师法？"（《复杜温夫书》）阐明写作要跟上时代步伐，不能矫揉造作，而要顺乎情理地表现富有现实性的内容。正是由于韩、柳发挥了推陈出新的散体行文的优势，大量运用比较接近口语的语言，收到适时通用的效果，骈文也就难以与之抗衡了。

（四）开拓活用多种体裁形式，提高和丰富了表现技巧

韩愈、柳宗元的古文，在广泛吸取前人写作经验的基础上，取得了创造性的进展，注意选用多种体裁。他们留下的千百篇散文，有政治专论、哲学述评、序文、书信、传记、祭文、碑志、游记、寓言等，都能根据不同文体的性能，因宜适变，充分发挥各自的特长，以显示"漱涤万物，牢笼百态"（柳宗元《愚溪诗序》）的丰富表现力。尤其在表现技巧上，他们都能以创新的胆识和智慧，敢于打破陈规，善于灵活使用多副笔墨。如韩愈《张中丞传后叙》中，发挥夹叙夹议的生动性与深刻性，有力地歌颂了张巡、许远等坚持抗战死守睢阳以至英勇牺牲的动人事迹，人物跃然如见，气势慷慨悲壮，使感染力和感召力密致交融、相得益彰。如柳宗元的寓言和游记，谋篇短峭，用语简洁，或扣住形象特点立警策

之论，或因借秀丽景色抒幽深之情，且往往熔哲理、画境、诗味于一炉，给人以探索不尽的余意。作为韩、柳主要成就的议论诤谏，也多数写得神采焕发，波澜层叠，义正词严而又感人肺腑，可以说，他们熟谙法度而又匠心独运，为祖国散文宝库留下了永放光彩的瑰宝。

当然，以韩愈、柳宗元为代表的唐代散文，并不是至精全美的。即使公认的名篇，也受时代与阶级的局限，存有思想上的糟粕、艺术上的瑕疵。特别是发展到后来，把古文变成了单纯宣扬孔孟之道的工具，把写法的创新引向了追求奇异怪癖的狭窄道路，以致随着保守的谈道说性和生僻艰涩的模式化，日渐脱离了社会的需要。所以，晚唐、五代到宋初，出现了古文的衰颓现象，并不是偶然的。

对唐代散文，我们应把其进步的创作理论与成功的实践经验联系起来，掌握住几条基本规律来进行仔细赏析，才便于因枝振叶、由表及里，获得更加亲切深透的审美感受，同时也应在欣赏中不忘区别精芜、一分为二，提高自觉性，克服盲目性。

三

这本《唐文英华》，精选了二十六家五十三篇作品，既注意显示唐代散文的发展脉络，又侧重鉴赏其思想艺术的精奥，是一个比较简明实惠的文学读本。所选作家，能够体现各个发展阶段的代表性；所选作品，也照顾到题材、形式的多样化。依次读来，觉得有纲举目张的清晰感，又有血肉丰满的吸引力。

在编写体例上，以作家介绍领先，顺便交代作品产生的时代背景或写作动机；中间以选文和注释作为主体部分，引导读者一面疏通文义，一面深思内涵；最后辅之以综合评析，力求收到画龙点睛的效果。全书体例，严守统一，而每篇又各有侧重。有的难句多就增加句释，有的名物繁则详为考辨。赏析部分，更注意顺应原文不同的性质、特色，适当变换角度，控制详略，尽可能集中到一两个重点上，作充满感情色彩的深微体察，以期引人入胜，触发深思联想。

在当前出版的有关古文选本中，《唐文英华》具有时代性、知识性、鉴赏性较强的特点，对青年文学爱好者和中学生学习古文将有较大裨益，也必将得到古文研究者的批评帮助而不断提高其质量、扩大其影响。

1985 年 10 月

写作，要力求精、新、巧

——《写作导报》代发刊词*

在现代科技革命的挑战面前，一切智能和功率，都在加速进行着更新换代的改进。作为信息储存与传输工具的写作，自然也不例外。

现代科学的发展，一方面趋向整体化，出现高度交叉综合，一方面又在各门类内部更加精确细密，产生多元深化的分支。承担"思维描写"与"智慧交流"的写作，更要扣紧这两极趋势，取得同步效应。

为此，今天不但是作家、学者，而且每一个工作人员，包括在学校学习的青年学生，每逢提笔写作，都必须跟上时代要求，力求精、新、巧。

精：字准句确，词严意赅，饱经热情与深思的锤炼，达到三言两语即入木三分、以一当十，质如钢墙铁壁，气若天风海涛。

新：观念新，方法新，使写作运动的流程，发挥"集成电路"似的表现力，善于把复杂艰深的多极思维，写得条理昭畅、声情并茂，析之璎珞俨然，赏之珠玉灿然。

巧：从写作的本体规律出发，移植融会各种现代艺术技法的丰富性、主体性、警辟性，无论叙事、抒情、说理，都能独创新机，进入鬼斧神工的化境，显示举重若轻、平中见喜的妙用。

要达到这样的高标准，当然要在写作学科的建设与写作训练的规程上，认真进行现代化、科学化的研究试验。

---

* 《写作导报》，1986年1月创刊，山东省写作学会主办，冯中一先生时任该学会会长。

一　开展写作学科的现代化研究

我们不能局限于"文章本天成，妙手偶得之"的不可知论，也不能满足于主题、题材、结构、表现方法等"块状组合"的板结模式，而要放开视野，从现代思维科学的高度，围绕写作这种综合多样的脑力劳动，加强关于写作思维规律的梳理，以求在理论与实践的结合上，逐步建立日臻完善的学科新体系。同时随着研究的深入，还将导致边缘分支学科（如写作心理学、写作美学、写作逻辑学等）的相应拓展。

二　加强写作训练规程的科学化试验

写作是智能转化、手脑并用的思维活动，因而依据写作主体的思维过程，抓关键、排难点，进行科学化的基本功训练，是要特别用气力、下苦功的。这决定了写作学科明显区别于纯理论学科和纯工艺规程的智能学科特性，进入了技巧和应用的更高层次。从这方面，开发智力，提高素养，培养敏锐的观察、感受、想象、推理等能力，构成写作的最佳心理机制，必须经过较长的周期，进行大量反复的试验和总结，然后才能设计出科学分解的合理教程，采用切实有效的定性、定量的基本训练课型与手段。

我们试办这份《写作导报》，主要就是为写作学科的现代化、科学化建设，提供一个小小的试验台，为写作能力向精、新、巧发展，开辟一块小小的试验田，并作为传播有关信息和具体经验的中转站，以略尽倡导推动之责。倘若它能正常地发挥这预期作用，为祖国的四化大业和两个文明的建设贡献一点绵薄之力，那就大喜过望了。

诗文随世运，无日不争新。敬请关心写作的专家、教师和广大青年同学们，给予热诚赞助、大力支持！

1986 年 1 月 5 日

《实用写作基础理论》序言[*]

随着文化教育事业的蓬勃发展，各类高校的写作学科，日益显示出重要的地位、作用。邓颖超同志1984年为《写作》杂志的题词"振兴写作学科，为四化建设服务"，正是对这一发展形势的有力概括与殷切期待。为此，许多从事写作教学与研究的同志们，都信心百倍，放开视野，围绕着写作学科现代化与科学化的紧迫需求，在试验建立学科新体系的同时，编写了各具特色的写作教材。目前，公开出版和内部交流的各类高等学校写作教材不下几十种，可谓百花齐放，盛极一时。这本《实用写作基础理论》，就是应运而生的一种。

这本书的特点，是遵循了传统的写作理论知识系列，而在讲授材料与方法上力求革新，广采博取小说、电影等不同体裁的创作技法为例证，形象化地阐述写作的基础理论。例如文章段落的作用，按照通常讲法，分条罗列概念式说明，再逐一举出片段文例加以印证，多流于平面肢解，抽象枯涩。本书却以《西游记》第一大段的三种不同处理法（有以孙悟空出世为第一大段，有以如来佛西天讲经为第一大段，有以江流儿——唐僧的身世为第一大段），来说明段落和文章主旨的关系，能具体生动地讲清楚段落的意义，及如何运用方可取得最佳效果等问题。又例如文章的时代特征，是文学理论与写作理论都必须涉及的问题，历来讲解总是

---

[*] 余岢编著：《实用写作基础理论》，中国展望出版社1986年版。

注重抽象论述。本书则例举了"后羿射日"的神话故事，指出后羿用的是弓箭，不是火箭，也不可能是火箭，这正是当时生产力水平的形象反映。嫦娥奔月，而不奔日，天象知识虽然幼稚模糊，但基本点是正确的，反映了处在蒙昧时期的人类，对自然现象的认识水平，这就是时代特征的体现。由于作者敢于独辟蹊径，善于选取各种形象化材料，使一些比较复杂的写作原理、规律，在娓娓恳谈中得到深入浅出的阐发。各种层次的读者，思之忖之，既感意新理惬，又易于促成由知识到能力的自觉转化。

本书还有一个特点，即每一课题后都附有一至二个思考题。许多教材，章节后附有思考练习，本属惯例，但这本书中的思考题多能诱人深思，启迪联想、想象能力，拓展创造性思维空间。例如贾宝玉和琪官（蒋玉函）互赠汗巾，以后贾宝玉出家当了和尚，袭人嫁给了琪官，当她见到了宝玉的赠品原是自己之物，于是认定她与琪官的结合乃天定良缘，从而打消了自杀的念头。作者以此来启发思考行文中伏笔与照应的重大作用，确能擘肌分理见神髓，在感受中加深理解，增强自行隅反活用的积极效应。再如把握观察点与选择角度在写作中的重要作用，凡有写作经验的人都能心领神会，但启发初学者得知其奥妙，却非简单说教所能奏效的。对此，作者借助于古诗的对比思考，收到了事半功倍、启发顿悟之效，如举唐人金昌绪的《春怨》一诗"打起黄莺儿，莫教枝上啼，啼时惊妾梦，不得到辽西"，若换一个角度，改为"莫打黄莺儿，任它枝上啼，啼时惊妾梦，免得到辽西"，就情趣大变，索然无味了。本书中类似这样设计的思考题很多，既充满感情魅力，又闪射理性光辉，对于启发写作的深微观察力、敏锐感受力、丰富表现力，是具有深刻持久的积极功效的。

综上所述，在当前异彩纷呈的写作教材专著中，本书虽不以新观念、新方法的引进研究见长，却能在写作基本理论的通俗化、趣味化上，作了别出心裁的经营、建构，显示了可读性较强、实用性较大的品格。当然书中还有缺点，按照作者自己的说法，这还是一种"尝试"，内容有待于进一步更新与充实,有的观点尚需从现代化的高度深入推敲,有的材料也可能有冗赘之嫌、蛇足之弊。我认为,在开创性的教材建设工作中,缺点和疏漏是难免的,也是可以逐渐补正、提高的。

作者余岢同志,是我五十年代的学生,记得当时他就勤于笔耕,而且富于创新意识。现又经历三十余年的写作实践与教学实践,孜孜以求的治学精神,诲人不倦的教学态度,是历久弥坚、渐臻成熟的。现在拿出这本《实用写作基础理论》,就是他集结了这番心志,为祖国四化大业做出的独特奉献。我以有这样的同道与可畏的"后生"而万分欣幸,所以写了这些不无激动、甚至分寸欠妥的话,目的在于共勉互励,并拭目瞩望着写作界"桐花万里丹山路,雏凤清于老凤声"的动人光景尽快到来!

1986年6月9日

《文体写作概论》序言[*]

面向世界，面向未来，面向现代化，是当今各门科学的总趋向。作为思维描述与信息交流的写作，也必须与这一趋向同步发展，日益显示其重要功能，日益提高其建立一门新型学科的自觉性、迫切性。

在这一发展形势面前，全国各类高等学校都把写作课列为重要基础课程，并积极探索写作现代化、科学化的发展规律与教学计划，先后编写出试用教材不下数十种。

这本《文体写作概论》，也是顺应这一现实需要的产物。它以各种基本文体为讲练单位，建构了自己的内容体系。当前写作界的研讨热点，在于打破写作知识加常用文体的板结模式，力求从现代思维科学的高度，加深写作智能的开发与写作心理优化的研究。为什么这本教材还采用这种近乎保守的体例呢？我认为可能出于以下两种考虑。

第一，写作学科明显区别于纯理论性学科和纯工艺规范性学科，进入了思想、智慧、技法交叉融合的更高层次，具有综合实践的独特性质。它不能囿于现成知识的传授，也不能囿于个别技巧的分解训练，而必须注重素养、思路的培养和"自求活法"的创造精神的发挥。这样，通过不同文体的教学，通过一系列文体的互补的读写讲练过程，更便于进行开放式、创造型的教育，求得尽可能大的实用效用。

---

[*] 姜启主编：《文体写作概论》，天津教育出版社1987年版。

第二，这本教材的主要对象，是高等师范院校的师生，他们不但要自身具备较高的写作能力，还必须懂得怎样写好文章、如何教好"写作"课（包括中学生作文），以培养直接为四化建设服务的广大青少年生力军。为此设计综合实践的合理写作教程，采取针对性强的讲练课型与手段，以具体掌握文章写作、文学创作和各行各业应用写作的基本规律，可以大为增强学用一致的对应率。而且预测将来的知识激增、边缘分支学科的多元深化，利用文体综合讲练中知识跨度宽、应用覆盖面广的优势，也容易成为沟通各专业、多学科的工具与桥梁。

基于以上认识，再加参与编写的都是高等师范院校的写作教师，便形成了这本教材的突出特点：一是明确、稳妥、通用性强；二是注重文体特征、写作技法的具体讲析，多通过典型文例进行写作规律的有机剖视；三是注意吸取近年来写作研究新成果，力求推陈出新，有所开拓深化。

因系集体合编，大都在繁忙的教学中挤时间写稿，每一章的构思与行文，难以达到同样的精度，个别的疏忽错讹也是难免的，有待于继续修改补正。

我参与了一些主要的编审工作，感到负责主编和统稿的姜启、张兆勋、张九韶等同志，精诚团结，积极筹措，认真负责，保证了编写的质量与进度。所有分工执笔的同志，都依照统一设想，尽心竭力，互相听取意见，不厌多次商讨和反复修改，显示了为振兴写作学科而同舟共济的事业心。我在此深表赞佩，并对写作学科为四化大业贡献更大力量寄予殷切期望！

1986 年 7 月 21 日

《工商行政管理应用文写作教程》序言[*]

  四化建设的发展，管理体制的改革，使应用文写作愈加显示出它的重要性。目前，从党政领导干部到一般工作人员，都非常重视正规的应用文写作训练，努力提高应用文的写作质量与效率。

  近年来，关于一般应用文与公文习作的读物，已出版不少。并且随着专业分工的科学化、现代化，应用文写作正在向多元分支发展，如科技论文、司法文书、财经文书等方面的写作研究与辅导，开始受到重视，专业性更强的刊物与书籍，也在陆续出版。这本《工商行政管理应用文写作教程》，正是顺应此种发展趋势编写成的，是以积极开拓精神，最早为工商行政管理学校提供的一本适用的写作教材。

  我感到这本书有以下几方面的特点。

  第一，从内容看，先讲一般应用文的写作原理，然后具体阐述市场管理、企业登记管理、经济合同管理以至经济检查等方面的应用文。这符合由一般到特殊的认识规律，也能为研习者打造较全面的理论知识基础，以便提高写作实践的自觉性、规范性和因宜适变的活用能力。

  第二，从编写体例看，全书着眼于对口实用，突出实用频率高的例

---

  [*] 叶世超、纪文、马炳文等编：《工商行政管理应用文写作教程》，河南教育出版社1988年版。

文，并注重实践环节的启发引导。这种求实务实的精神，提高了有的放矢、立竿见影的现实指导作用。

第三，从语言文风看，既注意了概念的准确简当，又讲求解析的清晰畅顺，具有纲举目张、深入浅出的可读性，使人易于把握要领，便于自学。

还有值得提出的，即当本书进入修订统稿阶段，适逢国务院办公厅于1987年2月18日发布了《国家行政机关公文处理办法》的通知。这不啻为本书的编写树立了最新准则，在各有关章节中全面认真地加以贯彻，从而进一步提高了书稿的科学性和实用价值。

参加编写的叶世超、纪文等同志，都在工商行政管理学校任教，积累了丰富的写作教学经验。通过他们的广泛搜罗、精心提炼、周密构思，才能从无到有地完成这一教程的系统建构。这番创造性的艰苦劳作，是很有意义、值得敬佩的。

各类应用文还处在发展变化之中，本书的编写，只能说是初具规模，至于分类是否妥当、例文是否典型、格式是否完善、处理方式是否符合现代化手段，尚需不断探索、更新。希望编者再接再厉，精益求精，在试用过程中征求意见，补充修订，以跟上时代的脚步，更进一步满足读者的需求。

1987年5月26日

润物细无声

——《小学课外读物丛书》简评[*]

案头摆着端雅而玲珑的六本小书:《新诗选读》《古诗选读》《散文选读》《故事选读》《寓言选读》《童话选读》。这是山东教育出版社1986年编辑出版的一套小学课外读物丛书（以下简称为《丛书》），也是当前儿童文学出版物中，目的对象十分明确集中的一套别具一格的精新选本。

《丛书》发行不久，销售一空，现在已是第二次印刷的版本了，其深受读者欢迎的情况，由此可见一斑。

当一些低级庸俗的书刊泛滥于世，并像妖风毒雾一样侵蚀童稚心灵的时刻，《丛书》的出版和取得占领小学第二课堂的胜利，自然是值得大为庆幸的事，从而它的编写特点与感化魅力，是更值得我们珍重与深思的。

一 在选材内容上，知识性与趣味性水乳交融

少年儿童正当童蒙初启的旺盛期，社会与自然万物的信息，随时随处都会给以"发现"的喜悦和"意外"的收获。通过孩子们喜闻乐见的

---

[*]《小学课外读物丛书》，山东教育出版社1986年版。此文原载《山东书讯》1987年第10期。

文学载体及生动形象,把德、智、体、美、劳诸多方面的引导启示渗透其中,可收事半功倍、受用终生之效。《丛书》照此原则,收罗极丰富,选编也极为精粹新颖。如寓言《兔子和乌龟的第二次赛跑》、童话《小皮球的奇遇》、新诗《字典公公家里的争吵》等,于谐趣横生中,就把某种哲理、经验、智慧铭刻在纯洁的心底了。

二　在编写体例上,明确性与点拨性协同互补

《丛书》的编写,如布阵下棋,作了周密灵活、深入浅出的通盘设计。每册的"前言"分别作了读和写的概括指引,每篇选文各附有"词语注释"和"阅读提示",每首古诗则加设"说明"和"译文"。这样,既适当解疑排难,又注意抓住关键,画龙点睛,启发天真而又严肃的思考玩味,做到笔墨简明又不断爆出情思的火花。如寓言《蚂蚁与犀牛》的"阅读提示",先讲一个《汉书》中"夜郎自大"的历史故事,旋即古为今用,类比剖析蚁王妄自尊大的无知,不过百余字的篇幅,恰好使扩大知识面与加深文意领悟达到相得益彰的境界。如童话《小溪流的歌》的"阅读提示",给全文以简明扼要的分析后,以突出位置概括小溪流在形象地说明一个真理:"奔流向前就意味着成长壮大,停滞不前则意味着衰退消亡。"随着这生生不息的动势,强调小读者应牢记这富有生命力的座右铭。

三　在排版装帧上,力求图文并茂、形神契合

六本小书,封面设计的规格是划一的,但每本的中心画面却紧扣不同的内容特点,画了富有童心美与幻想特色的各种图像。每一选文的题头插画,都是为内容传神写照的典型景物,再加文中多幅插图和多彩多姿的尾花衬托,几乎每一页都有与文字相映成趣的画面。小读者翻阅起来,非但没有枯燥沉闷之感,而且感到步步入胜,益增身临其境、神游

意会的真切感受。

  以上特点，也许都是表面可见的，我们还应在三者的有机结合中，把握贯串其中的脉搏与灵魂：即包孕于诗文深层的美好理想、时代精神和高尚情操的熏陶感染。我们细读《丛书》，边读边思，可以在平易恳切的愉悦中，不知不觉地受到民族气质的浸润和现代意识的启迪，乃至于向着社会主义"四有"新人的高度，展开奋斗的翅膀！

  总之，今天广大的少年儿童，正在改革开放的春风化雨中成长。《丛书》，满载着作者与编辑育新苗、浇花蕾的殷切情意，确实发扬了"好雨知时节"的优势，起到了"润物细无声"的深远教育作用。

1987 年 10 月 11 日

一部新颖而实用的文学理论工具书

——简评《文学理论简明辞典》*

工欲善其事,必先利其器。得心应手的器具,是圆满完成事功的先决条件。我们在阅读文学理论作品、备课或写作时,常常会因碰到一个陌生或记忆模糊的名词而"卡壳",便只好东翻西找、冥思苦想。每当这时便叹曰:假如手边能有一本大全式的文学理论辞典该有多好!有所求必有所应,现在由李衍柱、朱恩彬主编,山东教育出版社出版的《文学理论简明辞典》(以下略称《简明辞典》),给我们送来了解难释疑的检索工具,真是一件求之不得的幸事。

李衍柱、朱恩彬同志在文学理论领域辛勤耕耘多年,并都多有建树。他们在繁重的教学工作之余,组织文艺理论教研室的同志,在参考已出版的有关工具书和著作、吸取文学理论发展新成果的基础上,分工协作,完成了这部新颖实用的文学理论辞典的编纂工作。

综观全书,可以看出它有以下三个特点。

其一是实用性。实用,是所有辞典都应具有的功能。但由于读者对象不同,各种辞典的实用程度也就不同。诚如《简明辞典》前言中所提出的那样,编写这本辞典的目的是"为了适应教育事业的发展,满足广

---

* 李衍柱、朱恩彬主编:《文学理论简明辞典》,山东教育出版社1987年版。此文原载《山东社联通讯》1988年第2期。

大中小学语文教师和在校的大学本科、专科、函授、夜大学、职工大学、自修大学、电视大学中文专业教与学的需要"，因此全书在编写时力求通俗、简单、明了。为了适应读者的检阅习惯，辞典除了前面刊有按照文字顺序排列的"词目分类目录"外，还附有"词目音序索引"，这样读者就可以按"音"索骥，大大缩短了查阅的时间，为读者提供了极大的方便。

其二是全面性。《简明辞典》融古今中外于一体，共选收文学理论常见术语、马克思主义经典作家和文艺理论常见术语、马克思主义经典作家和文艺理论著作、中国文艺理论家和文艺理论著作、外国文艺理论家和文艺理论著作、文学思潮、文学流派和文学社团等方面的词条一千零四十三条，成了集文学理论大成的知识库。一些较生僻而一般辞典不常见的词条，诸如"当行""诗境"等，也被收进辞典，供阅读查考之用；在词条的解释上，也力求准确而全面，对人名词条的解释以小传的形式出现，生卒年月、人生历程、主义著作及理论观点，应有尽有；中国文艺理论家名、字皆备，外国文艺理论家除印度、日本等国外，在采用通行译名的同时，还在人名词目后面的括号内附注外文全称；文艺理论著作，除了注明作者、初版年月，介绍著作的主要思想观点及其在文学史上的地位外，还注意了其版本的演变，如［新艺术论］条注曰："蔡仪著。1942 年写成，同年由重庆商务印书馆出版，解放后在上海群益出版社出第二版。1958 年，又改名为《现实主义艺术论》，由北京作家出版社出第三版。现已收入 1981 年上海文艺出版社出版的《美学论著初编》上册。"这样读者就会对这本书的来龙去脉一清二楚，而不会误把《新艺术论》和《现实主义艺术论》当作两本书。

其三是新颖性。这是与第二个特点相联系的，唯其新，因而有全，两者是互为依存的。近几年来，文学理论得到迅速发展和充实，美学热、文化热、方法论热……一浪高过一浪。由于现代文化的中西交融，文学评论界实现了"拿来主义"，外国的新思潮、新名词源源不断地涌入中国当代文坛，有人称之为新名词"爆炸"，这一切都给文学理论带来了新的变化。《简明辞典》正是在这一文化背景下产生的，因此它的新颖性主要表现在以下几个方面：一是收入了近几年来从西方涌进中国当代文坛的新词条，如原型批评、精神分析学派、存在主义、语义学派、魔幻现实主义等，都是《辞海》（包括1983年出版的增补本）及一般的工具书上所查阅不到的；二是收入了近几年来中国当代文坛所产生的一些新词条，如朦胧诗、宏观研究与微观研究、"积淀"说等；三是词目相同，但对词目的解释不同，或在词目原义的基础上又加进了新的解析。

如［结构主义］词条在《辞海》（增补本）上解释为"西方当代心理学主要思潮之一。代表人物是瑞士皮亚杰。认为人类的认知活动具有一定的结构，它以图式、同化、顺应和平衡的形式表现出来，并有三个基本性征……"，而在《简明辞典》上则解释为"本世纪六十年代以来流行于欧美的文化思潮，在国际上有较大的影响。人们通常把瑞士语言学家裴迪南·德·索绪尔所写的《语言学大纲》看作是结构主义理论的开端。作为文化思潮，结构主义涉及社会科学的许多部门，如人类学、心理学、语言学等"。前者只是把它作为一个心理学名词来解释，而后者则是作为一种文化思潮来解释，含义要比前者宽泛得多。

又如［系统研究］一条，这个词条是近几年来中国文坛所产生的新名词，《辞海》上没有这个词条，但"系统研究"又是由"系统科学"的应用、衍化而来，《辞海》（增补本）上把"系统科学"解释为"一般系统论和系统工程的统称。二十世纪四十年代奥地利生物学家贝塔朗菲（1901—1972）把生物有机体当作一个系统来研究，于1956年发表了《一般系统论》，确立了各种系统的一般原则……"《简明辞典》上的"系统研究"释义的前半部分与《辞海》所注基本相同，但在后半部分解释道："……近几年来，我国文艺领域亦在引用这一理论，尝试解决自己的课题。所谓系统研究，就是指要把对象作为一个系统，从整体出发，从整体与要素和要素与要素的相互联系、相互作用中综合地把握对象，以达到最佳目标……"这是在《辞海》的基础上有所增益的新内容。

众多新名词的产生，并不只是作为一种空洞的语言形式出现的，相反，新名词本身包含着丰富的新的思想活力，它说明了这样一个事实：

正是由于以往的旧名词已经容纳不了这个时代所创造的新生事物的需要，导致了这些新名词的应运而生。它们的产生，给文学理论注进了新鲜血液，有力地推动了中国当代文学理论的发展。

本书成于众人之手，加之编写时间短促，难免有错漏之处。有的词条明而不简，对词条的解释流于琐碎冗长，有的词条解释也欠完备。但瑕不掩瑜，总起来看《简明辞典》仍不失为一部新颖而实用的工具书，一册在手，可受用无尽。

1988 年 2 月，与吕周聚合作

具有方法论意义的"导读"

——《现代文章精品导读》序言*

一

我国有句俗话："师傅领进门，修行在个人。"与此类相似的，还有一种文雅的提法："大匠只能授人以规矩，不能授人以技巧。"这都是说，各种学习的启蒙阶段，需要师长前辈的指教，以掌握入门的要领，打好提高的基础；至于培养更熟练的技巧，达到更高深的造诣，那就要靠自己在勤学苦练中独立思考，使智力得到顺利开发，使创造力得到充分施展。我们教书育人，若能自觉地掌握这种思想方法的关窍，也即突出方法论的意义作用，定会收到循循善诱、事半功倍的效果。

记得四十年代，我刚教初中国文课时，商务印书馆有《精读指导举隅》《略读指导举隅》两书出版，当时对于缺乏语文知识、又无教学经验的我，真是如获珍宝，如遇津梁，不仅学到了阅读分析文章的基本规律方法，而且通过讲读教学的反复摸索改进，确实尝到了"举一隅而以三隅反"的甜头，感到自己在文章的百花丛中，练出一点蜜蜂的本领，开始接触采集、酝酿、创新的"酿蜜"之乐了。

---

* 曹明海编著：《现代文章精品导读》，山东省新闻出版局（1988）4—001号，1988年版。

我觉得曹明海同志所著《现代文章精品导读》一书，是他在高等师范院校从事语文教学法工作的智慧结晶，是一部具有方法论意义的"导读"。究其价值，不在于知识理论的丰富新奇，也不在于规程步骤的完整周密，最主要的是突出了"导读"的启发诱导精神，向中小学语文教师和广大青少年学生，剖示读解消化文章精品的"行为结构"，从而培养"举一反三"的阅读能力。

二

《现代文章精品导读》的方法论意义，是通过如下的编写特点体现出来的。

1. 以精粹的范文为主体，构建阅读思维方法的指导体系

阅读是一个复杂的认识过程，通过对字词句篇的分解整合与文脉意境的发微探幽，才能准确把握主旨，深刻感受情思，以得到求知的效益或欣赏的满足。有效的阅读指导，除应遵循一般的要求方法外，还必须在文章的有机整体中，掌握一种"阅读机制"，建构阅读思维方法的指导体系。为此，著作者把有关阅读知识方法的概述，仅仅作为引路的标记，进行极为简要的点拨，而把主要精力用在范文的精细筛选、优化组合与具体阐述上，力求沿着纵横两个坐标系，把自己研读索解的经验体会和智能技巧，有计划地渗透进文章的具体分析过程当中。纵的方面，注意了选文的时代跨度，从二三十年代直到当今，都编列有代表性佳作，以便于接触不同历史文化背景下文章构思运笔的特点与文风流变。横的方面，把范文分为记叙、议论、说明三大类，显示文章类别相同而又手法多样，以便于通过同中见异的比较，识别在不同性质、目的下文章构思的大体规范与技法的千变万化。这样厘清文章的内在思路和结构方法的类型，如同推出文章的活典型，使之现身说法，有助于把握全文的运行机制，获得心领神会的全息图像。

2. 掌握目的与重点，活用习惯思维与创造思维相结合的阐释方法

把范文分析深透，既要符合读者的认识规律，又要善于引导读者自

动赏析的积极性。著者本此原则，在全书的统一目的制约下，选准每篇文章的分析重点，作出尽可能集中具体的阐释。这阐释的步骤方法，首先遵照习惯性思维规律，总体上安排"导语""读文""品析"等一般程序，同时又注意扣紧文章构成的动态流程，自然同创造性思维规律糅和对接，层层深入地探索文章"写的什么""怎样写的""采用怎样的逻辑联系与艺术技巧"，以及怎样展开推理、想象，以发掘文章内涵与外延的深广容量。这就避免了公式化肢解文意的弊病，使读者在有规可循的感知基础上逐步加深理解、领悟，以开阔的视野和荡得开的通达感，进入赏析的"二度创造"。

3. 知识性与欣赏性兼顾，培养阅读智慧的生长点

当今世界上的各类知识，平均每五年增长一倍，而且知识更新的步伐还将进一步加快。通过阅读掌握知识固然重要，但更重要的是提高阅读的兴趣、速度、效率，增强敏感和悟性，培养阅读智慧的生长点。因此本书的选文，贯彻知识性与欣赏性兼顾的原则，力求信息量大，富有新鲜感和可读的吸引力。对每篇选文的阐释，除交代必要的知识外，还注重艺术构思与技巧的深微体验，并讲求鲜明生动的文采，以期有利于知识更新和审美观念的更新，激发创新求异的现代锐气。

上述编写特点，体现得并不是圆融周至、完美无缺的，也许仍有一些生涩疏浅的地方。这有待于著者的不断改进，也期望读者有所批判、有所发展，使阅读效果得到增益互补。

三

其实，阅读的多层效益，就是通过作者与读者内心感应的双向互补来实现的。在读者方面，凭其不同的眼光、教养和目的，进行独立自主的赏析，更是治本的积极锻炼。

叶圣陶先生在谈到欣赏文艺作品时，曾深入浅出地指出："文艺鉴赏犹如采矿，你不动手，自然一无所得，只要你动手去采，随时会发现一

些晶莹的宝石。这些晶莹的宝石岂但给你一点赏美的兴趣,并将扩大你的眼光,充实你的经验,使你的思想、情感、意志往更深更高的方面发展。"(见《阅读与写作》一书,开明书店1938年版)这样强调阅读欣赏的自觉性、创造性,今天看来仍然是很有指导意义的,希望我们能够视为提高阅读效益的关键,慎思之而又笃行之。

  让我们切实锻炼培养阅读能力,遨游于学海书山,为祖国的"四化"建设更多地贡献聪明才智吧!

1988年9月5日

探索散文奥秘的指南

——《散文鉴赏与写作》序*

  散文是一种综合性、边缘性文体,既运用小说的叙述描写,也饱含诗歌的抒情想象,又吸收报告文学的逼真生动,还糅合杂感随笔的议论点拨……它总是以绰约多姿、挥洒自如的艺术魅力,显示其优势与特长的。

  因此,对于阅读与写作的基础训练,散文具有非常亲切活泼的启示力;对于日常的欣赏与学习,散文有如老友谈心,带来更大的信息量;对于攀登文学创作的高峰,散文则可以提供构思运笔的智慧、技巧和活力。在我们的精神文化生活中,散文确实发挥着不可缺少的传播工具和审美媒介作用。

  黄悦新、赵维东二同志多年从事散文的创作与研究,他们的《散文鉴赏与写作》一书,正是基于现实生活的迫切需要而精心结撰的。我感到,这本书里有理论阐发,有经验描述,还有作品的传神剖析,虚实结合,深入浅出,不愧为探索散文奥秘的指南。

  具体看来,全书的主要特点,还可以从以下几个方面把握。

  第一,观点比较新。在散文观念的更新嬗变中,不因循陈规旧习,提出了一些与时代同步的审美见解,如散文写作倾向的理性强化,散文

---

* 黄悦新、赵维东编著:《散文鉴赏与写作》,青岛出版社1989年版。

的现代意识与作为人生博物馆和生活教科书的品格的追求，以及情绪和意志的自主性、创造性、表现性的充分体现等。能正确引导我们理解当代散文的性质、地位、作用，清醒地审视其审美流向的运行轨迹。

第二，结构布局在随意中见严整。全书三十多篇短文，每篇标题各异，自成独立的篇章，而各篇连贯起来，却有内在的纲目系统，大体沿着理论指导的纵横思路、创作实践的基本历程和散文作家作品的典型示范，构成有机的创作心态流程的显像图。使读者得到关于散文创作的难以言传的感受机制与心灵体验。

第三，自由地变换立论角度和方式。笔调也力求坦率自然，有的是旁征博引的比照，有的是集中锐利的透视，有的施展层层剖析的鉴赏能力，有的侧重微微恳谈的启悟性。总之，尽量脱弃单一的说教模式，以散文的风格揭示散文艺术的真谛与生命力，以求寓庄于谐，雅俗共赏，得来全不费功夫。

如一切事物都可以一分为二那样，《散文鉴赏与写作》的内容也难免菁芜并存，我们在把握上述撰写特点的同时，也会发现不少沉赘、枝蔓、浮泛的弊病，这有待作者从严反思、提炼，也希望读者以批判的目光，有所辨识、取舍。

在改革开放的年代，散文和其他文学品类一样，正努力摆脱困境，争取充分的发展与繁荣。刘再复近来在其《散文与悟道》（《文艺报》1988年4月9日）一文中发出这样的呼吁："我认为，要从整体上争取我国当代散文水平的发展，首先必须把新时期的文学精神引入散文界，呼唤散文界出现一大群心灵真正解放的、积极选择的、充满创造精神的中青年散文作家。"从开拓散文创作的新天地这一重大现实意义上说，黄悦新、赵维东二同志的《散文鉴赏与写作》将会起到它应有的作用，我愿意读到它，并乐于推荐给热爱散文的中青年读者们。

1988 年 10 月 20 日

精严务实　稳中求新

——《写作》序言*

目前已出版的高校"写作"教材，种类繁多，体例不一，有的注重观念理论的更新，有的探索训练规程的建构，都为振兴写作学科做出了各种不同的贡献。这本《写作》教材，是根据二年制师专中文专业写作课的目的要求，在充分调查论证基础上编写而成的。我有幸先睹全貌，感到它的主要特点是精严务实、稳中求新，可谓当前写作学研究新潮中涌现的一部对口且实用性较强的教科书。

全书编写的指导思想是这样确定的："从师专写作课教学实际出发，面向初中作文教学的需要，既引导学生探讨文章写作的一般规律和各种文体写作的特殊规律，并通过系统的写作训练，培养学生的写作能力，提高学生的写作水平，又帮助学生了解初中作文教学的任务、要求，初步掌控作文教学的方法、措施，使学生具备正确地指导、批改、讲评初中学生作文的能力。"

在简短提示中，明确规定了师范性、科学性、实用性三位一体的核心要求。师范性，要始终围绕着师专学生目前的培养目标和将来胜任初中作文教学的需求；科学性，要切实把握住文章写作的基本规律和转化为写作能力的系统培训；实用性，要处处照顾到教与学、学与用的便利

＊　杨为珍主编：《写作》，华东师范大学出版社 1990 年版。

及其直接效益。三者相辅相成，汇为聚焦透射的合力，制约着编写的思路与格局，其精严务实的精神可见一斑。

全书纲目的排列、内容的筛选，也无不以精严务实为前提，并尽可能做到稳中求新。编写者的创新努力，总是在朴质无华、稳妥可行的总体构想下适当显露，以取得更踏实的功效——

例如，在第一章"写作准备"中，为了克服过去机械地研究文章成品的偏向，重点阐释了写作主体的智能结构，使学生认识思想品德、心理能力、生活储备、学识教养等因素的综合积淀，乃是练好写作基本功的动力源泉。在这方面细分条理，罗织新说，绝不是单纯为了知识上的除旧布新，更主要的是指明写作过程中应重视的关键，引导学生自觉掌握写作的最佳心理机制。

再如，行文中为了拓展思路，加深理解，多举例文作分析，多引用古今中外的名家名言来印证。这也不是为了炫耀知识、夸饰文采，而是力求熔写作理论与感性体验于一炉，有助于启发学生运思练笔的积极性，以更深广地培养自己的写作智慧与才能。

尤其是第八章"写作训练"，联系中学的作文教学，进行教学法的探讨，这为一般写作教材所缺少。作为全书有机组成的思想起点与实践归宿，不仅显示了教材的开拓性，也提高了教材的学术水平，落实了教材的实用价值。

还有一个突出感觉，须顺便一提。由于编写者都具有长期从事师专写作教学的经验，能较好地把握编写的重点、难点，使用中可供师生"按图索骥"，收到思考练习的得心应手之效。同时，由于编写者写作知识与能力的局限，不可能兼通多种文体的写作奥秘，以至有的部分，写的不够深透，这也是难以避免的。

总之，教材是教学的根本依据，其编写质量的高低，要通过教学实践来检验。愿这本《写作》教材，在师专广大师生的褒贬声中，不断地充实完善起来！

1988 年 12 月 27 日

提高知人论世的阅读效用

——《中学语文作家小传》代序*

知人论世，是我国读书评文的传统法则。要真正了解作品，就必须知其人、论其世，既要把握作者的身世、品德、修养特征，又要认清作者所处的时代环境与当时的写作动机。鲁迅先生对此也有精辟论述，曾说："倘要论文，最好是顾及全篇，并且顾及作者的全人，以及他所处的社会状态，这才较为确凿。"（《且介亭杂文二集·"题未定"草》）可见，这是古今公认的读书经验，行之有效的阅读良法。这本《中学语文作家小传》即是本此精神，为中学语文教师提供的专用备课资料，为中学生读写训练提供的课外辅导读物。

为了增强这种备课资料与辅导读物的实用效果，对每一作家的评介，都力求材料翔实精当，并有重点地阐述作家的人品、学识与艺术成就，使学生于获得知识的同时，培养其崇高理想、优美情操和丰富敏锐的审美感觉。从这一意义上来看，本书堪称把工具性、知识性、艺术性熔于一炉的中学生的珍贵精神营养品。

本书对新编中学语文课本中涉及的古今中外作家，基本上都作了评介。其中包括中国现代作家100人、中国古代作家75人、外国作家17人，另外还有中国古代及外国著名的专题介绍13篇。把这些作家、作品

---

* 张正臣、李文亮、李怀仁主编：《中学语文作家小传》，地震出版社1990年版。

介绍系统排列开来，如红线串珠，群星丽天，可约略地窥视到中外文学的发展轮廓。细心的读者，若把宏观鸟瞰与微观赏析结合起来，居高临下地思考文学潮汐与社会变迁的相互关系，还可从中悟到关于求学和处世的一些胆识、智慧呢！

　　本书由张正臣、李文亮、李怀仁主编，参加撰稿的共 14 位同志。集体编写，有长处，也有短处。长处是集思广益，众擎易举；短处是格调不一，质量参差。为配合新编语文课本势必应急而作，由此带来的缺点、疏忽，定会在今后的认真修订中，不断充实完善起来。

　　"心画心声总失真，文章宁复见为人。"（元好问《论诗三十首》）希望《中学语文作家小传》在提高知人论世的阅读效用上，在美化心灵、振奋精神上，在社会主义精神文明建设上，发挥出积极的辅导作用吧！

1989 年 5 月 20 日

尽精微，致广大

——《微型文学作品选》序*

一

浓绿万枝红一点，动人春色不须多。

这"万"与"一"的对逆互补关系，这"多"与"少"的辩证发展规律，道破了艺术上的暗示、象征、升华的奥秘。

当年鲁迅先生分析短篇小说的繁荣，曾指出其重要原因就在于艺术表现上的"借一斑略知全豹、以一目尽传精神"（《鲁迅全集》4卷131页）。

努力弘扬这"一斑""一目"的功效，乃发扬艺术能动性、创造性的关键。

随着现代生活节奏的加快、改革开放潮流的涌动，各种文艺作品的创作更加注意了对速效潜能的开发，力争提炼出高度浓缩的微量元素，做到体积小、容量大、放射力强。

于是，微型的诗歌、散文、小说等，陆续地应运而生了。

这本《微型文学作品选》，经过从严筛选，精细组列，不愧为奉献于新时代的精神珍品、提供给新文坛的艺术珠玑。

---

* 贾祥伦、程诚主编：《微型文学作品选》，济南出版社1989年版。

二

  这里精选的各种文学作品，出自菏泽地区百余作者的灵心与妙笔。有的发于省级报刊，有的发于全国性报刊，有的还是获奖佳作。现在集纳成册，尽管还是一些小镜头、小侧面，却能牵动我们联想与共振的神经，重新回到改革十年的风风雨雨、恩恩怨怨的体验和反思之中。

  因为这些作者分布在生产建设的第一线，有直接经历，有血肉实感，所以能写出创造中闪光的一面、前进中关键的一步、机遇中精彩的一瞬，以及发现的喜悦、失落的困惑……

  因为这些作者审美观念的不断革新，在生活纪实中嵌入主体的内在品质，捕捉心灵深处的颤动，从而给予我们的，不仅是表层的感知与感动，而是有关人格力量、生命真谛的感悟。

  请不要以其浅易短小而有所轻忽，若能放在政治文化的背景中思忖其来龙去脉，会从生活的小感触融入历史的大趋势，获得一些哲理的启迪、上进的信念。

三

  制小表比造大钟要更加复杂费力。

  优势的微型文学作品，是各类作品精纯化、现代化的结晶，必须有特别严格的要求，要付出特别艰辛的劳动。

  入选的这些短小精悍的作品，从其不同体式的局限与特长出发，多视角、多层次地显示了创作的智慧与技巧，使人感到琳琅满目，美不胜收。

  但作为写作上基本的、共同的审美特征，可用精、新、巧三字来概括。

  精：选材一以当十，立意精辟独到。抓住最佳的动情点或运思的突破口，三言五语即构成辐射性的语义、语境，从容自然地整合出缩龙成寸、尺水兴波的广袤世界。

  新：运用现代人的敏感，创新思维方式。在有限的文字篇幅内，别开园林、扇面的新生面，安排好疏密有致、虚实相生的松动格局，贯注以波澜起伏的节奏气韵。

巧：注意吸取多种艺术营养，给予巧妙的穿插点染。诸如新闻的单纯明快、影视的纵横闪耀、歌舞的造型传神等，予以适当转化调配，在疏淡的笔墨中产生平中见奇的艺术魅力。

微型文学作品的写作技巧，丰姿繁多，很难就范于某些模式。其实这本选集，篇篇巧妙不同，步步引人入胜，是靠文本的"现身说法"编纂而成的鲜活、切实、完备的写作指南。

四

从新时代信息传输的需要来看，从微型文学生长青春期的环境需要来看，微型文学的发展现状是不能令人满意的。

发表微型文学的园地少而分散，微型文学专集的出版也寥寥无几，有些微型文学作品徒具苟简的形式而无精湛的内容，似乎尚未摆脱在报刊上填空补白的身份地位。

在文学大家族中，微型文学还不能独树一帜、开一代抉微探幽的新风气；也没能集结成专攻精进的队伍，出现小诗巨人、短章圣手。同时对于有关的评论、总结、推广工作，很少有人关心过问。

就此而言，《微型文学作品选》的出版，是有倡导开拓意义的，正好乘机发出殷切的呼吁：

大力提高微型文学钻石精金的品格！充分发挥微型文学海涛天风的气势！让微型文学为中华民族添几笔"点睛"的重彩！

1989 年 6 月

议论文写作规律的新探索

——《议论文写作技巧》序言*

关于议论文的写作，古今中外的阐释既多且详，似乎很难另辟蹊径、有所超越了。

但王宝大同志知难而进，专心致志，终于写成了《议论文写作技巧》这部系统完备的书稿，行将付梓，要我写序。

我先是怀着试试看的犹疑，进而对书中一些重点章节悉心品读，以至最后被其执着创新的实干精神感动了。为此，我不能不捧出朴素而恳挚的心腹话，郑重称誉：这的确是议论文写作规律的新探索！

何"新"之有？又怎么称得"探索"呢？

第一，在编写的指导思想上、思维结构上，有了新突破

过去一般有关议论文知识的表述，不外是介绍论点、论据、论证等概念，再就是列举演绎、归纳之类的推理程序，干巴巴的几条筋，读来索然无味。而《议论文写作技巧》（以下简称《议论文》）的编写，则跃上一个新的思想高度，把议论文视为一个完整而充满生机的"理群"，给予有机的动态透视，而不把它作为文章成品进行定格肢解。这

---

* 王宝大：《议论文写作技巧》，中国青年出版社1990年版。

个"理群"由中心论点构成全文的"意脉中枢",然后让一些分论点各就各位,贯串簇拥,并注意加强"理群"内部的向心性、有序性、多样性,以形成控纵自如的"理群"内在机制,充分发挥议论风生的逻辑力量。我觉得这样使议论文站立起来,扩大运动空间,赋予活泼的生命力,不正是利用系统论科学方法的渗透梳理,提高议论文研究层次的可行尝试吗?

第二,在学科理论体系的建构上,掌握了推陈出新的渐进程序

马克思主义者认为,人们创造自己的历史文化,并非随心所欲的,必须是"从过去继续下来的条件创造"。前一个时期,随着我国文艺理论上新观念、新方法的大量引进,写作学科也开始了现代理论体系的构想,随即出现彻底否定传统、硬套新学科术语的迷乱倾向。这本《议论文》却没有追逐时尚,对议论文的教学,一直是尊重多年实践总结出来的合理规则,在前六章坚持原来议论文的常规训练教程,到后四章才由浅入深地逐步开拓,依次上升到了说理技巧、论辩文采、即理抒情、议论美学(文气论)等复杂抽象的课题,以升华到这一特定文体的最高思想艺术境界,最大限度地显示出论证的深度与魅力。这样"阐前人所已发,扩前人所未发"(刘熙载《艺概·文概》),在继承的基础上革新,切实掌握推陈出新的渐进程序,对于综合实践性很强的写作学科,是更为稳健可行的。

第三,在教学过程的组织上,重视理论的导引作用,更强调写作的真本领

为此,全书内容严格服从教学的责任目标,将有关的写作知识、概念和理论阐述,尽可能提炼到指要点睛的程度,留出更多篇幅充实以典型的写作事例和经验体会,对知识向能力的转化起到牵线搭桥的作用。

尤其是对写作实践中的难点、障碍，例如怎样提炼论点，怎样消除无理、理浅、理短、理乱等弊病，以及驳论中怎样树立"靶子"、选准"突破口"等，也注意从构思、运笔的关窍和机智上，作举一反三的启示，达到智能的有效开发。还有各章节后的思考练习题，也不是随意拼凑、聊备一格，而是作为应有的思维和表达能力的配套训练，精密创建起来的催化和召唤结构。统观《议论文》全书，虽然没有文思的万斛泉源、辩才的踔厉风发，但从讲求实效、切合实用的效率来看，没有花架子，处处给人以"按图索骥"之术，也时时触发得心应手之兴。

看似平常最奇崛，成如容易却艰辛。关于这本不怎么起眼的《议论文》，我知道是作者从1983年初开始起草，1984年夏先在校内自印，作为试用教材，又先后经过六年的汇集、编纂和三次大改动，直到1989年夏，才经全面修订而定稿。其间昼思夜想之劳、呕心沥血之苦，是可想而知、深为同行们感佩叹服的。同时，这些年的大部分时间，作者用于大学课堂讲授和刊大、业大的辅导，他本无意为著书而像鲁迅先生批评的那样"去硬充其中的角色"，只是为教学实践的需要所驱使，以教学实践的效果为依托。这样，求实的品格贯彻其中，在求实中取得的哪怕是微小的新意、新法，也才能落地生根而发育滋荣开来。

我作为一个历经坎坷的老年写作教师，面迎"振兴写作学科，为四化建设服务"的学习、研究新高潮，看到文章学、写作学以及多元分支的文体研究、边缘学科的移植交融等成果纷纷出现，不禁产生喜不自胜、无限敬畏的心情。因想到自然界有两种最令人敬畏的力量：一是大海的奔腾，显示着力的汇集与撞击；二是檐雨的穿石，标举着力的恒久与专注。在今后以探讨写作理论体系为核心的学科建设中，我迫切希望有更多的《议论文》似的专题研究，走继承革新之路；有更多年富力强的同志，作稳健开拓的贡献；在群力的汇合汹涌、毅力的坚定专一中，开创一个集大成的文章理论的辉煌时代！

当然我也无意给《议论文》以至高至美的评价，它的美中不足还可能不少。书中第十一章关于文气的论析,就缺乏锤炼概括,违背全书深入浅出的统一基调。还有其他一些定义界说、名言征引,与准确周密的科学性,尚有一定差距。深信这类枝枝杈杈,会在茁壮成长中逐渐得到纠正和完善。

1989 年 9 月 30 日

历史文化的一串珠花

——《孔门寓言集》简评[*]

鲍延毅教授编著的《孔门寓言集》,既是一部文献资料专集,又是一本雅俗共赏的古典文学读物。置诸案头,随时翻阅,无论从哪种角度来要求,均可收到"开卷有益"的效果。

"孔门寓言",顾名思义。好像是专门为推崇儒家而编的。其实,编著者毫无门户之见,而以开阔的文化视野,广泛搜罗先秦至晚清的子、集与杂著中的有关记载,精心摘选,翔实注析,借孔子及其门生的典型生活细节,阐发生动朴素的人生哲理。在106篇选文中,有正面肯定孔子学说、品格的,有客观评述孔子言论、理想的,也有像《孔子西藏书于周室》《两小儿辩日》等篇嘲讽孔子认识偏颇或知识缺欠的,还有《孔子自辩》《盗跖斥孔丘》等篇尖锐批判孔子虚伪卑劣品质的。当然,历史上孔子言行的纪实与文学上的演义创造,应当区别对待,但通过《孔门寓言集》这一被学术界长期忽略的侧面,可为我们认识祖国历史文化的宽广绵远和交融互补,提供更加可信的多层次感知。

寓言,作为寓理于象的轻便文体,在先秦诸子的著述中已广泛应用,以后历代嬗递不衰,且体式文采日趋完备丰美。《孔门寓言集》中的选

---

[*] 鲍延毅编著:《孔门寓言集》,解放军出版社1989年版。此文原载《山东社会科学》1990年第2期。

文,以先秦作品为主,兼及汉唐明清,观其内容的亦庄亦谐、结构的有整有散、想象力的丰富恣肆、语言技巧的机敏锋利,真可谓包罗万象、挥洒自如。例如《苛政猛于虎》的简洁警策,《鲁侯养鸟喻》的议论风生,《孔子穷于陈、蔡之间》的从容跌宕,当今寓言爱好者与创作者可从比较赏析中,溯源观流,体会祖国寓言宝库的绚烂多彩、美不胜收。

由于这些寓言多产出于我国中古以前,涉及当时历史、政治、哲学、习俗的一些名物文辞,必须详加注疏,方能克服文字障碍,领悟其精神实质。编著者这方面的匠心与创意,是值得称道的。其编写体例,除一般选本统有的"著作及作者介绍"和"注释"外,还特设"今译"及"讨论"两项。"今译"的文笔,贯彻信、达、雅原则,将极其简古的句法文风,传达到既不失真而又能融会贯通、楚楚有致。特别是"附论",有提要点睛的概括,有援古证今的推论,有类比延伸的考索,有解疑补偏的提示,篇幅都极简短,视角灵活多变,令人读来每每随着心理期待效应,获得"鸟道行尽,天宇乍开"的满足与启示。

综观以上几方面,可知《孔门寓言集》能集纳学术性与可读性于一身,开拓了古籍整理与普及文化知识相结合的新途径,有助于古人与今人之间在心智层面上的交流与共鸣。从这个意义上,我们视这本选集为"历史文化的一串珠花",是更能以珍惜之情,显示其认识意义与审美价值的。

《中共中央关于社会主义精神文明建设指导方针的决议》中,号召我们"创造出以马克思主义为指导的,批判继承历史传统而又充分体现时代精神的,立足本国而又面向世界的,这样一种高度发达的社会主义精神文明"。在这样明确辩证的方针指导下,我们急切盼望着《孔门寓言集》这类"历史文化的珠花",数量更多、质量更高地奉献出来!

1990 年 1 月 4 日

系统·规范·实用

——《文秘工作概论》序言*

文秘工作，是行政机关各司其职的动力枢纽和运行渠道，具有很强的专业性、策令性、时效性。因此，文秘工作者必须具有较高的政治文化素养、丰富的业务管理智能、踏实的文字表述功底，而且还要经过相当时间的实践锻炼，真正培养出细心服务、一丝不苟的谨严作风，方能达到精明干练、胜任愉快的地步。

目前，我国的四化建设方兴未艾，各种管理体制的改革正在逐步深入。对于各行政部门的文秘工作，当然也提出了更加科学、高效的现代化要求。作为合格的文秘工作者，怎样跟上改革开放的步伐，加强专业化的进修或正规培训，就成为迫在眉睫的问题了。

谢亚非同志主编的《文秘工作概论》，就是根据文秘工作日益提高的专业标准而提供的一部雪中送炭、契合时需的教科书。该书编写的指导思想是：面向党政机关及基层宣传部门，传授机关实用文体的写作知识和文秘工作的基本规程，力求通过系统研习，大致掌握各类实用文体的写作要领，熟悉有关文秘事务的处理要求和程序，以提高工作效率，更好地服务于国家的改革与建设。为切实贯彻这一指导思想，组织高校写作课教师和党政机关干部共同编写，尽量发挥理论与实践密切结合的优

---

* 谢亚非主编：《文秘工作概论》，陕西人民教育出版社 1990 年版。

势,既保证编写内容的学术水平,又突出对口适用的特点。

现在有关应用写作方面的著作已出版多种,比较而言,本书在内容编排的系统全面上,在构思行文的规范精确上,在参考运用的切实便利上,是有独到的设想与贡献的。

第一,全书按上、中、下三编,从文秘工作者的修养,到文秘工作常用文体写作,再到文秘工作处理的办法经验,基本上沿着本体论、认识论、方法论的思维规律,建构起系统完整的理论框架。而在常用文体的组合系列中,又遵照文章写作原理,划分由基础到专用的有序化类别,依次集纳多种文体细类,形成一个互相联系、功用齐全的讲练体系。以便研习者从宏观目的性与内在的合规律性上,触类旁通,因宜适变,进行既准确而又富于创造性的活用。

第二,为培养文秘工作的严细作风,在内容编选上努力提高思想性、科学性,贯彻有关政策法规的精神,在语言文字与书写款式上也力求准确正规,体现扎实庄重的文风。对于文秘有关的各项活动,如调研、信息、协调、查办以及文书处理和立卷等,也均按当前通行制度,予以详尽说明和经验性提示。总之,一切都恪守规章惯例,达到高度规范化标准。

第三,考虑到文秘工作是最讲求实事求是、立竿见影的,因而书稿的编写,严格贯彻实用的原则。所编各种文体的细类,如记叙体的消息、通讯,议论体的思想评论、讲话稿,应用体的简报、会议纪要,并重点讲解经济法律文书和行政公文等,这些都是行政科室工作中使用频率最高而必须熟悉掌握的。同时,在讲解每类文体时,概念知识部分只求提要钩玄,尽量简明,而对其作用、写法、格式及应注意的问题,则条分缕析、详尽交代,希望尽可能缩短由知识到能力的转化过程,在书本中找到得心应手的有效参照系。

综合以上系统、规范、实用的特点来看,本书的编写,是在理论性与知识性相结合、科学性与实践性相融会上,力图有所开拓与建树的。在众多应用写作专著中能够这样独辟蹊径,应当说是一项严肃而有切实意义的创新工程,应受到大家的重视与欢迎。

事物的发生发展，都要经历由稚嫩到成熟、由粗糙到精美的过程。本书也必然会有力不从心的一些缺点和问题。希望广大读者给予爱护性的批评建议；希望编者虚心求教，精益求精地补充修改；尤其希望结合国家政治体制的改革，更多的有志之士后来居上，编写出新颖完备的《文秘工作学》之类的集大成式的力作来！

1990 年 1 月 22 日

《文学创作引论》序言[*]

贾祥伦同志是一位开拓型的青年学者，他在从教与治学方面，总是不安于现状，一直为改革创新而奋斗拼搏。在山东省写作学会历次的学术活动中，他不断写出新成果，提出新见解，而且议论风生，充满朝气和信心。对此我每每窃喜：省内高校写作教师队伍中，能有这样的生力军蓬勃崛起，一定会为振兴写作学科开创新局面，作出特有的重大贡献的。

果然不出所料，祥伦同志先后总结了散文写作教学的成功经验，试行了寓写作知识于范文讲练之中的教学体系，并接连编写出几种有特点的写作教材。在此基础上，更上一层楼，又推出了力作《文学创作引论》。这不是仓促的急就章，而是久经酝酿、博采广收，通过反复试验而精心结撰的。大约在1983年9月，他到陕西师大进修时，就作为一项重点科研项目，开始有目的、有重点地集纳材料。到1985年9月，他参加辽宁大学写作助教进修班时，又进一步作了充实整理，使书稿粗具规模。近两三年来，他结合在菏泽师专讲文学创作的选修课，通过两度教学实践，对书稿进行了科学、求实地调整加工。根深则叶茂，本固乃枝荣，今天作为自成体系的文学创作理论教程，以清新精湛的风貌呈现于广大文学青年面前了。

《文学创作引论》的最大特点，是针对青年文学爱好者的自学需要，

---

[*] 贾祥伦：《文学创作引论》，光明日报出版社1990年版。

从启发深入钻研的感悟力与积极性着眼，阐明文学创作的特性、规律以及技法运用的奥秘所在，力求给习作者一把入门的钥匙，一盏探幽的明灯，一股追求真、创造美的青春活力。为此，全书突出了文学创作的智能培养，注重从创作客体与主体的融合中，突破运思行文的重点和难点，实现心智层面上创作能动性的超越。可以概括地说，这确是一本重实践、重效能、授人以金针、渡人以津梁的辅导读物。

优秀的文学作品，是净化心灵、陶冶品格的生活教科书。我们研究和从事文学创作，不单纯是了解艺术形式、掌握方法技巧，还必须从时代精神、历史趋向的高度，培养审美创造的胆识与智慧。因此，本书编写的终极目标，仍在于帮助广大青年学生提高美学修养、树立崇高理想、增强投身于社会主义精神文明建设的使命感。法国十八世纪哲学家、文学家狄德罗有一段名言："精神的浩瀚、想象的飞跃、心灵的勤奋：就是天才。"倘若我们通过文学志趣的引导，造就大批这样的改革开放的天才，从而登上民族精神的高基座，呼唤共产主义的光明与幸福，将是多么值得荣耀与自豪的事业啊！

以上，对于《文学创作引论》的写作特点和目的意义，作了总体上的肯定，但并不是说，它在编写上已经完美无缺了。由于著者素养和工作的局限，从理论构架到细部解析，难免存在偏颇和失误。盼望著者珍重本书所肩负的导引作用，再从严要求，作更精深的研究和补正。

1990 年 3 月 6 日

走进优美奇妙的世界

——《小花朵朵》序言[*]

一

《小花朵朵》是一本少年儿童起步作文的辅导读物，它以特别清新玲珑的姿态，把我们引进一个非常优美奇妙的世界。

蓝天上飘着白云，小溪里游着群鸭，桃花、梨花绽开春姑娘的笑脸，桥上的红灯、绿灯和空中的星星、月亮互相映照，天地间流动着多少诗情画意呀！

漂亮的小狗，聪明的白兔，好斗的公鸡，骄傲的毛驴，还有好多好多可爱的小动物，都欢欢喜喜，跑跑跳跳，把各不相同的性格脾气充分表现出来啦！

跟大海波浪游戏的钟海，给老奶奶让座位的小红，学会吹泡泡的李同乐，送青蛙回家的李慧芳，另外许多小朋友们都争着干了一些有趣的事，每天的新生活永远激荡着欢声、笑语和歌唱啊！

别看《小花朵朵》这么一本薄薄的小书，里面却像百宝箱、万花筒，总是转动着看不完的优美奇妙的世界。常言道"琳琅满目，美不胜收"，

---

[*] 陈培瑞、谭晓防选编：《小花朵朵》（全国小学低年级优秀作文精选），山东教育出版社1990年版。

拿来形容这个童话世界，是再合适不过了。

但小朋友们不要只看表面现象，对那些写成短文的"小花"，还必须深入观察领会，分别掌握其中天真、诚实、友爱、互助、勤劳、勇敢、尊敬父母师长、热爱家乡祖国等内在的优秀品质，才算真正懂得"小花"的精神和意义，才能从中取得"好好学习，天天向上"的无穷动力呢！

二

赏花莫忘栽花人。陈培瑞叔叔、谭晓防阿姨，为编著这本《小花朵朵》，像优秀的园丁一样，费尽了心思，付出了辛勤劳动。

首先，阅读大量全国低年级小学生作文，反复比较，精细筛选，将一百篇有特色的佳作，分门别类地布置成美观的花坛；还要按照孩子起步作文的认识规律，组成有机的系列教材。其中一年级作文共选24篇，用"看图说话"引路，以"状物""记事"为重点，注意启发说说写写的兴趣。二年级作文共选76篇，用"看图说话"引路，除继续注重"状物""记事"外，又特别突出"写人"的内容，同时适当增加"写景""游戏""日记"等方面的选文，以便小朋友们广泛接触生活，自然启动心智，培养看、说、写随意转换的敏捷思维习惯。

其次，为把识字和丰富语汇的教学融合在起步作文的综合运用当中，有计划地给生字、生词注音，以配合小学低年级"注音识字，提前读写"的先进教学实验。为增强直观因素，还尽可能多地绘制插图，力求插图能概括每篇作文的主要精神，体现教学的重点要求，使"图文并茂"的生动性、趣味性、形象创造性，在小朋友们的童稚心灵中得到最大限度的发挥。

再次，难度最大的一项工作，是每篇作文后面都要附加一段评点。评点必须从小朋友们的生活与心理特征出发，成为对于写作信心与智慧的轻巧点拨。还必须扣准每篇作文的闪光点及前后配合照应关系，指点出所以能够写好的基本规律。这思想点拨和方法指点，都应如同糖溶解于水，让概念知识自然溶解于清浅活泼的儿童语言之中。所以在编写时，虽然有计划地讲了立意、构思、观察、感受、联想、比喻等问题，但尽可能避免生硬说教，依据童心的可接受原则，娓娓而谈，企求潜移默化的效果。

上述这些编写的设想和努力，让小朋友们直接领会是有困难的。切盼家长老师们把握机缘，因势利导，像"润物细无声"的春雨，让孩子们写作兴趣的幼芽苏醒萌发、写作能力的枝叶迎风招展。

三

我一生爱好写作，教中小学生作文和大学生写作，已有四十多年了。今天进入《小花朵朵》这样优美奇妙的世界，抚今追昔，感慨万千，珍爱之情是特别强烈，希望之心也是格外殷切的。

在三四十年代，广大少年儿童遭受帝国主义、封建主义思想的严重压抑和侵蚀，其悲苦愚昧的状况，正如鲁迅先生的概括描述："穷人的孩子蓬头垢面在街上转，阔人的孩子妖形妖势娇声娇气在家里转。转得大了，都昏天黑地在社会上转。"（见《随感录二十五》）那年月，孩子们要想受到健康的教育是非常困难的，当然更谈不上施展才华，提笔作文了。

记得我在那龌龊困苦的环境里，过着缺衣少食、兵荒马乱的日子。勉强争取到上小学的机会，也是靠"人、手、足、刀、尺"一类的教材，枯燥死板地学习认字的。到了十一二岁，偶然借到磨损破旧的《寄小读者》《木偶奇遇记》等课外书，点着昏暗的油灯，好奇地读呀抄呀，但也联系不到作文上。十三岁进入高小后，幸遇一位热心的老师，给我们讲了意大利作家亚米契斯的《爱的教育》，并引导我们像书中小主人公安利柯那样，观察自己的生活经历，写成小故事一类的作文。到这时，幼小的心灵里才开始萌动起美与爱的追求，才注意动笔表达自己的见闻和感受。然而，时间太晚了，与现在儿童智力开发最佳期相比，至少要迟误三四年。

生活在新中国阳光雨露下的小朋友们，生活条件、学习条件比过去不知优越多少倍。幼儿教育、小学启蒙教育，正在向科学化、现代化不断改进，再加收音机、电视机、报刊的普及，计划生育和优生优育的广泛实施，已能够保证新一代身心发育好、思想开化早、聪明程度高。在这么有利的政治文化形势下，我们抓紧儿童智力开发的关键性环节——起步作文，做一些创造性的教学辅助工作，将为祖国社会主义精神文明的建设，为切实培养"四有"新人，起到奠基与导航的积极作用。

"小孩子！／他细小的身躯里，／含着伟大的灵魂。"（见冰心《繁星·三五》）希望敬爱的家长、老师们，为了孩子们的茁壮成长，和《小花朵朵》的编著者携起手来，在这"优美奇妙的世界"，满怀信心地肩负起属于辉煌未来的辅导任务吧！

1990年六一儿童节前夕

谛听"校园文学"的嘤嘤新声

——《雏声——全国高校校报文学集萃》序言*

一

桐花万里丹山路,雏凤清于老凤声。

晚唐诗杰李商隐描绘的这一诗境,声色典丽,情思激越,早已成为我们鼓励后学、迎接新秀的形象箴铭了。

展读这本《雏声——全国高校校报文学集萃》,也自然感到龙驹凤雏一般的华彩与气势。但全书给予我的突出印象,并不在于它的丰富多彩、光辉夺目,而是总体上充盈着的稚嫩、清朗和勃勃生机,使我惊喜地听到"校园文学"的嘤嘤新声!

二

随着社会主义精神文明建设的深入发展,从文学大家族中突出"校园文学"的独立地位,已成势所必然的趋向。全国各级各类学校,成千上万地建立学生文学社团;校园内各式各样的文学报刊,雨后春笋似地

---

* 崔本延、荆忠岭、金殿国、台旭主编:《雏声——全国高校校报文学集萃》,陕西人民教育出版社1990年版。

到处涌现；诸如小红花征文、中学作文竞赛、大学生诗文评奖等活动，连连推出美不胜收的文笔精华。最近，中国教育学会在国家教委支持下，于1990年起创刊了《中国校园文学》（双月刊），荟萃全国中学的文学作品，展示新一代的风流文采。所有这一切内驱力的增长、冲击，都在预告新时期"校园文学"的高潮即将惠然光临。

顾名思义，在校园这块文化圣地上产生的文学，必然是根据在校青少年学生身心发育的内在需求，而凝聚起来的理想光辉，而焕发出来的青春旋律。首先，它具有明显的教育性，要为德智体全面发展，对口提供精神营养品。其次，它具有萌动的艺术性，要为真善美的和谐体现，及早开发心灵创造力。另外，作为祖国新文坛的苗圃，它还应具备先进的实验性，为迎接新世纪的文学繁荣，进行继往开来的新探索，并致力于文学新人的发现和培养。

由此看来，这本选集的编辑出版，是肩负着历史性的光荣职责，是集倡导、开拓、建设三重意义于一身的文坛创举。因而工作进行得严肃认真，力求保证质量，名副其实。

编者们的第一步工作，是立足于高校校报这块宣传阵地，广泛发动征稿，先后向全国近500家高校校报（一些边远地区未能联系）征得450余篇推荐稿，先从中筛选160余篇，然后又就文体、题材、风格特色等方面反复比较衡量，再加补选，共确定180篇为入选佳作。这是在现有条件下，按照校园文学的思想艺术标准，尽可能量中求质、从严掌握的。

编者们还考虑到，要充分发挥对于校园文学的倡导、开拓、建设作用，必须提高对选文的审美智慧与眼力，以促进作者的观摩交流、辅助读者的心领神会。于是挑出类别不同、笔法各异的40篇代表之作，分别请各地有关教授专家给予示范评析，结果均获热情应允，很快寄来不拘一格的精粹评点。这些短文，视角灵活，笔锋犀利，都能因文制宜，随机应变地选准突破口，揭示闪光点，窥探种种意蕴和奥秘。这不仅为部分选文增光添彩，而且就全书来看，也加强了以点带面的导读效果。

总之，经过编者的深思熟虑，辛勤劳作，使书稿达到了内容典型、面貌新颖，可读性强，启发作用也比较大，较好地体现了最早出版的一本校园文学选集的特色与功效。

三

所谓"嘤嘤新声"的印象，当然不同于鸾凤和鸣的幽雅、镗鞳交响的壮烈，而主要是指清淡和谐的友善风韵。这声音虽然轻微，但只要情真意切，就能产生巨大活力，就能带来声应气求的团结共勉的无限动力。

若抱着对于校园文学的这种预期心理，细心品读那些潇洒的散文、深情的小说、凝练的诗歌、活脱的杂文随笔，将会有许多可贵的发现。

——凭吊"卧龙岗"，抒发关于诸葛亮的思古悠情（《卧龙岗情思》），眼前浮动着"一路策马扬鬃，高唱《梁甫吟》闯进川中"的英俊丞相，胸间又回荡"一路峨冠博带，低吟《出师表》魂归卧龙"的报国忠良。沉甸甸的历史感，光灿灿的时代因素，与澎湃的青春心理特征相熔铸，将会积淀下性格深处多少默然昂奋的人格力量！

——观赏"灵山"断崖，浮想联翩（《灵山印象》），虽机敏地听见"世纪伴泉水叮咚而逝"，但眼前仍从容展开"钟声唱晚星，有鸟归来，唱一坡夕阳红"。于是心灵磁场的震动波，借着"夕阳无限好，只是近黄昏"的悖逆趣旨，把追求美好理想的执着、坚毅之情，更富有反激力地压低、拉长，并赋予声沉意远的悠悠余韵。

——本来是在思辨讨论怎样选择人生道路、确定价值取向（《方向》），而大量涌进青春期的孤独感和梦幻意识，在几经苦恼迷失的折磨而终难解脱复杂的矛盾情结时，意外升起"原上草一般平凡而执着"的信念，从而在一曲艰难的人生咏叹调里，糅合进"走吧，峡谷终有尽头……"的沉勇进行曲的重音节拍。

——耽于"爱心"却饱尝失恋之苦的少女（《爱祭》），张开凄凉的回忆屏幕，一幅幅地演示和那位纯真男友心心相印的无声图画，当好景将被寒风抹去，当昔日的浪漫将被重重地摔入现实，柔肠寸断的幽愁暗恨呀，以惊人的耐力孕育出"爱我所爱,无怨无恨"的年轻而永恒的贞誓。

优秀文例,不胜枚举,还有许多贴近学校生活、紧系青春奥秘的短章,如《校园夜色》《课间遐想》《迎新序曲》《童年的暑假》《十七岁的女孩子》《一个未来教师的誓言》等,均能以亲切而复杂的心灵颤音,以熟悉又陌生的心理图示,打开多层次的感知领域,来抚慰、指点、震撼那些忧伤、困惑、焦渴、奋激的心。

并不是说,上述诗文已经超凡入圣,达到美妙绝伦的高度,而是由于作者与读者之间,心理素质近似,知识结构相同,审美情趣活跃,艺术视野开阔,即便立意运笔有些瑕疵,读者也能如鱼得水,冷暖自知,总会从中获取属于自己的那份情趣、感悟和"无言独化"的深微熏陶。

四

王国维在《人间词话》中曾说:"诗人对宇宙人生,须入乎其内,又须出乎其外。"这是用辩证观点谈诗人艺术修养的。这里想借用其明达思路,扣合到对于《雏声》一书的综合评价上。就是说,我们在深入观察体验、取得炽热的交感共鸣之后,还需要从时代精神的高处,客观全面地认识其成败得失,经微观感受,再予宏观审视。

侧重不足方面来看,由于编者受眼界与组稿能力所限,质量好的稿件未能广采博收,因此不能说这本选集代表了目前高校校园文学的最高水平,遗珠之憾尚需大力弥补。

由于多数作品选自校报,天然地带着新闻时效气息,使整个选集保持了真挚健康的可贵基调。但高度个性化而又达到高度概括性的热情与深思,尚未得到提炼凝聚,思维想象的空间还比较单一,当代青少年应有的民族观念、现代意识和社会主义的创业气魄,尚未在活生生的生命燃爆点上得到有力的感应与折射。看来,带有先锋意味的高品位校园文学,有待于崇高襟怀、勤奋心灵的更深孕育,更快催生。

值得庆幸的是,新世纪开端的奋进氛围,我们"三个面向"的教育事业的兴旺发展，都需要优秀校园文学潜移默化，给予渗透灵魂的感染、启悟。一本不够完美的校园文学选集应急而出，进行初露锋芒的试验，做些扬长避短的调试，召唤校园文学万紫千红的盛景，不正是起到了前面所提的倡导、开拓、建设作用，肩负起了草创发轫的光荣职责吗？

让我衷心祝愿这清新悠扬的《雏声》，披上朝霞、带满友情、踏响节奏，去轻叩那些多思善感的青春心灵之门吧！

1990 年 7 月

阅读思维空间的新开拓

——《现代阅读学》序言[*]

阅读,是我们生活、工作和学习中不可或缺的认知行为,对于社会交际、文化繁衍、科技进步,都起着非常重要的传播推进作用。在我们这个文明古国的灿烂史章里,记载着许多古圣先贤有关诵读诗书的言论,他们多读、勤读、精读、苦读的经验体会和规律性总结,至今还具有切实的指导意义。

但在科学飞速发展、信息更为密集的今天,知识激增已达"爆炸"地步;作为知识主要载体的读物,当然也呈现几何级数的迅猛增长。据一位西德学者哈根·拜因豪尔统计,"今天一位科学家即使夜以继日地工作,也只能阅读他自己这专业的世界上全部出版物的5%"。所以,像从前那样一本一本地单向阅读,走"皓首穷经"的老路,是难免陷入蚂蚁追大象的困境的。

同时,现代科学的发展,一方面趋向整体化,出现了知识系统的高度交叉综合;一方面又在各门学科内部更求精微细密,产生多元深化的分支。例如控制论、信息论、系统论相继出现后,几乎促进了一切学术领域的动态的、综合的、立体的研究,而创造学、未来学、思维学、脑科学、传播学、精神动力学、艺术心理学等名目繁多的新学科,也层出

---

[*] 王继坤:《现代阅读学》,济南出版社1991年版。

不穷地展示各自新锐的当代性和巨大的未来价值。我们仅凭单一凝固的知识底座来迎接蜂拥而至的学术新潮，必然会感到眼花缭乱，无所适从。

面对知识现代化的新形势，各级学校培养"三个面向"新型人才的阅读教学，社会上各种专业工作者"专而通博"的攻读自学，都迫切需要阅读观念的全面更新、阅读方法的系统改造。于是，时代紧急呼唤着又一个"科学之子"——现代阅读学，尽快登上新学科的殿堂。

富于时代责任感和学术创新精神的王继坤同志，八十年代初执教中学时，就深感语文讲读教学的陈旧落后，也察觉到学术界更新阅读观念与方法的新动向，从而开始了有关资料的收集与阅读方法的研究。经过近十年的酝酿、积淀和文字概括，蚌病成珠，化零为整，终于跨进创建新学科的行列，完成了阅读思维空间的一次新开拓——将一部具备学术创新品格的《现代阅读学》贡献于世了。

我有幸较早地拜读了《现代阅读学》的全部书稿，获得的突出印象，是著者理论视野开阔、材料集纳丰富，能以学术拓荒气魄，树立现代化的阅读观，建构了哲理思辨、心智剖析与具体应用相结合的阅读研究体系，对于读者选择阅读对象、掌握阅读方法、开掘阅读潜力、提高阅读效率，确有新颖科学的启发导引作用。仔细体会，全书编写中，是认真贯彻并体现了以下特点的。

一 融会借鉴多种现代学科的理论和方法

现代各类学科的建立与发展，如前所述，多采用多元交叉、横向互补的方式，以形成新锐的理论思辨和超越力度。本书在揭示阅读原理与规律上，很注意吸取现代生理学、心理学、语言学、写作学、思维学乃至教育学、人才学、接受美学等多方面的思路与有利因素，熔铸成向高、精、尖突进的合力，针对阅读的主体意识、思维结构、时空策略、知能方法等问题，对前人难以说透或从未触及的层面，都作出了明晰周密、别开生面的阐释。

二　试验创建阅读学理论的科学结构范型

凡是一门新学科的形成，大都经过潜科学阶段的酝酿、提炼，直到理出先进的理论体系，建立起严明坚实的知识结构范型，才能得到文化科学界的广泛认同。本书提出的有关阅读理论和实践的二十几个基本论题，乃沿照钱学森先生界定的完整、独立、成熟的科学本体构架必不可缺的三个组成部分（即基础理论、技术理论、工程技术），分编立章，按岗设位，好似围绕三块逻辑方阵，精细贯通了论述网络关系。如从属于基础理论的阅读功能论、阅读规律论，从属于技术理论的阅读智力因素论、阅读策略论，从属于工程技术的阅读工具论、阅读优化论等，都在层层递进的总体运行中，选准各自理论的坐标点，起到中介环节、跃进阶梯的推导作用。尽管这套设计安排，不一定是最佳结构范型，但从无到有，由粗而细，总算提供了接近完备的基础轮廓。

三　注重深入浅出、知行统一的实用效果

一部优秀的学术著作，不仅要有深刻系统的思想理论，而且还要联系实际有的放矢地解决现实应用中的难题。本书各章节的表达，以纲举目张的论点为统率，充分运用了印证发挥的各种具体材料。这些材料中，有古今中外的名人名言、有典型概括的统计数字、有形象生动的事例情节、有情理相生的诗句谚语，还有更切近今日生活的平凡劳动者的言行。通过有计划地夹叙夹议，虚实并举，不仅把深奥的道理讲得恳切周到，通俗易懂，而且能够激励情思，指引读者展开联想、想象的再创造。这样，便使一部条分缕析的抽象论著，闪烁着感性的光彩，启发读者思而得之，感而契之，愿把纸上的阅读规律和方法，拿到实践中去积极地应用、验证和发展。

以上特点，实际上是把理论的先进性、结构的科学性、知识的应用性密切结合起来，从而为这本书稿的质量提供了基本保证。

近年来关于阅读学的研究，除有一些论文在报刊发表外，还有两部较有分量的专著先后出版，即高瑞卿主编的《阅读学概论》和董味甘主编的《阅读学》。根据学术上承前启后的规律，这部晚出的《现代阅读学》，在提法的新颖上、章节的精细上、资料的丰富上，可能呈现后来居上之势。但一门具体学科的形成，须经历由约到博和由博返约的漫长过程，最后达到以极准确精练的方式表达极复杂深广的原理和内容（这方面，数学各科的表达似乎独占鳌头，遥遥领先）。我们对三部专著在自身的思维层次和认识阶段上所建立的结构系统，不能静止地评价新旧高低，而应看作声应气求的三个接力点，使之互相参照，取长补短，向更加精准、成熟的程度协力提高。为此，宁愿对这本《现代阅读学》要求更苛刻些，希望勿以现代化的新异丰盈自满，还要删削非科学的杂质，作大量融会、提纯、整合的工作。

"尽信书不如无书"，这是对死读书的有力劝诫。对广大读者来说，就要坚持阅读中的独立思考精神，做到鲁迅先生所倡导的"自己思索，自己做主"。尤其对于工具性很强、方法论突出的《现代阅读学》，必须注意理解消化其突破性的理论精华，还要注意分辨梳理其知识性的概念、规则，培养自己阅读的智慧和眼力。而对某些空泛的说教、烦琐的举例、不切实的引申发挥，则要善于辨识，防止思想被迷乱、意念受束缚。如钱锺书先生在《谈艺录》中所说："参禅贵活，为学知止，要能舍筏登岸，毋为抱梁溺水也。"道出了有效阅读的真谛。

总之，在建设社会主义精神文明的伟大事业中，全民族的文化素质亟须大幅度提高。我们对《现代阅读学》这样既有学术开拓意义又有现实价值的科研成果，应是倍加珍视，并且从严要求的。殷切希望经过有关专家的关怀指正，著者进一步的提炼充实，广大读者创造性地研讨运用，将其学术繁荣、知识增值的社会效益，更充分地发挥出来！

1990 年 12 月 30 日

《家庭教育心理学》序言*

百年树人，教育为本。作为三大教育支柱之一的家庭教育，可以说是本中之本，对于每个人的启蒙、求智、成才，具有奠定基础、受用终生的直接而深远的指导作用。

当前，我们建设有中国特色的社会主义的宏伟事业，正逐步超越本世纪末的温饱、小康阶段，向着21世纪发达国家的先进水平提高。今天的幼儿和青少年，将来恰好是跨世纪的继往开来、大展宏图的主力和先锋。历史赋予我们的特殊使命，是必须对新一代接班人提出高标准、严要求，切实培养他们成为德才兼备的四有新人，遵照共产主义的航标，矢志不移地艰苦创业、奋勇前进。

在家庭教育阵地上，作为人生第一任教师的父母，自然居于举足轻重的地位。新时代的家长们，必须以振兴祖国、开创未来的历史责任感，肩负起塑造新型创业者的重任。为此，既要彻底摆脱"一吓唬、二瞪眼、三用巴掌扇"的野蛮教子恶习，还要走出溺爱娇惯或生硬管制的误区，努力提高现代父母的素质修养，掌握现代家庭教育的科学原则和艺术方法，卓有成效地进行抚养、教导和鼓励。其中，尤为重要的，是要了解儿童的心理特征及其品德与智力的发展规律，以进入因势利导、乐育英才的

---

* 《家庭教育心理学》，民进山东省委文教工作委员会、山东省民进业余学校1991年4月编印讲义。冯中一先生时任民进山东省委副主委、山东省民进业余学校校长。

境界。也就是说，今天要成为合格的父母，无愧于神圣的天职，不但要重视家庭教育，而且要通晓家庭教育心理学，并认真负责地身体力行。

基于以上目的和需要，民进山东省委文教工作委员会和山东省民进业余学校，组织编写了这份《家庭教育心理学》讲义，全部讲义的内容由民进山东省委文教工作委员会副主任徐胜三同志负责设计，并根据他多次向社会各界进行家庭教育讲座的丰富经验，撰写了四章正文。另由民进山东师大支部王君瑞、段淑英同志和民进山东教育学院支部的刘德正同志，从大量新近出刊的有关家庭教育的书刊中，编选了配合正文的系列参考资料。这样，使基本的理论知识简要突出，又使具体实践的多种方法互为参证，力求融理论性、现实性和应用性于一体，希望尽可能适应年轻父母的急需，取得良师益友的辅导效应。

限于时间和水平，编写中会有一些疏忽不当之处，恳请专家与家长同志们多提批评建议，以便进一步修改提高。

1991 年 4 月

可贵的开拓与建树

——《中国文体比较学》序言[*]

近年来，随着学术研究视野的日趋开阔、研究方法的日趋多维化，有关文章学、写作学的研究也呈现繁荣兴盛局面。继中国文章学、现代写作学的总体研究之后，又陆续涌现出文章美学、写作系统学、写作工程学、写作心理学，以及文体思维论、写作文化论、写作分形论等，都本着"振兴写作科学，为四化建设服务"的宗旨，纷纷展开理论探索，逐步进行体系建构。正是在这种加快开放与深化研究的现代学术新潮中，《中国文体比较学》应运而生了。如同异军突起，独树一帜，它要把先进的比较方法，运用到文体规律的全方位把握与科学解释上，显然这是很有开拓、建树意义的。

刘传夫、李慧志二同志，在教坛上既是勤恳的园丁，又是善于钻研的有心人。他俩自1987年起，根据教学实践中的深刻体验和资料积累，就开始构思钻研文体比较学的框架和内容了。经过三四年的反复琢磨锤炼，写成了这部关于文体研究的拾遗补阙的新著。我作为知情者和赞助者，始终注意着研究的进程，并不时读到著作中的一些章节。现在综观全貌，寻绎机理，深感喜不自胜，愿指出以下特点，与大家共赏析。

---

[*] 刘传夫、李慧志：《中国文体比较学》，南开大学出版社1991年版。

一 着眼于理论思维,落脚于读写效应

全书根据辩证唯物主义的对立统一规律,运用系统论的整合方法,上升到理论思维层次,进行文体的纵观发展与横向渗透的动态观照。但是通读全书,没有为理论而理论的旁征博引,没有为比较而比较的牵强附会,处处扣紧应用目的,从理论与实践的结合上,抓住文章读写需要分辨清楚的主要环节,作差异和类同的具体论证。而且为了增强对文章有机整体的感知效果,精心选用了许多典型例文,经过画龙点睛式的简要提示,即可让文体的"活标本"现身说法,不用絮烦说教,却让读者获得由感觉到理解的更多颖悟。尽管史、论、评仍占相当大的比重,可是读来并不玄虚费解,易收切实可信之效。

二 坚持比较的客观性与辩证性

"相比较而存在,相斗争而发展",这是毛泽东同志在《关于正确处理人民内部矛盾的问题》中对真理发展规律的精辟概括,同时也为我们揭示了一切事物相因相成的矛盾运动法则。本书在掌握"可比性"的原则和尺度上,即认真贯彻这一辩证唯物主义认识论:一方面从严掌握客观的比较,尊重历史渊源和事实联系,注重抓比较对象的本质方面和主要矛盾;一方面又努力进行辩证的比较,深入各种文体的构思特征和运行的内在规律,仔细辨别比较对象的异中之同与同中之异。由于这样坚持客观性与辩证性的统一,促使宏观研究的综合概括力与微观辨析的灵活透视力,互相依存,互为因果,形成文体比较理论的活的灵魂,保证了作为新学科而逐步成熟起来的健旺生命力。

三 追求新型完备的体系结构

每一门新学科的建立,都必须基于正确的世界观和认识论,经过对

复杂现象的梳理概括，逐步建立起合目的性、合规律性的理论体系与知识结构，用以解决有关学术领域内的认识问题与实践问题。本书即按照这样的目标，对文体的形成、发展和分类，进行历时性对应关系的考察；同时又对文学体裁与非文学体裁之间的多层次区别与联系，进行共时性交融机制的赏析。通过这样较大规模的集纳组合，呈示出包罗万象、井然有序而又运动着的文体大观世界，可以提高我们掌握文体模式与写作规律的自觉性。而且拿早已成熟的学科"比较文学"来参照，本书营建的体系结构，与比较文学中的"影响研究""平行研究""阐释研究"所合成的优化互补倾向，有某些相似的轨迹和意图。可见这一文体研究具有实事求是的功力，与先进的研究范型不谋而合，是具备达到"新型完备"标准的基础的。

以上目的性、科学性、系统性三方面的研究特点，说明刘传夫、李慧志同志是选择了难度较大的课题，一同来奋力公关的，也证明为建立《中国文体比较学》所作的开拓与建树，实属难能可贵。可是也不应忘记，真理再多跨越半步，就会变成谬误。著作中内容或有一些地方思考欠周密，显露机械割裂的弊端。就著作整体而言，离开了多学科竞进的文化背景和新技术的复合功能，仅在文体的某些形式因素上给予凝固化、模式化的界定，企图过早地一锤定音，也是值得警惕的非科学倾向。

著名科学家钱学森先生曾说："学科之间的互相渗透和交叉，在研究学问和解决实际问题中是经常的；问题涉及面越广、越复杂，就越需要多方面的专家协同攻关。"（《马克思列宁主义教学怎样面向现代化、面向世界、面向未来》，载《关于思维科学》，上海人民出版社1986年版，第10页）这是来自实践经验的恳切劝勉。切望本书著者和更多有志之士，为文体学研究质量的提高，为写作学科的现代化发展，虚心求教，团结协作，锐意创新！

1991年6月5日

在心灵园地上辛勤耕耘

——《历园集》代序言[*]

窗外瑞雪飘飘,室内暖气融融。在极为安详的氛围里,我展开王景科同志的文学评论结集《历园集》,边读边思中,似感漫步于人生旅途,又闻到朵朵寒梅的幽香,又迎来缕缕早霞的清辉……

缘何产生这特异的审美效果呢?因为这不是关于文学的谠言宏论,也不是关于创作的灵机妙悟,更不是关于章句的精雕细琢,而是作者以作家、教师、朋友三位一体的爱心,撒向初学者心灵的诚挚期望、恳切嘱咐呵!对于探寻门径、举步疑难的文学青年,许多论证是浅显平易而又鞭辟入里的,许多剖析是简洁明快而又耐人寻味的,总是处处如话家常,时时有明目慧心的启迪——

第一辑属于文学理论问题的探讨。一般不是为理论而理论,不靠高深的名词术语眩人耳目,而是选择创作实践中碰到的问题,自然掌握时代精神的尺度,居高临下地、有的放矢地给予审美辨识。每篇短文,大都一题一议,明确扼要,犹如风行水面、花开枝头,不怎么艰深费力,就把一个个难点解开了、一层层思路理顺了。

第二辑是对文学作品的赏析。主要面对山东改革开放以来的优秀

---

[*] 王景科:《历园集》,山东友谊书社1992年版。

小说、散文，进行社会意义、艺术特色、创新品格等不同视角的品评。目力所及，心神贯之，大都基于自己的体验和经历，进行历史、社会与现实人生的沉思，让淳朴的风尚、高洁的人格，随作品构思的解悟与意境的显示，释放出平中见奇的艺术感染力、思想穿透力。往往是一些凡人小事，一经点拨，却能发现被人熟视无睹的情思奥秘；有时面对朴质无华的细节描述，略加寻绎，也可洞见其不露雕痕的精微匠心。

第三辑集纳了一些写作基础知识。主要指明写作基本功训练的要点和规律。这对文学创作中直觉颖悟性和逻辑思辨力的培养，对于语言艺术的准确熟练的操作，都是不可缺少的功夫底子。试想哪一位作家的神思和妙笔，不是经过起步作文的刻苦磨炼！

文学事业是崇高而美丽的，在社会主义精神文明建设中，负有潜移默化地塑造灵魂的特殊使命。十多年来，王景科同志立足于文学写作教学，时刻联系文坛上的创新发展，奉献出这一本倾注心血的《历园集》，正如在心灵园地上辛勤耕耘的园丁，撒播启蒙的种子，铺垫入门的阶石，对于青年心灵的美化，文学新苗的成长，起到了看不见的催生化育的导引作用，是值得称赞敬佩的。

不过，瞻望我国共产主义的辉煌远景，文学的创作、鉴赏与传播，将要更加恢宏、深沉、繁复，文学教育的开放敏锐程度也必然更高、更新。别林斯基谈到作家的责任时，早就提出这样高的要求："社会已经不愿意把他看作是一个娱人的角色，而要他成为它的精神和理想生活的代言人；成为能够解答最艰深的问题的预言家；成为一个能够先于别人在自己身上发现大家共有的病痛，并且以诗的复制去治疗这种病痛的医生。"（《别林斯基论文学》，新文艺出版社1958年版，第24页）由此推想，我国今天富有历史责任感和开拓精神的心灵园丁，必须提高马克思主义的认识水平，为振兴民心国魂，更出色地担当起代言人、预言家和神明医生的光荣职责。我相信，景科同志定会从严要求，克服不足，从"三个面向"的更高起点上，提高素养，执着奋进！

雪晴后的银白天地，典型地体现了纯洁、爽朗和"红妆素裹"的美好境界。此时此地，预感到我们欣欣向荣的文学事业中，一代更比一代强的耕耘高手和矫健新秀，正在蜂拥而来，蓬勃生春。我无比兴奋地期待着、祝颂着。

1992 年 1 月 6 日

《成人高校写作教程》序言[*]

近些年,成人高校写作教学已步入正规化,写作教材的建设取得了长足发展,许多提供成人教育的写作教材和有关理论专著相继问世。现在,吴秉忱、刘春鹏二同志主编的《成人高校写作教程》又以崭新的姿态呈现于大家面前。该"教程"博采众长,内容丰满、系统、完整、新颖。从指导思想到编写体例都具有独到之处,可谓一部力作。对此,我一则祝贺,二则欣喜:成人高校写作教学队伍正崛起一支生力军,成人高校写作教材建设已在高等教育中占有重要位置,开拓、丰富了写作教学的一个新领域。

这是第一部取名为《成人高校写作教程》的教材。书名似乎已体现了它的特点。成人高校的学生有两个基本特征:一是成人;二是干部。有关成人教育专著对成人特点做过以下分析:①成人自我概念从依赖的人变为独立的人;②成人经验是宝贵的学习资源;③成人为适应社会发展需要而学;④成人对所学知识重在立即应用,从而学习定位由以学科为中心变成以问题为中心。统观《成人高校写作教程》,不愧是面向成人的教材,它的编写体例和内容的阐述等,都注意尊重成人学习自主权,融化经验并向经验学习,坚持了成人教育原则,始终是针对成人学习特点的。

---

[*] 吴秉忱、刘春鹏主编:《成人高校写作教程》,青岛海洋大学出版社1992年版。

首先，结合成人特点，全书有一个科学合理的知识体系。"教程"由三部分内容组成，一是写作基础理论知识的阐述；二是常用文体写作知识的阐述；三是包括名家谈写作和典型例文的读写参考。由于种种原因，许多成人学生，他们虽有一定的实践经验，但未受过系统的写作训练，缺乏系统的写作基础理论和各种文体知识的学习。鉴于此，"教程"吸取各家写作教材之长，并结合他们自己的教学实践，熔写作理论、文体知识和读写参考于一炉，并使三者有机结合，从而弥补了成人以往学习的不足，便于针对其特点实施教学和自学。

其次，结合成人特点，突出了理论联系实际。由于成人具有一定的实践经验和自学能力，因此，联系实际讲写作理论，着眼于各种文体的具体应用，是成人高校写作教学中必须予以重视的问题。对此，"教程"显著的特点是，在基础理论、文体写作知识和读写参考紧密结合的基础上，注意了两个"加重"：一是加重了基础理论知识和应用文体写作的分量，二是加重了读写参考的分量。特别是精选针对性较强的"名家谈写作"的理论文章和丰富典型的各种"文体例文"，对写作理论知识进行补充和强化，有利于教师结合实例教学，也有利于学生和自学者结合实例写作。"教程"的这一特点，有助于学生博闻多见，以巩固所学的理论知识，将理论转化为技能。

再次，"教程"具有明显的应用性强的特点，重在培养写作能力。它可以作为"电大""职大""夜大""函大"等各类成人高校的教材，也可以作为广大机关干部、职工的自学写作用书。据此，我愿意向各界，特别是成人高校的师生及广大自学作者推荐这部教材。

当然，任何一部教材都不可能尽善尽美。例如，如何针对成人教育的特点，加强对写作主体的研究，本"教程"似还缺乏必要的阐述。但是，瑕不掩瑜。我认为这是一部独具特色的好教材，它的出版发行，必将对成人教育的写作教学产生积极影响，也定会成为广大自学写作者的良师益友。

1992 年 2 月

《写作研究论文集》前言[*]

面向世界、面向未来、面向现代化，是当前文化科学发展的总趋势。文章写作，作为思维表述、信息传输的重要工具与手段，也必然和这一总趋势同步，进行着符合时代要求的革新。因此，近十年来，全国写作界的有志之士，本着"振兴写作学科，为四化建设服务"的宗旨，掀起了现代写作学、文章学的研究热潮。

从全国范围看，大都以现代化、科学化的宏观高度，致力于写作理论体系与训练体系的研讨和试验。令人注目的成就，首先是突破了文章构成的板块模式（主题、题材、结构、语言等八大块），而着眼于写作行为和传播的全过程，突出对写作智能的本质与内在机制的动态把握。然后，在各种新思潮的影响下，努力提高写作研究的理论层次，注意引进哲学、思维科学、美学、心理学乃至自然科学的一些观念和方法，使写作研究的课题向综合性与分支性扩展深化。诸如写作系统学、写作主体学、写作心理学、写作文体学、写作工程学，以及写作文化论、写作实践论、写作分形论等，各有专攻，进行了多角度、多层次的纵横探索。迄今，这些研究虽然还处在聚讼纷纭的争议阶段，但为现代写作学科体系的建构，为写作训练的定性定量分析，创造了有利前提，打下了丰厚基础。从而，一向疑为"文章本天成，妙手偶得之"的千古奥秘，也向

---

[*] 冯中一主编：《写作研究论文集》，青岛海洋大学出版社 1992 年版。

人类高级精神活动之一的科学阐释，前进了一大步。

顺应写作研究的新形势，山东省以高等学校从事写作教学与研究的教师为主体，组成山东省写作学会。学会自1981年成立以来，在四项基本原则和"双百"方针的指引下，跟上全国写作学科的研究步伐，开展了经常性的学术活动，奉献出数量、质量均很可观的科研成果。与全国写作研究的先进地区相比，山东省在开放锐进意识上，显得略有逊色；也不善铺张扬厉，编创富有新意的理论序列。而大都面对写作教学的现实，既尊重传统写作经验的实效性，也注意发展现代写作思维与表现的创造力，以至形成一种稳步开拓的风气。例如在建会初期，多以组织编写各种写作教材为中心，逐步吸取经过验证的新观念，突破封闭循环的老格局，进行写作知识、能力和训练方法的渐进式改革。近几年重视了写作理论研究，投入较大精力，也都是扣紧写作的自身规律，保持写作学科的独立品格，实事求是地推出具有边缘学科特色的写作基础理论或各种高新论题。试看山东省写作教师出版的大量专著，仅提出近三年的以下十种：《写作心理学》（张蕾主编，明天出版社1989年版）、《文学创作引论》（贾祥伦著，光明日报出版社1990年版）、《文秘工作概论》（谢亚非主编，陕西人民教育出版社1990年版）、《写作学引论》（马怀忠主编，山东文艺出版社1990年版）、《文章中的感情世界》（侯民治著，吉林文史出版社1991年版）、《现代阅读学》（王继坤著，济南出版社1991年版）、《高等写作工程》（王光文、刘敬瑞主编，南京大学出版社1991年版）、《中国文体比较学》（刘传夫、李慧志著，南开大学出版社1991年版）、《古代应用文名篇鉴赏》（张绍骞、张廉新编著，吉林文史出版社1991年版）、《创造写作学引论》（张士廉、胡敦骅著，海洋出版社1991年版），就可推知著述类型的虚实并举、泛专兼顾，而且整体上贯串着契合实用、推陈出新、稳健开拓的主导倾向。

至1991年，山东省写作学会已经度过了十个春秋。为回顾成绩，策励未来，在菏泽市举行的学术年会上，又选定当前不被重视的传统写作理论作为中心议题，集中交流心得看法，以求为现代写作学的不断充实完善，开拓援古证今的智性空间，增强继承发展的内在动力。果然这次年会出席代表80多人，提交论文60余篇，显示了祝贺十年，再展宏图的兴旺势头。于是大家提议，把这次年会的论文编选成集，争取正式出版，借以互相勉励，进一步发扬团结实干、稳步创新的学风与会风，努力促使山东省写作理论研究和写作教学改革，更上一层楼！

现在，捧现于前的这本论文选集，由9人组成的编委会反复评议筛选，又经作者本人认真提炼修改，分列上下两编，共42篇。上编是关于传统写作理论、技法的研究，按所涉及作家作品的历史年代排列顺序；下编是关于当代写作和写作教学问题的见解体会，按所提问题的宽窄程度排列顺序。由于印刷篇幅的限制，菏泽年会的论文未能全部编纳。对于未入选的文章，编委们都作了慎重考虑，或因是长篇史论的章节难以独立成文，或因立论与已选文章多有重复，或因论题与写作研究距离较远，为照顾书稿整体的可读性，不能不忍痛割爱，请予谅解。

1992年2月15日

《厚德录故事译注》序[*]

朱思勤、荆忠岭、王介学、张怒等同志编译的《厚德录故事译注》，是依据明·陶宗仪纂《说郛》与《左氏百川学海》两种版本所辑《厚德录》（宋·李元纲编），精细校勘、翔实注译而成。内容多记述宋代人从政处世、待人接物的逸闻琐事，疏落地勾勒出当时道德情操的某些闪光点，读来颇有史海遗珠、弥足珍贵的感受。

《厚德录》应属古代笔记文，此种文体肇始于魏晋，而宋人最擅胜场。本书即继承发扬了刘义庆《世说新语》、苏东坡《志林》、周密《武林旧事》等名著的特长，不假雕饰，等闲拈出，而篇篇自成"质胜"之文。试看一例：

吕蒙正不记人过

吕蒙正丞相不喜记人过。初参知政事，入朝堂，士于帘内指之曰："是小子亦参政耶？"蒙正佯为不闻而过之，其同列怒令诘其官位姓名，蒙正曰："若一知其姓名，则终生不能复忘，固不如不知也。不问之何损？"时均服其局量。

全文只记一个细节，有始末、有冲突、有情态、有点睛之笔，字少而不

---

[*] 朱思勤、荆忠岭主编：《厚德录故事译注》，青岛出版社 1992 年版。

觉局促，文简亦足以尽致，犹如尺幅扇画，以淡墨清趣即可展示一种引人入胜的境界。

至于文中包含的教育意义，也不攀高矜奇，仅从小事小节中捕捉一些良知、善行的萌芽，使读者通过世态人情的亲切感揣摩思量，可以从平常感触上升为人生哲理的领悟，同时也容易增强仿效自勉的信心。

《厚德录故事译注》辑录故事90余则，涉及仁爱宽厚、清正廉明、大公无私、见义勇为等多项传统道德规范，其内容大都类似《吕蒙正不记人过》，很少凭空说教，而依靠朴素生动的生活小故事，发挥其"情性所至，妙不自寻"的感染启发作用。在此还必须指出，这些故事出于宋人手笔，构思立意不可能脱弃小农经济的封建性和传统文化心态的影响，今天来阅读，尤其需要用分析批判的眼光，历史地、本质地区分精华与糟粕的杂糅交错现象。

综合来看，《厚德录故事译注》既是一本值得借鉴的古代德育教材，又是为大中学生提供的笔记文学读物。而且全书的突出特色，是以质朴自然的文风，传达平易恳切的教诲，形成一种简雅的审美品格。所以我觉得倘能细心研读赏析，可从继承文化遗产、提高文学素养、增广人生智慧等方面，获得不少实惠。

以上略缀俚句，很难称为序言，谨表推荐之诚而已。

1992年5月

《应用写作新编》序[*]

近十年间，由于改革开放和经济建设的需求，应用写作的教学有了突飞猛进的发展。应用写作教师队伍不断发展壮大，应用写作教材也在不断完善提高。应用写作的学科建设，正在马克思主义实事求是文风的指引下，展开了现代化、科学化的研究探索。

《应用写作新编》是写作学科大厦上的一方新砖、一片新瓦。有数省近20名应用写作的行家里手参编，为该书奠定了较为坚实的学术基础。翻开书页，一派改革气象扑面而来，邓小平同志建设具有中国特色社会主义的有关思想渗透在字里行间。从绪言到文体，从体例到内容，从例文到讲析，从习题到附录，都有一番创新设计。阅后，总的印象是：体例比较周全，例文丰富多样，讲析较为精当，习题多能契合实用，是一部各级、各类高校较为适用的好教材。

主编吕枚同志，学理工科，教理工科，现又从事写作教学，文理渗透、文理结合较好。近年来投身于应用写作的研究，有一批较有创见与影响的成果问世。主要如：《写作课与通才教育》（《应用写作》1988年第1期）、《实用写作教程》（北京学术书刊出版社1989年版，任主编）。现在这本《应用写作新编》是在过去研究的基础上，集纳多人智慧而奉

---

[*] 吕枚主编：《应用写作新编》，香港新世纪出版社1992年版。

献的一本新著。

　　应用写作，贵在经世致用，一贯尚质求实。愿这本新著，继承发扬这一传统，为促进四化建设，为便利群众的工作与生活，发挥积极作用。

1992 年 6 月

尚质、求实品格的结晶

——《中国农村应用文体写作大全》序言*

我国最早的文章,从萌芽状态的甲骨文、钟鼎文,到体式完备的《尚书》《左传》等,都是古人问卜、施政、记史等社会实践的实录。后经先秦两汉的充实提高,文体分工日趋精细,陆机《文赋》中就曾概述了诗、赋、碑、诔、铭、箴、颂、论、奏、说等十种文体的表现特征,其中大多数属于经世致用的应用文。可见文章以实质为主、以适用为本的尚质求实风尚,影响至广,由来已久。

现代应用文,在马克思主义实事求是的文风指引下,努力向现代化、科学化发展,当然更注意继承我国尚质、求实的写作传统,最大限度地发挥其推动四化建设、便利群众工作与生活的积极作用。

姜庆仁和杨格君同志新近主持编写的《中国农村应用文体写作大全》,恪守新时代的文德、文风,吸取同类著作的优长,扣紧农村广大干部群众的实际需要,进行集大成式的收罗梳理,写成了这本完善充实的写作辅导书,并兼有检索研讨各种应用文体类别特点的工具书、参考书作用。应该说是取得了后来居上的优势,是尚质、求实的写作品格的结晶。

---

* 姜庆仁、杨格君主编:《中国农村应用文体写作大全》,山东文艺出版社1993年版。

具体来看，本书的可贵之处，主要在于——

一 编写的动机和目的，是严格地从实际出发的

作者作为农业高等学校的写作课教师和社会宣传工作者，通过对毕业生到农村工作情况的跟踪调查，通过对农村干部群众的深入交谈，具体了解到应用文体的写作与生产生活的直接利害关系，深感农村笔杆子的严重缺少，便以紧迫的责任心，促成了"农村应用文体写作大全"的编写构思。为使构想成熟落实，还进行了文病摸底、素材积累、初稿征询，从而使全书的编写内容尽量脱弃已有的书本模式，认真贯彻从实际出发的原则，为掌握针对性、突出实用性、落实有效性，提供了有利前提和根本保证。

二 编写的结构和重点，是力求解决实际问题的

本书名为"大全"，但并非无目的地广采博收，而是选择与农村有关的、在农村使用频率较高的文体约二百多种，沿着由一般到特殊、由综合到专一、由公务到私事的逻辑顺序，给予门类井然、轻重有别的完整组合。读者阅读，可以得到纲举目张、触类旁通的明确启示，倘遇写稿任务而查找有关知识与例文，则能居高临下，掌握典型，收到自觉审度、运用自如的效果。尤其对一些重点文体，则尽量剖精抉微，详陈细列。如"计划"一类中，举出叙述式计划、意见、要点、方案、打算、安排、设想等分支样式；如"契约"一类中，罗列契约、房契、典契、借契、租赁契约、分契等不同细目。我们可借比照辨析，悟得规范化写作要领，掌握因势通变的分寸。

三 编写的体例和方法，是着眼于写作实践能力的培养的

全书对各种文体写作的讲析，力求言简意明、通俗易懂。除了对文

体性质、特点、种类、一般格式等项知识，作条理分明的介绍外，还着重结合例文具体说明写作基本要求，特别对写作易犯的毛病、应注意的问题、两种相近文体的区别对待等，均明确提示，恳切嘱咐。以缩短写作知能转化的距离，增长运笔行文的实际经验和智慧，把应用写作的基本功扎扎实实地培养起来。

四　随着求实、务实的努力，也带来了写作研究上的开拓创新

由于在编写过程中，全力谋求符合现实需要，取得实际效果，也自然进行了农村应用文体的增删调补和重新评价。这对于农村应用文写作体系的建构及教学改革，是有启示意义的。如信函请柬含量的加大，经济、司法、教育文体的增多，以及各类文体中富有时代感和农村风情的例文的选用，都能匠心独运，作了开拓创新的尝试。此外如讲说文体、读写文体、招示文体、记录文体的立项命名，也会引起文体研究上的新思考。

现在，贯串尚质、求实精神的《中国农村应用文体写作大全》既已印行，就要交付实践、予以检验了。一方面，衷心祝愿这些书面上的条条框框，能使农村广大干部群众学用结合，收到得心应手的效果；另一方面，还希望作者虚心调查，多听反馈意见，以作进一步的修改补充。实践出真知，通过多次反复，方可精益求精，达到"木体实而花萼振"的境界！

1992 年 8 月 12 日

一项"教育创造工程"的新建构

——《大学学习学》漫评*

一

王荣纲、曹洪顺同志主编的《大学学习学》（青岛海洋大学出版社1992年版，以下简称《学》），在改革开放的形势下，对准如何提高大学生自觉性与能动效率这个切入点，展开了教育学的科学方法论的系列论述。全书以建设新学科的气度和强大的逻辑力量吸引着我，使我不能不一气卒读，而且思绪泉涌，震荡不已。

我国当代大学生，在建设有中国特色社会主义的宏伟目标指引下，乘尊重知识、鼓励成才的时代东风，是会一代更比一代强地开创文化繁荣、科学昌盛新局面的。但谛听历史的悲怆回响，缅怀先辈学者历经艰险而斗志弥坚的卓越成就，尤其是联系当今世界上知识爆炸、科技突进的高速竞争机制，总感到我们的文化科技新军成长缓慢，缺乏急起直追的势头，缺乏集大成、划时代的发明创造，与党的十四大所提"加速科技进步，大力发展教育，充分发挥知识分子的作用"的任务要求，还有相当差距。面对这种现状，追根求源，应看到在高等学校这个造就专门

---

* 王荣纲、曹洪顺主编：《大学学习学》，青岛海洋大学出版社1992年版。此文原载《烟台师范学院学报》（哲学社会科学版）1993年第2期。

人才的"成品组装车间"里，还存在某些滞后、延误现象，输送于社会的多属"小材小略"，难以促成"雄才大略"的崛起。具体来说，课程内容的平庸陈旧，学习方法的死板单调，不利于从学术现代化的宏观高度，洞开启迪创造力的智慧大门，以致影响大量英才的应运而生。如《学》在绪论中引述的一种批评——中国"产品"的特点是："墨守成规，死记硬背，唯书至上，高分低能。"（见1990年12月10日《中国青年报》所载《创造发明系列报道》）不管这一说法是否言过其实，作为我国高等教育存在的普遍问题，我们对此不能不给予高度重视与认真改革。

于是，科教兴邦的责任感、紧迫感，把大学生的"学会学习"推上了研究热点的地位。我国从八十年代以来，就开始了对于"学习"的科学研究，至今各种层次的"学习学"的研究会相继成立，有关"学习学"的论文专著也陆续发表出版，有些中学还开设"学法"课，有些大学正在增添"大学学习学"的选修课程。这股研究新趋势，给大学的教改强化了抓主动、求实效的导向，带来了积极开发智力资源的信息潮。

这部《大学学习学》正是在思想理论充分准备的基础上，经过从认识到实践的系统深入钻研，运用教育学、心理学、思维科学的原理原则，提炼成掌握大学生学习规律的新范型和完整体系。全书从评介古今中外的学习思想入手，以开阔的理论视野，分析归纳大学生的最佳学习过程与有效学习策略，并在构成学习活动的各个积极侧面和深层因素上，进行立体开发的论证，分别提出切实可行的行为准则。纵观全书十三章的谨严结构与思路，堪称史论结合，虚实并举，且多有具体的条分缕析，显示出经过学术探讨而结晶为教材建设的概括性、独特性和可操作性。我们从教育学现代分支深化的角度来估量，《学》是达到开创性品位的。因此，我愿郑重地给予这一简括而传神的评价：它不愧是一项"教育创造工程"的新建构！

二

总体上肯定《学》的"教育创造工程"的价值意义，还应深入其内容的实质,着重理解它以脑功能"超剩余性"为立论起点的、开发潜在智能的创造型学习观。也就是说,应特别注意全书的"灵魂",就在于开发大脑"超剩余性"提供的潜力,最大限度地争取学习的优异功效。

《学》中列举了大量资料事例,不厌其详地阐述大脑功能的无限性。如其中摘引《苏联今日生活》杂志上的一种观点:"如果我们能迫使我们的大脑达到一半的工作能力,我们就可以学会四十种语言,将一本苏联大百科全书背得滚瓜烂熟,还能学完十余所大学的课程。"并进而推荐中国管理科学院思维科学研究所陶同副教授的思维自控训练法,举出他的一个科学推算数据:"如果一个人能唤醒智慧的巨人,充分利用自己的大脑,那么,他一生(按 60 岁寿命计算)至少能留下四万部有价值的'书'或'录像'。"据此,《学》联系实际,有力地指出:"目前我们的教育方式,虽然已超过'填鸭式',进入'启发式',但仍未改变以传授知识和技能为根本目标的状况,使许多大学生、中专生毕业后离开老师和学校的拐杖,就不知所从。"(《学》,第 16 页)

于是凭借脑科学展示的广阔前景,《学》中多层次地进行了创造思维可行性的实证分析。如评介古今中外学习思想时,突出了先秦"学、思、行"紧密结合的共同趋向;并着重挖掘汉唐以来"学必心解""经世致用"的开放务实精神。而对西方文艺复兴时期打破宗教神学禁锢、发展博学善思智慧的活跃学风,以及当代西方认知主义和人本主义学习理论中自主自由、发挥潜能等主张,则不惜篇幅,予以辩证的详尽阐述。待进入全书的中心部位,涉及学习过程、学习方法和影响学习的社会因素、学校因素、非智力因素等专业重点问题,则始终贯穿着克服学习视野狭窄、突破思维方式封闭的主导思想,致力于独立、开拓、创新的学习心理品质的启发培养。

这样,就非常集中、突出地显示了《学》的内容精华与特点,显示了在科学方法论上更新观念、突破陈规的锐气和活力。如在第七章谈及学习策略的重要作用时,提出这样一种比喻式判断:"在一定意义上,掌握学习策略比掌握具体的科学知识更重要。如果说科学知识是'黄金',

那么，学习策略就是'点金术'；科学知识是'力量'，那么学习策略就是'获取力量的方法'。"（《学》，第196页）这正是为其创造型学习观所作的鲜明注解，所勾画出的点睛之笔。

宋代大教育家朱熹写过一首题为《观书有感》的诗："半亩方塘一鉴开，天光云影共徘徊。问渠那得清如许？为有源头活水来。"融贯情思与理趣，幽深且活脱地点明了学习上"天光云影"的优美奇幻境界，必须靠思索领悟的智慧的"源头活水"不断涌入方能实现，也才得以保持光景常新。这包含丰富治学体验的诗化哲理，恰好为上述比喻式判断作出了历史的回应、生动的印证。

由此可见，为了赶上今天文化科学的突飞猛进，为了增强大学教育的现代化效应，抛弃单纯积累知识的学习死角，升入提高学习心灵素质和运筹能力的新天地，以养成大学生勇于探索的独立精神和创造才能，确实是学习的经济高效捷径，是我们必须身体力行的。

三

过去一般教育学、教学法的论著中，很少关于课外自学和志趣修养方面的系统探讨。这部《学》中则拿出四五个专章，周密论述自学读书的要领，参与科研活动的要求，发挥校园文化综合效益的途径，以及如何搞好心理性格的平衡、时间习惯的调控、生物节律的利用等，使这一切有机配合，构成学习增值的"联合激素"，从而针对历来大学教育的薄弱环节，作了开拓性倡导与建设。

历史上伟大圣哲、科学巨匠的不朽贡献，不仅仅由于他们某一专业上的才华出众，还需要具备崇高的哲学气质、博大的政治襟怀、机敏的预见性和创新意识，以及作为平凡超人的艺术教养和社会公德，可以说是吸取了一个优秀民族、一个进步时代的丰富营养的结果。开创现代科学新纪元的爱因斯坦，就是一个典型。他不仅具备天才科学家的渊博学识和缜密头脑、高度观察联想的分析综合能力、锲而不舍的探索毅力，而且还富有为真理献身的远大抱负、助人为乐的正义感和仁慈善良的性格。同时，他始终保持非常广泛的兴趣和孩子般的天真，喜爱文学作品，更酷爱巴赫、贝多芬等人的古典乐曲，小提琴拉得极好，又是机智幽默的健谈者。爱因斯坦基于他多样统一的学风和品格，才成长为立体型的大物理学家，能以得天独厚的直觉、敏感和智慧爆发力，去发现宇宙的庞大和谐结构。试想，这样的旷世奇才，仅靠搬运和储存现有知识的标准答案，是绝难造就出来的。

在此，我们从大学教育的视角，看《学》的创造型学习观的深广性，体会它侧重大学生课外自学和志趣修养的战略意义，是符合教育"三个面向"方针和社会进步的内在规律的，对于大学里多出人才、快出人才，无疑是关键性的启动枢纽。

四

马克思主义的发展史证明，一定要提高实践的权威性，要把一切裁判权交给实践法庭。《学》出版后，烟台师院准备用它作教材，在各系普遍开设这门选修课，力求这项"教育创造工程"的新建构，在实践的检验中不断修改、充实、完善。

因此，盼望担负这项实践任务的教师们，不应仅仅看作一般新编教材的简单试用，而是投入创造、投入创建民族最佳心理素质和精神风貌的未来工程，要以最大的历史责任感和思想开放性，心灵手巧地安排每一个构件，总结每一点经验。

也不妨生发"一石激起千层浪"的推想：坚持这项创造性的教材建设、教学试验，会在"两个文明"建设高潮中引起广泛的关注与交流，吸引更多有志者参与研究、改进，或者另作更大规模的构想、革新。从高校教改的意义上来看，由此登上一个大台阶，可能招致教育体制、内容、方法上的一系列转轨变型、多元催发的跃进新格局。从为国育才、实现富强总目标上看，同经济建设并驾齐驱，可以奋力铺排群星荟萃、成果云集的阵势和最隆重的精神盛典，加速跨进二十一世纪的凯旋门。那将是多么鼓舞人心、震烁千古的功绩啊！

也许这属于虚妄的梦想，可是一对照邓小平同志的下面一段推论，便心中释然了。他以真理的朴素性恳切昭示："我们国家、国力的强弱，经济发展后劲的大小，越来越取决于劳动者的素质，取决于知识分子的数量和质量。一个十亿人口的大国，教育搞上去了，人才资源的巨大优势是任何国家比不了的。有了人才优势，再加上先进的社会主义制度，我们的目标就有把握达到。"（《十二大以来》中册，第719页）

当然，在意义非凡的实践中，《学》的作者和教学实验者，还应具体求实地、一丝不苟地发现书中观点方法的不足。检查是否还有定义、条文的僵化烦琐痕迹，还有哪些苟简、粗疏，影响情理畅通的地方，总之，要尽可能地从严从细、精益求精。

百年大计，教育为本。既然作了这项"教育创造工程"的明智选择和精心施工，就让我们在这属于辉煌未来的奇迹与荣耀中，满怀信心，艰苦卓绝地奋斗到底吧！

1993 年 2 月 9 日

弘扬求实致用的文风

——《文秘与财经写作》序言*

叶圣陶先生在1982年5月一次学术会议上，对高等学校的写作教学提出了这样的恳嘱："常常听一些机关说，我这里没有秀才。秀才是能够动动笔的。我想，写作功课是培养能够胜任、称职的秀才，而不是培养文艺家。"（注）叶老是卓越的语文教育学家和文学大师，他这来自实践的真知灼见，不仅为当时的写作教学指明了行之有效的途径，而且对写作学科的长远建设，对写作如何为社会主义现代化建设服务，也都具有切实中肯的指导作用。

其实，考察文章写作的起源，从殷墟出土的甲骨卜辞，以至最早的典籍文献，都是借助于文字，记录传达生产与生活经验，以求其"通之于万里，推之于百年"的。因此，先秦以降，古人对文章写作的论述，也多着眼于社会作用，提出了一系列求实致用的主张。以后随着政治、经济、文化的发展，我国作为一个文章大国，终于把文章写作推上"经国之大业，不朽之盛事"的崇高地位。

"时运交移，质文代变"。当今的文章写作，因科技进步与传播媒介的现代化，越来越提高其专业化、信息化、规范化程度，各种应用文体的研究，也日趋精密系统，如研究公文、新闻、科技、司法、财经、医

---

* 贺鸿凤、滕西奇主编：《文秘与财经写作》，青岛海洋大学出版社1993年版。

卫等专用文书的论著与教材，正在大量发表出版。叶老当年的殷切希望，如今已形成气候，汇为主导倾向了。这是历史的必然，是我国求实致用的文章写作传统在新时代的发扬光大。

由济南大学中文系写作教研室发起，邀集兄弟院校写作教师编著的这部《文秘与财经写作》，是具有重大改革意义的教材建设。它不是单纯地为了适应时代新潮，而是围绕着弘扬求实致用的文风，从学术思想上、学科范型上，作出了可贵的试探性努力。试探中初步显示的以下几个特点是值得注意的。

一　时代性

一本教材是否先进，能不能成为方向的导引和方法的规范，首先要看它是否充分得力地体现了时代精神。本书紧紧围绕经济建设这个中心，精选公文、财经、司法等三项最必需的内容作为教学主体构架，在理论阐述和例文选析上也尽力为社会主义市场经济的建立与发展服务。从而把解放思想和实事求是相结合的精神，贯穿于文章写作的全过程，形成一种稳健开拓的思想动力和严明的科学态度。

二　科学性

教材的结构体系，必须纲举目张，逻辑严密，做到观点材料有机结合。本书三编七章，分工井然有序。文字表述与例文印证，都能穿插自然，虚实并举。每一章节内容，基本包括文体性质、种类、写作要点及一般规格，但又不死板拘泥，能够因文制宜，以讲得清楚稳妥为准。所以全书顺理成章，可令人清晰地把握住灵活而系统的思维整体。

三　可操作性

写作教材，应有学科的特性，须在写作能力的培养上求得实效。本书注意了应用写作知能转化的整体设计安排,还突出了"怎样写"与"切忌之处"的反差对比,以确保扶正纠偏的效果。另外,思考与练习部分,力戒呆板老套,讲求方式多样化和培训机制的多功能发挥。这样,既便于教学,也利于自学;既可作高校应用写作教材,也可供有关专业人员进修参考。

以上三个特点,是弘扬求实致用文风的相因相成的重要环节,也是写作教学向现代应用转轨变型的联结点。倘能紧抓不放,深入实践,将会促使这本《文秘与财经写作》教材在教学革新上的意义和价值,得到更充分的体现。

本书由于多人执笔,各部分的编写质量,尚不平衡。虽然注意了各章节的理论知识阐述,但理论思维仍显单薄,重表面格式、轻深层论析的倾向,希望能认真克服。

1993 年 5 月 10 日

注(原注照录。——编者):

山东省写作学会 1982 年 5 月在烟台举行第二届学术年会时,曾邀请叶老到会指导讲话,这段话摘自录音记录稿。

促进写作思维结构的整体性革新

——《写作系统教程》序言[*]

八十年代中后期，我国有一股文章学、写作学研究的新潮在冲涌激荡。随着大浪淘沙的形势，全国高校的写作课教材建设，经历过了雨后春笋的繁盛期，迄今已进入冷静反思阶段；大家深切盼望的，是写作学科的高品位升值和高效能突破。当此顿挫前进的转折时机，出现刘敬瑞、谢亚非主编的《写作系统教程》，自有其特殊的意义和贡献。

回顾十年来出版的上百种写作教材，概括其主导倾向，不外三种：（一）运用现代意识与多维视角，追求写作观念的更新及其理论体系的建构；（二）注重写作主体的智能开发，融合现代多学科交叉原理，加强写作技能的规程化培训；（三）根据社会专业分工的需要，就某些部门应用频率较高的文书，分门别类，建立严明、通用的写作准则与体式。三种倾向，体现在高校写作教学上，有的偏重形而上的理论探索，有的寻求知能转化调节机制，有的则严守操作程序和行文规范。彼此各立门户，难以融会贯通，不能结成一个系统的有机整体，以代表完备统一的一门新兴学科来焕发信息传播时代的崭新生机与活力。

关于社会发展、科学进步，马克思曾作出运行规律的基本概括："那些发展着自己的物质生产和物质交往的人们，在改变着自己的这个现实

---

[*] 刘敬瑞、谢亚非主编：《写作系统教程》，天津人民出版社1993年版。

的同时，也改变着自己的思维和思维的产物。"(《马克思恩格斯全集》三卷第 30 页）文章写作是复杂思维的产物，在今天必然要运用现代文化科学提供的新的思维方式，改变那些不适应的传统写作模式。我们从辩证唯物论的高度，审视当前写作教材编写的成败得失，就会更突出地感到：作为一个系统存在的写作行为，只有系统把握深层心理功能的写作思维规律，才能在写作理论与实践的结合上，抓住突破口，增强创作力度，以跟上新时代对写作能力的日益丰富、新颖、深刻的需求。

这部《写作系统教程》的特殊意义和贡献，主要在于把系统论的科学方法，引入写作过程诸要素的研究，着重理出写作思维活动的方式和规律，使之成为具有内在驱动力的"写作思维结构"，从而导引、制约、重构着全部写作理论、知识和技法，最终提炼、组合、升华为一个宏大的"写作系统工程"。可以说，这就超越了当前一般写作教材的单向、平面、无序的局限，为促进写作思维结构的整体性革新，率先迈出了开创性的一步。

概略地看《写作系统教程》的开创性特点，主要体现于以下几方面。

第一，在理论构架上，讲求多元统一的完整性

全书把写作运营的全过程，看作一个血脉相连的有机整体，在立论格局中严密贯串思维推导逻辑，为思路层层递进而铺好轨道，为意脉纵横发展而沟通网络。试看其内容的大面区划，分为"过程论""体性论""文体论"三编。这是从立论的宏观视野上，规定了由内而外、由分析到综合而又互为因果的认知领域和操作阶程。各编中的许多章节，又自然成为派生的子系统，每个章节都严格遵循"基本概念—病例分析—范文示例—理论阐述—训练设计"的环节顺序，铺设各行递变的巡回解析单元。书上罗列的大小标题，并不意味着概念、条文的机械累加，而是各就各位、相辅相成，产生最活跃的意念新质，以显示系统总体所赋予的无限生命力。

第二，在具体阐述上，突出写作行为优化调节的动态性

全书对写作过程及相关诸要素，不停止于静态割裂的讲解，而适当运用思维学、心理学、美学等旁涉学科的观点和方法，通过正反两面例文的整体完形比较，力求在写作实践的耗散结构运动中，深入把握构思运笔的优化调控机制，以求触动敏感彻悟，启发举一反三的写作创造智慧。综观全部章节体例，前后照应，环环相扣，处处都在显示立体型和动态化的阐述效果。剖视每一细部，也无不组织在这种自调节的能动操作流程当中。如以炼意、熔情、创象、交融等四步推进，揭示诗歌意境创造的奥秘；再如从写作借鉴角度谈读书要领，指明由"仿取"到"化取"的悟性升级。这些都借助于动作线的联系、流动状态，克服对于写作的混沌感、神秘感，以取得感知、领悟的更佳启示。

第三，在教学辅导上，掌握合目的的层次性

好的写作教材，应为写作教学辅导的策略步骤提供科学依据。因此，应在教材的环境适应程度上，也贯彻系统论的指导思想。考虑的基点主要是在社会实践的文化背景下，认清"这一种"写作教学辅导的性质、任务和地位，力求居高临下地、面中取点地运用合目的性与合规律性原则，安排好提高写作水平的阶段和层次。本书的编写，看来是掌握了这样的开阔视野和务实精神的。首先，避免过高过多的理论探讨，采用了指导性理论阐述与例文分析、操作训练相结合的综合实践型教学模式。其次，按照高师培养目标，克服"万金油式"写作教学内容，区别于中学的打好写作基础，沟通着未来的应用和教学需要，达到写作知识面较广博、写作基本功较熟练的"知能双优"境界。再次，就写作本身的修养能力来看，也划分初级练习、中级实习与高级创造的不同层面，以自觉把握重心，明确各段主攻方向。写作教材的这番总体设想，分层用力，为写作教学有节奏的实施，奠定了良好的基础，是会取得写作辅导上有

的放矢、循序渐进的实效的。

优秀跳高运动员，跳过阶段性最高限度后，要想再升跳一厘米，还必须进行长期苦练、顽强拼搏。处在当前种类繁多、琳琅满目的写作教材之中，若有观念方法上的点滴创新突破，也是非常难能可贵的。这部《写作系统教程》，尽管还有驳杂粗疏的缺点，有的提法不严谨，有的文理欠通畅，但由于取得了促进写作思维结构整体革新的一项破纪录成绩，故值得我们高度重视，广为宣扬。那些不足之处，将在更高的学术研究档次上继续修改完善。

在此，恳切希望编写者戒骄戒躁，多下苦功，把开创性的初步成果，推向成熟、精深、辉煌！

1993 年 6 月 6 日

经世致用文风的现代结晶

——《秘书写作学》序言[*]

我国最早的文章,从萌芽状态的甲骨文、钟鼎文,到体式定型的《尚书》《左传》等,都是古人记事、问卜、施政等社会实践活动的记录。后经先秦两汉的充实提高,文体及其分工日趋精细完备。陆机《文献》中就曾概述了诗、赋、碑、诔、铭、箴、颂、论、奏、说等十种文体的表现特征,其中大多数均属于经世致用的文章。可见我国文章的产生与发展,都是以尚志求实为主,其经世致用的文风,可谓由来已久,影响深广。

现在,随着社会主义建设事业的迅猛发展,各种以实用为目的的文体,都在向现代化、科学化、专业化提高,并且出现了总揽其成的公文学、秘书写作学的全面研究,也出版了一些有关的专著。

宁茂昌、吕周聚同志主编的这部《秘书写作学》,根据当前广义的公文写作的实际需要,进行集大成式的收罗整理,应该说是取得了后来居上的优势,比较切实有力地弘扬了经世致用文风的。

具体看来,本书的可贵之处,主要在于——

一 为秘书写作提供了比较完善充实的指导性教材和工具参考书

全书从理论与实践的结合上,建构了自成体系的完整理论框架。一

---

[*] 宁茂昌、吕周聚主编:《秘书写作学》,青岛海洋大学出版社1993年版。

方面，为使秘书工作者开拓思路、提高专业写作水平，适当进行理论和知识的宏观阐述；另一方面还照顾秘书写作知识面要广、基本功要强的特殊要求，既具体分析通用的写作要领方法，又涉及行政公文、通用公文、财经公文、科技公文、司法公文以至外交公文、礼仪公文等各种领域的文体写作特点。这样，读者可以在使用频率高的某一方面，专功精进，写得规范熟练；也可以触类旁通，按不同需要检索有关知识与写法，培养一专多能的秘书写作修养。最终目的，希望一种教程，兼有指导作用与工具参考的便利，为秘书写作的无师自通、切实有效，提供有力保证。

二 编写的材料和方法，完全着眼于秘书写作实践能力的培养提高

全书共十二章，章节项目似乎罗列繁多，实际都是围绕秘书写作实践的需要，掌握目的性，突出实用性，落实有效性，沿着从理论到方法、从一般到特殊的规律，有机组合而成的。对每种文体的讲析，除简要介绍其性质、特点与写作基本要求外，还注意几种相近文体的对照辨析，对一些重点文体，则结合典型例文，做细致深入剖析。这样明确提示，恳切叮嘱，可使读者自觉审度，知所趋避，悟得规范化写作要领，掌握因势变通的分寸，确能增长运笔行文的科学精神和实际写作的经验智慧。

三 运用系统分析方法，寓开拓性研究于务实操作的序列讲述当中

这部《秘书写作学》，是参阅吸取大量同类研究资料后，结合编者自己的体会而集纳编撰的。全书基调朴素平实，没有张扬什么鸿篇高论或全新架势。但有的章节，却贯彻系统分析方法，在按照一般体例的条分

缕析中，容纳进有所开拓前进的新观点、新方法，体现出秘书写作的时代特色与行业写作新风。如第二章"秘书写作的起源和发展"，简明扼要地介绍写作的历史演变，扣紧由简入繁、同中有异的发展轨迹，鲜明有力地阐明了经世致用的写作传统，不刻意求新而又富有新意地启发今天的秘书写作，应怎样提高自觉性与历史责任感，进行合理的继承与发扬。再如第三章"秘书写作的特点与基本要求"，其内容细目都是沿用习惯提法排列，但中间自然嵌用"主体""受体""载体"等新概念，并提出"吃透'上情'""行文得体"等特定的写作要求，以及对秘书写作的语言和文风作出贴合实际的精细解析等，都能够推陈出新，启发读者在脱弃陈规老套的超越意识中，更踏实深入地掌握当前秘书写作的运行机制。其他如通用公文、财经公文、司法公文等章中，对许多分支小文体的归类定名，体现了一定的概括力和共性特色，对认识大小多种名目文体的区别与联系，掌握其确切属性与范式，均有因宜适变的指导性。这种创新不搞花架子，而逐步落实到可操作的实学真才中，堪称经世致用文风的更本质体现。

综观《秘书写作学》的总体成绩，在突出经世致用文风的前提下，融入全体编写者的苦心与创意，可以说对当前应用写作研究、对秘书写作学科建设，是做出了应有贡献的。不过，由于集体执笔，各章节质量的不平衡自属难免，而且也流露出偏于泥实、缺乏理论的通脱透辟迹象。希望在今后的学习与实践中得到补正，向"木体实而花萼振"的境界发展提高！

1993 年 7 月 10 日

开拓智慧与理想的心灵世界

——写在《初中生作文》创刊的时候*

一

初中阶段，正逢人生的花季，而且是蓓蕾乍放的花季。处于这种"智龄"的少年人，一旦形成某些志趣与特长，将会卓越成家，前程无量。因为迎着社会主义时代的春风化雨，这一茬葱茏的"小果树"，还不知繁衍出多么丰硕壮丽的人才景观呢！

作文，是反映生活、表达情思的信息载体，它能直接显示心灵屏幕上的一切神经和律动。特别是初中生的作文，更会充满天真、优美、奇幻的魅力，传播纯洁的爱恋、坦诚的劝慰、宏大的向往以及创业奋进的雄心壮志……

为此，《初中生作文》这个富有朝气的小刊物，不想单纯地讲作文知识、教作文方法、练作文技巧（这些当然也是必不可少的），而要把首要的目的任务，放在开拓智慧与理想的心灵世界上。假如随着爱国热情的高扬、崇高品德的追求、艺术敏感的磨砺，逐渐培养出能读善写的心灵素质和运筹能力，则会"思风发于胸臆，言泉流于唇齿"，那种由小作家递进到大手笔的写作天才与灵感，是有可能水到渠成、不期而至的。

---

* 《初中生作文》，山东省写作学会主办期刊，1993年7月创刊，此文为发刊词。

二

古人认为写作是最难的事情，一直感叹"文章本天成，妙手偶得之"。今人也有类似的困惑，声称"写作是一门教不会的学问"，只有靠自己暗中摸索，等待豁然贯通。

其实，我们综观历史上许多伟大的发明创造，再推及许多名家名文的写作经验，可以清楚地认识到：单靠积累知识、模仿笔法，是远远不够的，关键在于养成捕捉生活真善美的灵活创造才能。也就是说，克服写作困难的奥秘不必远求，就看你在生活事物面前，会不会调动观察与表现的创造性思维。

因而《初中生作文》作为观察人生的窗口，作为领入写作门径的辅导站，特别注意写作过程中创造性思维能力的开发。刊物中分设的多种栏目，就是想贴近初中生的生活与学习特点，通过观察力、感受力、想象力、概括力、逻辑推导力、审美感悟力的多元交融，形成别出心裁的慧眼与才思，逐渐使构思运笔进入得心应手、超凡脱俗的自由境界。

现代脑科学有一种学说，叫作人脑的"超剩余性"，指出现代人一般只用了大脑潜能的10%左右，就连爱因斯坦这样的大科学家，也不过用了20%。由此可见，历代神童的传说，大文豪梦笔生花、佳作累累的故事，并非无稽之谈。只是他们在脑资源的开发利用上略胜一筹，比一般人更多一些创新意识，更善于发挥创造性思维机制的能动作用。

我们《初中生作文》重视这一观点，并要紧紧抓住这一关窍，为创造性思维方法在写作过程中的应用与升华，努力做好疏导诱发工作，从而期待写作知能上"重点突破，四面开花"的"井喷效应"。

三

"实践出真知"这句名言，对于《初中生作文》的编辑和读者，具有更直接、更深刻的指导意义。

作文是注重技能、技巧的"术科",又是带有综合实践性质的复杂精神劳动。只有通过多看、多想、多写的反复操作,才能触景生情、顺理成章,熔炼成语言精美的文章。不经过勤学苦练,缺乏自身的甘苦体验,所谓心灵世界的开拓,所谓思维能力的开发,都将化为泡影。

"纸上得来终觉浅,觉知此事要躬行"(陆游《冬夜读书示子聿》)。我们在此恳切希望小读者们还必须把《初中生作文》当作写作园地,共同参与辛勤的智力开垦。要努力做到读写并举,加强写作实践中的思考修炼,以便落实思想品德的导向作用,强化思维结构的动力功能,提高语言文字的应变技巧,进而在亲切感受理解作文之道的基础上,顺利实现写作知识与能力的双向转化,完成写作动机、创意与文采的三级飞跃。但这需要长期坚持,方能久久为功。

我们建设有中国特色的社会主义,必须物质文明与精神文明一齐抓,当前特别要重视科技教育的优先发展,努力提高全民族的文化素质。这个宏伟的系统工程,给现在的初中生、跨世纪的建设主力军,提供了施展抱负与才华的广阔用武之地。让我们凭借《初中生作文》这个精神支撑点、起飞点,为更好地肩负起庄严的历史重任,都来认真积极地开拓智慧与理想的心灵世界吧!

1993 年 7 月 10 日

散文探秘的突破口

——《散文抒情探微》序言*

继《文学创作引论》之后，贾祥伦同志又写成了《散文抒情探微》一书。这是他的写作研究由广博向专深突进的力作，读来使我深感亲切、欣悦和振奋！

为什么深感亲切呢？

祥伦说，十余年来，他摸索高校写作教学改革的路子，经过得失利弊的反复体验，毅然摒弃理论体系的教学内容，而编创范文体系，有计划地寓写作知识于范文的解悟之中。并认为，堪称这种范文的，主要是精美的散文。

回想六十年代初期，基于高校写作教学的改革需求，我也通过实践检验，逐步形成了以论文、杂文、散文为主干的教学体系，每个阶段，由重点文体引路，把有关写作知识和写作训练环节，纳入文体写作的基本规律之中，力求通过文体示范的"整体运作效应"，达到写作知能的有力转化与有效提高。几年后，总结教学成绩，确实体会到包括杂文在内的广义散文的写作，是最有吸引力和包容性的练笔活动，可以借助于

---

* 贾祥伦：《散文抒情探微》，石油大学出版社1994年版。

散文这种"什么都不是的文学",极为灵活地兼收各种文体之长,产生多元交融的表现活力,使触类旁通的写作基本功获得创造性发展提高。

由于上述写作教师的共同经历与内心感应,所以我对《散文抒情探微》一书怀有特殊的亲切感,认为这不是罗织概念条文的一般教科书,而是"十年磨一剑"的心血结晶,是以至诚奉献给习作者的入门阶梯。

为什么深感欣悦呢?

目前对于散文的研究,呈现蓬勃发展的趋势。关于古今散文的知识评述、技法探讨、作品欣赏、历史总结,以及散文美学、风格学、比较学等审美理论的开拓,都有大量论文、专著发表,还有几种集大成式的散文辞典陆续出版,可谓百花攒锦,各擅其胜,"二百"方针的精神得到了最好的体现。

在这么兴盛的散文研究氛围中,这本《散文抒情探微》,却另辟蹊径,有其独特的面目与贡献。它没有追逐时尚,集纳为泛论式巨著,只是抓住作为散文精魂的抒情艺术,进行创作心理机制的深微剖析。举凡情绪记忆的诱因、情感体验的流程、心灵震颤的触媒、心与物和情与理的错综转换,以至散文抒情所特有的旨趣、风格、色彩等,都结合有关范文的抽样"活检",来探寻其中三昧。甚至沿着刘熙载《艺概》中所说的"极炼如不炼,出色而本色,人籁悉归天籁"的审美极致,取得现代散文无法而法的更高领悟。

像这样对准关键、掌握散文内在机密的循循善诱,不但可使散文习作者思路顿开,获得驰骋于散文天地的自由,而且可为散文的教学辅导传播独得之秘,以充分发挥散文写作"短、平、快"的优势,为全面提高写作素养,增添练意运笔的智慧。因此,我认为其取精用宏的意图、一举两得的效益,是独特的、难能可贵的,不啻抓住了散文探秘的突破口,从而产生了无限珍惜的欣悦之情。

为什么深感振奋呢？

　　五六十年代之交，我国的散文创作空前繁荣，写现实、抒真情而又潇洒如"园林""扇画"的散文佳作，占据了报刊与文艺出版物的重要位置，刘白羽、孙犁、秦牧、杨朔等散文大家，相继成为开一代散文新风的表率。经过了相当时期的困顿与徘徊之后，进入改革开放的新时代，散文又复苏生机，更加标新立异、叶茂花繁。饱经沧桑的老作家，多倾心于散文创作，以巴金的《随感录》为先导，冰心、夏衍、孙犁、秦牧、陈荒煤、肖乾、柯灵等，都有真诚睿智的新作问世；更多的中青年作家，如贾平凹、赵丽宏等，满怀时代的激情热望，以开放意识吸取各种现代艺术手法，写出了独步人生、富含哲思而又不拘一格的撄心警世之作；尤其是前所未有的散文出版大潮，正以方兴未艾之势发展着，各种散文丛书、散文精选、散文欣赏文库以及各时期的个人散文选集，尽管每种印数上万，也都畅销无余；全国性散文刊物《散文》《散文百家》《散文选刊》《中外散文选萃》等，也都在革新版面，焕发朝气，吸引越来越多的读者。这一迹象表明：一个辉煌的散文黄金季节，即将惠然光临！

　　把《散文抒情探微》这个"散文探秘的突破口"，放到当前散文宏观发展下衡量，自然是令人心情振奋，思绪万千。一方面，这个既重审美、又讲实效的"突破口"适时呈现，借以进入开始建构的现代散文的宏丽殿堂，仔细体察其幽思敏感的来龙去脉，并尽到为其增添一砖一瓦的光荣职责，确属历史的兴会、人生的盛事。另一方面，展望继承散文传统与搞好现代化变革的艰巨任务，估计新型散文思路纵横、色彩缤纷和更富有现代生活意味的前景，推及散文作家亟须解放心灵、加强感悟新人新事的锐敏思辨力和艺术直觉等本质问题，就不无遗憾地认识到"这个突破口"仍有着眼点不高、知解力不深、开拓性不强的局限，有待于提高思想素养、更新审美观念，更深广地关注研究人情世相，把作者自己的襟怀提升到现代东方诗哲与乐圣的新境界。

　　可见，居高临下，一分为二，在散文抒情的创新探索上，仍须振奋精神，精益求精，更加开放地钻研下去。

散文家林非先生在给《中外散文辞典》所写的序言中，有这样一段话："如果一个民族和国家中的许多人，都能够较好地理解散文的奥秘，较为纯熟地运用散文来交流各自的心灵和思想，那么，其文明程度肯定就会得到较大幅度的提高。正因为散文与整个民族和国家有着如此密切的精神联系，所以它对于建设这个民族和国家的现代新文化，就具有举足轻重的作用。"（摘自《写作》1991 年第 1 期）我同意并相信这种说法，若能通过散文特有的朴素亲切来陶冶、净化、美化人民的心灵，提高全民族的文化道德素养，以达到建设有中国特色的社会主义文化的高标准，这并非潜妄，也非侈谈，而是新的文明时代的必然召唤。

愿我们在散文抒情研究的新起点上，见微知著，沿波溯源，增强高瞻远瞩的使命感和永葆青春的艺术动力！

1993 年 12 月 4 日

师古融今，遒骨丽韵

——李继曾其人其书[*]

一

我与李继曾教授相识，已有三十多年了。在这漫长的人生旅途中，我们一直保持着"淡如水"的友谊，或促膝恳谈，或书信问答，都离不开进修和工作的有关话题。因此，他令我敬畏，他给我一个谦恭诚朴的东方学人的完好形象。

继曾一贯质朴、沉静、认真、谦和，不管于公于私，从不拒绝委托，总是认真负责地去做，而且力争做好。正是这种敬业精神，使他在高校中文教学中，克服了求虚名、走捷径的功利意识，少言寡语地承担下写作课的主讲任务，一干就是几十年，耐得寂寞，不惜下笨功夫，终于成就为功底深厚、学识渊博的实干家，为教书育人做出了卓有成效的贡献。

高校文科开设的写作课，是一门综合实践性质的基础课，它要求学生以活跃的文思为生命，以丰富的知识为血肉，并自然转化为辞章修养，练好规范化的语文基本功。于是，继曾从这一学科的特定要求出发，严格务实，用"学者兼教练"的高标准来努力充实提高自己。

---

[*] 李继曾，山东师范大学中文系教授，所著《基础书法精析》由青岛海洋大学出版社1994年出版。此文原载《聊城大学学报》（社会科学版）1994年第2期。

例如，他考虑到写作专业需具有广博的知识，还要培养发展写作教师能读善写的优势，便先后主编了辅助中学语文教师进修的刊物《语文教学研究》和提高文科研究水平的刊物《聊城师院学报》。虽然编务繁重，他却得到业务上广采博收的机会，且能通过编撰、整理、校勘、修改等细致的文字加工，自觉培养了博而能专的语文研究的优良素质。

再如，他对各种文体的教学研究，选择了应用频率高、写作难度大的"杂文"作为科研重点，力求理论探讨、作品解读和实战练笔三管齐下，以至真正吃透了杂文精神，并能掌握怎样使笔下"杂"起来的多功能运作机制。他的专著《杂文笔法例谈》，就是在这方面学用一致的结晶，能归纳出杂文笔法的系列化关窍，给人以可操作的技法启示录，获得了省级科研奖。

还有，继曾功夫最深的看家本领——书法及书法教学研究，这虽是他的业余爱好，但经过长期的勤学苦练，使书法的史论修养与挥毫泼墨的审美技巧相辅相成，构筑起他学术造诣的高峰，使他成为富有文学底蕴的书法家与书法教育家。他被推举为中国教育学会书法教育研究会理事和山东省书法教育研究会副理事长，恰是实至名归、适才适任的应有位置。

二

专从继曾的书法成就来看，也充分体现了孜孜以求、久久为功的治学特点。

他从幼年时期，就在父亲和本乡名儒指导下临帖练字。由于长辈的严格要求，使他很快进入了恪遵古法、循序渐进的正规化学书途径。

传统的书法训练规格，是特别注重执笔、运笔的笔法，以此作为坚实功底，逐步做到点画、结构、章法、气势等方面的工整合度。对字形字体的规范，也沿照"楷书是立、行书是走、草书是舞"的递进层次，首先下大力气苦练楷书用笔基本功，然后再逐步拓宽笔路。继曾就是这样规行矩步，刻苦摹习，几十年坚持不懈，对执笔运力的起收、提按、疾涩、轻重、方圆、藏露等，达到了准确熟练、挥洒自如的程度。其中，他对楷书用力最勤，主要从笔画凝重、笔锋秀健的唐楷入手，遍学欧、褚、颜、柳诸大家，而以欧体为基干，自铸劲挺圆活的新风貌。至此，继曾牢牢奠基，再层楼更上，上溯隋碑汉隶，致力于二王行草的俊爽，兼纳章草及宋代米芾的峻厉苍润，终于檃栝众长，渐老渐熟，最后成为专擅楷书与行书的高手，上升到严整含飘逸、偃蹇寓秀美的境界。

书如其人，书法艺术很讲究"笔性墨情"，是最富有性格特征的。明清以来那种千人一面、万字一形的馆藏书法，尽管写得圆满板正，却为历来书法家所诟病。继曾以几十年的精力，一丝不苟地学书于古人，但又不泥古自缚，而凭其敦厚扎实的品学，在尊重书法渊源师承的基础上，融会时贤新风，吻合现代书法家简易明快的倾向，从而对笔墨的骨力、气象、神采、韵味等主体品质，逐渐有了自己的揣摩体会，渗透进自己的血汗和追求，以至自然形成劲健而秀雅的独特风格。这风格，是靠"师古融今"的稳重开拓之力，才取得"道骨丽韵"的天然合成之美的。

经过上述磨砺，继曾晚近的书法作品，已受到社会的广泛认同、赞赏。他写的正楷及行草条幅、横额、斗方等，多次在省内外参展，为法、日、美、瑞士等国际友人珍爱收藏。1992年5月，日本"远州书道联合"主办的第四次现代中国书画展览会，对继曾参展的行草作品给予很高的评价，并郑重写来"感谢状"。1993年7月，珠海、深圳为纪念王羲之诞辰1690周年而举办的"金鹅奖国际书画大赛"，他的楷书作品也荣获大奖。由此可见名传遐迩、备受欢迎之一斑。

三

书法包括应用写字与艺术创作两种类型，两者是普及与提高的关系，也具有互相促进的功能。继曾基于他严格务实的学风、文风，对书法也不以攀附风雅为务，不以竞奇炫异为荣，而是凭自己碑风帖意的深广教养，投入书法基础教育工作。因而，他能居高临下，深入浅出，既搞好高质量的书法入门引导，又为应用书法与艺术书法的辩证发展，做出了大量铺路搭桥的有益工作。

继曾在大学兼教书法课已二十余年，编写出版了大专、中师和中学适用的《书法教程》《书法》等多部教材。最近，贯注其书法教学的丰富经验，集纳其已编书法教材的精华，写成《基础书法精析》一书，并在山东省电视台分60讲连续播放，得到社会各界的关注与好评。这部系统精深的书法教材，和他的人品、书品相一致，显示了立论精当、体系严明、范字典雅、步骤稳实的特点。它既是我国书法遗产的一种通俗化缩微录像，又是为进入书法宏伟殿堂提供的明确指南与有效阶梯。该教材与众不同的地方，在于突出了碑帖临摹的实践辅导。对于欧、颜、柳、赵四大法书与两种魏碑字帖，分别结合例字示范，揭示其形体特点、运笔要领、艺术特色乃至神韵奥秘，进行了直观讲解。当前出版的基础书法教材，一般注重入门训练，例字示范多属于笔画的静态分解剖视。而《基础书法精析》中碑帖临摹部分，则具体讲析了四家书体的不同风格，分别窥视到个性化书法造型整体的生命与活力。这样遵循书法传统而又发掘创意、重视书写法度而又弘扬多变的审美追求，可说是继曾"师古融今"品格和"遒骨丽韵"功力的精神支柱和心灵动力的源泉。

关于《基础书法精析》内容的一些具体优缺点，不拟在此赘述了，相信读者们会作出各自的选择判断的。但希望着重思考"师古融今"与"遒骨丽韵"所涉及的理论和实践意义，把我们平时用毛笔写汉字的普遍行为，放在特殊的民族文化历史发展的高度来认识，努力参照继曾为人与书法的规范，自觉培养自己的醇正书风，为源远流长的汉字书法艺术传统在新时期的继承与革新，做出应有的积极贡献。如果仅仅把学书写字看作运用工具符号的雕虫小技，或者没有笔画基本功而一味追求狂怪新奇，都是轻薄无知的，不利于社会主义精神文明建设宏业的。

《艺概·书概》有云："书，如也，如其学，如其才，如其志，总之曰如其人而已。"继曾的德学才识与书艺进展，就是这一规律的完整体现。祝愿他今后坚持这条成功与服务的求实创新之路，再接再厉，精益求精，随着加强进德修业的力度，以攀上"健笔凌云意纵横"的最高峰！

1994 年 3 月 26 日

严肃务实的艺术理论探索

——《散文艺术论》序*

  我国八十年代以来的文艺理论研究，在引进西方美学、文艺学的新概念和新方法方面，有了可观的成绩与突破。这主要是借助于哲学、社会学、人类学、心理学、语言学等基础学科的理论思维作为研究媒介，深入系统地把握文学的本质特征，以提高文学评论现代化、科学化的深层穿透力。

  但由于这些研究，很大程度上出于对西方艺术的新鲜感，倾向于"创学科"的概念、范畴、体系的建构（当然这也是必要的长期建设），从而失之于匆忙的理论"外力模拟"，难以确切有力地阐明汉语文学创作和阅读的内部运行机制。例如，西方文论中持续了半个多世纪的新批评派的语言学转向问题，我国到了八十年代才作为一种新方法集中加以提倡，一般地提出了文学评论应转向语言、文本、符号、结构等要求，而真正更新视角、理顺思路、完整激活隐含于文本肌质内艺术生命力的科学分析，则尚未形成气候，难以取得令人惊喜的效果。

  曹明海同志是高师语文教法课副教授，多年来他以高度敬业的精神与科学态度，对文学作品的精读赏析狠下功夫，逐渐把思路引向发掘内蕴、归纳范型、提炼审美信息和能量，因而基于由实践上升为理论的内

---

 * 此序原载《济南日报》1994年9月16日，为曹明海拟著《散文艺术论》作。

驱力，系统探寻严整配套的鉴赏理论化联结，终于完成了兼有学术开拓与应用价值的理论专著——《文体鉴赏艺术论》（山东文艺出版社1992年版）。今天，他仍然严格遵循从实际出发的钻研程序，突出重点，在散文艺术论上专攻精进，又集纳成为虚实并举的学科分支性专论——《散文艺术论》。我们若把以上两部研究成果放到当前我国文艺理论研究的大背景下来衡量，誉为填补空白之作，也许言过其实，但会突出感到明海同志的艺术理论探索，区别于为理论而理论的经院派风尚，一直坚持了严肃务实的研究道路与学术品格，总是具有积极的开拓建树意义的。

呈现在面前的这部论文集，把30多篇论文划分三个层次，组成了一个宝塔型构架。作为塔基的第三部分，可以视为他以前艺术鉴赏论的补充和延伸，是升入散文艺术论的认识基础和推论弹跳板。作为塔身主体而占较大比重的第二部分，都是对散文名家和典型力作的具体评析，力求通过一些"特例"，多侧面整合，以便从中梳理出错综有序的艺术"经络"。而蔚然居于塔尖第一部分的，则是从多种实践规律抽绎提纯，最后熔铸而成的散文艺术原理的结晶体，为国内文体艺术研究中尚属少见的散文艺术营构的尖端理论，进行了心象美与形态动力流程的高精度剖析。应该说，沿此塔式结构所达到的散文"释义学"境界，就是靠严肃务实精神，切实掌握了由表及里的悟入环节，才取得了"意到神随、豁然开朗"的规律性真谛的。

至于这部论文集的内容有哪些特点，有什么精彩独到之处，我想文理俱在，跃然纸面，就不需要来饶舌了。不过，我还想强调，明海同志的艺术理论探索，之所以能有如此的洞察与深思，是在于综合了我国传统文论、马列文论和西方现代文论的精髓，在严肃务实的钻研过程中，自觉锻炼出深刻入微的鉴赏基本功，所以才能准确自如地揭示作品丰富的精神内涵及哲理意蕴，甚至感应触摸到难以言传的气韵、灵性。这是心灵的博大和灵敏，与长期刻苦研读与实践相结合而产生的活智慧。

真理往往是朴素而且单纯的，"深入浅出"一直是我们为学作文所追求的最佳标准。明海同志的艺术理论探索，正处在发展提高之中，还不能完全脱弃某些教条概念的羁绊，有的观点表述，难免有芜繁支蔓之嫌。盼望在继续攀登艺术理论高峰中，不时汲取郑板桥联语"删繁就简三秋树，领异标新二月花"的机趣，以之作为提高治学境界的参照系，将会大有裨益的。

1994 年 7 月 10 日

第 三 辑

文坛拾零

在搜集先生散佚文稿的过程中,还发现一些与新诗研究和写作教学关系不大的文字。多与文化事业有关,也与先生的个人情怀有关,均未收入先生已出版的文集。这些文稿总体呈现了20世纪末期山东文坛的时代背景,是先生推动山东省文艺事业发展的心血结晶。故将这类著述10篇,按撰稿先后编入"文坛拾零"辑,彰显冯中一先生孜孜以求事业精进的精神风貌和忘我奉献的人格风范,以光大先生倡导的建设中国文化的事业心和推动社会进步的使命感。

——编者

首届教师节抒怀二首[*]

一

历尽苦寒沐春风，
教坛耕耘意蓊笼。
欣逢首届教师节，
白发变青心更红。

二

四化大业日峥嵘，
尊师重教开新风。
唯恐胆识逐年老，
遥向未来驾长虹！

1985 年 8 月 26 日

---

[*] 此作据冯中一先生手稿录入。

怀旧寄哀[*]

——悼念至友薛绥之同志

万万没有想到，精神体魄远胜于我的绥之兄，竟这样匆促地与世长辞了。作为我青少年时期的畏友、中年时期的难友、晚年时期的诤友，毫无准备的一朝永诀，怎能不肝肠欲摧、沉哀难抑？

在同上初中阶段，绥之长我一岁，高我一级。那时他的活泼机灵、热诚坦率，就与孤僻懦弱的我恰成对比，因而绥之很快就成了我羡慕仿效的对象。基于这种感情因素，在以后的求学和初入社会的遭际中，我们结成了莫逆之交。

记得我们初学英语和日语，绥之记性好、发音流利、笔记详细，甚至用过背诵字典的苦功，我甘拜下风而总是紧紧追赶。年轻气盛，我们还经常三五人在校园或游览处聚谈，讲学业、论人生、议时事，内容非常广泛。绥之动辄以外语单词加上之乎者也的"中西合璧"句式侃侃而谈，大有踔厉风发、惊服四座之势。培根说"会谈使人敏捷"，我确乎从这样的场合，获得了智能与才思的最初试练、启迪。绥之还极爱写作，在他的带动下，我们常常交换品评各自的新作，并相约向报刊投稿。后来我们分手，而且都当过不很正规的"编辑"，仍不断通信互勉，以发表作品之多寡暗中竞赛。现在回想，我能与文学结缘，且以笔耕为乐，是

---

[*] 原载《当代小说》1987年增刊"诗与散文专刊"。

与绥之的影响分不开的。

后来由于家境、条件不同，绥之去北平上大学，干新闻工作，我则滞留济南，奔波衣食，养家糊口。这期间，我的生活极端窘困，再加父亲瘫痪、妻子病重，简直是焦头烂额、走投无路。每当函告实况，绥之都立即复信恳切慰勉，并伸出实际援助的手——除他自己把艰难节省的钱用作给我的"救济金"外，并联系几个老同学集资相助；同时还嘱托他在济南的亲友为我谋求职业，解决我失学又失业的特殊困厄。当我沉入人生苦海而无力自拔的时候，是绥之渡我以舟楫，引我以生路，此恩此惠，永世难报！

中华人民共和国成立后，我们都有了安定的工作条件，都想以创造性的教学实践，为党为人民服务。五十年代中期，绥之调来济南，我们又有幸朝夕相处、互相砥砺了。但不久反右的风暴把他击倒，种种政治上的歧视与压力，使他郁闷难堪。我虽深表同情，不断劝慰，但也毫无补益，内心甚感愧疚。及至十年动乱，我们都在被"横扫"之列，挨批斗、关"牛棚"、罚劳役，倒是弄得形影不离，形成特定意义的"难兄难弟"了。这时，惶恐、焦虑和大难临头的紧张预感，轮番折磨着我，但绥之似乎是开朗坚强得多，每当悄悄地交换几句内心话，总能给我稍觉松宽一些的抚慰。我清楚记得，绥之几次提说"还能越革命敌人越多吗？这是反常的，不会长久的"。话虽质直，但对症下药，给了我对于革命前途和解决个人问题的信心。尤为难忘的一件事，是在那"赤色恐怖"气氛下，红卫兵组织勒令严薇青老师交出所有书画，并从住室全部搬走用具，以示"扫地出门"。年高体弱的薇青老师一人怎能搬得动呢？我主张向管理人员请示，由我们出一人去协助。绥之则断然表示："越请示越糟，干脆我自己去！"说罢，就毅然前往相助了。这需要冒"乱说乱动""严惩不贷"的多大风险啊！

粉碎"四人帮"以后，祖国进入安定团结、百废待兴的新时期，绥之的冤案也得到彻底纠正。他简直成了年华倒流、精力过人的青年，激情如火、雄心勃勃地投入鲁迅研究工作中。我因为与他的专业方向不同，也不愿侵扰他那分秒必争的研究时间,去晤面谈心的次数很少。但每一接谈,绥之就从心坎上掏出规劝勉励的话以及他听到的对于我的种种非议。他说:"你在教课和写文章中还有不少'左'的东西,还得解放思想,认真克服呵!"他说:"你写文章,在辞藻上过分讲究,这样规行矩步,小手小脚,怎能展开有气势的学术论述呢?"他说:"有人评讥你,根底浅薄,华而不实,不如×××深厚。"……人到晚年,略有一点研究成果,从一般师友、学生那里听到的,多是肯定和赞许,只有从毫无顾忌的知心老友绥之口中,才能听到这般药石之言、针砭之语,确实难求之难得之。于是,我把这些牢记在心,时时用以自戒、自强。

我与绥之交往,将近半个世纪。时局多变,世路坎坷,纷繁的往事,大有"不堪回首"的感慨。仅从以上的片段细节来看,绥之为人的宽厚、治学的谨严,以及公而忘私、勇于开拓的事业心,是历练有素、贯彻始终而且愈加老成的。

曾记否?1945年深秋,为锡恕(绥之前妻)举行的追悼会。当时的追悼仪式中,是可以由亲友致辞的,我作了第一个发言。讲话中,我以发颤的声音,引用了泰戈尔《飞鸟集》中这样的诗句:

> 我们的生命就似渡过一个大海,我们都相聚在这个狭小的舟中。
> 死时,我们便到了岸,各往各的世界去了。

当时,我看到绥之唏嘘饮泣,泪流满腮。今天我想再以同样的诗句,奉献绥之灵前,一定和那次不同,他必会轻轻点头,莞尔倾听的。因为他留给现代文学研究的珍贵资料,留给同行师友的美好记忆,留给青年学生的厚爱与大志,是足以问心无愧的了。

绥之呵,请款步蹀向那优美芬芳的彼岸,该永享静谧安息的欣慰了。

[附记] 薛绥之教授,是鲁迅研究专家。1985年1月15日,因心脏病猝发,不幸逝世。今日适逢他两周年忌辰,他最后主编的《鲁迅杂文辞典》

也由山东教育出版社正式发行。为寄托历久弥深的敬意与哀思，特将原已写成的悼念短文整理发表。这不仅是为了略志私交旧谊，而且对于新时期青年学子的进德修业，应如何珍惜优越的环境条件，倍加淬砺奋发，提供一个远非昔比的参照系。

1987 年 1 月 15 日

散作乾坤万里春

——《我是黄河的儿子》序言*

一

元代著名画家、诗人王冕，作有《白梅》诗五十八首，其中一首云："冰雪林中著此身，不同桃李混芳尘；忽然一夜清香发，散作乾坤万里春。"描写傲寒的白梅一旦开放，使清香弥天漫地，带来无限春意；同时他借咏梅以自勉，表达了不仅要独善其身，还必须兼济天下的崇高襟怀。这首小诗，透露我国古代文人志士，在敦品励学的奋斗中，普遍推崇人格和加强道德修养的积极倾向。

到了知识竞相触发、科技日益昌盛的现代，人们用智慧创造了极为丰富的物质世界以及足以毁灭全球的新式武器，但物质发达、精神贫困的反差却日益明显起来。因此，如何运用同等的智慧，也来创造一个高度康健丰美的精神世界，实现"乾坤万里春"的至高理想，正牵动着人们焦虑与渴望的神经。

人是什么？人的本质力量怎样才能得到充分合理的显现？全世界的政治家、科学家、社会学家、生物学家、心理学家、人种学家们，从不同角度研究这个问题，但认识各不相同，甚至互有抵牾，难以达到对于

---

* 《我是黄河的儿子——于世平通讯专访集》，中国矿业大学出版社1988年版。

人类本性的统一性、同质性的终结认同，以致在当代哲学文化思潮中，出现了人类自我认识的危机。

我国四化建设的宏伟纲领中，以改革统率全局的战略方针中，都明确提出"两个文明"一起抓的要求，特别强调提高劳动者的素质、思想道德和科学文化水平的重要意义和作用。这是深谋远虑的战略部署，它指引并鼓舞着全国人民最大限度地发挥出智慧之光和人格的力量。

对于一般读者来说，很难都要求从人类文化学的层次上作纯理论性的探讨，但处在我们这个改革开放、人才辈出的新时期，尽量发现记载各行各业普通劳动者的创造性业绩及其内心深处的隐秘，不恰好是提供当代生命哲学的活生生的"标本"，为职业道德、生活伦理和人尽其才的机制谱写通俗的启示录吗？因此近年来相继出版了许多人物专访特写集（如《文汇报》的《周末特写》人物专集、胡思升的《人海沉浮录》和《伟人·名士·丑类》、柏生的《笔墨春秋三十年》以及记载我国体坛明星的《奔向世界的人》等），担负了对各类人物动态透视的特殊纪实使命，受到广大读者的欢迎。这就如同饱经风霜考验的梅花大量喷放"清香"，是更容易得到经历相同、休戚相关的同代人的心灵感应与共鸣的。

山东工人报社青年记者于世平同志的人物通讯专访集《我是黄河的儿子》，正是在这样的世界文化背景和我国当前需要的时代召唤下，应运而生的一树春梅。

二

于世平同志从已发表的二百五十余篇通讯专访中，筛选出四十篇，集成这本精粹之作——《我是黄河的儿子》。读来给我的综合感觉是：丰富多姿，深沉灵活，浓郁的生活气息与严肃的社会思考相结合，凝聚成为折射社会主义精神风貌的多棱闪光结晶体，使人能在目不暇接的审美愉悦中，得到一些生活智慧的陶冶、人生价值的启迪、时代精神的感发、成功立业的规律……总之，像在真善美的强光照耀下，游历了一座精神文明的天然宫殿，令人对那些真朴、神秘、光彩的人的精神与灵魂，不禁产生一往情深的依恋和敬慕。

书中采写的人物广泛众多，涉及许多阶层。有工人、农民，有作家、书画篆刻家，有学者、教授，有企业家、设计师，有厨师、装裱师，有军人的妻子，还有默默无闻的助产士、殡葬工……可谓广视角、多层次地整合成一幅新社会五彩缤纷的立体缩影。作者每写一个人物，都经过认真分析研究，把镜头对准其思想品质的特征部位，发挥新闻敏感的捕捉力、穿透力，不仅写貌传神、栩栩如生，而且总能挖掘出一股内在的思想和生命的跃动力，给人以文字之外的深广启示和感悟。

从形式上看，每篇篇幅都不长，字句朴实简练，结构严整而变换自如，读来似娓娓谈心，从容不迫。实则经过了大幅度的压缩、提炼和弹跳，让读者紧紧围绕人物特质的最佳动情点，获得新异的发现、切实的参照以及渗透其中、不露形迹的哲理暗示意味。

除了以上内容和形式的精湛特色以外，于世平的通讯专访还有一个根本性的特征，就在于用真感情来抒写真品格。他不是为采访而采访，旁观式地做一番扫描记录，而是满腔热忱地求师访友，敞开肺腑领教受益，直到和被采访者搭上心灵的桥、燃起友情的火，确能亲切感受体味到对方灵魂深处的律动与芳馨，然后才以如鲠在喉、不吐不快的激情和责任感，进行心灵奥秘的破译、人格真谛的阐发。这是作品能写好的功底和关键。由于功夫达到了这种"必然"的深度，才可能奇迹般地"忽然一夜清香发"，得来"散作乾坤万里春"的效果。

三

常言道：不受风霜苦，哪得梅花香？我们读作品受感动，必然会联想起作者的身世及其创作的甘苦来。

作者于世平的生活经历，是相当坎坷困顿的。少年时代在"动乱"中度过，曾接受惩罚性的下乡劳动锻炼。又当过十二年制氧工人，打发着既艰苦又独立的岁月。家庭的不幸、失学的痛苦，折磨着他的童心和良知，也砥砺着他坚强奋进的意志。为了补偿失落的青春、残损的学业，在与文学创作结缘的同时，考入了山东师范大学中文系专科班学习，1984年毕业，同年又进入山东工人报社，从事记者编辑工作。经历过挫折之苦，愈加体认到进取机缘的格外宝贵。从此，他思潮泉涌，意气风发，除了以写通讯专访为主攻方向外，还兼搞诗歌、散文、故事、传记、摄影报道等。从1975年至1988年上半年，累计发表的各类作品已达六百余篇。这里面灌注的心血、克服的困难、耗费的韶光，自是难以尽写、不言自明的。

作者还深知"积学以储宝"的道理，自觉养成了爱书、藏书的癖好。他结合工作需要，利用一切时间空隙，勤读苦学，举凡政治、经济、文化等许多领域，无不闪烁着他求索的目光，叠印着他攀登的足迹。数年来，他一直沿着通往渊博"杂家"的"心路历程"，不畏艰辛地跋涉。他那十四平方米的斗室里，陆续购进、拥塞不堪的九千多册图书向我们作证：学问是苦根上结出来的甜果，文章是从知识与生活的富矿里开凿冶炼出来的钻石精金。

这样追根究底，综合考虑全书四十篇短文的成因，那的确是远见卓识和心血汗水培育的无比珍贵的精神产品啊！

当然这不是说，作者的苦功与修养已经尽善尽美了。学无止境，艺无顶峰，要成为新闻战线的大手笔，还需要更坚韧的冰霜气节，更浩瀚的江海胸襟。

于世平同志还年轻，来日方长，任重道远。希望他在新闻业务和有关教养方面，不断超越浅薄、偏狭与固执的缺陷，向着更高的精神制高点进发！真正耐得寂寞，"不同桃李混芳尘"；真正下大力气，写出更多更好的人物通讯专访，向未来的奇妙境界"散作乾坤万里春"！

1988年7月8日

爱乡思亲的时代深情

——《故乡情》序言*

一

我和任远同志结为莫逆之交，已有四十多年了。在这风风雨雨的漫长岁月中，我们之间既无礼尚往来的酬酢，也无患难与共的援助，只是持续不断地借工作与学习上的进步来互相告慰、勉励。这大概就是"淡如水"的境界吧，所以我们之间的友谊历久而弥笃。

由于不掺杂直接的利害恩怨，再经"时间"试金石的长期检验，对彼此品质的了解就可能透彻一些。我觉得任远同志为人与治学的主要特点是：谦虚谨慎，博闻强记，在为他人默默奉献中艰苦奋斗，自强不息。这种中国知识分子难能可贵的素质，作用于他长期从事的新闻编辑工作和文学创作事业，就能够使他集诗人的睿智、学者的渊博、新闻战士的锐敏于一身，成为社会主义精神文明大花园里的一位执着奉献的园丁。

我记起东方诗哲泰戈尔的著名诗句："果实的事业是尊贵的，花的事业是甜美的，但是让我做叶的事业吧，叶是谦逊地、专心地垂着绿荫的。"（郑振铎译《泰戈尔诗选·飞鸟集》，第107页）这不慕尊贵、不求甜美的"垂着绿荫"的事业，不正是任远同志辛勤笔耕的传神写照吗？

---

* 任远：《故乡情》，济南出版社1990年版。

最近，任远同志把他近十年来发表的散文作品，编选成为厚厚的《故乡情》，拿给我看。我便怀着无限敬意，开始了"绿荫"丛中的徜徉、玩味、思忖……

二

诗品来自人品，文格出于人格。展读《故乡情》，恰似同乡好友前来促膝谈心，立刻被一种特别亲切浓烈的乡情紧紧地吸引着，深深地感动着。

书中近六十篇散文佳作，一半以上是有关济南风物人情的素描，并以此为轴心，辐射到齐鲁故国的革新，神州大地的风采。所以，我情不自禁地涌起老乡亲的情怀，和作者共同着燃烧点、震动波，展开了亲临其境的激赏。

《济南，我心中的城》，是饱蘸心血来点燃它的悠久历史、灿烂文化和动人新貌的。《访泉的家族》，不单纯是为泉城济南作珍贵的考证和注释，而是开掘它作为生命源泉的永恒美感与活力。缅怀旧日济南那条贫穷破落的杆石桥街，主要是从历史灾难的深处，体会它对祖国忍辱负重的贡献。从而和母亲的命运重合交织，唱出了《母亲般的街道》这支悲怆而激越的心灵之歌。

现代的一些文化名人，如老舍、王统照、李广田、徐志摩等，都与济南有过休戚相关的缘分，这似乎已为后人所淡忘了。作者以特有的诚敬与机敏，查访《诞生过巨著的小院》；调动起新时代的苦尽甘来的《故乡情》，慰藉游子的在天之灵；还作为一次勘察性的游览，肃穆地《寻访诗人断魂处》，对于徐志摩飞机失事误传的地址，进行了情真意切的补正和凭吊。读他的散文，我们自会为地灵人杰的济南而骄傲，深感"济南名士多"的著名联句，不仅应验于过去，而且还殷切地涵盖现在、召唤未来呢！

亲子的爱怜，是至高无上的，那倾吐肺腑的《忆母亲》《怜子篇》，在令人心摧肠断的哀思中，上升到道德情感的最圣洁的层次，形成了新时期的《陈情表》，凝缩为新社会的"教子启示录"。凡人小事中往往孕育着警世骇俗的规范，《大嫂》里仁慈到极点的保姆、《白菜赋》里善良得无可挑剔的退休厨师，虽然都是那么默默无闻，微不足道，但通过她（他）们淳朴而闪光的言行，精密地编织出心灵美的五彩花环。

别看乡情这么琐细，却是广阔的故国情的感情基础；莫说亲情这么平庸，却更是深厚的民族情的精神核心。因而这本《故乡情》中层出迭现的生我育我的家乡、教我化我的风习、爱我怜我的亲人，都足以构成民族文化心理的坚强支柱，激活爱国主义传统的思想因子，以极大的亲和力、感召力，给我们以渗透灵魂的熏陶与启悟。

"鸟飞返故乡兮，狐死必首丘"（《楚辞·哀郢》）。自屈原以降，由爱乡思亲所产生的爱国主义的凝聚作用，是无可名状而又深固不移的。在改革开放、振兴中华的今天，我们面对《故乡情》所涌现的爱乡思亲的时代深情，不是很值得结合不同的体验寻求各得其奥的答案吗？

三

散文，常被称作"什么也不是"的文学，鲁迅先生也这样强调："散文的体裁，其实是大可以随便的。"（《怎么写》，《鲁迅全集》第四卷，第22页）究其含义，无非是要掌握题材的广泛性与笔法的自由性。看来《故乡情》的写作，已熟知其中三昧，而且是运用自如的。

从题材内容看，不论是比较严整的《孔孟之乡古树情》《瞻仰白求恩安息的地方》，还是轻松活泼的《长岛小事》《早市情趣》，都没有清一色的叙述描写，而是景、物、事、人信笔挥洒，情、理、注、补应机而上，写来从容，品读则颇饶兴味。再看《大豆、豆腐及其他》《飞蝗、燕子和狗》等篇，内容错杂随意，而委婉的话题，带动丰富的谈资，沿着撒得开、收得拢的思路娓娓道来，步步引人入胜，并且余意悠然。

对于散文手法，都强调一个"散"字，还提出"形散神不散"乃至"形散神也散"的要求。但无论怎样，总要比其他文学样式更多发挥疏放潇洒的优势才是。在《故乡情》中，素描速写、随笔杂谈、人物专访、知识小品，乃至传记行状，各种形式与写法，都量体裁衣，有选择地穿插并用。行文没有板滞的框架，也见不到雕章绘句、忸怩作态的赘笔，一切服从表现真情实意的需要，力求简洁、平易、灵活、出味。例如写章丘小城的《古城春色》，全文千余字，概述历史改革，勾勒当今变化，然后由鸟瞰城容街貌，到深入集市巡礼，层次井然而富有电影蒙太奇的跳脱节奏。到了应该重点渲染的部位，也只是这样浓妆淡抹有致地轻轻点抹：

> 我站在城东门外的绣江河畔，举首而望，水中鹅鸭点点，桥上车水马龙。蜿蜒雄伟的城墙，倒映入水中……我望着望着，元好问一首脍炙人口的诗萦绕在我耳边：长白山前绣江水，展放荷花三十里，水中看山山更佳，一推苍烟收不起。章丘城，虽然地图上抹去了你县城的名字，但党的农村政策，却又给你涂上碧绿的春色，你还有着更美好的未来……

现实的动态画面，衬托以历史的优美诗境，并略微透射出未来的理想之光。跟随着审美时空的逐步超然远举，也把我们爱乡爱国的欣慰、希望、激越之情，三级腾跃式地拓展、震荡开来。然而回头审视字句，都极平顺简练，没有一点刻意求工的痕迹，这里体现了"极炼如不炼，出色而本色，人籁悉归天籁"（刘熙载《艺概》）的艺术功力。这也是散文大手笔渐老渐熟，将大技巧消融在自然气势下的一种"淡然无极"的艺术造诣。

《故乡情》的爱乡思亲的时代深情，如万斛泉源，夺地而出，怎样更有力地捕捉它、表现它，难度自然很大。上述散文的选材、笔法，确实形成了朴素自然、妙趣天成的风格特点，是和内容取得了相得益彰的效果的。

四

顺便想起了当前散文创作中与新闻通讯联姻的问题。

随着我国"四化"建设的发展，文艺领域也进行着创作思想与审美意识的变革更新。作为文学轻骑队的散文，理应率先垂范，有所突破。从这一历史的、艺术本质的需要出发，人们普遍关注新闻的时代性与散文艺术风格相结合的发展倾向，是很有现实意义的。

当代散文大家孙犁、秦牧，都是长期从事新闻编辑工作而又驰骋于散文的广阔天地，善于把感应时代脉搏的锐敏迅速，和天南海北、涉笔成趣的简洁流利交融化合起来，创造了纯朴清新与渊雅俊逸南北辉映的散文景观。我们是应该从他们的散文名篇中，深入总结灵魂与血肉、本体与风韵相因相生的写作智慧与经验的。

任远同志也有类似的工作与经历，具有写好新闻化散文的天然优势。试读其《桃乡行》《淄博行》《红日照文苑》《潍坊归来话风筝》《大纬二路抒情》等不少通讯专访式佳作，巧妙穿插背景材料，精心选用真实细节，自然变换叙议笔调，尽可能陶炼活用群众口语。但在体现时代精神、现场气氛中，则又努力克服简单追求新闻时效性的局限，注意题材的多角度切入、抒情的诗化表现，并适当掌握哲理意蕴的象征暗示效果。综观《故乡情》的多数作品，正是这样坚持新闻性的灵魂，再自觉运用散文艺术的深湛匠心，才使朴实真切的爱乡思亲的一系列心态变化，上升为"时代深情"的艺术品格。

可是美中不足的是，《故乡情》中的少数篇章，也许是写稿当时见报的急就章，显得单薄、直露，缺乏血肉情味。可见不断开拓审美心理境界，加强艺术感觉的洞察力、灵敏度，讲求一些实中出空灵、朴中见清丽的笔情墨趣，还是不可放松的写作基本功。

今后，任远同志年事日高，繁重的行政事务将会逐步减少，可以把更多的时间和精力用到散文的创作与研究上来。我衷心期望他，迎着新世纪的曙光，不但老当益壮地坚持那"垂着绿荫"的笔耕事业，而且能够像宋代王安石咏赞的梧桐树那样，达到"岁老根弥壮，阳骄叶更阴"！

1990 年 5 月 15 日

《难忘那一片绿荫》序言[*]

进入暮年，心境日趋萧疏宁静，欣赏文艺作品也多限于短小凝练的诗文。但宫润渭同志长达三十万字的《难忘那一片绿荫》，却以特殊的青春魅力，深深地吸引着我，朝夕披阅，难以释手。

这是一部反映六十年代大学生生活的长篇小说。当前，专写大学生活的中长篇不太多，尤其是揭示深层心理纠葛的力作更为少见。作者以亲身体验，精心结撰，终于实现了他的夙愿，无论从社会意义上或审美意义上，都有开拓性贡献。

作品把我带回那个既有明媚阳光又有凄风苦雨的年代。一群朝气蓬勃、纯洁可爱的大学生的音容笑貌又浮现在我的眼前。作为书中人物休戚相关的老园丁，心灵共振，思潮翻腾，是久久难以平静的。我十分感佩作者敏锐的洞察力和深厚的概括力，他不但真实入微地反映了那个时代大学生的内心变化与执着追求，而且放置在当时政治风云的变幻中，透视到特定的生活内涵与历史内涵，引发了我们关于时代精神与民族文化传统支撑点的哲理深思，无疑这是一部不可多得的好书。对于读者，特别是当代青年，如何在社会主义的光辉征程上，正确地反思过去、珍惜现在、开创未来，都是大有裨益的。

作品艺术构思上突出的特点是以花喻人。作者除精心塑造了主人公

---

[*] 宫润渭：《难忘那一片绿荫》，山东文艺出版社1991年版。

陈洁外，还着力刻画了三个女性——李雪英、金玫、林志兰。这三个女性均以花命名，她们容貌美丽如花，心灵芬芳如花；她们又各具特色，正如三种花各有自己的笑容、花品和香型。在那个年代，她们既享受过春风化雨的润育，又遭受到冰雪风暴的袭击，但由于家庭出身和性格特征不同，各自命运也不同。而相同的是，她们没有因处温暖而陶醉，因遭摧残而凋零，却是风疾骨益坚、雪打色更艳，在年轻的心灵和生命中一直保持着坚韧不拔、勇往直前的精神内驱力。

宫润渭同志业余坚持文艺创作，能完成这样的长篇巨制，是难能可贵的，没有一股自强不息的奋进精神，是不会成功的。作为一名曾跟我学习过写作的学生能有如此的成就，令我深感欣慰，并殷切希望再接再厉、层楼更上，写出更辉煌的作品来。

1990 年 8 月

稳健开拓，求实创新

——《文学评论家》1992 年第 1 期审读报告*

稳健开拓，求实创新，是《文学评论家》一贯的办刊风格。这就是坚持以马克思主义、毛泽东思想为指导，立足山东，放眼全国，在开放的理论视野下，研究文学创作的新思潮、新成就，并力求有深度、见实效。读了该刊 1992 年第 1 期，感到在这方面是愈趋完美成熟了。

看这一期的主要文章，大多数涉及全国文学论坛上的热点问题，且联系山东的实际、提出了卓有见地的新论证。诸如艺术体验的接受美学阐释、新写实小说创作的得失观、新时期女作家笔下的妇女形象、军事文学的成就与深化发展、当代马克思主义文艺学体系的建构等尖端性论题，均能及时探讨，提出一些新观念、新方法，而且富有现实针对性和指导意义。

直接评析文学作品的专论、自序、书评、新作短评，在这一期占了一半以上的篇幅。这些都沿着具体问题具体分析的思路，谈感受、赏技艺、悟哲理，终至发挥了文艺批评的审美导向作用。尤其涉及的作品与作者，多是关于山东传统文化和山东作家成长的，对繁荣山东省的文学创作，起了重要的推动作用。这应看作《文学评论家》的优势和特点，

---

* 《文学评论家》，1985 年 1 月创刊，山东省期刊登记证第 081 号。

应长期坚持下去，并不断充实提高。其中《一片清新的绿洲——读张力慧〈浮躁的年龄〉》一文，对青年习作，恳切地指出优点，辩证地分析疑点，直率地揭示弊病并追究病因，全文虽无多么高深的理论，也无炫目的辞采，但能贴心恳谈，融情入理，对青年作者和读者是更为切实有益的。

每期刊物，要推出几篇醒目抓人的压卷之作，全靠编者的眼力与杰思。本期《文学评论家》中，就有两组这样的文章——

第一组两篇并列编排，前者是《激情的丧失与心态的老化——再论新写实小说的迷失》，对新写实小说的"感情的零度介入"倾向，持严肃批判态度，并从人的萎缩与人文精神的失落上，寻找原因，促进觉醒。后者是《新潮的回流——评苏童的创作转型及其价值意义》，结合由写作先锋小说向新写实小说转化的一个成功典型，具体剖视新写实小说的能量和前景，从而作为前篇论述的补正与深化，预测新写实小说足以引发当代文学主潮的可能。两篇评论，视角不同，反正对照，可为创作实践提出警戒线，预示生长点，令人从理论上提高审美自觉性和继续探索的信心。

第二组是在"评论家小辑"栏目中推出的蔡桂林的两篇论文：《中国军事文学走向深化的理论探索》和《冲突、悲剧、理性与非理性——中国军事文学审美特性谈片》。前者以宏阔的概括力，纵论中国军事文学文化品格的获得和怎样顺应国际形势趋向纵深发展。后者，则专就军事文学题材独有的美学个性，深入解决创作构思中的几个心理症结。这样把两篇连读，愈加感到作者纵横捭阖而又鞭辟入里的理论功力，既令人信服地推举了山东省的青年评论家，又为全国军事文学的大讨论提供了新锐踔厉的一家之言。

"随感录"专栏的文章，顾名思义，应短小精悍、有的放矢、笔法灵活多样。本期所选几篇，对这种特性体现不足。如第一篇《作为生命运动记录的文学及其悲剧精神》，掂一下论题分量，放到"理论探讨"专栏中也无不可。

在文字的规范上、校对的精确上，编刊物虽不像编书稿那样严格，但也应审慎对待。如这期刊物第 5 页第 2 栏第 9 行中"人物对话突前"、第 12 行中"大放硕彩的典范之作"、第 30 页第 1 栏第 19 行中"世风邪雨、陈规陋俗"等，影响了意思的表达，以不出现为好。

1992 年 3 月 10 日

应时法书　传世墨宝

——《王仲武书五体千字文》序言*

　　王仲武先生的书法艺术，品位极高，名震遐迩，我景慕已经很久了。1983年，济南辛亥革命烈士陵园重新修葺竣工后，那横式影壁形纪念碑深深吸引了我，碑额上"辛亥革命山东烈士墓"几个隶体大字，写得浑穆稳健，昭示一派浩然正气。背面碑文则是遒丽峻爽的欧体正楷。自然涌现"字里金生、行间玉润"的幽雅气象，似将烈士们的剑胆琴心存活其中，令人凭吊盘桓，久久不忍离去。当时碑上没有书写者的落款，窃以为碑额与碑文的字风迥异，恐非出自一人手笔。谁知一两年后，两面均补镌"仲武"题名。于是随着疑团的解除，使我对于这样兼有苍劲与秀美的笔底功夫深感钦佩。

　　与上述时间仿佛，一次去济南天桥下商店购书，见桥头石墩刻有草书"天桥"二字，笔走龙蛇，奇气喷薄，赫然入目，令人心神为之一振。面对这沉着飞动的笔势，我浮想联翩，似觉雄踞济南交通枢纽的这座立交桥，犹如天降神龙，而桥头题名恰是画龙点睛的一笔，把轩昂纵横的意气点活了、提高了。当时，也不知这字出自何人之手。事隔多年，从知情友人口中得知，这是从若干幅题字中精选出来的王仲武的力作。其书与其人的猝然遇合，更加激起了我由敬佩而惊羡不

---

* 《王仲武书五体千字文》，山东大学出版社1994年版。

已的心情。

最近两年，因开会住在济南泉城饭店。会议间隙，闲步对面南门农贸市场，发现路口牌坊上的"南门市场"题字，乃仲武先生所书，用的是北魏碑书体。那谨严厚重的结体中，灌注了篆籀风神，给人以古朴疏放的美感。观字忆人，不禁想起了青年时期结识从游的金棻先生，想起了他书写的匾额，特别是趵突泉公园那幅"云雾润蒸华不注，波涛声震大明湖"楹联的老成峭拔。遂惊诧仲武先生的北碑书体与此何其相似乃尔？谜底久悬，直到披阅 1990 年 2 月 28 日《济南日报》一则关于书法家王仲武的报道，才摸清根由。原来他与金老曾在五龙潭修缮碑刻中，交肩研摩，互相勉励，结为忘年之交。这种书艺上的声应气求，不仅可以传为敦品力学的佳话，而且从一个侧面反映了山东书坛上崇尚北碑而又承递不衰的势头，是值得庆幸而且催人奋发的。

以上种种，作为墨缘点滴，使我对于仲武先生的书艺风范，达到了仰之弥高、好之弥笃的程度。但毕竟是片段管窥，对先生造诣的全部精奥，是难以体悟的。不料似有灵犀相通，最近先生竟转托于世平同志，将其正式出版的书画集赠我，体势万象，笔阵峥嵘，给了我饱览激赏的机会。更有使我大喜过望、受宠若惊者，先生还附来他行将问世的五体千字文手稿，嘱我写篇序言。当然，浅学菲才，绠短汲深，实在愧不敢当；只能掬一片愚诚，谈几点刍见，作为学习汇报来请求指教——

一　从现实意义上来说，这部五体千字文是当代罕见的长篇书法杰作，为普及书法艺术提供了有益的范式

在我国书法历史上，作为艺术高峰、开一代新风的书法大师及其手迹，大多表现于摩拓下来的碑帖长卷。发展至今，由于文化需求的变异，生活节奏的加快，书法审美的媒介主要转移到对联、条幅、斗方、扇面等书写小品及其缩微影印件上，以便发挥其简洁流动、以少胜多的诗化感染效能。这时如果再搞书法的长篇巨制，常因时间的迫

促与功力的不足，易出现败笔与失误，或流于板滞平庸，成功率是比较小的。仲武先生书法知识赅博、书写功底深厚，则知难而进，设千字以上规模，定五体兼备序列，不惜倾注全力，高难度地运筹经营，终于完成了这法度精严、点画流畅的巨型字体图谱。这与历来多种千字文书法专著不同，它能以现代的清晰度与完备性，镕铸书艺精华，进行多层次比照，对于目前青年书法研习者，不啻为简便而又规范的书法审美大全。

二 从艺术造诣来看，这部五体千字文能够超脱俗气与匠气，融会百家之长，化出特有的北碑浑朴劲茂风格

凡是便于检索临摹的大型字帖，更注重实用，写来规行矩步，匠字罗列，往往失却神采。要克服此弊，固然需要书法家的全面功力、全能才气，但更重要的是"以意运笔"、气贯全局，凭品学才识发挥更大创造力。仲武先生在五体千字文中，正是这样以心力促笔力，使整体构思和运转，达到自然、协调，正不嫌板，侧不涉怪，借五种书体的异同变换，展示出掩映多姿的情调、风味来。尤为突出的，是全篇以北碑体楷书为根基，让一种野旷粗粝的骨气充满于真、草、隶、篆、章草等各体的间架势态之中，我看除其篆书稍显柔弱外，余皆包含着浑朴劲茂的力度、弹性和丰厚内蕴。从手边顺便取来战前商务印书馆影印的《智永真草千字文》和1981年文物出版社影印的传为赵孟頫所书《六体千字文》，三者略加对比，就更显出工丽妍雅与凝重庄和的区别，更看出仲武先生在古法基础上开拓自己笔路的刚劲特色。于此，我们不应像清人包世臣那样"尊碑抑帖"，树门户之见；也无须乱引"能品""神品"的评语，对北碑南帖妄加褒贬。但是作为有成就的书法大家，用隶法正确巧妙地灌注于楷行草书当中，作自己艺术上的专攻精进，总是值得推崇阐扬的。

三 从书法艺术的发展和创新上估量，这部五体千字文既是继承革新的适当范例，又可为现代化的大变革作稳健有力的引导

今天在政治修明、文化哲学开放的时代背景下，各种艺术都呈现推陈出新的积极趋势，都要解决好弘扬民族文化传统与加速现代化革新的问题，书法艺术也不例外，如刘熙载在《艺概》中所说："秦碑力劲，汉碑气厚，一代之书无有不肖乎一代之人与文者。"阐明了书法艺术随时代而革故鼎新的必然进程。但也不能忽视，书法艺术是汉民族汉字文化所独有的，缺乏世界范围的横向稳定交流，必须在本民族文化发展的纵坐标上，因时因物而迁化，传统的因袭成分必然要大一些。仲武先生所书五体千文字，特别是篆、隶、章草各体，有数千字之多，其结构、偏旁、使转，处处均有所本，只是在向背收放、钩连揖让、奇正应救、疏密映带等细微变化上，遵古而不泥古，顺应新时代审美心理期待，进行一些简易化、舒展化的调控处理。这正是依照汉字书写历史规律而逐步更新风貌的适当范例。我们赏析这些字的肌理意趣，似感有时贤的书踪，更见时代的气象，都是仲武先生博采多方营养，化为一己独特招数所达成的"化境"。还有，看书坛发展动向，近期有许多青年书法家，受现代绘画、影视的影响，参照日本、东南亚某些书法创新的突破，追求大胆恣肆的意象化手法和随意性布局；有的还试验把书法搬上戏剧舞台，与激光电声相配合，开拓一种健笔凌云的立体境界。这是应当允许的，也有值得肯定的成绩。然而嘉树长于根、琼楼起于基，用毛笔书写汉字的运笔、结体、筋骨、锋芒等基本功仍是不能丢弃的。从这个意义上看现代书法大变革的健康发展，很需要五体千字文这样的技艺与品格发挥其最基本的奠基引路作用。那种浮躁求怪、沽名猎奇的路子，是行不通的。

综上所述，这部五体千字文，是仲武先生基于渊博学养、深湛书艺，以强烈的精品意识，付出长期艰辛劳动，终于在晚年完成的书法长篇杰

作。它有很大的现实意义，很高的艺术价值，且有助于今后书法的创新发展，从而为弘扬民族文化、加强社会主义精神文明建设，产生长远的潜移默化的作用。若用最简要的话概括其成就与贡献，堪称谓：应时法书，传世墨宝！

1992 年 4 月 21 日

稳步提高　与时俱进

——祝《影视文学》创刊五周年*

《影视文学》创刊已经五周年了。作为现代视听艺术与文学传统紧密结合的一个崭新窗口和舆论阵地，五年来发表了大量优秀的影视剧作，开展了富有建设性的理论研究，在全省乃至全国产生了积极影响。对此，我谨表示崇高敬意与热诚祝贺！

对于《影视文学》，我 1988 年参加全省优秀文艺期刊评选时，认真阅读过最初的几期，以后只是偶然浏览，片段学习。但在我的读书生活中，却留下了新颖而深刻的印象。因为它图文并茂，创作与评论并重，立足本省而又面向全国，且能寓传统文化的丰厚内容于现代审美的立体建构之中，以至常常感到开卷有益，新意层出，在目前的文艺期刊中是最富有创新机制和传播活力的一支生力军。

1992 年以来，我又比较仔细地阅读了已出的四期《影视文学》，感受更深入了一些，觉得它不但保持了一贯的办刊方针与特点，而且是在稳步提高，与时俱进，为繁荣影视艺术发挥着越来越显著的倡导、促进作用。有以下几点是值得重视并继续发扬光大的。

（一）《影视文学》始终把"二为"方向、时代主旋律作为办刊的主

---

* 《影视文学》，山东电影电视剧制作中心、山东电视台主办，1987 年创刊，此文原载该刊 1992 年第 5 期。

心骨与方向盘，统率着各篇的思想内容，体现出积极的导向作用。它以影视剧本为主体，每期都有从时代精神高度切入现实人生的压卷之作。如《枣木杠子的家事》《门对门》《背着太阳的队伍》等，都是在改革年代普通生活的潜流里，捕捉工农群众淳朴善良的性格和复杂心态，与同时代人进行观念更新的精神交流与冷峻反思。再如《洄波》《少年邮递员》《魂系桑梓》《九山剿匪记》等，以传奇色彩的生动情节，令人回眸血与火的战争年代，拥抱钢与铁的民族灵魂，从而激发使命感、责任感，更自觉地高扬革命传统，点燃理想火炬。这样，通过各种生活原型及其丰富多彩的艺术加工，获得熏陶和感悟，为社会主义祖国而献身的动力，便从心灵深处油然而生。

（二）《影视文学》一贯重视理论研究与创作辅导，"银屏百家""创作杂谈""作品评析""影视专访、动态"等栏目，持续推出不同层次的理论思考、艺术赏析、创作体验和影视知识信息，为繁荣创作、培养新人，提供切实有益的服务。在这上面，编者付出的苦心与创意，是值得称道的。例如对大型电视剧《孔子》，集中全力组稿，连续三期，每期换一个新角度，进行有声势的集束编排。第一期是各方面的主创人员（从编剧、导演、摄像、剪辑，到化妆、道具、灯光等）全方位恳谈经验体会的言论大荟萃；第二期则邀请多位专家，从文化、社会、艺术等方面，对《孔子》剧作进行综合客观的美学评价；第三期又组织三位读者，展开海阔天空而又揭奥发微的自由对话，围绕《孔子》的思想艺术，或发奇想，或出趣语，或片言居要，或反复阐释，为读者理解全剧，提供了一个幽默机智、耐人寻味的参照系。这种"浓笔重彩"式的编辑策略与胆识，是令人钦佩的，能够把重大艺术典型的学术研究，变成心智层面上包罗万象的智慧点拨，胜过系统严整的长篇大论，更能给人以理论与实践相结合的真知灼见。

（三）《影视文学》创刊以来，即注重刊发短小精悍的电视散文、小品、故事等，几乎每期都像晶莹的宝石花，镶嵌在紧凑而又醒目的版面上。积之既久，蔚然成风，使这种影视新手法与文学基本功的嫁接，日臻精美完善，为创建文艺写作的新品种做出了奠基和引路的贡献。例如今年第3期上的《陶魂》，写仇志海把我国消失了四千年的黑陶工艺复制成功的经历和磨难，在不过三千来字的篇幅内，通过散文叙议结合的随机性，融入影视镜头的特写效果和蒙太奇的时空跳跃，不但深刻揭示了人物的内心波澜和外化的人格意志美，而且把东方文化、民族精神的浩瀚丰美，作了象征化、哲理化的升华。这使我们节约时间精力，却获得了长篇电视剧容量和深度的有力感染和启迪。再如第4期上的《石赋》，通过诗情荡漾的想象逻辑，编织起标志人类进步的山川风物的连动画面，用一种与宇宙精神相往来的睿智，作了关于生命、关于历史、关于创造的淋漓尽致的发挥。也不过三千多字的篇幅，借助挥洒自如的散文笔法，突破影视形象的超常感觉力，使我们掌握了其他艺术难以企及的宏大境界。在文学艺术发展史上，这种电视散文、电视小品的发展成熟，不仅是增添了一种新文体、一个多元交融的新品类，更重要的意义在于跟上科技发达的节奏，为我们开辟新的联想、通感、变形的视听文化领域，建构起新的虚实结合的欣赏力和智力结构。

瞻望前途，任重道远。今后的《影视文学》，会在已有成绩、经验的坚实基础上，取得长足发展。我很欣赏1992年第1期"新年献辞"的所言："我们还将有计划地同读者共同开展诸如读者点评、评选本刊年度优秀作品、读者与影视人物对话等一系列活动，并定期召开《影视文学》笔会，以便更直接地集中广大读者的智慧和意见。"这种办刊的群众路线的强化和深化，显示了编者的明智与决心，也是促使刊物别开生面、突飞猛进的重要保证。但愿言必行、行必果、全面出色地落实。

过去五年的《影视文学》，在促进影视艺术的发展上，确实取得了显著成绩。未来五年，则面临迎接新世纪的辉煌任务。我衷心希望"稳步提高，与时俱进"的办刊品格，得到坚持和巩固。但这不等于四平八稳、安于现状，还要放宽视野，广纳好稿，以深沉稳重的超越精神，争取跨世纪的突破性飞跃！

1992 年 7 月 12 日

"我们是紫色的一群"[*]

——关于济南一中的校歌

1936年一个深秋之晨,济南一中的操场上,在举行完升旗仪式之后,便响起了朝气蓬勃、声律悠扬的大合唱,歌词是:

我们是紫色的一群/我们是紫色的一群/我们是早晨的太阳/我们是迎日的朝云/

我们是永久的少年人/我们是永久的少年人!

看!佛山长碧/明湖长青/趵突水长喷/我们的意志长存/我们的精神常新!

坚忍/活泼/劳苦/天真/日新/又新/永久向前进/向前进!

我们是紫色的一群/我们是紫色的一群/我们是早晨的太阳/我们是迎日的朝云/

我们是永久的少年人/我们是永久的少年人!

这明朗亲切的诗句,饱含着奋发向上的情意,在重叠复沓的旋律中层层激荡,把四百多名身着黄色童子军服、肩披紫色领巾的少年人的严整队

---

[*] 原载山东省济南第一中学(简称济南一中)建校九十周年校友征文选《悠悠母校情》,济南一中校友总会编,1993年10月印。

列，烘托成呼唤新世纪的象征画卷，升华为东方最有生命力的金色誓言。

我作为考入一中不久的一名新生，置身于这队列之中，是感到万分荣幸而激动的。手里拿着标有"山东省立济南初级中学校歌"的石印歌曲活页，在曲谱歌词前面印着词作者是李广田老师、作曲者是瞿亚先老师，在词曲背面的空页上，还印有桑子中老师画的一幅中学生郊游速写图。这时，我一边激昂慷慨地应声高唱，一边注视着四周的情况。高立讲台上指挥领唱的，正是穿着整齐西服、风度潇洒的瞿亚先老师。他全神贯注，摆首挥臂，似乎用眼睛在听、用耳朵在看，正牵引着一首高山流水的音诗，去用力开拓智慧与理想的心灵世界。和蔼而又严肃的任课老师们，三三五五地活动在队列两侧。我看见当时以"汉园三诗人"闻名全国诗坛的李广田老师，身穿蓝布长衫，以端庄谦和的体态，时而翘首远望，若有所思，时而以目光追逐着多彩的音波，欣然神往，好像是构思着另一种新异的梦境。最引人注目的是校长孙东生，他身材魁梧，随便穿一身半旧西服，不扎领带，在队列周遭缓缓踱步，那种认真、慈祥、热情的神态，真像是雄健的母鹰在护卫着、爱抚着它的一群幼雏呵！

就是这短暂一刻，却给我留下了终生难忘的美好记忆。就是这一支嘹亮的校歌，却给我储存了源源不绝的精神动力。

在祖国动荡、腥风血雨的抗战岁月里，饥寒困危的命运时时袭来，我常常漫声吟唱这支歌，那光明在前、朝气永存的气象鼓舞着我，便产生了奋斗的毅力、报国的信念。

在"四害"横行的十年动乱当中，心血事业遭批判、精神皮肉受摧残，我常常低声默唱这支歌，那热恋故土、维护正义的骨气劝慰着我，便增添了战胜屈辱的耐力，加强了对于党和马列主义真理的信赖和执着。

尤其是在耐得寂寞、默默耕耘的漫长教学生涯中，经常遇到病魔的侵扰、工作的烦恼、人际关系的抵牾，我常常引吭高唱这支歌，那紫气东来、自强不息的内驱力推导着我，对于摆脱名利的干扰、克服衰老的威胁、保全吃苦耐劳的作风、坚持甘为人梯的最后拼搏，都随时注入了有效的精神激素。

目前，我已进入古稀之年，有许多人淡忘了，有许多事模糊了，但这支济南一中校歌记忆犹新，一直成为我生命历程的得力插曲与伴奏。经过半个多世纪的风风雨雨，关于这支歌的书面材料，早已荡然无存，我记得的歌词可能不尽符合原貌，但是它的形与神持续至今，是长青不衰的。

这就是一支优美校歌的深远魅力！

这就是一支崇高校歌的宏大感召效应！

1993 年 7 月 10 日

关于省作协近期工作的建议[*]

(供拟定计划参考)

一 指导思想

认真贯彻中央及山东省宣传思想工作会议精神，并结合本省文学界实际，把韩喜凯同志在山东省四次作代会祝词中的下列一段话，作为开拓奋进的总体目标任务："全省文艺工作者，一定要在建设有中国特色社会主义和发展文艺事业的目标下，真诚地团结起来，创造一种融洽、和谐、活跃、向上的气氛，相互理解、相互尊重、相互支持，把全部精力集中到繁荣社会主义文艺，促进改革、发展、稳定上，以全省文艺界团结一致的整体优势，以广大文艺工作者的智慧、才华和辛勤劳动，在齐鲁文化的发展上增添更多的精品佳作，使我省的文艺事业走向新的辉煌。"

二 工作思路

1. 切实履行解放思想、实事求是的思想路线，从省作协的工作基础和特点出发，以逐步办好有建设意义的实事为突破口，继往开来，稳健创新，努力树立起朴实肯干、团结勤奋的新形象，成为面向全省作家，发挥协调、服务、组织、促进功能的新型群众团体。

---

[*] 冯中一1994年5月6日当选为第四届山东省作家协会主席，此文系冯中一先生与时任副主席吴茂泉商定的工作计划。据冯中一先生手稿录入。

2. 以省作协本届任期的五年，作为迎接新世纪的特殊机遇，加强社会责任感、历史使命感，大力繁荣文学创作，把弘扬时代主旋律、推出跨世纪的大作品、大作家，当作最突出的任期责任目标，加大培养措施，加强激励机制，加快发展步伐。

3. 随着社会主义市场经济的发展，探索文学服务经济建设和加强企业文化的新途径，进一步搞好高层次的"文企联姻"，克服狭隘功利观，以社会效益为前提，在共创"两个文明建设"的新格局中，实现深刻持久的互惠互利。

4. 更新观念、开阔视野，稳妥有效地实行作协机关的体制改革，通过精干、高效、人尽其才的优化组合，逐步形成顾大局、讲团结、同心同德、埋头苦干的战斗集体。

5. 省作协的五家期刊，应视为山东文坛的重要窗口、苗圃和阵地，必须大力加强、积极办好。今后在推向市场的大趋势下，不是推出去自谋生路、各奔前程，而是要和作协的任务、活动密切配合，研究制订提高质量、放开搞活的政策和策略，尽可能发挥各刊的优势和特长，焕发竞争活力。

三　近期应抓紧办成的几项活动

1. 筹备召开"山东省跨世纪文学创作规划会"。经过深入调查研究，与省直、部队、各市地、各企事业单位有关负责人及重点作家联系酝酿，于1994年末做好充分准备后召开。内容包括：传播交流全国文学创作新形势及有关信息、经验；山东省典型创作规划（集体、个人）发言交流；通过座谈讨论普遍填报规划、落实措施；提出建设性意见、建议。为节约经费，会议人数控制在四十人左右，省直可适当增加列席人数，会期两天左右。

2. 试办"晚晴文学活动日"。以离退休老作家为主体，聘请热心组织的老作家三至五人担任主持人，举行"以文会友"的雅聚。内容话题与活动形式由主持人商定，省作协有关同志协助组织安排，1994年内试办二至三次，用费力求节约，作协提供少量补助，另外可自筹。

3. 举办"齐鲁文坛月旦评"。由作协负责评论工作的副主席一人，山大、山师大教授各三人，组成组委会，对于山东文坛的新成就、新动向（包括影视文学），选择重点、热点话题，排开计划，每月初举行一次三十至五十人参加的评论活动，并结合进行对话研讨。每次评论内容，整理成评论纪要，在有关报刊发表。为增强持续发展的活力，适当结合企业文化宣传与辅导，每次都与企业集团联合主办。1994年举办三次，搞好经验总结，1995年再充实提高。

4. 面向基层，根据需要与可能，开展巡回联办的"青年文学笔会"或"文学新成果专题研讨会"等小型多样的活动。与各市地、各大企业联系协商，由基层提要求、定计划，经省作协研究同意，邀请有关作家、评论家参与，采用报告、改稿、访谈、问答、赏析、座谈等形式，开展各种小型的辅导活动。1994年搞几次试点，1995年再逐步推广。

四 对工作程序安排的意见

1. 请作协党组开会研究，结合机关经常性工作与连续承办的创联、基建、基金、期刊改进等事项，通盘拟订工作规划目标框架和近期工作实施要点，尽快向宣传部汇报、请示。

2. 遵照宣传部指示，写成工作计划草稿，提交主席团会议讨论通过（争取1994年7月中旬完成）。

3. 向作协各部门、省直、部队、地市、企业有关单位通报，征求意见，并分片有重点地访问调查，以充实完善工作计划内容，促进贯彻落实（争取1994年7月末完成）。

4. 对近期开展的几项活动，在1994年8—9月份做好组织、准备和具体安排，于第四季度逐步实施。

（以上要点，系与茂泉同志共同酝酿议定）

1994年6月27日

附　录

佚存诗文

在追溯先生的学术生涯时，得益于晚清和民国期刊全文数据库，依据先生提供的笔名，寻得了20世纪40年代，即先生18岁初登文坛后发表的一些诗作、诗论。在修正明显的排版错误后选入40篇，按发表先后列入本书附录"佚存诗文"，以呈现动荡时代里一个文弱书生挣扎生存的剪影，为旧时文学青年经历的迷茫和求索留下一笔记录。

——编者

青春残叶[*]

说　明

当我及冠之年，正值风华挺俊的大好时光，却遭遇一生最悲伤艰苦的厄运。凄风苦雨中，幸有一缕诗魂，点燃激情，激励沉思。因而在四十年代前期，控抑不住心灵的喷火口，便有一些苦涩的、哀怨的心语，染着青春血丝，裹着希冀火星，不时地引爆出来，凝结为抒情短诗百余首。这些作品，曾以"冯一水""沁人"等笔名，刊发于当时报刊。今天看来，虽多属苍白无力的呻吟，但不失为一个文弱书生挣扎生存的真切录音和剪影。因此，敝帚自珍，长期完好保存。不幸，横扫一切的"文革"风暴来临，保存得陈旧发黄的零篇断笺，都成了"人还在，心不死"的严重罪证，招来口诛笔伐加拳击的灾祸，当然自珍的"精神鸦片"也全被摧陷廓清了。我没有好记性，今日深思苦索，终难找回亡佚诗篇的完整形影。只是其中最为精短的，由于是自己血汗酿造，还留有刻骨铭心的痕迹。现将七首原装原味地复植于纸面（个别字句可能略有失真），

---

[*] 此作据冯中一先生手稿录入，是先生晚年珍爱的亡佚诗篇。其中《盲人》、《病中吟》（原作《病了》）、《小城之夜》（原作《夜》）、《修道院的春》这四首，已在民国期刊数据库中查到原作并收入本书附录。对比原作，可见冯先生凭回忆记录的诗作在标题、词句、创作时间等方面略有误差，这是记忆写作的常态，特此说明。

名曰"青春残叶",以备某日产生"渔舟唱晚"雅兴时,选来安置几个兴奋点,聊供自娱自慰而已!

冯中一　古稀生日忆写

盲　人

凹凸的道,
暗明的灯,
盲人摸索着行程——

紧闭的眼睛,
　　看够了世间的丑态;
颤抖的弦子,
　　却弹不尽心底的凄清!

(作于 1943 年 4 月)

黎明之歌

思想散步在我的心中,
　　如同野鸭滑过天空;
热情跳舞在我的血中,
　　如同烈火燃烧生命。

啊!
我要向,
伟大的黎明,
作一首诗,

一幅画，
一个梦……

（作于 1943 年 4 月）

病中吟

病了！病了！
睡着……睡着……

心地上汩汩的泉，
荡出污浊的碎波。
有一枝洁白的鲜花，
不知到哪里沉没。

睡了！睡了！
病着……病着……

胸道里慢慢的雾，
罩住无尽的坎坷。
有一辆轰隆的战车，
不知去哪里闯祸。

睡了！病着……
病了！睡着……

（作于 1943 年 11 月）

思凡曲

——有一天，天上仙子悄声低吟

永动的流光,
　　　是这般沉寂;
苍茫的云海,
　　　是这般空虚……
啊——
在这水晶的监狱,
　　　只有犯罪的美丽,
　　　只有负伤的记忆。

　　　　　　　　　　　　　　　(作于 1944 年 2 月)

小城之夜

电杆大胆地,
在天上架起五线谱;
寒星伴着冷月,
挤成一串串珍珠,
挤成密匝匝的音符。

那对梦游的猫儿,
按谱即兴——
　　　笑而哭!
　　　歌且舞!

　　　　　　　　　　　　　　　(作于 1944 年 2 月)

修道院的春

春雨的脚步声踏出了苍老的大门,
像讲完逾越节故事的苦命老人。

惊呆了的小鸟和嫩草,
泪珠儿涟涟滴滚……

屋檐下凝结着寂静的凉气,
寂静中烘托出一位黑袍少女,
　　她用冰冽的目光诅咒,
　　墙脚下那一对幽会的蚂蚁……

(作于 1944 年 3 月)

蜗　牛

无端地驮起了一个家,
昏暗中悄悄地往前爬……
身后,留一道长长的泪痕,
眼前,从未见一丁点露洒香花。

清风也飘来几丝爱抚,
冷雨却泼下大片凄苦。
最怕那突然的冰雪风沙,
蜷缩在斗室里咀嚼着永恒的孤独……

(作于 1944 年 5 月)

大　陆[*]

冯一水

小鸟们一齐咳嗽,
山峦又披上影子,
——太阳照到了大陆。

光明撒遍这多少万年的土,
疲惫的金字塔伸个懒腰,
大理石的建筑已粉身碎骨,
彷徨在死线上的羔羊在哭。

一群群的人们为了生存,为了饥饿,
拼命残杀,拼命争夺,
肉垒作城堡,
血流成江河,
焦头烂额的政治家,
正计划支配这一个波动,
填平他的壮志,心胸。

---

[*] 原载《大风》1941年第2期。

古老的教堂里和平之钟撕破了嗓子,
北极的雪地上也印着人的足迹,
聪慧者用客观的楼上的冷眼,
利己至上主义者施布着阴险的手段,
血腥,罪恶,黑暗……

然而,天文学家振臂高呼:
"太阳能够熄灭!
月球也许不久要碰碎了大陆!"

诗与寂寞[*]

沁 人

诗是异常孤寂的艺术，是不需要作者太和实际生活接触的一种文学。

这话，也许有人反驳，因为属于主观主义的一切艺术文学，以音乐的表现为典型；属于客观主义的一切东西，以美术的表现为典型。试听贝多芬的交响乐，逊生的军队进行曲，都是以热情的强大的魅力，来煽动我们的感情，反之，美术是静观的，镇定的，是智慧女神威奴思所表现的端丽，澄清。那么，音乐是"感情"的燃烧，美术是"智慧"的澄清，音乐是"火的美"，美术是"水的美"了！而诗都承认是"文学的音乐"，小说才是"文学的美术"，"诗"岂不成了非"孤寂"非"独特"的艺术吗？

不过，我所说的诗，不是指它的形式，而是指它的精神。不是普遍解释诗，而是说明诗的容易进步的路子。

且拿一般人的见解来说，一提"诗"这个言词，顾名思义，仿佛置身于十里雾中，暧昧漠然，都以为月光静泻在荷塘上的苍白的夜景是诗，紫霭隐现着的黎明之海的朦胧是诗，而日丽风清的街路，明显露出的远景，便是散文了。拿地方来说，北京是诗的，南京是散文的，意大利的威尼斯是诗的，英吉利的曼彻斯特是散文的；拿人物来说，老子庄子的

---

[*] 原载《大风》1941年第3期。

生涯是诗的，孔子孟子的实践是散文的；甚而至于战争，恋爱，一切牺牲的行为是诗的，结婚，家务，凡单调的日常生活是散文的……所以大凡觉得是诗的一切东西，总是新奇的，异乎寻常的，目下环境所未有的，非现在的东西，也就是向着非所有的一种怀念，揭着主观上的意欲的一种梦的探求。

譬如一个年轻的诗人，仗其才能自惚自负的滥作，任意参加社交娱乐，努力攒营于事业的活动，那他的诗的前途是要没落的；再譬如一个青年的诗人，有爱美的性质，丰富的感情，僧侣的幽静，生活上，多少带些非实际性，不做对他人感情毫无感觉的事，支配其行为的，不是冷静的理性，而是热烈的感情，那么他的诗的成就，一定会很好吧？因为有价值的诗，需要许多的时间，许多的思索，许多的沉默工作，及其天禀的真诚，故一个真正的诗人，和社会生活接触愈少，他的艺术愈精。

一个不能隔绝世俗应酬的诗人，纵使他有创造力，也不能把大部分的时间献身于诗，当然他的出品是平庸的，失却了诗的真谛；一个不参与日常生活的诗人，时常用他的精锐的脑力，考查宇宙或人生，偶然得到惊异的感觉，便发现了诗的材料的新宝库。尤其诗人是气质的感伤主义者，寂寞中才能伤感，也许这就是他们的安慰。

在静到可以听见草根儿吸水的时候，可以听见蚯蚓在翻土的时候，在寂寞的夜半，在寂寞的旷野，纵使在喧嚣的人群中，你用寂寞的态度，用冷静的眼光透视，一定会发觉更多的自然的声音潜在，更多的优美的情绪渗出，更多的深刻的事态显露……这些，都能把作者的主观的感情溶化在里面时，很容易触到灵魂最深奥处的象征感，精湛的有价值的诗，于以产生。

还有，诗是表现情象的，而不是描写情象的。当然，只要用诗人的高超的诗思，去抓住某一部分的情趣，加以自然的阐述，便可以了，并不是像小说戏剧那样需要实际经验。所以，小泉八云曾说："有一种文学，需要静穆，否则不能创作；别种文学，则不问作家的欢喜与否，必须时时与人接触，观察他们的行动，以充实自己之实际生活的经验。"他所说的需要静穆的文学，大概是指诗，或近乎诗一类的作品吧？

把上面许多话归纳起来：

"寂寞是诗的泉源"。

"不和实际生活接触，是比较走向诗的发展的捷径"。

不过，一切文学主义上的辩论，是随着个人的好恶的，自然有许多偏见。

盲　人[*]

冯一水

凹凸的道，
暗明的灯，
盲人摸索着行程——

紧闭的眼睛，
看够了这世间的丑态；
颤动的弦子，
却弹不尽心底的凄清。

---

[*] 原载《大风》1941年第3期。

星

冯一水

前天你依在我的窗棂，
昨天还是在这儿不动，
虽然我的记忆罩着灰色的布，
你却是那样不自然的分明。

诚然是这儿污浊，
诚然是这儿寂寞，
我觉得你应该到东边的银河，
因为那里喧嚣，快乐。

你真的飞驰了，
像乌黑的夜里的萤火虫——
我睁大了眼睛，
（听不知名的远方嘹亮的一声钟）

---

* 原载《大风》1941 年第 3 期。

但银河里找不到你的晶莹,
我心的天空起了一阵冷风,
——消失了一颗星,
泯灭了一个梦。

纪念太戈尔*

沁 人

听说太戈尔在今年七月（应为八月，作者听闻有误——编者注）间死了，我非常难过，难过的泪都阻塞住。

我们伟大的诗人，东方的一颗星，终于陨落了，永久的陨落了，但他遗留给人间的爱之火炬，我相信，将更灿烂的照耀起来。

不过，他毕竟是死了，黄金彭加尔的景色，失去了它的情人，喜马拉耶山峰上的青碧无垠的天空，再也受不到幽美的灵的抚摸，全印度的人们，也再听不见他那热情的爱感的新歌……我也仿佛在看着夕日的沉沦，为着宇宙将从此失掉光耀，而深深地感到说不出来的心头的破碎。

我爱他的歌，更爱他的伟大，因为他已不是平凡的人，是一团诗魂。

为了纪念诗人的死，为了排遣我的悲哀，我写了他的一生。

1. 生平

拉宾特拉那斯·太戈尔（Rabindranath Tagore）在一千八百六十一年五月七日生于彭加尔地方，印度是一个"诗的国"，他的家庭是一个"艺术之宫"，所以他的诗才的幼芽，吸收了清新之露，很容易的滋长起来。

---

* 原载《大风》1941年第4期。"太戈尔"现通常译作"泰戈尔"，印度诗人。

他童年的时候，不曾踏出大门一步，只和别的两个孩子一起读书，所读的东西，他早已忘记，只"雨淅沥的落下，潮水泛溢到河上来"一句还没消灭，这是他与文学第一次的接触。

虽然他家里有花园，有池，有榕树，有鸭儿，但他一天一天地长大，便渐渐渴望到家宅以外去。于是先后进东方学院，师范学校，彭加尔学院等，但都不合他的意思。这并不是他不喜学问，是他不喜欢强迫的和规定的课程，他心中一味充满了诗的冲动。

所幸，在师范学校时，有个教师和他很好，常常教他作诗的方法，或者给他出题目，或自己先写一二行，然后再叫这十岁左右的学生接下去。

他诗的天才便一天天发展起来，在童年时代就有诗童的声誉。

在他的一封信上说："我的童年时代，已经不大记得，但我却很记得，常常的，在清晨的时候，我心上总不知不觉的泛溢着一种说不出的愉快，全个世界对于我似乎充满了神秘。每一天，我总拿了一根小竹棒，在那里掘土，想着我也许可以发现那些神秘的一个，这个世界的一切美丽与甜蜜与芬芳，一切人民的走动，街上的唱声，鸢的鸣声，以及家园里的可可树，池边的榕树，水上的树影，清晨的花的香气——所有这一切，都使我感到有朦胧的认得的人物，幻化了这许多形态，以与我为伴。"

一次，他陪着父亲，坐了家艇到恒河上去，父亲所带的书中，有一部约耶地瓦（Jayadeva）的吉塔哥文达（Gita Govinda），那诗句不是分行写的。当他读到"黑夜走过寂寞的林屋"一句时，他心里感着一种隐约的美，他便把诗韵照音韵分开，将全书重抄了一遍，预备自己读，这种工作使他得着很大的快乐。

后来，他父亲带他到喜马拉雅山旅行，他们走上山坡，春花在路边岩隙中盛开，瀑布在森林中挂下，太戈尔的双眼，几乎没有停视，心中涨满了新的爽快，最后他们住到一个山顶上，和山林做了伴侣。这幼小的充满了怀疑的诗人，常常独自由这个山峰跑到那个山峰，自然对他显示出无穷的神秘，瀑布从悬崖倒挂下来，水声潺潺的响着，大树像祈祷者，兀自立在那里。太戈尔用心的爱感去温存它们，觉着胸襟益发扩涨起来，像河流之泛溢——这种自然的美的赏赐，加之他父亲的人格的感化，使他终生印着憧憬的痕迹。

回来以后，他更觉得学校讨厌，他的家庭教师，便给他解释战神之生及莎士比亚的麦克伯（Macbeth）。他同时还自动地读了许多彭加尔的书和杂志，并且常在日记簿上涂一些诗句，有许多夜不睡眠，一个人在书房的微光下读书，远寺的钟声铿然而鸣，夏夜的月光静泻在地上，他便如幽灵似的，到花园的树荫下散步。

在十七岁时，他的二哥要他到英国留学，经父亲允许，到了白里顿（Brighton），后又到台房萧（Devonshire）去。那里有山有水，有汪洋的大海，有草茵，有松林，眼中所见的都是美，心里所有的都是快乐，所以他常常带了伞，坐在海岩上，海涛澎湃，日丽风清，松林的影子发呆，于是他写他的诗。

还有十八岁至二十三岁，是他的浪漫时代，这时所作的抒情诗，非常好。例如：

"我跑着，如香麝之在林影中跑，闻着他自己的芳香而发狂。

夜是五月的夜，风是南来的风。

我迷了路。我浪游着，我寻求我所不能得到的东西，我得到我所不寻求的东西。

我自己欲望的印象从我心里跑出来，在跳着舞。

耀耀的幻象闪过去。

我想把他紧紧地握住，引我到迷路。

我寻求我所不能得到的东西，我得到我所不寻求的东西。"

太戈尔在这时是最自由的，他随意写诗，随意毁了它，他不是为了博朋友的喜悦而写诗，乃是如闲云之舒卷，流水之淙淙，完全为自己的快乐而写的。

到二十三岁，他的放浪生活便终止了，和一个女子结了婚，灵的感觉渐渐地在他心里占了优势，他舍弃了清新的恋歌的调子，而从事于神的颂扬。

及至太戈尔到了三十岁左右，他的人间的经历愈深，他饮的人类的欢乐与悲哀的酒愈多，则他对于上帝与自然与世界的情绪愈为沉挚深刻，才成了伟大的世界的诗人。他所作的诗歌，所发的音乐，虽然复杂，而他的琴弦却只有一条，即上帝的爱。

他的诗集白拉摩格特（Brabmo sangits），是宗教诗的集子，出版后，就成为彭加尔人崇拜的中心。

他的英文诗集吉檀迦利（Gitanjali），在英国出版时，不仅感动了以热忱介绍这诗集的诗人夏芝（Yeats），且感动了全英国的人，全欧洲的人，一九一三年瑞典的文学会以诺贝尔奖金（Nobel Prize）奉给太戈尔，这是东方人第一次在欧洲得到的荣誉，立刻全世界都认识了他。

以前，他曾到过英国，美国，但他的来去，不为社会所注意，自得诺贝尔奖金后，生活即不自由了，走到一处，一处的人便带着热忱欢迎他，要求他的思想上的赠品，后来还到日本，民国十三年到中国讲演和游历，他的演讲词，都由徐志摩记录起来。

还有一个时期，他父亲叫他到西莱蓬去管理产业，于是他便和农民和自然更接近了，他常常乘舟在柏特玛河，对自然的各方面，加以观察研究，恋念，爱惜，他说：

"我没有旅游柏特玛之前，很怕因为常常相伴之故，我对于它不能觉得有趣味，但当我一浮泛在河上时，我的一切疑虑都消失了。水波汩汩，船身微荡，天空光洁，柔缘的水灏茫，河岸上树林的枝叶新鲜——颜色，音乐，跳舞，及美丽集合而使自然的高起的和谐，照耀着光彩，所有的一切，在我心里惊醒了一种敏锐的趣味，与沉挚的愉快。"

在西莱蓬的这许多年里，太戈尔的文学收获很丰富，他大部分的短篇小说和诗，都是在这里写成的。

当一九一八年世界第一次大战告终以后，世界上到处都弥漫着和平的新觉悟，太戈尔便想用那伟大的爱，让人们把纷纭扰乱都溶成"一个甜蜜的调和"，以此宗旨来往欧洲各地，传布东方文明了，并且还为印度民族向英国政府请求自由。但恒河的风光，总是敲着他的心的门，唤他回去，所以他终是舍不了他的故乡。

回来以后在鲍尔甫（Bolpnr）办了一个学校，名为和平之院（Shantineketan），把他的文学奖金，及著作的代价，全部用在这上面。以很自然的教学方式，绝不抑制儿童天性里的自然的快乐，所以学生的学业与性格的成绩都很好，在其他学校里八年才能预备好的课程，在"和平之院"只要六年就够了。之后，又改为国际大学，他到德国讲演时入场券所售得的钱，都捐给他的国际大学。

这不朽的诗人，始终是为了人类的幸福，在祈祷……

2. 思想

太戈尔是一个大哲学家，印度的精神爱国的领袖，一个戏剧家，一个编辑者，一个教育家。而还有超此以外的，他是一个爱的诗人（The Poet of Love），爱情从他的心的灵魂里漾溢出来，幻化了种种的式样，母的爱，子的爱，妻的爱，夫的爱，情人的爱，自然的爱，上帝的爱……都在他的优美的歌里，曼声而恳挚地唱了出来。他的歌声荡漾在天空下，轻轻地触动人的心弦，使人们快乐地笑着，眼里淌出兴感的泪珠。

太戈尔，是以伟大的人格，濡浸在印度精神里面，尽力地表现东方思想，同时却受了基督教的精神的感力。他说世界是从爱生的，是靠爱维系的，是向爱运动的，是进入爱里的，宇宙之创造是爱，而人生之目的亦是爱。

他对于教育的意见是："教育的目的，不在于解释意义，而在于敲打那心的门。如果我们问一个儿童，叫他叙说出这样的敲门时，他心里所惊觉的是什么？他也许要说出些非常愚笨的话来。因为内部所发生的感觉，是比他所能用言语表白的更为巨大的。"所以，在他创办和平之院时，有这样一段话：

"我为了要复现我们古代教育的精神，决定创办一个学校，学生在那里能够在生命里，感觉到一个比现实的满足更高尚更光荣的东西——熟悉生命它自己。我想把小孩子们的奢侈除去，使他们复返于朴质。所以因此之故，我们的学校里，没有班次，也没有凳子，我们的小孩子们，在树下铺了席子，在那里读书，他们的生活力求其简单。这个学校建立在大平原里的原因之一，即在于要远远地离开城市生活，但在这一层之外，我更要看孩子们与树木一同生长；因此两者的生长之中，有了一种和谐……"

从此证明，他并非是遁世厌世的人，乃是入世爱世的，且非常爱他的印度。他相信"一国的诗歌绘画及音乐灭亡时，便是这个国家的灭亡"的话，所以才专心去做一个诗人以重兴印度。他做的国歌，使印度人永远深铭在心里，当唱到"你的祖国在竞斗着，在受苦着，唉！她在饥饿着，仅有肯尽责任的儿子才能解母亲的忧呀！"其影响实较唱"醒来，快起来，战胜，而且把压迫者的暴力冲到地下去"为更大。他的爱国的诗歌，乃蕴蓄着爱恋，鼓励，牺牲的精神，却没有丝毫的愤怒，嫉妒，或憎恶世上任何人的暗示。

太戈尔的著作里所表现的精神主义的理想，都是印度哲学的真理。所以他是宗教式的理想家，他对印度大喊："失败比不名誉要尊贵的多，忧愁比愤恨要好得多，受苦比使人受苦要好得多；让我们学习受苦而不恨，牺牲而不失望，让灵魂除了永久的正直以外，不向别的鞠躬。"这就是太戈尔对于印度的使命。

至晚年，他很想逃避名誉，虽然名誉的石碑，已重压在他的身上，所以他的眷恋在柏特玛河上。原因即在诗人的成功，就是诗人的寂寞，诗人的名誉，则如黑雾似的，使他不能找到他自己。

3. 著作

已译成英文的，有二十几部，都由英国和美国麦美伦公司一家出版。

A 诗歌：吉檀迦利（Gitanjali），采果集，园丁集，新月集，飞鸟集，思余，情人之贻与歧路，飘流和路旁。

B 戏曲：邮政局，暗室之王，齐德拉（Chitra），春之循环，牺牲和其他。

C 小说：饿石和其他，姨母和其他，家庭与世界，沉船，哥拉（Gora）。

D 论文：生之实现，人格，国家主义，创造的一体。

E 自传：我的回忆。

F 信札：彭加利的景物。

G 译文：葛拜耳诗集（Poems of Kabir）。

4. 结论

总之，太戈尔诗的目的，是在把人类从他们欲望的束缚上，解放出来。他生命的节奏，就表现在他诗的节奏中间。

他把他的爱，献给整个的人群，让人们的心境幽美，快乐，让人们的灵魂，浸在自然的和谐中。这就是他的伟大，这就是他的人格上的太阳。

现在，他虽然在青松绿萝之间，昏昏地睡，也许仍要做着春池碎波的梦，但他在大地上撒遍的爱的种子，将要更繁盛地开出有力的智慧之花。

（一九四一，八月十六日）

湖　　上

冯一水

日头在芦丛里昏昏地睡，
心的幻象和谐了绿色的水，
　　我坐在湖的膝上，
　　静吻着湖的嘴。

静谧的滋味，
像是昨天的雾，
也仿佛病人在梦里得到安慰。

歌声缭绕在船的周围，
兴感漾溢出轻松的美，
　　我坐在湖的膝上，
　　静吻着湖的嘴。

* 原载《大风》1941年第4期。

诗章·暮*

沁 人　冯一水

拿起笔来，再想。

让思索冲出寂寞的窗户，抚摸到自由荡漾着的海阔，窥视着莽莽苍苍的天空，看瑰丽荣华的光彩，爬进了苍白色的云堆——

月光的苍白，
涂上满天的睡意，
　　宁静，走进了我的心底。

心底，隐现出人生的节奏，
放着自由的异彩——
是那样纤弱的和蔼。

喔，
迢遥的长夜！
喔，
无边的朦胧！

---

* 原载《大风》1941 年第 5 期。

好像是枕畔的处女的头发：
　　已逝的快乐，
　　又从这模糊中寻找到了。

幻想的火焰仍是那么多，
海上的数不清的明星。

病　了*

沁　人

睡着　　睡着
病了　　病了

　　胸道里浓黑的雾，
　　蒙着无限的坎坷，
上面坦克车隆隆地轧过，
不知道它要到哪里闯祸。

病着　　病着
睡了　　睡了

　　脑袋里生命的泉，
　　荡出污浊的碎波，
上面有一个洁白的花朵，
不知道它要到哪里沉没。

---

* 原载《大风》1941年第6期。

巨 人

冯一水

巨人，
　　它披着长发，
　　　举着火把，
　　　竖起梯子；
　　向宇宙的脸上，
爬
爬

大地上没有动静，
大地上的生灵都不知道，
　　只听见吃力的喘息，
　　只看见模糊的影子，

飓风卷来了时代的乌黑，
冷酷沉淀了智慧的骨髓，
　　吃力的喘息听不见了，

---

* 原载《大风》1941年第6期。

模糊的影子看不见了，

巨人，
　　它竖起长发，
　　　挥开火把，
　　　扶好梯子；
　　向宇宙的脸上，
爬
爬

忏　悔

冯一水

（为 X 君作剧中插曲）

一

喝尽了葡萄浆的苦酒，
看够了玫瑰色的忧愁；
　我放一支冷箭，
　　瞄准我的心头——
　我要冲破昏昏的残梦，
　看赤诚的色，淙淙地流，
　渲染我说不出的冀求。

二

罪恶爬进了我的灵魂，
污秽缠绕在我的周身；

---

* 原载《大风》1941 年第 6 期。

我举一个火把,
　燃着我的衣襟——
我要焚毁该死的母亲,
看嘹亮的光,呼呼地喷,
消灭我说不出的伤痕。

诗的本质与评价

冯中一

一

友人拿来一本《摘果录》让我读,这是艺生的文艺丛书之一,也是最近华北诗坛的新 RHYTHM,当然是不可不读的。读完后,偶浏览《中国文艺》第五卷第一期,内中有这么一句:"散文与诗,只好欣赏,其文艺格调与风趣,在某种意义上说,实有落伍与不实用的疑虑。"

这,不禁使我"疑虑"了许久,摇头晃脑,总是找不出承认这"疑虑"的条件,于是想仔细地分析它一下。

本来纯文学的范围,是诗、小说、戏剧,而诗的产生,要算最早,小说与戏剧是从诗中分化出来的,因为诗是情绪自身的表现,小说与戏剧是构成情绪的素材的再现。

那么,诗的本质须先弄清楚,才可明白它的价值及功用,是否落伍,是否不实用。

二

研究化学的人,须先找出纯粹的原素,才能知道某物的真正性质,

---

* 原载《大风》1941 年第 7 期。

研究生物学的人，须先找出生命的基本单位（细胞），才能知道一切繁杂的生之现象。由此看来，大概诗的"原素"及"细胞"，也应该是找得出来的。

诗的原素和细胞是什么？是怎样？以下慢慢地解释。

"情绪"，是人人有的，当情绪受到外在的意识的刺激便会掀动联想与幻想，如果这联想与幻想很强地唤起"主观的精神"，而成一个具体的"观念"（IDEA），就可谓诗的原素。

"情绪"的进行，有它的一种波状形式，抑扬相间，像是生命泉中流出来的STRAIN，谱出清脆的或浩瀚的情趣，这种情趣，即是节奏（RHYTHM），就可谓诗的细胞。

由这主观的观念和内在的节奏，化合起来，便是诗的本质，再配以适当的文字，表现出来，便是诗的形式。

诗的本质，须要感觉的锐敏，想象的丰富，要在死的东西里看出生命来，要在平板的东西里看出节奏来，要在无声之中听出声来，要在无形之中看出形来，要做到"以耳视以目听"的艺术的技巧，去捕捉感情的智性的意味。

诗的形式，是用表现的方式来发表思想的，是情象的艺术，没有"描写"。即使写外界的景物，也依旧诉诸主观的气氛，成为感情意味的情象，将话韵、语调、语感、语情等要素，融入言语的节奏中，这是诗的形式的特色。不过，它的外形也可以没有语韵和语调，因为一张裸体画的美人，她虽然没有各种装饰的美，但自己的肉体，本是美的，这种美便是散文诗、自由诗。如果在诗的形式上，采用韵语，那是把音乐与诗结合为一了。诗自己的节奏，可以说是"情调"，外形的韵语，可以说是"音调"，具有音调的，不一定是诗，没有情调的，便决不是诗。

综合前面的许多意思，我们知道由观念的推移表现而为诗，由声音的抑扬演化而为音乐，诗与音乐都是翻译情绪的，一是翻译于文字，一是翻译于声音，而这两种翻译工作的执行，却是在不知不觉的半意识的状态里，所以可以断言诗的本质是主观的表现的，不是客观的描写的。

三

　　诗的本质,上面已经有了概略的说明,但它的价值呢?它的功用呢?是否落伍?是否不实用?

　　许多人说,诗是优闲的宠儿,是欣赏的盆栽,是装饰品,是无用的。

　　不过,诗在文学中的地位非常重要。例如能够统一人类的感情,提高个人的精神,使民族兴盛,生活美化,人人有一个美的灵魂,忘却小我,溶化于大宇宙中,除掉功利心等,这都是诗的永远不朽的价值。

　　又人们避免或压抑感情的冲突,方法不外征服与调协。但是"精神分析学"告诉我们,以征服的方法去扑减任何冲动,是十分困难的,有时它仿佛是被扑灭了,其实它在照例的活跃着,不过是改变了它的形状。因为顽强的心灵的震荡,差不多是人们一切烦恼的渊源,于是以调协的方法去抒润,便合适得多了。担负这种调协的使命的,就是诗,诗能解放制胜自己的奴隶,免得他生命受着无益的局促,诗能让人们的精神生活,如湖泊,如海洋,这不是它极伟大的功用吗?

　　亚诺尔特(ARNOLD)说:"诗歌之前途是伟大的,因为时间不住地前进,在那担得起好命运的诗歌里,我们人类将要找到一种益形确定的归宿。世间没有一种不动摇的信念,没有不显得不可靠的格言,没有一种已承受下的传统的思想不有崩溃之危险。我们的宗教已物质化在事实里,在假定的事实里;它的情绪已隶属于事实,而今事实却要把它撇弃。但诗歌之理想则永存不朽的。"由此可见,无论诗是自然的模仿,性欲的升华,游戏的冲动,苦闷的象征,但总是天才的至高精神的表现,或是时代和环境的产物,也许就永远站在艺术思潮的前头,不会落伍的!

　　至于不实用,那更是冤枉了诗。因为它能够统一人们的感情而引导着向同一目标去行动,如意大利未统一前,全靠但丁(DANTE)一部《神曲》的势力来收统一之效,德意志帝国之成立,哥德(GOETHE)的力量不亚于比斯麦(BISMARCK)。同时诗还能引起超然的情感的共鸣,如日本古时有个妙年尼姑,名叫慈门,某日群盗侵入,把她缚在柱上,任意抢劫财物，慈门不反抗，却很超然地唱出一首诗，词句记不清了，大意是"庵里所有的东西，都是从外面取来的，强盗来拿去也是当然的道理"，群盗听了，立刻把她从柱上解下，财物一点不动，各自逃走了。此外如法国的马赛曲（MARSEILLES），它能用诗的节奏，音调的抑扬，鼓舞士兵的精神，消除疲惫的沮丧。就是我国，在文化史上黄金时代的周朝，也设有采诗之官，专搜集民间的诗歌，以便政府得以明白民间的疾苦。试看美的意识麻痹了的民族，不都是非常衰颓吗？现在欧洲各国的政府，都竭力来提倡它，给文学奖金，就是被人们以为暴徒的俄国，自革命后也极力提倡，由政府供养此种人。但我们中国呢？近来自私自利的观念，因循苟且的精神，实在是丑化到极点，这固然是由于政治之不良科学之不振，但诗歌的衰亡，艺术的没落，也是重大原因之一，目下我们正应当竭力提倡在自觉中产生诗的精神，大概不至于不实用。

四

但，一般诗人，却把自己的范围缩小了，大多尊崇象征派的"诗的情趣，存于朦胧的神秘中"，大量制造，使人莫名其妙，自己也莫名其妙。

托尔斯太曾说："如果艺术是表现和传达情绪的方法，则最高尚的艺术，必是表现和传达情绪之最高尚的情绪。又最高尚的情绪，是为一切人们所共知的情绪，而真正的艺术，必能为众人所了解，不只是一阶级。现代艺术之不是大艺术，甚而可说是坏艺术的证据，就是普通人不能了解它。"又说："用特别的不能了解的语法，写成民众所不亲近的文学，是自私的，卑怯的，无理的。"

这固然不是专为"诗"而论，但诗也不能不包括在里面，因为"诗"也是要和大众亲近后，才不失"艺术"的真谛。不过，诗的让人了解的方式，与小说戏剧不同罢了。

诗人们！美化大众的灵魂的种子，正等你去撒布。

午夜的枪声[*]

冯一水

岑寂,
拌匀了浓黑的空气,
除了无心之间摔死几个树叶,
再也听不到一丝声息。

啪!……………………
………………………
划破了夜的脸皮,
打中了黑暗的机密。

一声恚愤地绝叫,
让犬吠隐没了,
战抖…………战抖…………
人们的神经末梢。

---

[*] 原载《大风》1941年第7期。

是几时,
凉风也赶到这里,
扫着,
扫着这块阴森的境地?

赴耕之牛*

冯一水

东天还坐着几个星星,
老牛的步子就踏出了晓声,
它没有什么话可说,
只呆呆地打个哈吸。

道路曲折地那么淘气,
让它走地分外吃力,
它没有什么怨恨,
只眨眨朦胧的眼睛。

雄鸡们谈笑夜里的梦,
黑狗仿佛失掉了东西——
老牛偷偷地笑了,
因为无心之际,
放出一个清冷的屁。

---

* 原载《大风》1942 年第 8 期。

新诗的变迁*

冯中一

在这里我想把新诗的略历，简单介绍一下，当然要以"派别"为基准来割分段落的。一提到派别，大都注意到形式上去，其实，诗的形式和内容，如同镜中的影子和实体一样，不会有什么差异。

据说，在近代诗以前，很早就有了古典诗，即所谓"古典派"，此派始于荷马（Homer）的叙事诗，后至西元前六世纪，又产生了女诗人萨福（Soppho）等的抒情诗。一时的诗坛，只有这两大范畴，与民众关系较少，其二者不同之点，即叙事诗是男性的贵族主义，抒情诗是女性的平民趣味。叙事诗的诗题，主要是战争、英雄、冒险等历史与神话的传说，充满着庄严、豪壮、典雅的情操，抒情诗主要是歌咏自然、恋爱、别离，其情操是哀伤的，情绪的，优美的，流着热泪的。前者如荷马的《伊利亚德》（*Iliad*），多为亚历山大的古代英雄所爱诵，因之养成了崇拜英雄的权力感情，后者如萨福的《少女之歌》（*Ode Toyoung Female*），多传诵于民间，恋爱主义因之陶冶出许多感伤者。

古典派经过了一个很长的时间，没有甚么变换。直到十八世纪初叶，因了文学艺术及社会思潮的进步，"浪漫派"才勃兴起来，这是针对贵族主义而起的一种平民主义的主张，也是向形式主义而起的一种自由主义

---

* 原载《大风》1942 年第 8 期。

的绝叫。于是新诗便由此得到了生气，以后的一切诗派，皆脱胎于此。

浪漫派呼着自由的口号，走到大众群里，对过去的贵族文明，大加反对。如海涅（Heine）、罗曼·罗兰（Rolland）、丁尼生（Tennyson）、加波立（Gapfvy）等的作品，想象奇肆，不拘形式，给人们的意识，解下许多束缚，把人们的精神，铺展得像一波流水，对现实的世界，极其不满，都欲求着观念中的乌托邦，认为"实在"不存于现实的世界里，而存于形而上的观念中，所以不断地求其生活所揭示的梦。

后来，佐拉（Zola）高唱自然主义，激起了艺术的各方面的逆流。首先响应的，是自然主义的小说，他们反对主观，因而引起情热的人间主义者，对浪漫派的诗也起叛逆，致使被压抑的叙事诗的精神爆发了，这便演化成"高蹈派"。

高蹈派是客观的有现实感的文学，与浪漫派恰巧相反，凡是现实的世界，就算为真，一切美的表现，都在那观照里使之成为实在，把真理从理想之宫运到现实之内，从"观念"搬回"实体"，但自己却取了高蹈的超俗的态度，蔑视德谟克拉西的思想，憎恶人间生活的本质。如德里尔（D. Lisle）、邓南遮（D. Annunzio）等人，用感觉丰富的语汇，美妙的文体，鼓吹超人的英雄的思想，把浪漫派感伤的爱，看成了像梅毒似的不洁的东西了。

但诗的演化，总是反动的，抑扬相间的。所以当时被高蹈派过于重压了的诗坛，不得不翼求表现的自由，呼喊情绪解放了，这就有了所谓"象征派"。

象征派最早发现于十九世纪中叶法兰西的诗坛，其本质，可以说是浪漫派的复活，爱诗意朦胧，把被虐待的自由与感情，在诗里恢复了革命，反对贵族的尊大感，破坏诗的韵律法则。如魏伦（Verlaine）、兰波（Rimband）、巴利蒙德（Balymond）、卡斯特洛（Casrtr）、卡因（Kahn）、蒲原有明等，潜在于他们认识背后的，是某种未可知的灵魂的渴仰，他们用甜美的感情，创造出融化音乐的 melodies 的诗，一时风靡欧洲全诗坛，大有非象征派即非新时代诗人之慨。

然而，象征派的反动，当然是难以避免的。渐渐地，就有了排斥象征派的暧昧朦胧，而主张一种使印象确实的某种虚无主义的权力感，把人生作为苦痛的情象，把物质的本性扭成 Cubical，除掉以前的油滑的音调，柔软的自由律，而造成整齐的有骨格的节拍的诗，不过他们受过象征派的洗礼，并不想归回古典或高蹈，而是把言语的排列以机械学为原则，把韵律的安插以力学为根据，另造出一种新奇的形象的诗，这就成了近代诗派。

近代诗坛，继象征派之后的，就是"印象派"。印象派中又分"写象派""心象派""影象派"，如弗勒却（Fletcher）、邦德（Bound）、奥尔丁吞（Aldington）等，都本着忠实的主义，写出平明的诗。

而与印象派陆续出现的，有"未来派"，如马利纳蒂（Marinette）、岐阿兰丁尼（Hiarlantini）等，把其诗的基础建筑在科学上面，而写出电报式的诗，否定过去的一切，赞美战争、速力、爆音等动的事物。有"立体派"，如西特韦尔（Sitwell）姊弟，用他们独自无比的匠意，创造出一种特别新奇的古典主义，他们所欲求的，是由铁与机械而造成整齐的有骨格的拍子。有"表现派"，如兑布勒（Dawbler）、托尔拉（Toller）等，以深切的感情与丰富的表现力，作出歪的、曲的、奇异的、残酷的诗，里面总飘浮着意气恶劣的虚无主义的冷笑。有"写实派"，如弗罗斯特（Frost），把客观的实在，使之在诗里具现了。有"醚醚主义"和"超现实派"，如阿帕（Arp）、亚拉冈（Aragon）、伊劳尔（Eluard）、察拉（Tzara）等，他们的作品，对现实，不为卑情的逃避，而为强力的反抗，极赞许列宁的精神。

总之，近代的诗坛，是对象征派的反动，是把诗远离音乐，引导至美术的方面，倾向于唯美主义的。

我想，其次的反动，大概已经有了准备，渐有登上诗坛的意识了，例如近代外国诗坛所推崇的"正统派"，就是向着次代的诗坛，加上各种预言和暗示。

末后，我们还要知道，诗的变迁，总是"从反动到反动"的旋流，诗的演化，总是在无限的轨道上循环着，所以全不能以现在的判断为定论。

诗的力

冯中一

"诗是无论什么时代都存在着的，有人的处所，有男女的处所，有自然和人类的交涉的处所，就有诗。在婴儿，没有语言，也没有性欲，然而诗是有的。"

武者小路实笃这几句话，不但肯定了诗的永久性，并且还说出了诗的普遍性。

的确，诗是永久而普遍的艺术，是人们内心的活泼与真诚。

当一个诗人在写一首诗的时候，一定把情绪从心里完全奔放出来，一一都经过创作的联想的解释的想象，使无限的东西成了实在的表现，这个表现，像一阵风扑到水面上似的没有目的。然而在阅者看来，如同得了一种启示，翻转了作者进程的秩序，渐渐认识了情绪的活跃及真实，以至于自己的生命呼吸血性都融合在诗的节奏中。

所以，诗的鉴赏，是感情与感情的融合，不是理智与理智的折冲。

不过，阅者是否能够领悟这种感情的启示，却是一个极大的问题。目下中国新诗之所以不发达，不普遍，大概就是因为作者的感情与阅者的感情相去甚远，不能融合的缘故。

---

* 原载《大风》1942年第9期。

我们欲新诗普遍，向这个冷酷威严的世界吹进一些温馨的生气，须先把握住情绪的重心，才能够有希望。

文却斯德在他的文学批评的原理中，分构成文学的要素有四，第一即情绪，其次才是想象，形式，和思想，而"爱"是产生情绪的胎。

亚伦坡说："可称谓诗者，当不出抒情诗之外，可称谓抒情诗者，当不出恋爱诗之外。"可见他承认了"爱"是诗的核心。

易卜生作的《娜拉》中的女主角娜拉，向其丈夫海尔曼所要求的，是珍贵的"爱"，实际上她得不到一点爱的施与，才不惜失掉了社会地位，违反了法律，舍弃丈夫和三个爱子，并无一定的去处，在黑夜里跑向天涯海角去了。

由此可以知道，"爱"是使人动的力。诗的动人的力，是因爱而产生，诗的社会使命，是以真挚的爱，激起人们的热情和美的意识，建筑社会的良心。

俗谓心之活动乃"智，情，意"，其实这不过是爱的作用的显现。"爱"选择事物的能力即"智"，加作用于被选择者之上的能力即"情"，所加的作用永续着的能力即"意志"，三者不过为爱的"三位一体"。

"爱"是春谷中的醴泉，"爱"是花园里的香风，是美的传教者，是真与善的勇士。

诗中失却了爱，如同生命萎缩的花，心中失却了爱，无异于没了灵魂的奴隶。

"爱"决不是自私的，卑小的，是伟大的，全人类的。

我们所推崇的，并不是溺于怯弱的爱而麻醉自我，是主张产生诗的力量的，必须是主观，主观即自己，即爱，即不可摇动的严肃的实在。

哲理诗，如果是概念与概念的连续，或集几个抽象的文字而自己戴上"哲理诗"的冠冕，我们是反对的，因为还不曾忘掉波特莱尔说的

"愈是想把哲理装进诗去,读来愈觉得光是字而不是诗"。

用"爱"作内心自然要求的原动力,并充实地表现出来,对我们的时代,它的生活,它的思想,它的样式,它的内容,取严肃的态度,使一般人对于自己的一切有一种反省的机会。

判定和传达情绪的事实,是科学的目的;刺激我们的生活,通过感情至于较高的意识,是艺术的目的,是诗的目的。科学的理论,在完全明了之后,已经永为自己的所得物,就不想再看它了;但一篇生动的诗,我们反复读几次也不生厌,因为它有永久不灭的爱,超越时间及空间,人人都能共感共有的爱,来诱致我们的共鸣。

"有一事不做,而是艺术的人,有并非不做,而不是艺术的人,决定这一点,是在于爱的觉醒与否。"——有岛武郎曾经一再地说过。

诗人是"爱"的化身。诗人的爱慕之情要比人强,憎恶之心也要比人大。

石川琢木的生涯所追求的东西,歌德在演念里所浮现的东西,使兰波上了漂波之旅的东西,使席勒尔酣梦于愁思乡的东西,使雪莱溺死于海里的东西,都是这种真挚的爱的渴仰。

我们读到海涅的"将你的脸儿放在我的脸上,于是我们的泪流成了一行;将你的心儿紧贴在我的心上,于是我的爱火烧成了一团!假如我们热泪的河,流在这绝大的火里,假如你被拥在我的怀里——我将为渴恋而死去……"时,心里的跳动,爱的旋流,一定要冲过理智的巩固的大堤,自由地奔放开来。

真正的诗人的诗,哪怕便是吐露他自己的哀情,抑郁,我们读了,都莫不增进人格,因为诗是其人格创造的表现。

诗人的梦,悲哀,希望,一切都生于他的心,再注入于作品中,莫不表明了他的心的世界。我们依了感情的强弱,把握住其心的世界,随之其人格的种种表现,使我们的人格,也扩大开来。

此后，诗要渐渐地盛大起来，以心与心的沟通，情与情的交流，美化大众的生活，统一人们的意志，放出时代的异彩。

此后，诗人要觉悟自己的任重而道远，忠实地为一个良心的战士，矫治良心病了的社会。

总之，爱的选择，演化而为情绪，情绪的内容，如实地表现而成诗，诗是人类的意识，意识是社会的良心。

火以各种形状飞舞，并不是做成的，人的生命的火，也以各种形状飞舞，并不能拘束的。

诗是生命的火。

诗的力量，如怒啸的海，喷火的山，也如春天的太阳，百合花萼上的甘露。

如果诗中没有了这种力量，是诗人的罪。

带着生命而生下来的人，总要继续唱歌，直到生命能够朴素地生活时，也还要继续地唱歌。

诗呀！生命的火！

燃烧起来吧！

在散文的时代里，诗更应该被饥渴似的寻求。

古　潭

冯一水

水光呆得像一面镜子
　　　不复摆弄起美的波漪
老树耽心自己丑了
　　　用力探过身子去照

几尾小鱼在水底盲目地跑
　　　像寻找
永远逝去的春天

---

* 原载《大风》1942 年第 9 期。

诗与时代[*]

冯中一

一

诗在文学中，是处于具体的表现之最高地位的。当然，它是时代精神的一种正确的解释，与时代有不可分离的关系。

如拜伦、雪莱、吉慈等人的作品，十足代表了十八世纪末十九世纪初热情的、革命的、罗曼的时代思潮。文艺上自然主义的运动，完全是由于十九世纪欧洲唯物的倾向和物质文明为背景，就是其他恶魔主义，唯美主义，或俄国的所谓"世界苦"（World – Sorrow）的一种颓废的倾向，也都不能不委诸其时代的生活及思想。

所以，一个诗人，捉住时代思潮的程度愈深，他的作品才愈佳。大批评家亚诺德的"引导创作家使其容易领受时代思潮，乃批评家的任务"这句话，更显得明确了。

当世界第一次大战的初期，各国的诗，立刻都武装起来，德国的霍夫特曼、德美尔、佐治等诗人，高唱祖国的正义，发表了战争之诗。在劳动者群的方面，也听到热烈的爱国的歌，法国也有了"精神的动员"，爱国之声高到极点，甚至老年的法朗士，也发表了时事文集《光明之路》。

---

[*] 原载《大风》1942年第10期。

但不久之后，战争抒情诗就勃兴起来，从英国的夏芝、哈第、欧文等人的诗里，已经感到狂热过后的冷却与灰色的战栗。德国文坛的反战气氛，也已压抑不住，出现了不少表现派的政治诗和抒情诗，这些都是一九一五年后，当时反战的人类爱的倾向之表现。

那么，我们可以肯定地说："诗是属于时代，诗人是时代的批评家。"

二

现在，正是第二次世界大战的焦点，时代的阴霾，正在前面遮挡住我们的进路，暴力，炮火，不断地毁灭一切，于是在经济基础动摇的这个条件下，许多人以为文学已经属于第四阶级了。

固然，文学不能是特权阶级的玩具，尤其诗是更应当普遍的，但我们不能把既成的艺术，降低到现在民众的水平，是应当把民众抬高到艺术的境地。所以我们认为文学，尤其是诗，不能有阶级之分，是属于全人类的，如果有了清晰的阶级性，那就是说明艺术的社会使命尚未达到。

不过，在复杂的经济组织下，要想充分地完成这个使命，使一切人类与艺术合而为一，看不出合并的痕迹，却不是一件轻而易举的事，需要拿"真心"做武器的文学家诗人，肃清一切超社会、超现实、神秘、高贵的观念，领导民众的感情生活、理智生活、向着艺术化的环境创造。

处在当前这个动乱的时代，无论诗的趋势如何，但只要人类的意识是趋向和平，像二十岁就战死了的青年诗人索里（Charles Sorley，1895—1915）那样地称敌人与自己的同志为"盲人"，我想将来一定要对战争表现着讽刺与弹劾的倾向。或许有一个时期，要像世界第一次大战后的新浪漫主义，新即物主义一样的，另有一个时代思潮的作品，在蓬勃。

据勃兰兑斯说，易卜生之所以伟大，就是因为他能在一个时代思潮未显明以前，而早就认清了，描写出种种社会问题，如两性问题，新旧思想问题，阶级斗争问题，显示给一般人们。

诗，欲求创造更大的生活，也在它的表现上，暗示着伟大的未来。

因为在过去的时代以至现在不断的生命之流，唯独在文艺作品上，能施展自由的飞跃，而行其所谓"精神的冒险"，启示着政治上、经济上、社会上未出现的事，向着未来的时代开辟。

那么，我们可以更肯定地说："诗是时代的先驱，诗人是时代的预言家。"

三

由上面的两个结论，诗与时代的关系，大概已经说明一点。但在同一时代的文坛，也有许多的"层"在互相反驳，结合，交错着，就拿现在来说，自然主义，印象主义，新浪漫主义，象征主义，表现主义，新即物主义，新写实主义等，依然都存在着，各有其有力的作家，向着不同的目标迈进。所以，现在还不容易找出时代的主潮，还正在混沌不安的状态里。

本来，文学中的一切东西，再没有比诗更加意见分歧，莫衷一是的，不是把时代看得太重，就是把诗看得太轻。有的说时代产生诗，而非诗产生时代；有的说诗能在时代精神中，造出特殊的倾向和风潮；也有的说，时代和诗，是永久不和睦的夫妻，既不能相爱，又不能隔离。

但不要误会，我这并不是要讨论诗的特殊目的，如果把诗应用在一个特殊目的上，而给诗人以束缚，是不对的，这无异于给诗的前途加上许多障碍和矛盾。因为诗是最高的表现，表现是生命的流动，就仿佛在这个大的人生乐器上，弹出来的灵魂的旋律，灵魂便是意识的避难所，不知道行为的目标，而一任热情的支配。诗人如果被公认的目的所强迫，而勉强去作诗，那就失去了诗的实在与生命。应当以内心自然的要求为原动力，没有甚么目的，一切嘈杂的争论，只当是各种色盲过于自信的肉眼，随便非其所非，是其所是而已。应当如同一株树，其本身并非为人们要造器具而生长，但我们可以用之造成器具，这是本身与效果的问题。诗的本身，不应有什么目的，而其效果的发生，是后来不可免的事实。

更不要误会，诗既没有目的，就可以当作一种游戏，是应视作真的盛业的。诗人自己，也要先充实科学上与哲学上的修养。

那么，我们除了前两个结论之外，还要补充上："诗的本身，对时代没有甚么目的，诗的效果，却为时代所利用。"

海的风景

堀口大学　作　冯一水　译

在天空的石板上
海鸥写着 ABC

海是灰色的牧场
白波是成群的绵羊

船在散步
一面抽着烟卷
船在散步
一面吹着口哨

---

* 原载《大风》1942 年第 10 期。

被系着的小羊*

冯一水

工厂的烟突吐出劳工们的诗
仿佛大地疲乏后吸的一支烟卷
周遭的寂寞计算着春的年纪
一张张扯去
挂在这小羊心上的日历

这条无情的绳
要永远抓住这个小生命
要永远泯灭了它的活泼与真诚

一群群的同伴
骄傲地排着队走了
唱着流行的歌调
去尝试新生的草

肥胖的纸鹞

---

* 原载《大风》1942年第11期。

在风的头顶上
拍着手向它哈哈地嘲笑

被系着的小羊
狠命地
打了两个喷嚏
因为面对这羞恼的日子
已经再没法生气

初 吻[*]

沁 人

重新整理一下麻乱的神经系
挨过五分钟的岑寂

心里流不尽的血潮
溅出心酸的回声
几滴无言的泪与汗
说破了秘密的生命

——这是我们第一次的宣誓
多事的风爬进窗户要作证人
夕阳给我们涂上了花粉

---

[*] 原载《大风》1942年第12期。

明日的诗（上）*

冯中一

混沌的今夜

夜的面孔，非常狰狞，我们的诗，也就在这黑暗的恐怖中，不断地说着谎话。

这个无限的谎话，欺骗着历史，欺骗着大众，欺骗着美的灵魂！

周围的空气，阴郁而腐臭，许多诗人，许多虚伪的木偶，都正在为这个谎话，无厌地创造。

有些在机关枪的声音里，在堡栅后的战沟里，在战败者的英雄气中，像狂风、像火焰、像旋流似的向人们呼喊，让人们的血，从心中涌向前线。

有些在咖啡馆里喧闹，在音乐架上磕拳头，并且还穿上一件科学的外套，画着伟大的脸谱，用拳头暗暗地示威。

有些极端的傲慢，宣布着形式是诗的要质，将其工作降低到章法与字源学的分析，形成了组音与词句之计算，在画着诗的几何，在演着诗的代数。

有些装出抑郁虚夸的尊严，不毁谤，不诅咒，不负任何责任，在适

---

* 原载《大风》1942 年第 12 期。

宜的地方，乖巧地保守静默，或忠实地将事情忽略过去，悄悄的，跛行在时代的后头。

有些卑微地向历史鞠躬，大地没有在脚下，太阳没有在头上，只以冥想的、庸人的、罗曼的态度，表示个人主义的温存，发出蚊子似的吟咏。

有些翱翔在社会的利害与热情之上，抱着厌世主义，神秘主义，感伤主义，在悲哀地啜泣，优美地流着热泪。

有些……

在这混沌的夜里，我们这些形形色色的诗，互相反拨，结合，交错着，简直是一团黑暗的排泄物，一团谎话的渣滓，没有时代的动力，没有历史的基础，贫穷，烦虑，功利，愚鲁，残酷，嫉忌，贪婪，复仇，把世界快要窒死了。

我们须要打开窗户，纳些新鲜的空气进来，我们的时代须要一个大标准，让我们紧随着走，我们须要黎明的光——因为没有光明，一切都不充实。

人类史的进化告诉我们，人类初生之始，男女杂交，无所谓家，人与人相杀，是以一己为单位的。其后有了家庭，家以外相杀，家以内相近。其后一家之人增多，分家而居，合家而成一氏族，氏族与氏族相杀，氏族之内则比较相亲。以后合许多氏族而成一部落，情形与前相似，合许多部落而成一民族，就变成近代的许多国家。将来这个范围是愈过愈广的，总有实现"大同精神"的一天，所以格林（T. H. Green）说："你须爱邻如己"。

我们这混沌的今夜的诗，经过今次世界的大动乱，也应本着这"大同精神"，为人类灿烂的将来创造，更应当把错综复杂的谎话，清扫出去，真正地搭起灵魂兴废之间的桥梁，从这个不安的、混乱的、重须改造的今夜，渡到明天的彼岸去。

也许不久，我们像是伫立在泰山顶上看日出似的，看见明天的诗，渐渐地，冲破溟濛的雾霭和瘴气，将要普遍了人寰。

黎明的消息

诗是知识与能力的有机的总合，经济基础及其上层的关联的制度，造成每时代的诗，及其特质。在过去许多诗的派别，我们可以看作历史的纪念碑，在现在许多诗的派别，我们可以看作时代的告示。但我们并不是凭吊这些古迹，浏览这些"自然的孙子"就会满足的，我们应该选择旧的元素作基础，再造一个诗的黎明。

我们旧的元素是什么呢，在今夜的混沌中，尽是些无节制的热情之浮辞，夸张的感情之犬吠，和痴情的病中呻吟，只能够模仿亚历山大式的狂放，华滋渥斯式的梦想，而不能去"感"觉我们所"知"觉的东西。一切低劣的诗人，当历史家与哲学家正在加速推进人类知识的进步时，自己却甘于在从前的垃圾堆中打滚，搜集一些空虚，无用，荒谬的材料，造成一种庞驳不纯的大杂凑。

政治学家，经济学家，历史学家，天文学家，算学家，化学家，道德学家，玄学家，都在文化之高空中，建树了一座伟大的金字塔，他们雄踞在塔尖上，对现在的诗人们，发出燕雀不知鸿鹄之志的嘲笑，看着诗人们藏在黑暗中，像一头地鼠，努力向无神实用的人生，扒掘小泥洞，做着虚无缥缈的智慧之游戏。

于是，有些评论家，说现代的诗人是一个文明社会中的半野蛮人，他们生活在过去的日子里，他们的观念、思想、情感、联想，都与过去关联。他们智慧之运行，像螃蟹一样，是后退的，理性、科学的光辉照耀得愈亮，他们的黑暗也愈加浓厚。他们终日为了诗的推敲，忽略有用的科学研究，他们不仅浪费本人的时间，并且还窃盗了他人的光阴。

诚然，我们今夜的诗，混沌中的一团糟粕，是太无用了，是太有毒了。正如雪莱所说的诗之四阶段（Four Ages Poetry）：第一阶段是铁的时代，歌颂着胜利的领袖的丰功伟绩；第二阶段是黄金时代，出现了荷马那类典型作品；第三阶段是银的时代，因为诗的内容与技巧已达极境，后继者只有模拟，这虽说逼近真本，但正如银之于金，终逊一筹；第四阶段是铜的时代,这是诗人们都自察觉,你也模拟,我也模拟,总是可厌可耻的。于是又想洗尽铅华,返璞归真,欲回到金的时代,在颜色上铜最像金,所以形成了一个铜的时代。

这个铜的时代,直到今夜,更加重其面孔的丑恶,因而诗的读者群,已不是社会中好学深思的人,一切有用的科学艺术的进步,将他们的注意,从雕虫小技的诗歌方面,移向实用的学术,且社会其他部分的标准在一天天地飞升,因而诗的身份越显得降低,诗的末路,已经不远了,正在奄奄一息。

这是诗人的罪,这是诗人们失却了探询的精神和智慧的活动。

所以,对诗的黎明,我们虽是望眼将穿,但黎明的消息,还只是几颗微芒的残星。

大众的想像

没有柔顺的同情空气围绕着,诗是不能滋长的;没有温馨的光明围绕着,诗是不能发展的。诗不是修饰生活,而是创造生活,是要创造生的伟大,生的美丽,生的和谐,生的不朽。

所以混沌的今夜,没落的铜的时代,不过是精神的溃烂与时代的奇痒,光辉的明天总要来到,时代总会恢复健康。

无疑的,我们要把时代砍开,把那一半死的毫不恋惜地弃掉它,竭力维护活的新的时代,同时,在新时代的发展中,经济、文化和艺术,需要接受最大的"前进的冲动"。因为我们还有更多的道德的、政治的、历史的智慧,不知道如何去应用;我们的科学用发明来缩短工作,来合并工作,加强人类的不平等,这就是因为在培养机械技术的时候,不曾依照所有的创造力,自己沦为被缚的奴隶。

其实,我们应该有创造的能力,向着我们所已知的,运用"想像",我们应用宽大的冲动,去执行"想像"。这个想像,也许是明天的诗的元素,也许是今夜的诗的强心针。

诗的想像的能力，有二重作用，一方面替知识、力量、快乐创造新材料，一方面给意识酿成一个欲望，来再度发掘此等材料的新宝库。

Hartley B. Alexander 在他的诗及个人里（原文刊载错误——编者注）说："心或灵的能力，之足以左右世界或生命的，我们叫它为想像。'想像'和知觉不同，所以不同的地方，乃在于对感觉的指挥之自由与不自由，又与记忆不同，因为想像能取得，记忆则仅能保留，又与情绪不同，因为想像这样东西，与其说是一种动，不如说它是一种力，又与理解不同，因其对于他面前的东西，是一种消化者，不是一种权衡者，又与意志不同，因意志不过是个开车的人，而想像则有王者的权威。想像与这些东西没有一样相同，而没有一样不包括，因为想像是心的全部的作用，而当它活动的时候，能把一切心的能力，归束在一个最高的目的上——就是推广我们所居的世界。世界以美而扩大，而想像的事物，就是造美，想像可以组合，可以人道化，可以人格化，可以用心灵上最亲切的状态，使'实在'有光彩，又可用精神的理解使'实在'提高兴趣。"

由这段话的说明，我们可以知道，想像实在是神圣的，它是知识的圆心和周围，它包含一切科学，一切科学也必须追原到它，它并且还是一切其他思想体系的根和花朵，简单地说，它是一种"出乎寻常的情绪"和一种"出乎寻常的条理"联合起来的结果。

我们的诗，具有无限的将来的诗，就应当以想像为基准，创造出明日的质态，像雪莱那样把宇宙视作他的玩具箱，他用晓色来洗手，在星光中翻个筋斗可以使他身上撒满金光，流星的嘴搂来慰贴着他的手心，他在天门中忽进忽出地跳跃，天宫的地板都有他一爪一鳞的幻想的点缀，他又在以太田中狂跑，追赶着滚滚不息的世界和太阳。

但是我们并不提倡恢复到雪莱那个时代，那是违犯透视法，扰乱历史，弄歪标准的，那无异于把将来的诗压缩到过去的窄狭的限度中。我们是要在记忆与理性上，培养出一种"想像"，目的不是把所住的地方，变成充满神秘和虚幻的缥缈仙境，是要想像在读者人生中，有一刻最神圣的启示，使读者的全身的感觉随节奏的和谐而互为融合时，形成人生最神圣最伟大的一刻，诗人和读者，在此作心灵的共鸣，来共同享受这最"神圣的一刻"。

因为在我们的感觉中有乐，在情操中有德，在艺术中有美，在理性中有真，在两性的交际中有爱，所以我们必须有诗的想像，对环境为有意识的反应，促使着数理的世界向人格的世界接吻，让"科学的真"隐站在世界的外表，让"艺术的真"牢坐在人类的内心。

还有，明日的诗的要质，不是特权的，贵族的，也不是狂暴的，无产阶级的，而是普遍的，大众的。因为贵族的诗，只是在玩弄着感情的加减乘除，对现实没有裨益；同时每一新世代，都要经过一个学习期，这个学习期是暂时的，过渡的，将来还得要诗的水平线提高，及其性质的改变，所以这个学习期一过，无产阶级的基础就要毁去，不再是无产阶级了。

我们诗的将来所需要的，是用"普遍的想像"，填平创造的知识阶级与大众之间的鸿沟。

那么，大众式的想像，是我们最需要的，大众想像诗，我以为是明日的诗的先锋。

我们所见所闻的，都非常有限，不敢对这广大的诗坛武断地说，大众想像诗，就是明日的诗。但我们由于上面的推论，至少可以相信，诗用无定的想像的颜色，来渲染它所综合的一切，在理智与感情里，重新激起酣睡的，冷却的，埋葬了的过去的形象，创造出最快乐，最真实，最善良的将来的记录。

并且，还要用这想像，从世界上取掉那熟悉的面网，使那裸体而又睡着的美，完全显露出来，这种美是世界一切形式的灵魂，能够征服一切不可融和的东西。

但这种想像，必须不能忘掉，是属于大众的，不单是从主观出发，也没有派系或奇想的企图，是谋人类的尊贵与安适的，不时为文化的进步而奋斗、为人类的幸福而奋斗。

明日的诗（下）

冯中一

大众想像诗的诗约

人类的态度和习惯，最大的进步就是减少野蛮和酷虐。社会的活动与文明，是从经济组织的进步、科学的兴盛、文艺的丰收三方面，免除人类的缺欠与痛苦——这样，我们的时代不停地前进，牵住这根时代的缰绳的，是"大众的想像"。

这个大众的想像，不是不顾基础的一种新文化的抽象的创造，而是明确的文化的搬运，把已存文化的主要元素，加以人道主义世界主义的洗礼，使之成为正确的真实的动人的新创的力量，对退化着的大众，作一系统的有计划的灌输。

幸福之门，在遥远的前面，必须顺着文明之路，才有走到的可能，"大众想像的诗"就是照耀前路的明灯。

今日，是充满着矛盾的，大众想像诗，从今日中把握明日，从现实中把握未来，明天光辉而灿烂，未来有无限的生命！

今日转瞬即成昨日，明日立刻就要来到。

我们大众想像的诗，也要以新的活动来创造历史。

---

* 原载《大风》1942年第13期。

它的准则，我们认为：

1. 抛掉家庭观念乡土观念地带观念，培养一颗"世界心"，造成新的世界意识。

2. 以想像为中心的全部作用，去解决世界最终的秘密，这种解决，使大众均能豁然领悟，完成智识创造者与大众的统一，但这不是艺术对大众趣味的妥协，而是在最高限度内，改变提高其兴趣。

3. 以最普遍最高尚的智慧，快乐，道德，思维，完成诗与科学的统一。但这不是把诗压缩在科学之下，因为科学是应付现实，而诗是高瞻远瞩，指示现实的依归。

4. 取材需以时代思潮为骨干，以现实生活为背景，使一切事物转为可爱，使最美的美成为更美，剥去世上陈腐的面幕，使大众窥见生命中的"声"与"色"。

5. 严格的选择和使用最单纯的字句，热心地探求唯一的真实的言语，去表现肉体的痛苦，灵魂的悲伤，精神的渴望，心弦的燃烧，同时，让这些像蓬勃的树枝一样，随意伸展，不要造成木栅一样的平等。

6. 作者的动机，是发源于概念中的一个影子，不是苦功与研究，作者的心境宛如一团行将熄灭的炭火，偶尔受到无常的风吹，便发出顷刻的光焰，这个光焰，是生命的赞颂，是力量的称许。

7. 诗的效力，不仅只是对于部分事物的感动，还是对于全般事象的欢喜，不是湍流着的小河，而是倾泻着的瀑布，是以丰富使大众感觉惊奇，不是以离奇使大众感觉迷惑。

8. 形式须要优雅，光彩，整洁，和谐，像大理石一样，洁白有光，细腻可爱，而又坚实异常。

9. 诗的情调和音调，以音乐的成分为主，让节奏自然得像鸟之挽歌一样，陪音于言语，使言语的范围，无限地扩大，无限地迂曲，使言语的本身，有真实，有美的崇高。

10. 反对梦境，中庸，好流眼泪，拥护科学的精确，勇敢，但需要把野狂的急躁，变为恬静的欢悦。

11. 和宇宙的永远性融合在一起，在大众里面，驱除了一切的孤苦，在宇宙里面，和一切都做成亲戚。

灿烂的明日

夜的面孔，依然狰狞，周围的空气，依然阴郁而腐臭，到处都是阴森的暗影，像一个噩梦，横压在大地的胸膛上。

然而，荒漠里渐渐吹来和平的晓风，枯崖上渐渐涌出自由的醴泉，东方，已经不再弹泪，慢慢地，透出一派清光。

这是黎明，这是明日的先声，这是自由而温馨的曙光，它能够踢开一切黑暗与污秽，我们要一齐向它敬礼，不揣冒昧地紧抓住它。

自然，美，爱，知识的渴望，创造的欲求，不满的忧愁，都在光明中清楚地显露出来，像初出的嫩芽似的，充满了幸福和生活的感情，期待着和太阳拥抱接吻。

这时，大众的想像是一切最普遍的智慧，快乐，道德和光荣，是想把最幸福最善良最聪明和最显赫的人生，装潢得更美。

这时，大众想像的诗，用那不住的使人感到新快乐的思想，来充实想像，因而扩大想像的范围，使思想更有力量，且能吸引融化其他所有的思想合于自己的性质。同时，这些思想统一起来，在历史的过程中造成新的间隙，这些间隙永远渴望着新鲜的食粮，来填塞自己的脾胃，正如体操能使手足健康一样，大众想像的诗，能使那作为人类道德本性上的机关的能力也强健起来。

爱略忒说"一种新艺术作品的产生，同时也就是以前所有的一切艺术作品之变态的复生"，我们认为这是经验之谈。因为我们的诗，若只缓缓的不变样地进展，世界就会变成无趣，若只飞跃地前进，世界就会变成疯狂。所以，大众想像的诗，在进步的意志上，不断地牺牲自己，不断地消灭自己的个性，达到和科学同样高的地步，是循序的合理的。

这种循序合理的进步，在决定的顷刻，突然闪出火花，开出花朵，于是人们都对它鉴赏，在它的周遭歌舞。

有些事情，我们应当做而去做的，这是我们的本务，是科学的使命；有些事情，我们喜欢做而去做的，这是我们的游戏，是诗的使命。对于幼年的孩子们，游戏是生活中最重要的部分；诗是成年人的游戏，是一种更严肃更深刻的游戏。

我们向大众想像诗的火花或花朵而喝彩，做着异常重要的游戏，这不是一种幻想，一种矫饰，而是一种启示，一种创造，一种发现。

法朗士说："我却相信，人们总不会倦于爱的，我还相信，人们永远需要诗人们给他们晚曲的。"

斯蒂芬生有一次去见南海群岛的酋长，在谈话中斯蒂芬生问他诗的内容是什么，这位酋长回答说："情人与海，情人与海，你要知道，不完全是真的，也不完全是假的。"

进化论者达尔文在七十岁时，回顾他的一生说："假如我能重新生活一次的话，我将不时读些诗，听些音乐，每星期至少一次，因为这样一来，我现在衰退了的脑子，或许还能活跃，没有这些嗜好，便失去人生的幸福。"

大众想像的诗，就是想在这方面，无遗憾地解释透彻，掀动思想的波浪，感情的波浪，声调的波浪，澎湃汹涌的，激动了冲洗了浊污的一切。

终于，热烈的太阳，爬上了山峦，光明的神驹，驰遍了人间。

大众想像的诗，是反映出"未来"投射给"现在"的巨影之明镜，在灿烂的日光下，更显得典丽乔皇。

大众想像的诗人们，奏着凯歌而不知何所激励，是一群预言家，是一群未被承认的立法者。

希望的蓝鸟和幸福的白鸽，乘风滑过了彩云，智慧的浩莽的人间的春潮，浇醒了久困在涸辙中灵魂。

啊啊！我们要创造艺术的氛围以濡合大众，我们要陶冶大众以作育天才。

烟与光

冯一水

我们浮沈在人间的春潮里
我们呼吸着腐臭的空气

烟是黑的
把我们锢囿了一个时期

光是亮的
把我们照耀了一个时期

有时
在光与烟的拥抱处
编成了透明的花边
迸出幸福与悲哀的火星子
——这是我们的历史

不明真相的四棵胖树

---

* 原载《大风》1942年第13期。

却在寂寞的道上
为我们写下四行形整的诗
说是
"快乐的记忆"

诗与音乐[*]

冯中一

一

狂暴的风雨,席卷着罪恶的黑沙,饥荒和腥膻,充塞着人寰,大地上的生灵,都在恐怖地战栗着,都感觉到生之疲倦。

然而,我们的诗歌仍然患着传统的重病,仍然不能够健壮起来,所以,"诗"在今日中国的文坛上,早已失掉了它的正统地位,而变成附庸了。

过大的摧残和迫害,固然是重要的原因,但诗人们的不努力,更是不可否认的罪过。

本来,我们中国的诗坛,已经从新月社的唯美主义及法国派的象征主义,演变到太阳社的革命浪漫主义,及中国诗歌会的现实主义。一般的呼声,都是说我们的诗人,应当坚决地面对现实,闯入狂风暴雨血肉相搏的时代核心中,去发掘伟大的题材。

至今算一下,这笔胡涂账,真够使人头痛。初期的吟风弄月,固然成了博物馆的陈列品,后来的大众诗歌,也只是简单空洞的口号,没有热情,没有动人的力量。

今日,我们的国魂枯涸得要死,我们的大众庸俗得无以复加,我们

---

[*] 原载《大风》1942年第14期。

的诗人却还在梦中呓语，让人们都不明白。

铁在飞进，血在奔流，饥寒在交迫着，在这个时代下的大众，他们的心声，他们的不安，正应该表现在诗歌上，正应该用诗歌来指示出历史的社会进化的必然的动向。

所以，现今诗歌的大众化，不只是理论上的确立，而应是事实上的实践。

二

实践，是一件伟大的事业，是需要精神的冒险和百折不挠的毅力的，同时，最重要最正确的方法，也是不可不注意的。

那么，我们最重要最正确的方法是甚么呢？

波格达诺夫在艺术新论中说："诗歌开始于人类语言开始之际，原始人的劳动自然呼声是字句的胚胎，也即是最初的劳动与观念的联系。"

亚里斯多德的诗学里说："格律显然是声调之节，声调是思想之自然的流动。"

米谷三郎说："诗的音乐，是诗的根源，反之，音乐的诗，是诗的音乐的根源的世界。"

鲁迅给新诗歌的一封信说："诗歌虽有眼看的和嘴唱的两种，也究以后一种为好，可惜中国的新诗是前一种，没有节调，没有韵，它唱不来，唱不来，就记不住，记不住，就不能在人们的脑子里将旧诗挤出占了它的地位。"

从上面几句话里，我们得到的结论是：

1. 在还没有文字的时候，诗是纯粹可歌的东西，完全是具有听觉上的音乐性的一种艺术，到了发明文字以后，可歌的诗，在依文字记录的当时，文字就像音乐中的音符一样了。

2. 诗的和谐，不能不靠着声调和格律，只有声调和格律，才能够调和感情的单位和思想的单位，而表现诗节所要求的"美"及"力"。

3. 中国的民众多为文盲，从嘴头流传上的歌谣是容易感受的，在这个范围内，逐渐制造艺术的氛围，逐渐提高其鉴赏力，使现实的活泼的情绪，很有力量地波动起来，徒像契诃夫似的喊着"诸位，你们是生活在罪恶里面！"是没有用的，因为混浊世界中的民众，并没有诗人那么聪明，一喊便会醒来。

所以，我们可以肯定地说，诗除了至高的表现性外，还有音乐性。我们毫不怀疑的主张，诗歌应尽可能地接纳音乐，征服新的韵律，提高到可以朗读，可以高唱，而深入民间，把现实历史性的经验和情感，具象的传达得大众化。

为甚么我们这样主张呢？

莫锐说："在诗里，我们使用语言的联想，陪音，及依附的音节及音乐，使语言表现的范围，无限的扩大，无限的迂曲，无限的高傲。"

闻一多在诗的格律中说："越有魄力的作家，越是要带着脚镣跳舞才跳得痛快，跳得好，只有不会跳舞的才怪脚镣碍事，只有不会作诗的才感觉得格律的束缚，对于不会作诗的，格律便是表现的障碍物，对于一个作家，格律便成了表现的利器。"

Wyatt 说："今人以为诗中一切个性的和真实的表现，往往因求声调的铿锵和格律的严整以及押韵的妥贴而被剥削，这实是一种谬误的见解，凡是晓得文字声调所具内在的价值的作者和读者，大概都觉得诗中声韵格律并不致束缚情绪的表现，反而是传达真理的一种大解放。"

森堡在关于诗的朗读问题中说："诗是一种言语的艺术，言语要比文字来得具象化，比文字容易感动人，尤其在中国一般勤苦的大众要想受教育，认识文字是很困难的，他们不能读剧本，但可以听戏，他们不能读小说，但可以听说书。所以，我们就不从大众的文化教育的方法论出发，也应该把我们的诗从耳朵里灌注到大众中去。"

从上面的几句话里，我们得到的结论是：

1. 诗与音乐，犹如健康的体格和美丽的衣服，是不能分离的，唯有它俩的合而为一，才有直接的感动性，大众的普及性，集团的鼓动性。

2. 韵脚，节奏，辞藻，是诗歌重要的形式，这形式是诗的特点，是诗人的利器，用这形式的感动力才能唤醒大众，陶冶大众，训练大众。

所以我们认定，诗的将来趋势，是要向着音乐发展。诗人为了大众，为了现实，要和音乐家联合起来，用尽了气力，施尽了英勇的热血，向死神祭奠，以生命作祭奠的牺牲！

三

近来，日本有一个"诗俱乐部"（Poem–Club）的组织，集合了若干诗人与作曲家，举行公演，结成了近代感觉和意识的体型。此外又有诗的朗读广播及东京诗人俱乐部，由照井樱三氏一群，不断地努力，向成功之路奔驰着。

诗由作曲，而成发表声音的形式，由朗读而把情绪移于声音上，它的效用，就更扩大了，它的普遍化与大众化，才能够真正地实现。

那么，诗谱成曲，可以促进诗歌的大众化，诗与音乐的结合，也就是诗与大众的结合。

由诗与音乐的结合，才产生出"时代的喇叭"，时代的喇叭响了，诗人当然要以其全生命来歌唱时代的洪亮的声音。

这个巨大的声音，震破了沉寂的荒漠，像扬子江的潮水，像太平洋的怒涛，像时代的洪流，向着无边的浩瀚的前途突进。诗人们不应被这洪流卷没，应该渗入这洪流中，吼出冲锋的歌声。

哲学家是说明世界的，诗人是改变世界的，科学家是机械的技师，诗人是心的技师！

诗人们，看清自己的责任，竭力去理解近代的音乐，和作曲家的感受性相一致，去探求新的手段与新的形式，来配合我们新的内容。千万不要像过去似的，去了旧的锁链，换上新的枷栲。

诗人们！你要认清诗是情感下的一种艺术，它能感动人们的意识和普及大众的教育。诗人们！你要承认可歌唱的诗，是助长快感和减缩苦感的,把可歌唱的诗歌灌进大众的耳朵里脑间里,使他们察觉,诗不是一种新的东西,也不是文明的完成与文明的精制,它是大众灵魂的一种需要,与灵魂本身一样的久远。最伟大的诗,要在大众的天性里,有着最深的根蒂,在热情里,在奇迹里,在崇拜里,在过去无限的回响里,使它都有着最深的根蒂。

大众诗歌的成功之门,必须从这条路上走,才能够到达。

这条路无限的遥远,也许充满着荆棘。

向前努力地骋驰,向前不断地开拓,这是诗人的责任,这是诗人的义务,也是诗人的特权。

修道院的春

冯一水

雨的脚声踏出了苍老的大门
像刚述完希腊神话的苦命老人
　　听呆了的杏树和新生的草
　　都让眼泪悲伤地乱掉

屋檐下泻着一团清寂的空气
清寂里烘托出一个黑衣的少女
　　她用清冽的眼睛诅咒
　　墙角上那对幽会的蚂蚁

---

* 原载《大风》1942 年第 14 期。

光明之逝

冯一水

松风的深笑从山上跌下来
赶走了顽皮的牧童
黄昏又坐在山顶
　　指挥着他的部下
　　撒出一阵阵的朦胧
晚霞熏得脸皮发青
归鸦，暮钟，早已哭不成声
黑暗遮盖着罪恶与酸辛
测量这夜身的
　　是一道狡猾的贼星
睡吧
永无幸福的生灵
只有让这幽怨的梆子
把生命献给黎明

---

* 原载《大风》1942 年第 15 期。这首诗也载于《中国青年》1943 年第 1 卷第 4—5 期合刊，词句排列略有出入。

荒　　原

冯一水

这个没出息的土坝
长满了狰狞的疤癞

大宇宙的洪钟敲出一声逸响
震撼了酣睡的荒凉

树梢刷着生锈的天空
没想到刷下一堆累赘的梦

远处的野狗又哭出
荒原上一个饥渴的生命

---

* 原载《大风》1942 年第 16 期。

罪之游行*

冯一水

你这一对男女的面孔
让疤痕镶得那么狰狞
两个没唇的嘴
像外祖母讲的大鬼

　用竹竿
试探着无穷的前路
　用嘶哑的嗓子
伴着永久的旅行

声音中像是忏悔当初的罪过
　也像是诅咒这地面上苛薄的人情

仰起睁不开的眼睛
　想在虚无的前面找到些什么
但，除了乌鸦无味的多嘴

* 原载《大风》1942 年第 17 期。

再就是教堂的几下晚钟

大概你们彼此没有什么怨恨
只同心一体的
　　听刮不尽的暮风
　　诉说二十年前曲折的春梦

大概你们早就哭完了疲倦
大概你们也不计较这是大街小弄
　　只在土上留下发呆的脚印
　　脚印摆着一道酸楚的象征

衣服的烂褛和面孔一样
追随左右的
是一群红脸的苍蝇

在喧嚣的人群里
　　你俩是腥膻的癞狗
在凄清的夜里
　　你俩是屈死的幽灵

你俩拉来了多少个黄昏
你俩碰碎了多少个清晨的角棱
向人心中索取不到一点哀怜
更不能
让鼻涕和酸泪
填平了罪恶的深坑

夜[*]

冯一水

周遭
　　再跳不起昨日顽皮的土
　　灯儿瞌睡的眼
　责备喝醉的烟雾

　　电杆大胆的
在天上画出五线谱
星和月
　　排成凄清的音符——
　　夜莺按着
　　　　歌且舞
　　　　笑而哭

---

[*] 原载《大风》1942年第18期。

粪　　车[*]

冯一水

云彩在树枝上吊死了
　　早晨正默默地哭

于是
你来用骚臭腐烂
　　写个葬歌
替这个苦命的日子诉苦

人们都捏住鼻子躲开了
你仍然踱着沉重的脚步

---

[*] 原载《大风》1942 年第 19 期。这首诗也载于 1943 年 7 月 18 日的《山东新民报》，词句排列略有出入。

晓（外二章）[*]

冯一水

密云的壁垒后

旭日的炮口瞄准了西方

西方，有沈沈的紫霭

　　和层层的罪恶

黑暗——怠惰——

几道钢直的光芒

冲破天际的残梦

　　鲜红

染遍了夜色

　　光明

统制了大地

（几声胜利的鸡啼）

晌　午

树影躺在墙角午睡

---

[*] 原载《艺术与生活》1942 年第 33 期。

偷偷的
　　　把身子伸长了一倍
鹁鸪踱开大步
　　　乘凉
说一个山庄的故事
让它重新燃起青春的火

恳　求

有一个神圣的字
　　　我不敢滥用
有一句火热的话
　　　我不敢乱说

我们的爱情，曾一度患了痛苦的病
我知道，这是我的罪过
只有求你洗掉前怨

我心里的浪花绣着
　　　说不出的原因
我脸上的冰霜融化出
　　　忏悔的殷勤

希望抹出你的憔悴
更求你用温柔的眸子抚一抚
我为这游戏而碰伤的血痕

午夜的列车[*]

冯一水

快点跑
挺起胸膛
　　越在漆黑的夜砧上
　　越磨亮一道钢直的光芒

月亮没有出来化妆
黑雾像神话似的抱住土冈
这两根坚硬的铁骨头
支撑着午夜的身量

快点跑
挺起胸膛
　　越在窒息的空气里
　　你的呼吸越强

饥渴的大地还很客气

---

[*] 原载《大风》1943年第20期。

任罪恶的影子压在身上
前面，是无底的恐惧
是弱者的一片谎

你用骄傲的光芒贯穿它
　　并不怕它受伤
你用粗暴的嗓子怒骂
　　在荒凉里溅一声回响

力的颤动
力的舞蹈
力的音乐
力的凶狂

黎明还没有消息
山岳挡住希望
　　快点跑
　　只有钻头不顾腔地向黑暗里撞
　　去捕捉熟睡的太阳

诗魂摘译[*]

一 水

我是阳光里的微尘
也是尊严的太阳
"打起精神来!"我向原子耳语
然后,我大声对宇宙招呼:
"跑步走——"

我是早晨有福气的红腮
我是深夜大海的荒涛
我是武士,是斩蛇的刀,
是为他母亲而悲的泪。
我是网,是饵,是鸟,是其惊声。

是烟,是镜,是影。
是少女的忧郁,是恋人的赤诚。

我是醉,是葡萄,是葡萄的榨汁器,是葡萄汁,是葡萄酒。

---

[*] 原载《大风》1943年第21期。

是客，是主人，是旅者，是美丽的水晶杯。

我是蔷薇，是只诗人的夜莺，是发自其喉咙的歌。
是燧石，是火花，是蜡烛，是扑向它的灯蛾。

我是轧死在路旁的老鼠。
我是唐吉诃德先生的长矛。
我是善与恶，是行为与意志。
是诱惑，是牺牲，是罪人，是宥，是罚。

我是所有的，是将有的——是创造，是一起一伏。
是生存的锁链，是齿轮，是万物的始，是万物的终。

万里长城之歌[*]

土井晚翠 作 沁人 译

一

被生命力旺盛的历史堆起高龄两千年
影子躺在横空万里的长壁上
落日渐低，云淡天高，眼看着关山抹上暮色
征马怅然止步，游子俯仰的身影加倍伸长了
绝域的花虽稀，平芜的绿色却更深
回绕着春之乾坤的，净是些云彩散步
黄昏的云雀在苍穹里看不见模样
只高唱天地的红颜不老，唯独人世沧桑
啊！遗迹旧了，人已殁了，岁月又不停地流
欲溯洄千载之昔，看一看何处是秦皇的霸业
但破壁残垒都不作声，隐痛的幽怨也很阴郁
还只是春暮的朦胧中俯仰着一个人影

---

[*] 原载《大风》1943年第21期。

二

三皇五帝之后很久"灭六王而统一四海"
四海的黔首都平伏下对雷霆的威风没有一句话
"高筑起我的宫殿呀！"初次一呼成阿房宫
"牢守着我的边境呀！"再次一呼就是万里城
春天骊山的花娇红嫩绿
秋天上郡的雀幻化无穷
管弦音律冲上云霄，舞殿的春色已暮
举袖轻起，三千个宫女像是落花缤纷
花落了，飘在玉舭里的歌扇之风也很温柔
雕龙的玉栏深处，熏着蓝麝的奇香
从珠帘透出的银烛光一直照到天亮
西面临洮的岭高，这里辽东的溪深
截断山峦，填平水流，堡垒绵延几千里
准备好了烽火剑光闪烁
杀气蓬勃地守卫着猛士二十万
沙漠的那边胡笳不绝，匈奴隔得不远了

三

"北方的噪扰终于肃清，于是国泰民安
也焚了先王书册，也埋了天下儒者
万世的事业成就了"君王再没有什么忧患
知道吗？午夜的阿房宫后庭深大，森林阴暗
歌台的响声好像暴风雨的自言自语：
"不曾见浮世的花一盛就很快地褪色吗？"
听！长城的秋营，在旌旗消失在黑暗里的时候

闪眼的花火带着露,像星子的窃自低述
"富与力都是一场梦,醒后要向远处想想啊"

四

春天,东海清静涵绿的波涛上
不死的金阙还远,五百童男女的船却不知去向
绛霞的光和天上的花虽向这里溢洒芬芳
但一着地就成沉滏,这真是世上的罪孽
至尊之荣虽高,但名却不能永留玉籍
焦心苦虑,啊!韩朝的一孤臣
你的政策纵不成,但席卷起无常的风
天地岑静,夜已深沉,江流的哭声断续
独自在氾桥之畔镇定一下火燃的心
想起人力如何的脆弱和命运的注定
真是无铁椎血的博浪沙,有鲍鱼臭的沙丘台

五

啊啊!死尸未冷"万世的霸业"在那里
暗君已继续在上,又有佞竖之害
民众的愤怒如火,戍卒呐喊,兵士暴起
楚人的火炬一闪,咸阳的宫殿都变成焦土了
不晴的天空挂着彩虹,复道之迹今在那里
衰兰极其悲哀,遗宫徒自作了草的宿舍
骊山之麓的春一去,花朵都变成泪滴
斩蛇的剑朦胧了炎精的光
甘泉殿夜半的月亮也有浮云的怨恨

世事茫茫也只是昙花一现

站在边土上的长城啊！吻着云的影子却永远不断

六

前亡后继经过了二十个朝代

数一数岁流也有两千年

中华几次举起烽火，外族几次越过长城

又几次跑出去，留为世世的纪念

山川的模样不变，但春梦空空的没有什么痕迹

群雄的霸业徒剩下史上的空虚

兀自在边土上活了二千多岁

残垒上的青苔衬着长城的尊严

民人的膏血，世上的笑，虐政的遗孽虽浅

但染着历史色彩的万里之影却很慈祥

爬在你脸上啜泣的，只有怀古的露珠

暮春的心不知恨谁，弄得晚霞也呜咽了

七

晚霞的呜咽牵起游子俯仰的思念

御匈奴的长城毅然不变昔日的壮硕

但世事长流，中华的身子明天如何

秦汉魏晋演成了新陈代谢

西方的粗风暴雨，可恨地掀起黄海的波涛

西历一千九百年，东亚颠覆地不知明天

中华的光辉，先王之道，是不能救这民族的

四圣传博爱的神教，而今不过是口头支票

虎狼爪牙的"基督教徒"渴饮人的血浆
再用无比的嗥叫使保护羔羊的"异教之民"吞声大哭
游子念古今之悠悠填不平心头的怨恨
征马怅然长嘶,向大壁击一声反响
远眺蜷伏在天空的彩霞虽好
但关山已暮星子都出来挤眼
愠怒的长城渐渐被黑暗吞到肚里
再见吧,我们这伟大的长城
(无尽的思念留给太空的星星)
时代的洪水还要不断地泛滥
但不变的影子尚存,残垒依旧站着
歌颂我世之今日的诗人,以后正不知有多少
啊啊!"永劫的脉搏"何时镇定
感伤人生之往昔的,是千古不变的情歌
破壁无声傍边还带着落日的影子

兴废凌辱,悲喜交加,一人的遗迹,一国的遗迹
哭的荫里有泪,暗的那边有光
玉楼的花,风的怨恨,残垒的风雨,天的音乐
千载悠悠,后世的诗人们已经把你的歌藏在邸的暗壁中

介绍丁尼生的诗[*]

冯一水

丁尼生（Alfredlord Tennyson，1809—1892）是世界闻名的诗人，诗才早熟，曾与其兄合著二兄弟诗集。后学于剑桥大学时，应大学征文，得最优奖，声誉才渐高起来，不过在一八三零年以后，陆续出版的数册诗集，一般批评家多表示失望而加以指摘，以致销声匿迹者近十年。至一八四二年之后，名作续出，其异常的热情像闪电一样，其清新的诗风像庄严的音乐，给人们的意识解下许多束缚，把人们的精神紧张得像太平洋的怒涛，所以被任为桂冠诗人。虽然，现在不是他的时代了，但当作历史的纪念碑，也有瞻仰的必要。故在这里把二篇我最爱读的诗，摘译出来：

假若我们是金星——太白星——那个华丽的光体的，或者是火星的住民，
就可以看见这个呻吟的地球，在宵星中最美的地球吧！
X
站在充满和平之光的地点上，就可以梦想到，
这个争斗与杀戮，邪智与狂乱，淫乐与怨恨，咆哮的伦敦与狂

---

[*] 原载《大风》1943年第22期。

舞的巴黎。

  X

眺望那白银似的美星在天那边的时候，
我们急忙握着两手："想上那边去呀！"
……………………

太阳不过是无数的人间的象征吧？
企图者看着企图的光彩，人不过是心的象征吧？

  X

恶只在现地球上有吗？然则，痛苦只在有住民的世界上吗？
在此，幸而有"进化"这句熟语响彻了四方。

  X

"进化"不绝地追求一个理想的善，
并且"复归"也常把"进化"领到泥泞里。

  X

天默默地转，太阳跟着巡转的游星，
一日放出百万里的光芒，掠过其火的轨道。

  X

地球形成，经遇永劫的时候，生了万物之长的人类，
地球失去了人类，还要度过永劫的时候吧！

  X

大的地球，也是狭小的——咸的水沼和地的断崖——
覆盖着少许苍绿——山峦与土粒。

  X

只有神越发用力地制造我们，
无边际的天界映在人们的眼上——

  X

无边际的影子，送到人类的魂底，
内至无穷的原子之中，向外普遍到全体。

这是丁尼生对宇宙中多数世界的存在，人类的渺小以及创造之神的可畏等问题，用庄严的调子写成了诗。

> 所有的企划，组织，到了王国，共和国沉沦的时候，
> 通过万象，万象也格外有恩慈。
> X
> 充满知慧的人，知慧不足的人，都为正义与爱与真理所领导，
> 万象，不究竟与我的梦———合致吗？
> X
> 所有的病都被"科学"打消，也没有瘫子，聋子，瞎子，
> 由纤弱的身体成了壮硕的，心不是越广阔吗？
> X
> 大地终于成了和平的世界，人民一样，言语一样，
> 在远方，我看见了和平的姿态，大地还年轻。
> X
> 虎的嗥叫已消沉，蛇的欲念也打消，
> 恐怖的山谷变成花苑，荒凉的沙漠都能耕种。
> X
> 收获直达两极，
> 大洋的稳波洗涤和平的岛屿，大地那里微笑。

这是丁尼生采取了世界最大的哲学家基督之道，也足以代表他对更完全的世界、更高尚的人类的梦想。

诗的构成与技巧[*]

佐藤惣之助　作　沁人　译

一　直感——动机——暗示

在此，我们略述诗的创作心理及其构成法。

想写诗的时候，第一步工作，必须是直感。

从前，看见所谓灵感的东西，就耽浸在痴神的冥想里，美的女神，就来在耳边，低述如何写，于是，诗人马上执笔，像做梦似的写下去——这个比喻，即可说明那时，但现在，相信那种古典的浪漫主义的，是没有了。

例如看见山，就感到它青青的，像自然的骨骼，看见海，就感到不断的自然的活动，这种直感，自己发酵，造成一种幻想。再由某个动机，形成全体的经纬时，始下笔写，然后用知性推敲、订正。于此，以自然再现的暗示而表现——这才是写诗的顺序。

看见山，感到它的青，想到它的大，知道它的静，味到它的深时，就从单纯的知的直感，变成诗的直感，那就获得了自然的澄清与永远的暗示。于是，便能构成"山是自然的骨骼"这一个直感的概念，其次便造成了"山是深奥的、岑静的、永远的"这种感情，最后表白了"我爱山"的情念。并且，白云飞着，小鸟啼着，夏来，冬来，时代转变，然

---

[*] 原载《大风》1943年第23期。

而山是不变的,仍然像从前一样,青青的,默默的,永久在苍穹下蹲着,这种风景,与山本身的幻想概念合而为一,就成了山的诗感。如"云彩像白花边一样""小鸟广播着可爱的音乐""强有力的夏来到了""自然衰老变成冬天了""山由沉默保证着永远"……像这样似的,有了对山的概念,且从种种角度与视野上,融会其形象、意味与感动,这才写成一篇山的诗。

所以,我们第一非先爱这个"直感"不可,并且,心情非纯粹不可,非像镜子似的不可。一切既然是生命的,这个诗的直感,不知什么时候就要光临。在街上一壁走着,忽然看到海的图画,立刻就联想到怒涛的响声,想象到飞沫的样子,觉得步行的少女像鱼一般,大建筑物之间觉得像海底似的——这种事,是常有的。即从我们的经验上说,初次到山上去看见山,才想写山的诗,初次到海上去看见海,才想写海的诗。但那仅只是单纯的散文精神的反拨,事后就会明白的,因为那仅只是写生的意味,没有珍重的诗的直感的工作,所以无论是写多少山的诗海的诗,那只不过是写实的诗的片段。

单从我们每日的经验里,看见东西,就漫然地将其映像定影于眼睛的瞳子中,这些是几千万几万万的数量,这些,或隐,或显,或浮动,或消灭,不知什么时候,就蓄积到忘却的旋涡里。这些若由诗感的本能而活动起来,就成了方才所说的"直感",那直感用言语意识出来,于是,或山或海的想念便萦绾不绝,随之,把所见所感的,再成为诗的直感而表现。我们每日使自己的心纯粹,将那个"动机",非使它从自己涌出不可。世间常说"他是不写诗的诗人",这是批判有诗的直感的人不写而只有诗的直感,那决不是诗人。无论是谁,一见山或海,吐出警句似的诗似的言语,这些成为一个动机,非完成暗示的诗的表现,是不能成作品的,有作品的时候,人们才能呼之谓诗人。

在此,把诗的直感,秘放在心里,作诗的动机若一来到,就写。或者,由其动机感动的强弱,更仔细寻味、思索,以至自己的情操俄然而至时,用自己的形式,用自己的言语,完成一篇作品。无论何种天才,倘不作这番努力，是不能成其作品的，说是不知不觉就写出来的，或说是由神秘的灵感像在梦中似的写出来，那是不可能的。在想为写而努力中，不想眩惑，而怡然神往，这是可能的。究竟，必须是"人为七分天意三分"的心境。

努力，修养，与最后的热情，缠绕着你的直感，加强了你的动机，而领导着暗示的诗的表现。所以必须是没有先入观念，尊重新的直感，由其感情与观念的火焰，来锻炼诗精神的尖锐、深刻、美丽！

二 修辞的原则

从前，解说诗学与修辞学的古希腊的亚历斯多德，像是成了后代铁一般的定律，但这是过于学究的（academic）、过于古典的，对今日我们的诗，关系很薄。更关紧要的，是我们把修辞学的原则，找出几条来参考。

有人仅举出"调和的原则""结体的原则""增义的原则"这三个来，并且，还规定了"胧化""存余""融会""奇警""顺感""变性"等法则。一时，虽说自由诗不用法则，但不管某种文法而写成的东西，通观其意味，也必有这个法则纵横着，尤其是要想作单语、句子、对联，是非顾及这个旧日本的修辞法不可。

"调和的原则"云者，是在一篇的内容与表现的均齐，或表现齐正，谐和的美。

"结体的原则"云者，是将抽象的事物具体化，予空漠难以捉摸的东西以形态，在一章一节中使之结晶。

"增义的原则"云者，是对物加以心，予以意味，使其内容丰富，是使暗示与想象更深刻的方法。

"胧化"云者，正是结体的反对，将清晰的事物朦胧化，达到一种幻想与暗示后，再使之还原，使现实化为梦幻。

"存余"云者，是由诗的行与行的空白单纯化，使读者领会袅袅的余韵，是留下不写的部分，使读者充分想象的一种方法，好的作品必定有这个"存余"浸润着我们。

"融会"云者，是按顺序的、优美的、自能了解的、非无理的表现，曲折难解决不是好作品，自然的、浅显的，融化于读者的心里，那是所有表现的特点。

"奇警"云者，第一是出乎意表，主题奇拔，手法翻新，是一种诡计（trick），而不陷入无意识，总是采取一种一读惊目的方法。这若没有相当的手腕，对初试的人，要像踩软绳那么危险，中国李白的诗，法兰西考可托（Jean Cocteau）的诗等，是常用这个方法的。

"顺感"云者，融会若是内容的意味，这就是它的方法，同时是很快地进行的，在毫无停滞的使人感得的地方，有深刻的妙味，纵然是苦痛的，也看不出苦痛的破绽，这是表现的上乘。

"变性"云者，又正与顺感相反，将全体的调子狂奔起来，从狂放的反对的立场上，用表现事物的方法。纵然是多么乏味的事，一用此法，即可给读者映上很深的印象，尤其是诗的表现，是在短的章句中阐扬深刻的意味，这也是技巧之一。

参照上举原则，任何作品，大概都能入此范畴，只要知道了这些理由，只要熟练了这些技巧，任何形式的诗，是都能写的。例如，想写云彩的诗，先把云与风与日光想出一个调和的美，其次，再把云与人心的空想使之结体，更从因云而起的联想或感觉上，带来另外某物，用上"增义的原则"，如果使用"胧化"的技巧，在云中便现实与梦幻交错，如欲其留有余韵，须避免断定，含着充分余裕的味道，不然，采用融会之法，或奇警之法、顺感之法、变性之法。一个主题，是有很多表现方法的，兹举例示之：

一、在青空里飞着白云（调和）

二、空想是一片云（结体）

三、云从大地生出（增义）

四、云把我和伊抱住了（胧化）

五、云、光、无限的白（存余）

六、云很悲哀地溜走了（融会）

七、水与时间，造成了云（奇警）

八、我的心像云样地飞（顺感）

九、云女爱上了影子（变性）

但这是一句之内假设的表现，以此方法，构成一节、一联与全体的诗句，在长短裕如之中，可使它的呼吸、它的调子、它的韵律，异常地生动。

三　夸张法与对照法

对一篇诗，我们更仔细地检讨，可以明白还有许多技巧，可以自然地运用，其最善者，是夸张的方法。

像所有艺术都是自然的再现一样，所有艺术的方法，也含有一种夸张。从自然与人生中，或云、或花、或恋、或悲，取其一部分，像电影的特写镜头似的，放大出来。如用纯科学的眼光看，一首诗，要大于实物若干倍，并且，欲表现其特殊性，非用夸张是不能涌出实感来的。

　　雪像伊的脖颈那样白
　　雪像伊的膝盖那样白

这个句子，就已经把其比喻夸张了。还有用"天使样的心""怒涛似的暴风雨""魔女似的森林""黄金弓样的上弦月""宝玉般的瞳子""蔷薇的唇""象牙的指"等，这是很普通的。甚至，用"大陆样的肩""岩石般的骨骼""地球样的意力"等有新迫力的形容词，为捉住深的印象，一些远近法极不亲和，都置诸不顾。特别是诗与普通文章不同，为了使其具有强的调子，高的迫力，必须作这种勇敢的冒险，这也就是前面所说的诗的直感的结果。

其次是反复法，这是一种由反复同样的话，以增强呼吸其调子的强度，使印象深刻的方法。

　　　暴风雨　暴风雨！
　　　海啸　海啸
　　　云彩飞、飞、飞
　　　雪花下、下、更下

这虽然也是夸张的一种，但由其立体的、平面的、重叠、连续、延长，而生出直感的感情迫力，于是，感动的妙味，能够传达给读者，使之共鸣。
　　再次，是咏叹法，这是用啊、哦、哈等感叹词，而表现切实的热烈的真实心情与感动的方法。特别是诗歌，自古就是咏叹的，是表现微妙的恋之心、寂寞的心、烦恼的心的抒情的手法。

　　　啊　梦呀，梦呀
　　　啊　悲哀的心呀，寂寞的花呀
　　　哦　欢喜呀，光呀
　　　哈　是海！是海！

这样，袅袅的，垒垒的，好像吐息，好像怨恨，好像低诉的感情，高涨起来，如再翻起波浪时，其诗句的冒头，必先从这种咏叹法开始。
　　更次，是列举法，反复法是反复一样的言语，但此法是把相似意味的言语，在更发展、回转、进行的状态中，由列举之而巧妙地激发出实感来。例：

　　　你　发出哆嗦着小麦的气息
　　　你　发出柴火的气息
　　　你　发出每天早上面包的气息
　　　你　发出蘑菇的气息

> 是明亮的生活与我
> 是明亮的思想与我
> 是透明的快乐与我
> 是透明的礼节与我
> 是新鲜的食欲与我
> 是新鲜的恋爱与我

这样连续下去，如更使其内容具有发展性，那叫作渐层法。例：

> 世界挤满了　黑奴的男与女
> 女与男　男与女
> 看！那个美丽的商店
> 那个站街口的马车
> 那个男的　那个女的
> 那个站街口的马车
> 还有　那个美丽的商品

这样，内容渐次展开，顺次地去进行描写与意味。

　　最后，是对照法，这谁也知道，像金与银、白与黑、月与太阳、男与女似的对照，从这种形式，这种意味，这种心情，这种象征上，使其相友的两个要素对立，是一种 contrast，这在绘画与音乐上，常常应用，特别在诗句上，更是显眼。但仅只这样，易于陈腐，若不使新颖的直感的感觉极其敏锐，是没有趣味的。

> 恋人的唇
> 红而且冷
> 十一月早晨的
> 白孔雀

这是红与白的对照法。但不仅限于色彩，无论是铁与棉、爱与憎、壮气与牺牲心……从物与心的各样幻想中生出来的对照，若是巧妙地去表现，即成一篇短诗的方法。

四　设疑与省略

在写的方法上，有"设疑法"。这是开头先使之发生疑问，而最后表明出解决的一种方法，普通文章都常用，以避免单调，增加行句的魅力，引人入胜。这必须取"先平易地写出而最后止于疑问"的方式。例如"忧郁的人儿呀，可爱的人儿呀，你现在，不知道在哪儿也看着这个月亮吧"，写着这样联想的疑问，传给读者一种凄清的余韵。又如"曾开在故乡之丘的那朵紫罗兰呀，今年又开了吧，白云，现在也很悠闲地流着吧"，这虽是回想的欲望，但取了好像是问谁的疑问形式。有时，更可以假设一种疑问与回答，"那是什么？是云，云是什么？是我的心"，这样，能引起读者的共鸣，在行句中有了变化，使读者无厌地读到最后。

还有叫作"倒置"的一种方法。这是倒转主语与客语，该在末段的行句，反而拿到头里来。

>　　战争是卖帽子的
>　　它给法兰西人都戴上帽子

这两句，若平易地译出来，是"因为战争开始了，法兰西人都戴上了军帽，所以，所谓战争，简直像是陈列出帽子来卖"。这些，能够生出飒爽的语法之美，例如"水是理智，冷静地流着""火是焰的眼色，若熄灭了就是闭上眼睛""月是神的黄金弓，挂在天上"等，从直感里生出来的语句，饰于首端，这是诗的修辞学的方法。

其次是讽刺，即用一种体裁，奚落一切，或用逆说，或使机智，无论社会、人物、事物，抓住其一，加以讥诮、揶揄、轻蔑、反言。在外国,这是一种诗的形式,其各时代的诗人们,将时代、风俗、政治等,加以高等的奚落,这是幽默的原形,是诗歌漫画化的一种方法。

偶作

刻上你的名字好了
在那棵不久就要顶天似的
大树干上
这立本比大理石还要上算

在那上面雕刻的名字也随着长,这就是一种机智与奚落。

再次,是顿呼法,顿呼,是一种呼唤的方法。恋人呀,旅人呀,月呀,花呀,水呀,魂呀,起初这样呼唤,而舒申其感情,多数的诗,大都采取此种形式,也有在中途呼唤的方法,也有一直到最后的。

末了,是省略法,这种类很多。也有十行省略为五行的形式省略法,也有意思不十分说明、只写出八分其余二分诉诸想象的内容省略法,其他,更有省略名词的罗列、省略说明、省略起承转合的顺序等各种手段。如《旅舍·冬》:"屋檐上的冰柱,是市街枯燥的插木。在桥上叫的风。玩弄着真钰货币。冬天的读小说。变动了的电车位置。小生的落魄。"即是一个很好的例子。把某街冬旅舍的印象,不描写,而只罗列特异的印象与直感的幻影,最后,只得一个小生的落魄,这即可充分地看出是寒冷的乡镇,并且得想象到枯木、桥、小钱、冬蛰、电车,及贫穷的主人公等。

在此意义上,作诗是需要省略法的,省略散文,使之凝结,通过描写与说明,直接地把内容象征、暗示、指示,这样,诗句可以高调、简洁,生出含蓄。并且,还有形上的省略与心上的省略两个方式,珍惜文字,珍惜言语,缩短行句,在一行之内,尽量短小、容易、单纯,使主题生动、实际。作诗的秘密与熟练,即生于此。

(译自《诗与歌谣的作方》)

二重祈祷

冯一水

太阳

请驾临紫陌的朝天

如盛世的帝王登坐九重宝銮

金阙玉阶拥出文武千官

你看

出征的大鲸扬起波涛

新世纪的铁鸟冲破硝烟

炮花在半空里开,血泪在沙场泛滥

尘寰里澎湃着无止的腥膻

我想

求你颁布惩罚条例

对现实来一次最后的审判

再派你光辉的神驹

澄清每一道河,装饰每一座山

---

* 原载《复兴旬刊》1945年第5期。

金黄的恩波载满真理之弹
向丑恶交绥，炸出和平的灿烂

月亮
请姗姗地走下山冈
这里有绿茵的绒褥你躺
我们作一次彻底的商量

你看
山孤野鬼在毒林中受刑
迷魑暗魅在墓道上彷徨
阴险的鸱枭翻着火眼
幽玄之夜披一身冷露严霜

我想
求你偷下上帝的玉泥
在这里盖座水晶的庙堂
再约金星子铺地云霞白鹤在上面飞翔
你吩咐这些，无色而红无臭而香
专收容孤苦的心
热诚地赈济着流离的悲伤

出发之前*

冯一水

让我去吧,母亲,让我去吧
惋惜,流泪,已经不中用了
我们为了护卫祖国,现在出发
让我去吧,母亲,让我去吧
你摸摸我的头发不要再说话
祖国是非生存不可的,纵然我们死去

我们是自由,父亲,我们是自由
血涛拍着胸坎,不住地横流
透明的热情里没有忧愁
我们是自由,父亲,我们是自由
冒着猛烈的炮火决不回头
祖国是非生存不可的,纵然我们死去

神在呼唤,妻呀,神在呼唤我们
我们鼓起精神决不迟疑

---

* 原载《山东新民报》1945 年 8 月 23 日。

权力、勇敢和爱,那是神的武器
神在呼唤,妻呀,神在呼唤我们
让悲壮的鼓号惊走了我们的福气
祖国是非生存不可的,纵然我们死去

不要灰心,可爱的姑娘,不要灰心
让你的心静坐,不要扬起飞尘
你那弱小的手再让我亲一亲
不要灰心,可爱的姑娘,不要灰心
不死的思想是崇高的代价
祖国是非生存不可的,纵然我们死去

再见罢各位,祝你们安康
万一我们不能生还,将来睡我天国
那么,这是最后的一别,永远的传说
再见罢各位,祝你们安康
血跳和腕鸣促动了一队忠勇的大进行
祖国是非生存不可的,纵然我们死去

青年歌

冯中一

青山是自然的骨骼，
绿水是大地的精神。
　　　我们是欢笑的流泉，
　　　我们是舒卷的白云。

战争是人类的急症，
和平是历史的良心。
　　　我们是永远的威力，
　　　我们是永远的青春。

真理的烈火，
烧红了我们的感情。
　　　劳苦的铁砧，
　　　锻炼着我们的灵魂。

---

* 原载《现代文丛》1947 年第 1 卷第 7 期。

在血泊中建筑希望,
在冰崖上创造温馨。
　　用尖新的意志开拓生活,
　　用透明的理想嵌住天真。

编后记

  多年前，我就想给恩师冯中一先生编一部学术文集，其间因出国做访问学者、工作调动等原因，一直未能动手。2020年初，我的工作安顿下来，便与冯先生的女公子冯恩大教授商量编著冯先生学术文集事宜，其间商定大致规划，拟定书名，分工查找资料，再进行编辑、校对，到今年国庆节终于完成。在假期中，我集中时间又重读了一遍《冯中一文选》，读完最后一页，终于松了一口气，感觉完成了一件多年未了的夙愿。坐在电脑前，闭上眼睛，眼前又闪现出恩师那忧郁的眼神、慈祥的微笑和略显疲惫的神色。恩师离开我们将近二十七载。在这期间，我有时会在睡梦中见到当年跟随先生读书的场景，醒来却无限惆怅，不胜唏嘘。

  我于1985年考入山东师范大学，跟随冯中一先生攻读中国现当代文学新诗研究方向硕士研究生。那一届，冯先生招了我和张小琴两个人。冯先生给我们开设新诗研究的专业课程，都是到他家里上课。按照约定的时间来到先生家里，先生已经在茶几上摆好了小点心、糖果和茶水，先让我们吃点、喝点，然后开始上课。冯先生上课并不按部就班地按讲稿来讲，而是分专题就新诗的一些理论问题进行讲解。当时正值朦胧诗论争时期，先生引导我们关注诗歌界所出现的一些新现象、新问题，并推荐一些相关的理论文章和诗歌作品让我们阅读。除了上课之外，先生还布置课后阅读书目，并自己购买了一些纸质卡片给我们，让我们做读书文摘，将读书过程中觉得好的、有用的内容摘录下来。卡片上分书名、作者、出版社、摘要等项目，我们做完文摘之后，下次上课时要带过去交给先生，他要仔细检查。刚开始做文摘时，为了求快，我往往将书名、作者、出版社等项目省掉，摘录内容时也会粗心大意，出现错别字、标点符号错误，先生会一一地指出，告诫我们要养成认真、严谨的治学态度，养成良好的学风。从那以后，我再做文摘时，都非常仔细认真，他也很少再检查我们的读书文摘，全凭我们自觉。除此之外，先生还注重培养我们的写作能力。刚开始训练我们对诗歌作品的阅读鉴赏能力时，给我们一首诗歌作品，要求阅读后写出赏析文章，写成之后再给他看。他看得很仔细，用红色笔将其中不当的地方加上批注，告诉我们应该如何修改，修改完之后再给他看，如此反复几次，直到他满意为止。他会把我们写好的稿子推荐给相关刊物发表。现在回头想来，冯先生帮我们养成了严谨求实的治学态度，为我以后从事学术研究打下了良好的基础。1988年硕士毕业之后，我有幸留校给冯先生当助手。在教学之余，我帮着冯先生筹备学术会议，跟着先生做学术研究，从先生身上学到了许多在课堂上学不到的东西，这令我受益无穷。

　　冯先生出身寒门，年轻时没有机会上大学。他在日语专科学校里学习过，有着不错的日语水平，但他很少跟人提及这一经历，很多人也不知道他还精通日语，这可能与当时的中日关系及之前的"文化大革命"有关，因为在特殊的年代里，懂日语本身就是一件不可饶恕的罪行。先生年轻时是文艺青年，以"沁人""冯一水"等笔名在《大风》月刊、《青年月刊》等刊物上发表诗歌作品和诗歌评论文章，在诗歌界崭露头角。他曾将这些发表过的作品样刊仔细地保存起来，但在"文化大革命"时期，这些陈旧发黄的文章成为"人还在，心不死"的罪证，给他招来了口诛笔伐加拳击的灾祸，这些陈旧发黄的文章也都被当作"精神鸦片"给烧掉了。冯先生晚年曾凭着自己的记忆整理出7首诗歌，并提及自己当年发表过近百首抒情小诗。实际上，先生除了发表诗歌作品、写作诗论文章之外，还翻译过一些日语的诗歌、诗论及小说。我的学生胡峰博士花了大量时间，从各种数据库及图书馆里查询冯先生当年发表的作品，可能是目前数据库所收的期刊还不太全,部分图书馆里所存纸质刊物不完整,结果只找到其中一部分,以附录的形式收到这个集子里,从中可以一睹先生当年的创作风采。

冯先生为生计所迫,不到十六岁就开始工作,起初他白天上学,晚上在夜校教日语,后来干过刊物编辑、机关职员,还到小学、中学里教语文,日常烦琐的工作生活渐渐消磨了他的诗意,他最终放弃了诗歌创作。在教书之余,他潜心研究语文教学中所遇到的问题,于1955年在山东人民出版社出版了《语文教学札记》一书;同时,他将自己的兴趣由诗歌创作转向了诗歌研究,于1956年在山东人民出版社出版了《诗歌漫谈》一书,在诗歌界产生了广泛的影响。1958年,先生调入山东师范学院中文系工作,这为他打开了两扇通往学术殿堂的大门:一扇通往他喜爱的诗歌研究,一扇通往他所从事的写作教学研究。他在这两个领域辛勤耕耘,皆取得了丰硕的成果。

冯先生早年的诗歌创作经历为其后来的诗歌研究奠定了很好的基础,他将诗人的敏锐感悟运用到诗歌研究之中,强调对诗歌艺术的感悟鉴赏,用诗化语言来写诗歌理论文章,讲究语言的凝练生动,读起来朗朗上口,通俗易懂,在诗歌评论界独树一帜,被人称为"赏析派"。他于1959年出版《诗歌的创作与欣赏》(山东人民出版社)、于1962年出版《学诗散记》(山东人民出版社),这些著作虽然带有鲜明的时代印迹,但从中可以看出先生对诗歌研究的执着与勤奋。"文化大革命"期间,冯先生受到冲击,被迫中断了自己喜爱的新诗研究,直到进入新时期之后,他才又焕发了学术青春,教学、科研齐头并进。一方面开始招收新诗研究方向的硕士研究生,先后招收四届,为百废待兴的新诗研究培养了人才;另一方面在新诗研究方面辛勤耕作,取得了丰硕的成果:1983年出版《诗歌艺术论析》(山东人民出版社)、1990年主编出版《诗歌艺术教程》(山东教育出版社)、1991年出版《新诗创作美学》(与鹿国治、王邵军合著,吉林文史出版社)。这一时期,他从诗歌艺术、诗歌创作、诗歌美学的角度切入,探讨诗歌的艺术规律,力图建构自己的诗学理论体系,在当时的诗坛具有超前性。这些著作出版后在学界、诗歌界产生了广泛影响。

冯先生在中学教学时就深切认识到培养学生写作能力的重要性，调入山东师范学院中文系从事写作教学与研究后，不仅重视对学生写作能力的培养，而且着力探索提高学生写作能力的理论方法。当时国内高校尚缺少系统的写作教材，尽管他在"文化大革命"时期受到冲击，但仍带领教研室的同事一起编写写作教材，出版了《常用文体写作知识》（山东师范学院中文系写作教研组编，山东省新华书店1972年版）、《农村应用文》（山东师范学院中文系写作教研组编，山东人民出版社1975年版）等教材；进入改革开放的新时期之后，他又主编出版了《写作知识概要》（山东文艺出版社1985年版）、《常用文体写作教程》（山东教育出版社1986年版）等教材，为刚刚步入正轨的写作教学研究做出了重要贡献。1981年，山东省写作学会成立，冯先生作为发起人之一担任第一届会长，后经选举连任直至逝世。在我的记忆里，冯先生要考虑学会每年的工作计划、工作总结，召集历次常务理事会、理事会、年会，安排各届年会各项活动的具体事宜；还要为会员的书稿审订选题、撰评写序、推荐评奖，为学会所出的书刊筹措出版、审校文稿、联系发行，等等；在没有专职办公人员、缺少活动经费的困难条件下，为了减少学会同人的麻烦，冯先生甚至亲自打印、寄发会议文件，为会员寄送证件、资料等。冯先生为学会的事业殚精竭虑，所做工作富有成效。仅从他主持的历届学会年会中心议题的排列顺序上，即可看出山东高校写作学科由浅入深、由窄及阔、由完善到改革的发展轨迹：第一届是"建立写作学科的必要性"，第二届是"写作教学理论与实践"，第三届是"写作课的教材建设"，第四届是"写作理论研究与写作教程的关系"，第五届是"写作学科的学术性建设"，第六届是"怎样进行写作学科的理论建设"，第七届是"写作学科如何为社会主义建设服务"，第八届是"传统写作理论探讨"，第九届是"写作学科的现代化建设"。1990年，山东省写作学会被山东省社会科学界联合会评为先进学会。冯先生作为山东高教写作学科的带头人，所起到的奠基作用和推动作用由此可见。

晚年的冯中一先生除了教学、科研之外，还兼任一些重要的社会职务：山东省人大常委、中国民主促进会山东省委副主委、山东省作家协会主席等，他花了大量时间和精力参加这些活动，可谓尽职尽责，不辱使命。1994年山东省作家协会换届，年逾七十的冯先生说自己年事已高，不去参加这次会议了，推荐院里的年轻人参加，自己退出来做些自己想做的事情。无奈省里负责领导希望由他出任山东省作家协会主席，他只好从命。当时我跟他说，您年龄大了，又不驻会，让驻会的年轻人多干一些。他答应了，但上任之后就身不由己了。冯先生做事认真，作协又是个杂摊子，他除了与作协的主要领导商讨作协的长远规划等大事之外，还要处理许多琐碎的事务：有的人没有房子来找他，有的人要评职称来找他，有的人要出书也找他……他为这些事情而操劳费心。在他去世的前一天，我在校门口遇见他和袁忠岳老师一起乘车去作协开会，说有一个红色资本家愿意出钱赞助作协出书，先生脸上挂满了笑容，没想到第二天一大早却收到了先生因心脏病猝发而不幸去世的噩耗！因为先生走得太突然，他生前写的一些文稿还未来得及发表，规划的宏观诗歌研究也无法再进行，许多想做的事情未来得及做……

冯先生为人忠厚，乐于助人，即便对那些在"文化大革命"中用拳头"惩罚"过他的人，也予以宽恕，因此有人背后说他是老好人。先生从来不计个人得失，以宽广的心胸待人处事，这正显出他的儒者风范。在精致的利己主义盛行的时代，先生的这种品德尤为难得，这也是他受人爱戴和尊敬的原因吧。也是由于这个原因，常年有许多年轻人给他来信，求教诗歌创作或写作教学的问题，他一一回信，解惑答疑；还有许多年轻人要出版诗集或学术著作，请他作序写评，他几乎有求必应，一一写出中肯的意见。为此冯先生花费了大量宝贵的时间和精力，但他乐此不疲，甘做铺路石，为培养年轻诗人和学术骨干呕心沥血！先生所写的这些文章，除了由王荣纲、李继曾、张绍骞三位教授为亡友编辑的《新诗品》（山东教育出版社1995年版）收入部分外，大多没有汇集，此次将先生的这些文章整理出来一并收入，从中既可见到先生为培养年轻人所付出的大量心血，也可看到先生对年轻人所寄寓的厚望。

在冯先生百年诞辰即将到来之际，编辑出版先生的这部文选，具有特殊的意义：一则可以彰显先生在诗歌创作、诗歌研究和写作学研究方面所取得的显著成就，二则可以彰显先生在教书育人、扶助培养年轻人方面所做出的重要贡献。在这部文选的编辑出版过程中，冯恩大教授付出了大量时间整理先生的遗稿，校对全部稿件；我的学生胡峰博士花了不少时间查询、整理冯先生 1949 年以前所发表的作品；我的硕士研究生张艺斐、王菁钰、张雅宁、于翠梅、常稚雅、杨宇、刘星帮着我整理校对这些相关的资料；中国社会科学出版社的编辑王小溪博士在选题申报、书稿审阅等方面花费了不少精力，她严谨认真的编辑态度给我留下了深刻印象；山东师范大学文学院为本书的出版提供了经费支持，孙书文院长为本书的出版提供了大力帮助——正是由于他们的倾心付出，冯先生的这部文选才得以顺利出版，在此一并向他们表示衷心的感谢！

吕周聚

2021 年 10 月